动感宝藏

〔澳大利亚〕

沈志敏著

上海人民出版社

目 录

一、失落的少年

1

汤姆斯出生在一个得天独厚的家庭。

汤姆斯的父亲是一位资深的保守派国会议员,他把搞政治看成和生命一样至关重要。最近这位议员忙得不可开交,正在竞选本届新南威士州的州长,今天参观牧场,明天在矿区演说,三天前还到过汤姆斯就读的博士山私立中学做了一番精彩的演讲。他许诺,如果他担任了州长,他将会给优秀的私立中学拨出更多的款项,他说那些优秀的老师们就像优秀的农夫,能够种植出最好的果实;而优秀的学生则是国家未来的栋梁……他的演讲博得了师生们的一阵阵热烈的掌声。

不过,中间也有几段不愉快的小插曲,《晨锋报》的记者问:"未来的州长先生,是不是你的儿子就读在高级的私立学校,你才会创造出这种用纳税人的金钱补偿私立学校的想法。"另一个记者提出的问题更加放肆:"先生,听说你的这位贵公子并不是你和你妻子的共同作品,是不是这样?"

这些无耻的家伙被愤怒的师生们赶出了学校。

而汤姆斯的母亲是一个富商的女儿,也是悉尼社交界的名流,她的名声就像她在年轻时候担任歌剧演员时一样响亮,即使人到中年,她仍然保持着动人的身段和令人羡慕的金嗓子,说话时能发出一口美妙动听的声音。当然,她早已不在歌剧舞台上演出,如今,她是一位政治家的夫人,用她美妙的声音为丈夫争地盘打天下。

其实,刚过十七岁的汤姆斯也很忙碌,只要看一看他一周的时间表,就能知道他每天的日程都安排得满满的。除了读书之外,星期一,他得参加网球训练,尽管橄榄球能使澳洲人变得疯狂,汤姆斯却认为橄榄球有点野蛮,他宁可选择比较个性化的网球。星期二,他要去游泳锻炼身体,两小时必须游完三千米。星期三,学校艺术团排练,他是第一小提琴手,是艺术团的灵魂。星期四晚上,艺术团经常进行表演,汤姆斯除了拉小提琴,还参加艺术团排练的话剧,他在话剧中担任主要演员,英俊的形象和精彩的表演,为他赢来一阵阵掌声。星期五,汤姆斯和他的那些同学组织了一个名叫金色领带的小团体,这个团体的成员都是那些长着金色头发的英俊小伙子,他们具有差不多的高贵的家庭背景,他们每周举行一次聚会,雷打不动。星期六,他穿上一件醒目的黄马甲,上面印着救灾组织的字样,在阳光照耀的马路口,他提着一个装硬币铁罐儿,向来来往往的车辆募捐,这是一项支援受灾地区的公益活动。汤姆斯和他的伙伴们都知道,在这个世界上总是有着无穷无尽的灾难,比如,刚在印度洋发生的那场大海啸,让地球上几十万条生命变成了灵魂。这些灾难虽然离他们非常遥远,他们也乐意为此付出一点爱心。星期六的下午或晚上,应该是女朋友玛丽亚和他约会的时间,但有时候,他得抽一点时间去国立戏剧学院,国立戏剧学院是她母亲的母校,母亲把儿子介绍给以前的同事布鲁斯。如今,布鲁斯是一位著名的艺术教授,他非常喜欢汤姆斯,把汤姆斯当作自己得意的门徒,经常给他讲述艺术史。有一次,布鲁斯教授亲自带着汤姆斯参观了戏剧学院的房舍,一路走一路告诉他,这个戏剧学院是澳洲明星的摇篮,今天在美国当红的巨星梅尔·吉布森、朱蒂·戴维斯等,当年都是从这所学校毕业走向世界舞台的。他让汤姆斯将来中学毕业后，也报考这所戏剧学院，布鲁斯教授就能正式做汤姆斯的指导老师了。那时候，汤姆斯内心中充满了明星之梦。但这却得罪了女朋友玛丽亚，于是玛丽亚就对汤姆斯提出了警告，一个星期一次约会都不能保证，她就会一脚把他踢开，管他是什么政治家的儿子还是未来的什么大明星。澳大利亚女人有一脚踢开男人的习惯。星期天，汤姆斯要跟随父母家人参加礼拜，他还有一个妹妹安洁儿，他们全家都是虔诚的基督教徒，和上帝的约会当然谁也不能改变。

无疑地，汤姆斯是社会的宠儿，他的学习成绩出类拔萃，身体健康，相貌英俊，又有各种业余爱好，家庭条件优裕。别人都认为他前途无量，将来能继承他父亲的衣钵，进入澳大利亚的政界。但汤姆斯对政治一点也没有兴趣，这点他倒是和他的女朋友的观点一致。他希望自己将来成为一个优秀的网球运动员，他的女朋友也是一名业余网球运动员。汤姆斯更想成为一名出色的艺术家，他认为自己身上充满了艺术细胞，这好像是从母亲身上继承来的……

汤姆斯现在就读的博士山私立男子中学，是悉尼地区收费最昂贵的中学之一，也是每年高考分数名列前茅的学校。在博士山私立学校的档案上，可以查到许多澳洲有名望的政治家、金融家、科学家和艺术家的名字。这所学校坐落在悉尼港湾地区的博士山上，地理位置优越，整个校区占地百亩，几幢现代化的教学大楼耸立在山坡上，有游泳池、网球场等设施，还有学生俱乐部和一个漂亮的小剧院。绕着山脚下的是一条绿色的哈德逊河，这条小河和帕拉玛打河的下游接通，最后流入海湾，绿色的河水和蓝色的海水连成了一体。

站在博士山上极目远望，悉尼市区的高楼和电视台塔楼与港湾都一览无余。朝下俯视，可以望见白色的珍珠般的悉尼歌剧院嵌在蓝色的海中，还有那座横跨南北悉尼的黑色大铁桥。

汤姆斯的家就住在大铁桥北面的高尚住宅区内。平时,他回家可以在学校门口坐公共汽车,然后在环形码头下车,跳上火车,火车穿过大铁桥,开往北悉尼。也可以步行十几分钟,穿过岩石区,到达环形码头。岩石区坐落在海峡的一角,是一片丘陵地带,高高低低的山坡,大部分由坚硬的花岗石组成,道路的两旁也是用花岗石砌起的护墙,还有不少花岗石砌成的建筑,有老监狱、老邮局和以前的政府所在地,最初杰克逊湾的悉尼市区就是从这儿开始的,二百年后,向外扩展,形成了今天悉尼的规模。从高坡上眺望远处,点点滴滴的白帆,点缀着蓝色的大海,风和日丽,景色宜人。

三五成群的游人活跃在寂静的街区。岩石区周围还有许多出卖旅游品的古式古香的小商店,商店的橱窗里陈列着牛仔时代的服装、草帽、腰带等等,引发起人们思古之幽情。汤姆斯喜欢从这儿走过,因为这儿的小街巷里散发着一股儿昔日时代的艺术气氛。布鲁斯教授也是这样说的。

穿出岩石区就是环形码头,也就是悉尼的经典地区。

走入环形码头,顿时,悉尼歌剧院和大铁桥的壮观景色展现在眼前。

歌剧院的平台上,游人熙熙攘攘,他们在歌剧院前合影留念。白色的贝壳形的歌剧院面向蓝色的大海,自由飞翔的海鸥在叽叽喳喳地叫着,有人对大海放声大喊,喊叫声融化在海水和空气之中。汤姆斯每当走到这儿,就感到心情爽朗,有一种想飞起来的感觉,这儿太美了。

可是艺术教授布鲁斯说:"再美的东西也会有缺陷的。"

有一次,布鲁斯教授告诉了汤姆斯一段关于这个美丽的悉尼歌剧院的遗憾:四十多年前,设计这座歌剧院的是一位丹麦设计师J·乌特松,他的设计方案击败了二百多位对手,那年他三十七岁,歌剧院刚开始建造,政客们为了经费等问题纠缠不清,结果停止建造,同时停止了设计师的合同。J·乌特松愤然离开澳大利亚。若干年以后,歌剧院又恢复建造,还是按照他的设计方案。建造成的歌剧院像一颗白色的贝壳嵌在蓝色的海滨,如同上帝创造出来的一般,成为现代建筑史上的一个奇迹。可是这个天才的设计师再也没有踏上澳大利亚的土地。他住在西班牙的一个海岛上,那边的海滩也有点像澳大利亚悉尼的海滩。他现在已经是八十岁的老人。在澳大利亚,在悉尼街头,你随便问一位公民,当悉尼歌剧院的设计者重返澳洲时,他应该得到什么样的欢迎? 回答几乎是相同的:他应该得到英国女王或者是国家元首级的隆重礼遇。可是至今,他却没有踏上澳大利亚的土地。

"那他为什么不来澳大利亚?"汤姆斯问道。

布鲁斯教授摇摇头,"我也不知道,也许他感到太伤心了,也许他的个性和别人不同,也许还有其他原因。这就是缺陷,人世间有太多的缺陷。"

汤姆斯听了似懂非懂,也许是他太年轻了。

今天是星期五,生活好像也有点缺陷。汤姆斯在学校里就感到周围的气氛有点特别,同学们很少和他说话,好像故意避开他似的。放学后,他去参加"金领带"派对,俱乐部的房间里冷冷清清的,只有乔治一个人,戴着眼镜的乔治是他们一伙的召集人。这会儿,乔治在眼镜片后面眨眨眼说,"今天好几个家伙有事,派对不举行了。"这是"金领带"派对成立以来,从没有发生过的事。汤姆斯感到有点不对劲。乔治又说:"哥们,放松点,回家去吧。别想不开。"

"你说什么,什么想不开?"汤姆斯更不理解。

"没什么,没什么,早点回家吧。"乔治在玻璃镜片后的眼睛又眨了眨。

汤姆斯在学校门口等了好一会,公共巴士还没有来,今天好像什么都不对劲。他决定还是步行去码头。在穿过岩石区时,艳阳高照,空气热烘烘的,没有一点儿风,汤姆斯出了一身汗,他无精打采地走着,也没有了以往经过这儿时的艺术感觉。

步入环形码头,火车轨道架在高高的半空,火车站台也在楼层上面。汤姆斯一级一级地走上楼梯,他瞧见站台的售报亭里挂着的那张悉尼先锋晨报上,有一幅父亲的照片。他拿出硬币买了一份。

在他父亲照片的下面,是一条醒目的标题,《伟大的议员,私生子的父亲》。报道中说,有一个二十岁的青年人自称是汤姆斯议员的私生子,他说他的母亲,二十年前的一个女模特也准备站出来作证。汤姆斯只感到脑袋里"嗡"的一声,天底下怎么会凭空出来一个同父异母的哥哥。然而翻到第二版,更使汤姆斯感到吃惊,报道中间有一幅他母亲年轻时的照片,下面角上还有一位记者的小照片。汤姆斯一眼就能认出来,那位狗屁记者就是那天被学校师生赶出去的那个家伙。那家伙说:他敢和天下的人打赌,那位贵夫人的十六岁的儿子不是那位政治家的儿子,而是当今艺术学院一个著名教授的儿子。无疑地那个儿子就是指汤姆斯。他还说:他现在还没有必要指出那位教授的名字,如果需要,他随时随地可以提供证据,谁想和他打官司,他可以奉陪到底。"这个臭狗屎。"汤姆斯瞧着记者的照片,他的脑海里突然又现出了布鲁斯教授那张大胡子的脸,仔细想来,自己的眼睛和鼻子还真有点像布鲁斯教授。这个世界他妈的到底发生了什么事?从不说粗话的他连骂了两声"狗屎"。两篇报道就像两颗重磅炸弹在汤姆斯的脑袋里炸开了……

这时候,火车轰轰隆隆地驶来了。站台上的顾客,只见那个穿着名牌学校校服的年轻人像发疯似的把一大叠报纸塞进书包,狂叫了一声,冲进车厢。其他人都吓得让到了一边……

2

高强花了九牛二虎之力,总算在爱沃特中学混完了两年,第一封信他寄了一张在学校拍的集体照给中国上海的家中,说是毕业照,到底毕业还是没有毕业,只有天知道。爱沃特中学是西区一所普通得不能再普通的中学,不过校长生财有道,通过中介机构,在海外招来了不少学生,当然在海外的招生广告中,不免有些不实之词和吹嘘之言。在高强给家里的信中,这些吹嘘之言更被拔高到了天上,爱沃特中学成了悉尼的第一流精英中学,成了悉尼的贵族学校。这叫你吹我吹大家吹,众人添柴火焰高。

高强的第二封信里是一张加百利商务学校的录取通知单,这所加百利学校在悉尼某个僻静角落的一条小马路上,不熟悉的人就算走到那儿,也不一定能摸到学校的门,那扇小门被挤在一个皮货仓库的边上。进了门,是一道狭窄的楼梯,教室就在仓库的楼上。上课时,每个人都能闻到皮革制品的味道。

老实说,在悉尼要找到这样一所学校也真不容易。高强是通过唐人街上一家学校中介机构搞到这张商务学校通知单的,中介机构为高强这样的小留学生提供了不少方便,你没有出勤单,他给你搞到出勤单,你没有分数报告,他给你搞来分数报告。只要你愿意出钱。

像加百利这样的商务学校,只要你交了学费,其实压根儿就不在乎你来不来上课。这种学校最合乎高强的胃口。这些情况,高强在悉尼已经混了两年,当然一清二楚。不过,高强在信中对父亲可不是这样说的,他还在信中夹了几张彩色照片,那是他提着一个傻瓜相机去悉尼大学的校园里照的,绿色草坪前面的几幢漂亮的古典式的维多利亚建筑,被吹成了加百利商务学院的校舍。高强还给这所学校增添了不少内容,加了许多形容词,在他的笔下,这所三流的中等专业学校,变成了全澳最高档的商业大学,是澳大利亚百万富翁和成功者的摇篮。不然为什么叫"加百利"呢?就是培养出来一百个学生,一百个学生都懂得挣钱做大生意,都知道世界的哪个角落里有利可图。

这两封信和照片的效果非凡,在国内当企业老总的老爸很高兴,好像从来没有这样高兴过,答应在高强十八岁生日的时候,寄五万美金给儿子,让他买一辆高级跑车。因为高强还在信中吹嘘自己已经考出了驾驶执照,其实是一张初学者执照。不过,他还真的跟随别人出去玩了几次方向盘,在这方面,他的胆子挺大。

在这个世界上,高强最不感兴趣的事情,最头疼的事情,就是读书,他从小读书就是为了他父亲读的。其实,高强的脑子一点也不笨,他就是读不进书。他能唱流行歌曲,当今的歌星,他学一个像一个。他能弹一手吉他,一边弹一边唱一边抖动着身子,那模样有板有眼,活脱脱的一个流行歌手。他还跟着一个体育学校的老师,学了几天武术,不过学那玩意太辛苦了,没多少时间,他就和体育老师拜拜了。他说以后有机会再到少林寺去学正宗的。他身材高大,相貌堂堂,正在发育时期,说话唱歌时,声音里有着一股儿磁性,很能赢得女生的好感。高强认为自己一点也不比那些钻在书本里得高分的书呆子们差。

有一件事,就表明这个少年既有主见又有魄力,而且还很有心计。

如今他寄给他父亲的两封信,编造什么"毕业照"、"加百利"之类的谎话,和他两年前的那件惊天动地的"天王行动"相比,简直是小菜一碟。

那时候他还在国内一所贵族学校混日子。学校里有不少像他一样的纨绔子弟,他们在一起就是比阔,比谁家的老子有钱,比谁的父亲官大,吹嘘自己吃过的山珍海味,玩过的时髦游戏。

高强当然也不输给他们。但他们很少谈论读书学习,因为一谈起学习他们就感到心虚,就感到底气不足。

高强也经常感到心灵空虚,他在家里是独子,吃喝玩乐的东西一样也不少,可就是缺少关怀,缺少和父母的交流。高强的父亲除了花大把大把的银子将儿子送进高档学校,平时很少关心儿子在做些什么,说实在的,他也没有时间来关心儿子。每天晚上,他都要带着女秘书去参加各种各样的应酬,忙到半夜才回家,有时候整夜都不回家。虽然他们的家是在浦东新区的一幢被称为金球大厦的摩登高楼里,一套六个居室三间客厅的大房子,他们家里一共才三个人,每人能占据两个居室一个客厅,每一间屋子都装修的极其富丽堂皇,高档家具,各种先进的家用电器应有尽有,吃的喝的什么都不缺。高强的母亲当然也不愿意守在这空空如也的大房子里,她认为老公是被外面的狐狸精给迷住了。于是,高强的母亲也是一天到晚的在外面打麻将,每天玩到深更半夜,坐出租车回家。

高强无法忍受的是,周末,他从寄宿学校回到家里,看不见一个人,直到深更半夜,才见父亲母亲一个一个的归家,把家里当作睡觉的宾馆。通常是半夜一二点,父亲先回来,嘴里还喷着酒气,瞧见儿子还守在电视机前,装模作样地问几句学校里的情况,然后就问儿子钱够不够花,然后就掏出鼓鼓的皮夹子,成千上百地甩给儿子。凌晨三四点,母亲踏进门来,叫一声:"哟,是宝贝儿子回来了。妈今天的手气真好,麻将桌上钞票数也数不过来……"接着就从那个精制的小坤包里掏钱,摸出几张百元大钞塞给儿子。高强从不缺钱花,他缺的是另一些什么。

高强心里明白,父母把他送进那个贵族学校里,是皆大欢喜的事情,因为一星期他五天在学校,就没有什么事情可以烦他们了,到了周末,他们花点钱打发他,并不把他这个儿子放在心上,他们忙着呢。

有一个阶段，高强除了父母给的钱以外，还经常开口向父亲要钱，父亲骂一声："小赤佬，现在开销越来越大了，钱不要乱花。"又扔给他一千块钱。

这段时间，高强确实没有像以前那样乱花钱，他正在实行一项"天王行动"计划，这项计划需要一大笔钱。"天王行动"是他精心设计的名字，香港歌坛不是有四大天王吗？不过，高强不知道中国古代还有托塔李天王之说，现代的少年当然是对当今港台的歌星影星最感兴趣，对中国以前的事情能够有一知半解就算是不错了。高强对贵族学校的同学们吹嘘，不久以后，他将实行"天王行动"计划。有些同学好奇地问，"天王行动"到底是怎么回事？他神秘兮兮地一个字也不肯透露，只说："到时候，你们一定会大吃一惊。说不定，从那以后，我就成了你们的偶像。"

在贵族学校里，高强也感到呆不下去了。那些颇有耐心的老教师对他的学习成绩和学习态度直摇头，校长好几次找他，语重心长地对他说："你父亲出的钱就是堆成山，也堆不出你的学习成绩，学习还是要靠你自己。"高强听了这些话感到心烦意乱，用现在那句话说："烦着呢。"

在高强家马路对面的那幢银球国际贸易大厦里，有一个"通天移民留学中心"。那天，高强特意去里面坐坐，接待小姐把他领到了里间，里间的一张大写字台前，那个西装笔挺、脸上戴着白金眼镜架，手指上戴着白金戒指的胖子就是经理。高强见这个办公室比他父亲的办公室还小了许多，那张皮椅子也没有他父亲的那张椅子气派，心里就放松了许多，他一开口就问道："现在，什么人可以出国？"

胖经理说："你应该问现在什么人不可以出国？现在除了躺在棺材里的人不可以出国之外，随便什么人都能出国。"

高强问："我能出国吗？"

胖经理说："你为什么不能出国？"

高强说:"别瞧我人长得高,我今年还不到十六岁。"

胖经理给自己点上一支澳大利亚出产的"魂飞尔"牌香烟,瞧瞧高强,也扔给他一支,吐出一口烟说道:"怎么,想出国,现在小留学生出国的成千上万。不是吹的,上海滩上,就数我们'通天'做得最好,价格公道,收费合理,服务一流。"

高强说:"我父母不想让我出国,我很想出去,但在出去以前不想让我老爸老妈知道,有没有办法?"

胖经理又吐了一口烟:"我们办事的原则是,只对我们的客户负责,并不是对客户的亲属负责。不过,小阿弟,我倒要问你一声,不让你父母知道,谁替你出钱,是不是你的海外亲属替你付费?"

"我自己出钱。"高强也点上香烟,吸了一口说,"什么牌子的,好像不是中国烟。"

"澳洲香烟。"经理两眼睁睁地盯着高强,"你说你出钱,这可是一大笔钱,好几万呢,你去抢银行吧?抢银行的钱,我们可不敢收,违法乱纪的生意我们从来不做。"

"谁说抢银行,我也没有做过坏事。我是说我能想办法搞到钱,我还知道出国要办护照搞公证检查身体什么的,这些事我都不想让我父母知道。钱我一分不少地给你。"

"这就好办了,我给你设计一个全套方案,不过收费要高一些,除了学费、生活费,我另外要收三万元代办费。"经理想一想又说,"你有没有办法把家里的户口本、身份证都搞出来,这些证件都需要用。"

高强点点头,这才想起来问道:"爷叔,你能替我办理去哪个国家?"

经理把烟蒂摁在一个像饭碗一样大、用澳洲珊瑚石做成的烟灰缸里:"澳大利亚,爷叔就是从那儿回来的,那个地方很漂亮,读书也轻松。"

地方漂亮不漂亮倒没有关系,读书轻松最重要,高强最听得进去。

不过，接下来要办的事可不轻松，"天王行动"计划已经启动，没有退路了。高强学着电影里007的间谍手段，从父亲的保险箱里，从锁着的抽屉里、柜子里搞出家里的文件等，和"通天移民留学中心"的胖经理密切配合，两个月后，办完了护照公证书等所有的手续。又过了两个月，入学手续和签证也已办妥。

在一个细雨濛濛的周末晚上，高强父亲没有和客户一起去酒楼，没有去卡拉OK，也没有去洗桑拿，他突然心血来潮，想早点回家去看看周末从学校回来的儿子，儿子最近问他要钱要得太频繁了，有点不太正常。晚上八点，他回到家，打开门，屋里漆黑一片，心想这小子现在也有夜生活了，怪不得钱不够花。他打开灯，感觉到屋里不对劲，东西搞得乱糟糟的，他第一感觉是，家里来了贼，他急忙去看自己的保险箱，那些文件之类被翻得乱七八糟，里面的三万美金和十万块人民币现金都无影无踪了。他马上想到报警，又一想，那些钱来路也不是随便可以告诉人的，犹豫了一下，又去打开儿子的房间，里面更乱，简直就像强盗光临过一般，只是那张写字台上干干净净的，中间有一张白纸，还用一块雕刻着猴子脑袋的玉器压着。他急忙拿开猴脑袋一瞧，纸上是儿子歪歪斜斜的字体：

爸爸妈妈，不是强盗光临我家，而是我在执行"天王行动"计划的最后一步，我需要带些东西出国，一时找不到，只能乱翻了，麻烦你们整理一下。爸爸保险箱里的钱是我拿的，我到外国去总需要带点钱，你们说是不是啊？我已经去浦东国际机场了，晚上九点半的飞机直飞澳大利亚，我知道你们大人都很忙，就不麻烦你们送了。我到澳大利亚会打电话给你们的。

我会想念你们的！

你们亲爱的儿子高强

"小赤佬,胆子也太大了,简直是无法无天。"高强父亲大骂一声,骂归骂,他看了一眼手腕上的劳力士手表,还有点时间,急忙朝楼下冲去,一边给他的夫人打手提电话。

　　那边,在牌友家的高强的妈妈正好摸了一副好牌,杠头开花,自摸清一色,听见电话也不肯接。那手机就像催命鬼似的老响个不停,她一边打开手机一边嘴里咕哝着:"烦死了,谁啊?"一听电话机里丈夫说儿子的事情,当场就说不出话来,把麻将牌一推,冲出门去。那三位牌友目瞪口呆,不知道发生了什么事情。

　　她刚冲到楼下,她丈夫的车已经到了门口。

　　两个人直奔浦东国际机场,可是到了机场门口,瞧见一架飞机闪着灯光升入夜空,进机场一问,正是飞往澳大利亚悉尼的班机。夫妇俩只能望空兴叹。

　　第二天,夫妇俩就气冲冲地去贵族学校兴师问罪,校长反唇相讥地说:"儿子出国,你们做父母的都不知道,还来问我们?"

　　一个月后,高强的父母也赶到澳大利亚,在一个洋老太太家里找到了儿子,这个洋老太太是学校指定的监护人。高强父母也管不了这么许多,把儿子领到一个在澳洲的远房亲戚那儿,已经交给洋老太太的几个月的房钱也不要了。

　　高强在远房亲戚那儿住了几个月,饭来张口,衣来伸手,一点小事也不肯干,还说他们管得太严,说中国人怎么在外国还老喜欢管头管脚,真是烦。于是就和亲戚吵架闹翻了。不久,他搬出了亲戚家,也用不着什么监护人不监护人了。父母远在中国,又不能马上来澳大利亚,鞭长莫及,他们能做的就是朝这儿寄钱。

　　高强在澳大利亚的日子过得轻松逍遥,这儿的学校不像中国,想不想学习是你自己的事情,谁也不来督促你,老师上完课就走人,他们也是根据上课时间拿工资的。高强在这样轻松的学习环境下,还是三天打鱼两天晒网,可见他不要读书是天生的,而且他天生会花钱,钱是来得快也去得快,两年里,手机已经升级换代了八次,这会儿已经换上了能照相有屏幕的最新型的那种款式。自己租了房子,一个人住又感到寂寞,女朋友换了四五个,最近的女朋友中文名字王甜甜,英文名字叫安琪儿,个子长得小小的,说话嘴巴甜甜的,一笑脸上两个小酒窝,很讨高强的喜欢,也是和高强同居时间最长的,已经过了半年,看样子还有同居下去的可能性,她老是哄着高强,不过,用起高强父母寄来的钱也是没商量的,高强给她买衣服、买皮靴,也给她配上了最新型有屏幕的手机,为了通话时,两个小情人也能脸对着脸。她在读书之余,还在市中心的一家饭店里打几小时工,挣来的钱归自己,平时花的钱就躺在高强身上。高强当然也心甘情愿,他从来不去打工。

今天是高强十八岁的生日,他去那个商务学校报了个到,上了一节课,教室里的皮革味道实在太难闻了,理所当然地让他两条腿跨出那幢破房子。

他在城里逛了一圈,在唐人街附近的电脑吧里玩了一个小时,碰到外号叫猴子、英文名叫马克、中文名字不知道叫什么的那位小个子,小个子和他这个大个子好像挺有缘分,经常在玩的地方碰到。猴子人长得瘦瘦的,他比高强大一岁,经常在高强面前吹嘘,说他的父亲是国内一家私营企业的厂长。猴子也挺有钱,常常出人于酒吧、赌场等场所,还说他老是能赢钱,他说他在澳大利亚的生活费都是赢来的。高强听了对他绝对佩服,认为猴子太聪明了,心想,自己什么时候才能轻轻松松地搞点钱,老是花老子的钱,心里总有点儿负担。猴子今天染了一个半金半绿的头发,前一段日子染的是红头发,高强遇到他时,还以为碰到一个日本人,没有认出来,听见有人在隔壁的一台游戏机上叫他,他才看清楚那个半金半绿头发的原来是猴子。"猴子不是红头发吗?"他嘴里咕噜了一句走过去。

猴子走过来说：玩游戏机太小儿科了，不够刺激，还不如去星港城赌场玩。高强也听说过赌场很好玩，不过他以前十八岁不到，不能进赌场。

这会儿，高强就跟着猴子出发了。唐人街后面就有巴士站，不一会，一辆黑色的赌场专用巴士到了车站上，他俩跟随一群赌客上了车，兴冲冲地出发了。

赌场门口，人高马大的警卫看了看高强出示的实习驾驶执照，上面有出生年月，警卫对他笑了笑，说："祝你生日快乐！"把他放了进去。

赌场里面人山人海，高强看得眼花缭乱，也不知道玩什么好。猴子说："你不会玩，就玩老虎机好了，那玩意儿比游戏机还容易，不是吃钱就是吐钱。"他在一台全是金币钞票图像的机器前面做了一下示范，塞进去几块硬币，很快就赢了几个小钱。猴子说："这台机器不错，你先玩着，我去别处看看。"猴子一副猴急的模样，他对玩老虎机不感兴趣，赌场里他熟门熟路，说话间，就不见踪影了。

高强在机器里一共放进去五十元钱，那台老虎机吃吃吐吐，显示出的钱越来越多，突然机器叫了起来，荧幕上的图形五个金币连成了一条线，周围的人都围了过来，高强这才知道自己中奖了，工作人员过来开票，说他中了一千五百元的奖，高强高兴得差点跳了起来。

这时候，只见猴子灰溜溜地不知从什么地方钻出来，他唉声叹气地告诉高强，今天没有看准牌，一会儿，五百块钱就扔了进去，连水泡也没有起一个。他看见高强赢了钱，说是自己给高强选中了机器，问高强能不能先借几百元给他，他翻了本就还给他。高强说："也不用借了，你先拿三百块去吧。"

猴子一溜烟又不见影子了。

高强赢了钱又想起一件有关钱的大事，他得赶回家去，说不定老爸答应的五万美金也寄到了,那今天就是双喜临门。不过,这次老爸寄钱不像以前那么爽快,照理说,现在寄钱挺容易,什么易通换汇、国际换汇,寄的钱当天就能收到。如果收到钱,他马上去宝马车行,他早已看中了一辆八万澳币的红色跑车。高强在赌场里逛了一圈,找不到猴子人影,他想,找不到也好,如果他不能翻本,又输了钱,再向我借怎么办。这样想着,高强的腿已经走出赌场。

回去,仍然有赌场的免费巴士送客,高强坐在车里舒服的高靠背座位上,心想,赌场真是一个好地方,今后要经常来碰碰运气,说不定真像猴子说的,能把自己的生活费挣出来。不过今天,这么精明的猴子怎么会翻船的?

高强下了车,从车站到家里还有一段路,他想以后有了车就不用走路了,还能带着甜甜出去到处兜风,不要太神气太有面子太扎台型,简直是酷呆了。想到这儿,高强情不自禁地手舞足蹈起来,马路上也没有什么人,他大摇大摆地挥动两条手臂,两腿迈着夸张的步伐,一路走去。

门口的小信箱里仍然没有家里的来信,高强想:老爸是怎么搞的,把我生日给忘了。他开门进屋,瞧见桌上有一张王甜甜写的纸条:

> 亲爱的,我下午不回来了,今天晚上也不打工。就在我干活的饭店里,我为你举行一个生日派对,我已经通知了所有的好朋友,今晚你一定会感到惊喜的。你快点来啊!

> 你的甜甜

"酷!"高强又感到心头一喜,还是这个小甜甜能想到我。

这时候,桌上的电话响了起来。是甜甜来电话催我了,不过,平时电话机在边上,甜甜也要打手机,这是咱们新生代人的习惯和脾气。高强拿起电话机,听筒里传来了远在万里之外的母亲的声音,高强迫不及待地问:"老妈,老爸答应的五万美金,给我寄出来没有?"

那边,母亲哭哭啼啼地说:"你老爸不会给你寄钱了,他已经被'双规'了,公安局检察院都到我们家来过了,我们家里的东西都被贴上封条了。"

高强着急地问:"老爸犯了什么事,是不是外面女人搞得太多了?"

"搞女人是小事,你在外国的两年,他已经为你花了几百万,还不算以前花的钱,能不出事吗? 我们家是完了。儿子你快点回来吧……"电话里是高强母亲的一片哭泣声。

高强脑子里当场就嗡嗡地叫起来,他扔下电话又听见敲门声,他以为是甜甜又回来接他了,他哪里还有什么心思过生日,拉开门,是房东老头来收这个月的房租,高强气呼呼地把五百块钱朝他身上一扔,大喝一声:"滚蛋!"拉上门,自己也朝外面冲去。房东老头在后面嘀咕道:"疯了,现在的人都是疯子,中国人也成了疯子。"

高强跑到街上也没有方向,就像一条野狗在街上乱窜。这时候口袋里的手机响了,这次真是王甜甜打来的,高强关掉手机,他现在不想见她。前面车站上驶来一辆巴士,高强跳上车,他也不知道这辆车开住何处,今夜,他没有方向。

二、红坊区暴乱

1

　　红坊区紧贴在悉尼市区的一边。那儿有许多老房子，这些老房子的年龄和悉尼的年龄差不多。几年前，红坊区的火车站边上还有一个大仓库改成的集市，一到周末，四面八方的人来这儿买东西，集市上的东西比较便宜，通常在星期天下午，小贩们拉开嗓子叫喊着，这是最后的叫价，喧闹之后，集市就会关门，这也算是红坊区一景吧。后来，那个集市被迁往市区，于是红坊区一年比一年冷落，除了红坊区的火车站还是一个较大的火车中转站，红坊区的色彩越来越淡薄了。

　　走出红坊区火车站，还经常能遇到几个土著人问你要一元、二元钱，也时常有抢劫的事情发生。这里居住着许多土著人，更有不少丧魂落魄的酒鬼和一贫如洗的穷人。夜幕里，破房子后面的小巷像迷宫一样，差不多成了毒贩子和吸毒者的天堂。

　　这几年里，政府也采取了一些措施，拆迁了一些旧房子，建起了一些新的办公大楼。因为这里离市区很近，交通也方便，于是也涌来了一些办公族。可是，那些西装革履的白领男女们在办公大楼里进进出出，他们对那些土著人，连正眼也不瞧一下。而坐在石头台阶上晒太阳的土著人，也憎恨那些骄傲的家伙。于是，各种各样的事件还常有发生。

　　有人提出说：这个鬼地方是贫穷和犯罪的温床，建议用推

· 18 ·

土机把这儿铲平。可是遭到了许多土著人的抵制，他们说："我们为什么要离开这儿迁到其他陌生的地方去，我们在这儿住了一辈子，我们的亲戚朋友也住在附近，我们不愿离开这里，我们也不愿离开他们。"

土谷是一个土著少年，头上扎着一块花布，身穿烂毛衣，破牛仔裤，脚下蹬着一双肮脏的运动鞋。前几天，他和弟弟土包还有埃利文街的黑奇和另一位伙伴，扫荡了乔治街上那家新开张的体育用品商店。说句实话，土谷很喜欢体育用品，那些时髦的登山车，那些画着各种花纹的滑板，那种能收起放下的新式溜冰鞋，还有各种各样的漂亮的运动衣、运动鞋，样样都让他眼热，那块竖起来比他身材还高的冲浪板在土谷眼里就像一条有生命的大鱼，"他妈的，那些头戴着太阳帽防水镜，身穿彩色冲浪衣，脚踏冲浪板的家伙是多么幸运，他们在卷起的海浪中神出鬼没就像一只自由自在的海鸟。"最让他神往的是摆在大厅中间的一条摩登的马达快艇，驾驶着这条快艇在蓝色的大海里飞驰，后面溅起两道白色的浪花，真他妈的酷极了。而他和街上那些倒霉蛋只能一起在悉尼的港湾里，用手拍拍海水而已。土谷想，也许自己一辈子也不会成为冲浪运动员，不过，他将来有钱的时候，一定要开一家体育用品商店，只要你瞧着店里各种各样的玩意，就能做上无数的梦。

这当然是梦，土谷从梦中回到现实。现实之中，是他和他的伙伴从商店后面的仓库里，搞到了一些运动鞋、运动衣裤和毛毯之类，这些东西比较实用。今天，土谷去另一个社区走亲访友，顺便把那些东西都推销了出去，得了一些钱，这些钱现在都装在他的口袋里。当然，这不仅仅是他的钱，有他兄弟土包一份，还有黑奇和另一位伙伴各一份。土谷只是用零钱买了一包"魂飞尔"牌的好烟，这包烟他也准备和他们一起分享。土包去了那儿，已经二十四小时没有见到他的鬼影子了。这个弟弟虽然只比他小一岁，但胆子贼大，心比他更野，昨天晚上就根本没有回家。土谷知道，土包参加了一些街头贩毒活动，他在替那个名叫斯蒂姆的家伙做推销员，听说斯蒂姆已经被警察抓进去了，土包这样玩下去，也早晚会被送进局子里，"妈的，土包简直是一个没有头脑的小子。"土谷认为，在商店里搞点东西弄点钱和沾上毒品是两回事，吸毒和贩毒都是最倒霉的，他母亲玛吉就是最好的例子，还有那个他没有瞧见过的父亲。

土谷不知道母亲玛吉现在住在埃利文街哪一幢破败的楼房里。红坊区那些破旧的公寓，住着许多土著人，那儿的大门从来都不关，谁想进来就进来，谁想离开就离开，亲戚、朋友、熟人，串门、过夜、住宿，都随随便便，也许，他们的祖先从前在旷野上就是这样生活的。如今，他们虽然生活在大城市，但仍然保持着这种遗风。

不过，玛吉有时候又会像影子一样出现在土谷和土包眼前，向两个未成年的儿子伸手要钱，特别是最近玛吉知道土包手头上有点那些玩意，于是，她出现的镜头就频繁了。土谷既不愿意见到她，又害怕见到她，他怕见到她那对呆滞无神的眼睛，更不愿意见到她讨钱时那双颤抖不止的手。其实，土谷心里也知道，这也不能全怪玛吉。土谷听隔壁的阿凯爷爷说起过，他母亲心灵上受过很大的创伤。当年，有许多土著儿童被白人政府从土著家庭中抱走，送进土著儿童营，十多年后，他们又从那些地方走出来，他们不知道自己的父母亲是谁，没有兄弟姐妹，没有亲人，也没有归属感。土谷的母亲玛吉就属于这些"被盗的一代"，她从土著女童营出来后，年纪轻轻就被人勾搭上了，这人就是土谷的父亲，土谷长大至今就没有见过父亲是什么样子的，听说他父亲也是毒瘾发作时去见上帝的。他母亲在失落的生活中也自然而然地沾上毒品……以后许多年，土谷和土包是在隔壁阿凯爷爷的照顾中长大的。

阿凯爷爷是红坊区土著民众中受尊敬的人物,他是一个有学问的人,屋子里有不少书,还能讲许多以前土著人的故事。在街上闹事的土著少年只要见到阿凯爷爷走来,就会规规矩矩停止闹事,即使那些坐在门口石头台阶上的晒着太阳的土著大汉,瞧见阿凯爷爷走来,也会放下手上的啤酒罐,站起身来,用尊敬的目光注视着他。

可是不久前,受人尊敬的阿凯爷爷死了。临终时,土谷就在他的身边,阿凯爷爷没有子女,他对待土谷就有点像对待儿子,他送给土谷一个很有意义的硬木挂件,断断续续地讲了这块挂件的事,叮嘱了他一番,让他以后好好生活。土谷感到很伤心。

这个画有图纹的硬木挂件现在就挂在土谷黝黑的脖子上,土谷抚摸了一下这块神圣的东西,他想:今后得由他来照顾这个弟弟,不能让他再和毒品沾边,嘿,这个没有脑子的家伙……

土谷脑子里想着事儿,从滚石酒吧前的石头街穿入一条小巷。在红坊区的旧房子中间有许多条七转八弯的小巷,不过这些迷宫似的小巷,对于那些成天在街上游逛的少年,就像是家门口的走廊一般。土谷从小巷那头穿出来,正好是埃利文大街。

"喂——"前面有人叫道,黑奇光着脚板踏着一块崭新的滑板从高处一路溜滑下来,他的脑袋上编着许多细小的辫子。

"这块滑板一定是那天扫荡体育用品商店时捎带出来的,这个鬼家伙。"土谷瞧着有点眼红,心想,那天我怎么没有想到弄一块?

"酷,土谷,找了你一上午,都没有找到你,你去哪儿了?"黑奇的脚趾朝滑板后面一踩。滑板站起来到了他的手上。

"我今天去做推销了,那些货都推销完了,等着拿你那份钱吧。"土谷说着把手伸进口袋。

"你还有这个心思,难道你还不知道土包被警察杀死了?"黑奇语出惊人,不像是在开玩笑。

"什么，你说什么？你说清楚一些。"土谷大叫道，口袋里伸出来的手攥成了拳头。

"我也是听说的。他们说，土包昨夜十点多钟在博克街上被警察追逐，撞在一个金属篱笆上，身体被刺穿了，就像被捅了一刀，送到医院就死了。"黑奇一脸无可奈何的表情。

"你说的是真的？"土谷还是有点不相信，因为土包晚上不回家是经常的事，有时候，他自己晚上也不回家。

"我想是真的。红坊区到处都在传说，大伙认为，那个警察就是杀人犯，还说要找那个狗警察算账，替土包报仇。今天晚上可有好戏了……"

当黑奇离开土谷身边时，只见土谷两眼冷冷地瞧着苍白色的天空，脸上一片茫然。这时候刮起了大风，把街上枯黄的树叶卷上了天空……

大概一个小时的光景，黑奇踏着滑板又过来了，瞧见土谷还呆呆地坐在那儿的石头台阶上，正在抽着一个烟屁股，地下已是七八个烟蒂，土谷的脸色发青。黑奇就对他说："你不想去看看土包死的地方？"

土谷扔掉了烟屁股，干咳了两声，站起身来，跟在黑奇的身后，朝那条街走去。

土谷跟随着黑奇走到了博克街，街上有一股儿不同寻常的气氛，许多土著人站在街上，大人小孩，老老少少，三五成群在街头议论着，他们瞧见土谷垂头丧气地走来，朝他指指点点。在那个铁篱笆处，一个妇人正在嚎啕大哭，那个妇人正是土谷和土包的母亲玛吉，土谷已经是一个星期没有见到她了，他不知道她是从哪儿钻出来的，她伤心的不仅仅土包是她的儿子，土包还是她的毒品供货人……在那个铁篱笆上，已经有人插上了几束鲜花。

一辆巡逻的警车从这儿经过，有人朝它的后面扔去了一块石头……

2

那块石头对于后来发生的街头大战只是一点小火星。

在红坊区里有一家土著人自己经营的名叫"袋鼠"的杂货店，杂货店的角落里有一架大复印机，除了钞票不容许印，其他什么东西拿来，老板都能给你印。那天，老板接到一件特别的生意，是复印一批通缉海报。这张海报是一些热心的土著青少年制作的，他们不知从什么地方找来了那个追逐土包的警察的照片，土包死了，这个警察成了他们的复仇对象。其实，他们早就想复仇了。在这几条街上，有不少青少年被警察追逐过，殴打过。这张同报纸一样大的通缉海报上不但有那个警察的照片，下面还有杀人凶手的字样。

傍晚时刻，在街头的电线杆上已经贴满了这张海报，这就像在街头巷尾点燃起朵朵仇恨的火花，红坊区的空气中充满了爆炸的气味。

巡逻的警车一辆接着一辆，明显增多。警察在执行公务，他们心里也不是味道，天底下，只有警察通缉犯人，怎么能让这些街头小混混来通缉警察？再说，那个小流氓是自己撞在铁栏杆上受伤死的，警察根本就没有责任。他们决不能退让，他们必须维持这个街区的秩序，必须维护警察们的高大形象。

博克街上，一辆警车在一根电线杆边停下来，一男一女两个警察下了车，男警察走上前去撕下通缉海报，女警察警惕地打量着四周。就在这时候，不知从什么方向飞来一只玻璃瓶，不偏不倚地砸在撕海报的男警察的脑袋上，顿时，他的警帽下面流出了一股儿鲜血，女警察急忙把他拉进警车，并打开对讲机，发出援救的呼声。这时候，他们又听到警车顶上两声巨响，显然是石头砸在警车上的声音。紧接着,只听见哗的一声,警车后面的玻璃被砸碎了⋯⋯

十几分钟以后,大批警车赶到了,他们在博克街上设起路障。而在他们的对面,是一大批街头少年,石头,砖块,酒瓶,从小巷里,从旧房子的窗口里,从对面的那些街头少年的手中,像雨点般的飞过来。

妇女儿童们躲在百叶窗后和门缝间观看,而那些上了年纪的经过世面的老人仍然三五成群地站在街边议论着,他们并不害怕,就像面对已经看惯的一场场暴力影片。其中有一幢楼房的二楼,一扇当街的窗户大开,屋里点燃起蜡烛,暗红色的烛光中,一个白发苍苍的土著老人出现在窗前,他的手上握着一根粗大乐器,这种土著乐器名叫迪吉里独,他将乐器的一端的洞口对准他那周围长满白色胡须的嘴巴,一口长气吹入,顿时,这棵像小树般的乐器里传出了悲壮低沉的声音,从窗口传出去,回荡在博克街的街头,压倒了其他的喧闹声。紧接着,从门后面,从窗后面,从街头的那些土著少年的嘴里,一起传出了"嗷嗷"的叫声。这场面,让现代人想起了土著人的远古时代⋯⋯

不一会,靠近博克街的其他几条街都给警察封住了,车辆不能通行。天已完全黑下来,戴着头盔,提着盾牌的防暴警察也出现在博克街上。而对方的武器不仅仅是石头砖块了,啤酒瓶变成了燃烧瓶,在后面阴暗的小巷里,有人把那种绿色的带轮子的垃圾筒当作弹药车,一筒一筒的石头砖块和由啤酒瓶制成的燃烧瓶源源不断地从后面运到前面,送到街头少年的手上,街头少年兴奋无比,越加来劲,越加疯狂,个个都像英雄一样,抛砖扔瓶,嘴里叫喊着、咒骂着,土谷和黑奇当然也在其中。

对面有一辆警车被燃烧瓶点着了,轰的一声燃起了大火,场面更加火爆⋯⋯

3

玫瑰海湾是地处北悉尼的一个美丽的小海湾,又是一个高
尚住宅小区,悉尼许多政客和富商都住在这儿。这儿离市区不
远,交通方便,进入海湾有一座小山坡,小山坡上种满笔直的杉
树,高大的杉树指向天空,树枝上的绿叶迎着阳光,在穿过海湾
的劲风中飒飒做响。山坡后面的景色豁然开朗,自成一格,各式
别致的小洋房,高低有序,面向蓝色的大海,小洋房前面都有绿
毯似的草地和漂亮的大花园。

汤姆斯的家就在玫瑰海湾。在那道小山坡前面是玫瑰湾
火车站。火车一到站,车门被猛地拉开,冲出了发狂的汤姆
斯,在火车上,他真想挥起拳头揍一切人,但又不能揍,只能猛
抓自己的脑袋,一头梳得整齐的金发被鼓捣得像一个乱鸡窝。
他跳下车,闯出站台,车站门口的检票员被他撞到一边,也不
敢吭声。

汤姆斯朝家跑去,他的脑袋里就像有一片火在燃烧。五分
钟时间,他瞧见了他家那幢大石块砌成的古典式的二层楼房,花
园外面还有黑色的铁栅栏。汤姆斯猛地推开铁栅栏门,快步走
进屋里,他要面对他的父母问个一清二楚,他感到自己受到了伤
害,这辈子,他从没有受过这种伤害。

当汤姆斯闯进大厅的时候,他的母亲和妹妹坐在沙发上,正
抱在一起哭泣,瞧见汤姆斯闯进来,都抬起头来。汤姆斯动作粗
鲁地从书包里掏出那团乱糟糟的报纸,朝母亲前面一扔,大声问
道:"这一切是真的还是谎言?"

他母亲抽泣道:"是真的,那是我们年轻时候干的荒唐事,你
能原谅我们吗?"

汤姆斯瞪了她一眼,又问道:"父亲在哪儿?"他说父亲的时

候心里一惊,这个所谓的父亲并不是和他具有血缘关系的父亲。

汤姆斯蹬蹬地跑上楼去,楼上父亲的屋子门关得紧紧的,汤姆斯"乒乒"地敲着门,里面没有反应,汤姆斯敲得更响,而里面回应的是一声巨响,这声巨响是一声枪响。随着这声枪响,只听见他母亲在楼下惨叫了一声,他妹妹安洁儿也跑上楼来。

当汤姆斯狠命撞开门时,瞧见父亲已经躺倒在血泊中,脑袋上有一个焦黑的小洞,鲜血还在一股一股朝外冒,他的手歪斜在一边,手上是一把涂银的勃朗宁手枪。

写字台上是一张纸,是这位保守派议员自杀前写下的一句话,好像还没有写完:"上帝啊,他们为什么要这样对待我……"地下是一大堆今天出版的印着他的大照片的报纸。他们是指谁呢? 也许是指那个在报纸上透露他隐私的私生子和二十年前的那个情人女模特;也许是指他的太太,因为她从来没有告诉过他,汤姆斯是她和另一位艺术家的儿子;也许是指那些在报纸上兴风作浪,摇唇鼓舌的三流记者;更有可能是指他的那些反对派,他们为了和他争夺州长的宝座,挖空心思,挖出二十年前他和他太太的荒唐事情,把他的名声搞臭,搞成狗屎……这些事情得等待警察来调查,当然,这种事情一百年也调查不出什么名堂。

汤姆斯面对这个血腥的镜头,吓呆了,刚才的愤怒一下子又变成了恐惧,变成了无奈,变成了不知所措,这个大孩子也呜呜地哭泣起来。他们家里就像天翻地覆一般……

呜呜叫的警车进入玫瑰湾,警察来了,用做障碍的白布条把议员家的门口围成了一圈,不一会那些鼻子像狗一样灵敏的记者也闻到血腥味赶到了,天上还飞来一架电视台的直升飞机,在那幢石头房子的上面飞来飞去,嗡嗡直叫。

汤姆斯从窗口上瞧着警察、记者和门口围观的人群,愤怒又从心底升起,他认为这一切都是那些家伙造成的,他们是阴谋家、杀人犯。然而,面对这一切,一个破碎的家,一群残忍的社会人物,他感到自己只能出逃,逃出这个噩梦一样的环境……

汤姆斯突然冲下楼梯,奔出大厅,也不管边上警察的呼唤。当他跑过花园时,她的母亲在楼上的窗口上哭喊道:"儿子,我不能再失去你……"汤姆斯头也不回地冲出铁门,拉开障碍布条。其中有一个记者就是报纸上登着小照片的那一位,他不识相地把一个话筒伸到汤姆斯前面,嘴上还说:"我是《晨锋报》的记者,请问……"话还没有全说出口,就被汤姆斯一把推倒在地。汤姆斯拨开人群,朝外飞奔而去。

汤姆斯从斜坡上朝下跑,一口气跑到了玫瑰湾的大海边。

他站在大海的边上,对面有一块巨大的礁石,海水一层一层地涌来,猛烈地打在礁石上,激起白色的浪花,浪花又被卷进了漩涡之中。汤姆斯正想跳下去,随同浪花一起被卷进漩涡,被旋入深深的海底。然而,他没有这个勇气,他还年轻。许多良好的生活愿景,一天之中在汤姆斯的脑袋里破碎了,只存下零零碎碎的碎片。他以前并不喜欢政治,也不崇拜做政治家的父亲,但他对父亲是尊重的,在父亲面前,他是一个循规蹈矩的好儿子,而且,他也希望自己将来能像父亲一样,成为社会上的一个受人尊敬的人物,不管是一个体育明星还是一个艺术家。他爱他的母亲,有时候,他认为他的母亲比父亲更优秀,只不过现在还是一个男权社会罢了。而他的母亲也深深地爱着这个优秀的儿子,把他看作这个家庭里未来的明星。然而,这个家庭,这一切的一切都破碎了,就像前面的浪花,在撞上岩石的一刹那间破碎了……

汤姆斯没有跳进大海,他又朝上坡道跑去,跑到了山坡后面的火车站里。在他离开大海边的时候,他把脑海中以前建立起的信念抛到了脑袋后面,他憎恨这个社会,憎恨所有的人。他要学坏,他想做一个坏人。这时候,火车又轰轰隆隆地来了……

4

在悉尼城区的街道上,汤姆斯就像没有头的苍蝇一样到处乱撞,他走过了那位艺术教授讲课的展览馆,在门口徘徊了一下,没有踏进门,难道他还需要什么艺术吗?他知道"金领带"团体里有几个同学住在附近的高楼大厦里,他们的父母亲也是有头有脸的人物。物以类聚,人以群分,汤姆斯知道自己已经不属于那个群体中的一个,他们肯定早已知道了他父母的事情,不然今天在学校里也不会对他这么冷淡,那个乔治的话已经说得很清楚了,只是他那时候还被蒙在鼓里。他到城里来不是为了来找他们的。他现在什么都不是,"操",他在肚子里骂了一句脏话,但嘴上还是骂不出口,尽管他对这个社会满腔愤怒,他是来寻找堕落的,他要学坏,变成一个坏小子。

可惜,汤姆斯一直是个好孩子,他不知道学坏从什么地方开始,就这样,他抱着愤愤不平的心情在街上毫无目的地游荡着。就像一条养尊处优的良种狗,某一天突然间被主人抛弃了。于是这条狗感到这个城市原来对它是这么陌生,这样冷淡。

其实,在悉尼城里游荡的人很多,除了流浪汉以外,还有不少有家而不想归家的人。这会儿,另一个青年,高强也在城里像野狗一样到处乱窜。父亲的坏消息对于这个刚满十八岁的青年来说,实在无法接受,他就像从云端里一下子掉下来,他知道,现在不会有人给他寄钱了,他那无忧无虑的生活结束了。他不知道怎样在澳大利亚这块土地上呆下去,说句实话,他喜欢澳大利亚,蓝天白云,生活轻松,毫无压力。然而,这一切都需要金钱来支撑,需要他父亲用人民币兑换澳币作铺垫。也许,这就像一个肥皂泡一样,好端端地浮在那儿,太阳光照来的时候,上面还会反射出五颜六色的光环,突然间,肥皂泡破了,就在地上留下一点污迹。现在的高强就像那道污迹。也许,污迹也很快被蒸发。

高强游手好闲惯了,他会干什么呢? 他什么都不会干。他在澳大利亚没有打过一天工,只是有一次晚上去接女朋友王甜甜回家,王甜甜在餐馆里还有许多活没有干完,他帮着干了半小时,回家后还嚷着什么腰酸背疼,让王甜甜也别干了。那个女孩子可没有听他的。在两年的读书日子里,高强在爱沃特中学读书,也是三天打鱼,两天晒网,书本知识学得很少,英语读写勉强过关。不过,他这个人并不笨,胆子也大,到处玩到处混,不怕陌生,喜欢和人接触,和人搭讪,不管洋人还是中国人,见着人先来一声"哈罗",有事没事都要和人搭上几句,上课的时候,还敢和老师说话开玩笑,这里的老师和中国的老师不同,对学生的胡说八道也不在乎,还鼓励学生多说多讲。其实,学语言讲究个语言环境,在澳洲这个大环境里,你只要爱说,敢说,不怕说错,英语口头能力就会自然而然地提高了。而且,高强还经常去卡拉OK,举着话筒,摇头晃脑来几首英文歌曲,所以,他的英语听说能力并不差,比那些老是躲在自己同胞圈里的同学还要强一些。

现在的高强什么也不是,他在澳洲的街道上走着,澳洲的天空虽然很蓝,但蓝天上也不会掉下钞票来。于是,心里苦闷伤感的他,只能一路走一路抽着香烟,口袋里的半包烟已经抽得差不多了。这时候蓝天已经变暗,傍晚来临了,暮色渐渐笼罩住这座城市。

水泥杆上的路灯亮起来了,商店橱窗里的灯光更加明亮,五颜六色的霓虹灯在街道上闪烁。然而,汤姆斯像梦游者一般在街道上行走着,对周围的一切毫无感觉。他脑子里充满了如何使自己变坏的念头,但是,就是想不出一个确切的主意。对某些人来说那真是太容易了,脑子一转就能转出一个诡计,就能产生出一连串坏想法。可是对汤姆斯来说,却是太难为他了。这时候,他瞧见前面一个人抽着烟卷走过来,汤姆斯终于得到启发,人要变坏,就得先学会抽烟喝酒,然后就是吸毒,然后再去抢银行,报纸上和通俗小说上都是这样说的。汤姆斯这才注意到天已经黑了,抢银行恐怕时间太晚了,银行都已经关门了。不过,可以先从抽烟喝酒开始学起。

汤姆斯踏进一家香烟店,他拿出钱问店主要一盒"魂飞尔"牌香烟和一只打火机,店主瞧了瞧他,问他有没有超过十八岁,还让他拿出身份证明。汤姆斯不情愿地把学生证朝桌上一扔。店主拿起学生证瞟了一眼,嘟哝着说:"哟,还是博士山中学的。我不能出售香烟给你,你才十七岁。"

"这有什么关系?"汤姆斯颇为不满。

"按照政府的规定,出售香烟给十八岁以下的少年,店主要被罚款五千元。当然,如果你愿意出五千元,我可以卖一盒烟给你。"店主把刚拿出来的香烟又放回柜台,他又啰嗦说,"那个打火机你还要不要,政府没有规定买打火机者的年龄。"

汤姆斯一把拿回了钱,嘴上骂了一句:"狗屎政府。"

他气呼呼地跨出店门,心里想着:"他妈的学坏也这样难?"瞧见又是一个抽着烟的人走过来,那人的相貌状态是一个亚洲裔的小伙子,也像无头苍蝇那样在街上乱转着。他就是高强,汤姆斯走到高强面前问道:"哥们,能不能给一支烟?"高强从口袋里摸出烟盒,打开一看,只有最后一支了,他把烟和烟盒一起塞给对方。

汤姆斯也瞧见了,他没有接烟盒,拿出手上的钱说:"你自己留着吧。你能不能替我进烟店买一盒烟?"

高强问:"为什么你自己不去买?"

汤姆斯有点脸红:"我还不满十八岁,那家伙不肯卖烟给我。你满十八岁了吗?"

"操他妈的十八岁!"高强响亮地骂了一句,接过汤姆斯手上的钱,闯进香烟店,从自己口袋里也摸出一些钱,还有那张实习驾驶执照,上面有出生年月,朝柜台上一扔:"操,两盒魂飞尔香烟。"

店主瞧他这气势,也没多说话,收了钱给了两盒烟。

就在香烟店门口,两人一人拆开一盒烟,嘴上咬一支,点上火。汤姆斯吸了一口烟,就被呛了。高强吐了一口烟问道:"哥们,还没有学会抽烟吧?"

汤姆斯不买账地又吸了一口,一边呛着一边问道:"哥们,你刚才为什么要操十八岁?"

"今天是我十八岁的生日,"高强长长地吐了一口烟,"操,今天我刚知道,我的父亲被政府抓进去了。"

汤姆斯也没有问清高强是哪一家政府把他的父亲抓进去的,马上联想到了自己父亲的事。汤姆斯嘴里吐出几个字:"他死了。"

高强睁大眼睛问:"谁?"

"我父亲,就在几个小时前。"虽然汤姆斯不想称呼那个人为父亲,但他还是说了,而且在街上对一个毫不相干的人悲伤地说了。

这两个邂逅相遇的人,此时此刻,就像同病相怜的一对。

不一会,这两个青年人,一个金头发的一个黑头发的从一家酒店的侧门边跨了进去。酒店里闹哄哄的。他俩来到柜台前,高强叫了两瓶啤酒,拿酒来的正好是酒店老板,他瞧了瞧这两张年轻的脸,问道:"你们俩满十八岁了吗?"高强又甩出实习驾照,老板对着汤姆斯问:"你呢?"

汤姆斯老老实实地说:"我十七岁。"

这时候,只见老板对着门口的一个大汉叫道:"罗宾,罗宾,你他妈的怎么把十八岁以下的小崽子也放进来了。"他转脸又对汤姆斯吼道,"你他妈的什么时候钻进来的,你想招来婊子养的政府官员对我罚款,你想让我破产,你给我滚出去!"那边,门口那个大汉也走了过来。

高强拉起汤姆斯说:"我们快走吧。"他又拿起桌上两瓶酒,对老板说:"这两瓶酒都是我买的。"

老板对他瞪瞪眼:"你可以留下,他必须滚蛋。"

高强拿着酒和汤姆斯一起离开了酒店。

他俩在街上把两瓶富士特啤酒喝了,一点也不过瘾。高强对汤姆斯说:"操,跟我一起去红坊区,那儿有一家滚石酒店,很热闹的,老板和管门的家伙对十八岁以下的人睁一只眼闭一只眼,只要你买他们的酒。以前,我经常跟猴子去。"

"猴子,你没有说狗熊吧? 见了大狗熊,谁也不敢挡道。"汤姆斯有点幽默感。

"嗷,我说的猴子是我的一个朋友,他什么都会玩。我们走吧!"高强想起今天在赌场里翻了船的猴子,不知这家伙现在怎样了。

他们两个又一人点上一支烟,朝前面不远处的一个巴士站走去。

5

半个小时后,巴士来到红坊区的一条大马路上,就被警察设的障碍物拦住了,前面不能通行,所有人通通下车。

他俩也不知道发生了什么事情,警察吆喝着,让大家别朝前走了,还说什么前面有危险。汤姆斯瞧着那些警察对高强说:"今天的警察,他妈的真够忙的。"他想起,刚才在他家门口忙活的大概就是这些家伙,现在又到这儿来折腾了。

高强和汤姆斯见前面的路不能走,并不甘心,他俩今天的心情是什么都不管,只想找到滚石酒店,喝他个一醉方休。高强说大路不通能走小路，反正大致是在那个方向，管他前面发生了什么事情。

他俩穿小路，走暗巷，走了十几分钟，也不知道走到哪里了，又穿进一条黑黝黝的小巷里，里面也没有灯光，汤姆斯嘀咕着："你走的路对不对？"高强信心十足地说："对，对。"这时候，他俩感到小巷里很热闹，人来人往，黑乎乎的也看不清脸，也看不清他们在干什么。汤姆斯又说："不会是这么多人都去滚石酒吧吧？"高强说："说不定，澳洲人就是爱热闹，你以前没有去过酒吧？怎么会碰到你这么个如此老实的澳洲人。"说话间，前面的人更多了，几乎到了摩肩接踵的地步，他们手上还提着东西，有的人在推着垃圾筒，那人对他俩叫道："喂，哥们，上来帮帮忙。"

那人在前面拉，他俩在后面推，也不知道这垃圾筒里装的是什么。高强说："这垃圾筒还真他妈的沉。"黑灯瞎火的他们走出了小巷，前面博克街上灯火辉煌，人声鼎沸。

高强和汤姆斯一看到前面土著少年和警察对峙的场面，就兴奋起来，热血沸腾，好像压在肚子里的气一下子从嗓子里冲了出来，他俩也不需要谁的动员，马上加入了暴乱少年的群体之中。那个垃圾筒打开了，是满满一筒砖块和燃烧瓶，该出手时就出手，他俩争先恐后地拿起砖块朝前面的警察抛去，刚才拉垃圾筒的就是那个土著少年土谷，他是怀着对警察满腔仇恨加入暴乱的，他也这样认为，是警察杀了他的弟弟土包。那些土著少年们因为扔石块抛酒瓶，时间长了，都有点手酸乏力，瞧见两个不知从什么地方钻出来的家伙，一个是黄皮肤黑头发，另一个是金头发白皮肤，虽然他们不是什么土著少年，可瞧他俩玩命的样子，很快成了他们队伍里的生力军，他们对他俩发出了欢呼的声音，土谷把一个燃烧瓶递到高强手里，高强奋不顾身地扔出去，燃烧瓶在举着盾牌的警察队伍前面的马路上闪起一堆火光，土谷又把一个燃烧瓶递到汤姆斯手里，汤姆斯像一个运动员似的起跑几步,把燃烧瓶一直扔到警察的队伍之中,蹿起一股火光,引起警察队伍的一阵混乱。一边的黑奇叫道:"哥们,太棒了。"

高强和汤姆斯在街上蹿下跳,越战越勇,越战越兴奋,他俩要把积压在胸中的那股儿仇恨统统发泄出来,他俩和土谷一样,也要复仇,虽然他俩并没有什么具体的复仇对象。

这当儿,市区警察局长已经命令把街头的监视系统全打开了,电线杆上大楼角落里的摄像机,把暴乱的场面全摄录了下来,在镜头中,土谷、高强和汤姆斯是闹得最凶的几个。当然这时候,他们一点也不知道以后会发生一些什么事情。

这场暴乱持续了七八个小时,警察生怕事情闹大,也没有硬朝前面冲,只是提着盾牌在马路中间挡成一排。到了半夜,那些土著少年人困马乏,一个一个地开溜了,只有土谷、高强、汤姆斯等十几个人还在糊里糊涂地扔石块,黑奇提着几罐饮料上来,对土谷说:"土谷,兄弟们都走了,我们也撤了吧。"

土谷喝着饮料打量四周,确实没有几个人了,他说了一声:"撤!"

这时候,那边的警察瞧见这边的人不多了,也行动起来,警笛一响,上百名警察朝这边跑来抓人。十几个土著少年呼啦一下,四处逃窜,马上钻进后面几条黑胡同里。正在喝饮料的高强和汤姆斯手足无措,他俩人生地不熟,不知道跟着哪位走,警察越追越近,这时候躲进小巷的土谷又跑了出来,对着高强和汤姆斯喊道:"跟着我!"

他俩跟着土谷跑进最近的一条小巷,一个警察也已追到巷口,汤姆斯扔出手里的饮料罐,饮料罐击中了那个警察的脖子,警察疼得叫了一声,他们跑进小巷深处,后面又有几个警察追了进来。

毕竟土谷路熟,在小巷里七转八转,就把警察给甩了。高强和汤姆斯跟着土谷从一个路口转出来。高强瞧见前面的情景乐了,他对汤姆斯说:"这不就是滚石酒吧吗?"

他们还想去喝一杯,可是这个时候已是下半夜,酒店正在做打烊工作,一个上了年纪的醉鬼从酒店的门里出来,他摇摇晃晃地走下台阶,走到停车场上,打开一辆红色丰田车的车门,钻进车里。他可能喝得太多了,手脚乏力,转动钥匙,啪啪啪地连车上的火也打不起来。

高强回头对汤姆斯和土谷说:"今夜喝不成了,想不想出去兜兜风?"

土谷说:"真是个好主意。"

他们一起走到那辆车旁,那醉老头还在转动钥匙打着火。土谷伏在车窗上对那醉老头说:"伙计,你瞧你喝的,你的那张脸比你那辆车还红,让警察瞧见肯定会有麻烦的,今晚这儿到处是警察。"

那醉老头还没有全醉,说:"好像是这么回事,那我能怎么办?"

高强敲着那边的车窗说:"要不要我们帮帮你。"

"你们送我回家,那太好了。你……你们的车在哪儿?"老头又打开车门跨出来,摇摇晃晃,差一点摔倒。土谷扶住他,一把从他手上抓过车钥匙,嘴里说:"我们的车就在这儿。"他又把车钥匙朝高强那儿扔过去,问道:"兄弟,会不会开车?"

高强说:"没问题,哥们,上车吧。"

那老酒鬼糊里糊涂地感到有点不对劲:"你们要干什么?"

"送你回家啊。"汤姆斯认真地说,他还真以为要送那老头回家。

"我看你躺在这儿挺舒服的。"土谷把靠在自己身上的老酒鬼朝地上一扔,"哥们,快上啊!"

那边的汤姆斯还莫名其妙地站在车旁,在他心底里的道德准则使他一下子无法接受眼前的事实,刚才对付大街上的警察是一回事,现在对待一个醉鬼老头又是另一回事。高强已经把车发动起来,土谷吹了一声尖利的口哨,对躺在地下的醉老头说了声:"谢谢,再见。"汤姆斯犹豫着拉开车门,跳了进去。

红色的小汽车在停车场转了一个圈,窜上了马路。

醉老头胆战心惊地爬起身,他认为这几个小子一定是打劫抢银行的强盗,没有要他的老命就算是客气的了。

这时候,对面的小巷里,几个警察总算从黑暗中摸索出来,瞧见这边的老头,就走了过来。老头嘴里冒着酒气儿对警察唠叨,说他的汽车被几个抢银行的家伙给抢走了。警察问:"到底是几个人?"醉老头伸出手指说:"好像是三个。"警察又问:"你瞧见他们抢了哪一家的银行? 怎么我们到现在还没有接到过银行被抢的报告。"老头很有信心地说:"他们一定会去抢的,我想,你们明天一定会接到报告的。"警察以为他是喝多了说胡话,又问他车的颜色型号,他还能记清楚,说是红色的丰田车。警察又问车牌号码,老头想了好一会儿,打了一个酒嗝说:"我,我实在想不起来了,我得回家去查文件。"

一个反应很快的警察已经在对着对讲机讲话了,他说:"那辆被抢的车是红色丰田小车……哦,号码,号码不知道,得回家去查文件。"他关掉对讲机埋怨道:"没有车号,总不能把悉尼街头的红色丰田车全拦下来吧。"他们对这个醉老头也没有办法了,又走上台阶去问滚石酒吧正在做收尾工作的酒店老板,那个老板胖得就像一只圆筒,胖老板本来就对警察不满,还怕麻烦惹身,就说什么也没有看见。于是,警车只能开一辆警车送这个糟老头回家,顺便去查那个倒霉的丰田车号码。

三、飞越阿姆斯监狱

1

那辆红色丰田车上路了,至于上的哪条路他们才不管呢。车辆从红坊区开出,不一会就闯进城里,城里的交通线路很复杂,高强驾着车左转右转,一下冲到人行道上,幸好没有撞在水泥电线杆上。

土谷说:"你这驾驶技术也太差劲了,还是让我这老司机来驾驶。"他和高强换了座位,其实这家伙才十七岁,他连考驾驶执照的念头也没有产生过,但他只和黑奇等人玩过几次车。他的驾驶水平也比高强好不了多少,刚把车开下人行道,就撞在马路边上停着的一辆公共汽车上,不但把人家的车屁股撞扁了一块,自己的车前灯也撞掉了一个。

高强说:"你这个驾驶员怎么前面一辆大巴士也瞧不见?"

"刚上手,刚上手。"土谷驾驶着丰田不在大道上行驶,老是朝小马路钻,大概和他平时走路的习惯差不多,他说大路上有警车巡逻,这话也有道理。一会儿他又把车开进一条狭窄的死胡同,进不能进,退呢? 他又没有这个驾车水平,退了好几次,也退不出来。把路边的垃圾筒撞倒了两个,在墙边擦掉了一块车皮。

"我看你的驾驶水平也不怎么样。"高强嚷着,又和土谷换了一下座位,他还说:"下去,下去,你在后面看着,瞧我发挥一下倒车的水准。"

土谷下了车，在车后面做着手势。两个人总算配合着，把这辆车倒了出去。

幸好现在是深更半夜，街上也没有什么行人，这辆车在街上瞎转着，也没有闹出什么大事故。而且这个下半夜，街上巡逻的警车很少，大概今夜发生的事够多了，已经把他们累坏了，大部分警察都撤回家睡觉去了。

红色丰田小车又转上了大路，高强又神气活现地握着方向盘，嘴里还得意地哼起了小调。

坐在后排车位上的汤姆斯为这两个冒牌驾驶员紧张得手心里捏出一把汗，他从坐上车开始，一颗心就悬在那儿没有放下来过，这辆车这儿撞一下，那儿碰一下，每一下就如同碰在他的脑袋上，他的脑门上也挂满汗珠。可是，他感到太刺激了，蠢蠢欲动，手心痒痒，也想摸一摸方向盘。但他从来没有开过车，车上的各种玩意在什么位置他也不清楚，当然无法逞能。不过，他的手摸到了一样东西，刚才太紧张了，竟然没有瞧见车位的那边还有一个纸箱，他的手伸进纸箱摸出一个玻璃瓶，在灯光下，他看清楚了，那是一箱啤酒，太妙了，一箱福士特牌啤酒。

汤姆斯大声宣布了这个消息，就像刚才他们在街上扔的燃烧瓶，此刻在这个小车厢里炸开了，三位哥们把一切的不幸都扔到了车窗外，高兴得不知怎么好？汤姆斯打开了一瓶啤酒，又递给土谷一瓶，土谷说："一定是那位绅士特意留给我们的，他认为光借一辆车给我们是不够的。"说着土谷"啪"地打开瓶盖，那边高强一把抢了过来，他一手挡着驾驶盘，另一只手握着酒瓶子朝嘴里灌啤酒。

小车转上了宽阔的一号高速公路，车速加快，晚风劲吹。一号公路是环绕整个澳大利亚的国家公路。他们几个也不知道将车开向何方，只知道朝前开，开向那茫茫的不知名的远方。就像他们不知道自己的前途在哪儿，只知道在这黑夜里胡乱瞎闯……

悉尼附近地区都处于丘陵地带,小车一会儿上坡一会儿下坡,高强又摸到了车上的收音机,把音响开得嘭嘭响,这时候他们看到了公路边上的大海,大海在月亮照耀下,银光闪闪,车里的三个小伙子,一边喝酒一边对着大海狂喊……

高强索性把车开到了大海边上,他们把那箱啤酒也搬到车下。他们为什么而干杯呢?高强举起酒瓶说:"操他妈的十八岁!"汤姆斯举起酒瓶叫着:"操政府!"土谷举起酒瓶喊道:"操警察!"然后他们一瓶瓶地朝喉咙里灌,喝完一瓶,就鼓起劲把酒瓶子往大海里扔,就像几个小时前扔燃烧瓶一样。直到喝完最后一瓶酒,扔掉最后一个酒瓶子。

三个小伙子折腾了一夜,感到累了,他们钻进车里,在车里睡熟了。这时候,太阳在海平线上跳出一个半圆形。

第一个听到警车尖叫声的是土谷,土谷一贯仇视警察,所以他的耳朵对那种"叽呀、叽呀——"的警报声有一种天生的灵敏度,那种鸣叫声从远处传来时,太阳已经照到了树梢,他们三个还在梦中,土谷从梦中惊醒,他推了推两位哥们的肩膀,可是那两位摇摇脑袋不肯睁开眼睛。直到几辆警车把他们这辆车团团围住,一个警察手上握着手枪,一下子拉开车门,回应他的是车内震天动地的呼噜声,只有土谷睁着红红的眼睛看着那个手中握枪的警察……

2

阿姆斯监狱是一座老监狱,以前一直由政府管理,后来政府为了减少财政赤字,实行了强大的私有化政策,不但把航空公司、电信局、铁路系统等大型企业交给了私人公司,连这座监狱也交给了私人公司管理。已经有一位议员提出,可以将警察局也交给私营企业，因为警察局也老是赔钱，从来不替政府挣钱。当然是否将军队也卖给私人，这件事也可以考虑，这样国家能把军费开支也省了。

实行私有化以后，老板为了增收犯人，对这座老监狱进行了投资和扩建。原来监狱四周都是用花岗石建起的七八公尺高的围墙，就像古代的一座堡垒似的。现在在围墙外面又扩展开一大片，造起了监狱的新区，围墙改用厚实的水泥预制板和严密的铁丝网，里面的设施和条件也更现代化，安装了先进的电子监控系统。犯人在里面的日子也混得不错。据说以前，政府管理每一个犯人，每一天需要支出的费用是二百元，如今交给私人公司，只需要花费一百五十元，政府一算账，就把这件生意承包给私人公司了。如今阿姆斯监狱里设男犯部、女犯部和比较宽松的少年犯管教部。

在离悉尼二百公里以外的一处叫"酒鬼"海滩的地方，汤姆斯、高强和土谷三人被警察逮捕了。这个处在东部海岸线上的一个海滩其实很普通，和其他成千上百个无名海滩一样，没有什么特别之处，只是有一次一群喝醉酒的人在那儿闹事，于是这个海滩获得了"酒鬼海滩"的大名。今天上午，在这个海滩上逮住了三位喝醉酒的少年犯，"酒鬼海滩"的名字又上了报纸。不过，这三个被关在警察局里的少年到现在也不知道这个海滩的大名。

警察对他们三人分别进行了审讯，现在轮到了土谷。审讯的时候，土谷感到警察并不坏，也不像恶魔，那个警察打开了一个录音机，态度和蔼地对土谷说："我们问讯时，你可以保持沉默，不过，你回答的每一个问题，都将是我们提供给法庭的证据。"土谷认为自己没有什么可以隐瞒的，一五一十地照实说了，不过说到他的兄弟土包的死，他的火气又上来了，骂警察是杀人犯。警察耸耸肩,说这个事情还需要调查,总会真相大白的。然后警察说喝上午茶的时间到了,他去倒咖啡,问土谷要不要也来一杯? 土谷说要一杯。警察又问他,咖啡里要不要加奶,要放一勺糖还是两勺糖? 土谷说,不用加糖和加奶,他需要一杯浓一点的咖啡,他的眼皮就要粘在一起了,他压根儿就没有睡醒。

经过审讯,警察感到事情有点麻烦,一个是刚自杀的大议员的儿子,一个是昨晚在红坊区引起那场大暴乱的那个死者的哥哥,还有一个是不知从什么地方冒出来的中国小子。除了这个小子刚满十八岁,其他两个都没有成年。三个人都有街头暴力行为,参加了那场暴乱,这在那些街头监视系统中已经查到了,还有更严重的是,他们在街头袭击老人,抢劫车辆,这些事都有凭有据,完全可以将他们送上少年法庭,不过,从另一个角度看,他们好像都是事出有因,在他们的心理上有许多捉摸不定的因素。但这些,都可以将来等待法庭来判断。警察把他们逮住了,就算万事大吉。不过等待法庭判决,要有一段时间,他们三个也不能在警察局那几间小房间里老关下去,又不能轻易地放出去。三个人都没有提出要求保释,汤姆斯不想见到他的母亲,宁可待在局子里。土谷的母亲连影子也找不到,找到了也根本不具保释能力。高强的事情就没法说了,警察在想,是否能把这闹事的小子送回中国。最后,他们三个被送到了阿姆斯监狱的少年犯管教部,先看管着,等待法庭的审判。

3

这几天,他们三个的日子过得还不错,除了失去自由,阿姆斯监狱里吃的住的也不比家里差多少。高强对每顿都吃西餐有点意见,土谷就说:"这里又不是唐人街,还能让你吃中国食品?"高强点点头说:"土谷你说得对,这年头能混就混了。"汤姆斯平时话说得很少,虽然他在他们三个中间最年轻,他却像一位智者一样,老是坐在床上,一声不吭,两眼里露出思索的神态。他们三个被关押在同一间二十平方米的牢房里。

说是被关押,其实对他们这些少年犯还是很宽松的。因为他们三人还没有定罪,所以连囚衣也没有换,还是穿着他们自己的衣服,又给了他们几件替换衣服,只是让他们把口袋里的东西都掏出来,保管在监狱办公室里。平时,他们可以走出那间牢房,去饭厅里看电视,也可以在高墙下面的大院子里自由活动。少年犯区域的大院子就像一个大花园,中间是一个进行体育活动的水泥球场,四周都是绿草铺成的草坪,草坪上有鲜花有树木,空气清新,鸟语花香。如果没有进来住过些日子,还真以为这里是别墅呢。他们已经住了一星期,高强说:"住在这个地方还真不错,有吃有穿,还能打球看电视,不过老住下去也没有意思,我们还年轻,总不能在这儿养老吧,汤姆斯、土谷,你们说是不是?"汤姆斯赞同地点点头。土谷说:"那我们就该换个地方,出去走走。"高强连忙问:"我们怎么出去?我们又不是鸟,能飞出高墙。"这时候,他们才知道自己是被囚禁在监狱里,感到有点儿难过。

事情是那天开始产生的。法院派人来找这三位少年,对他们说,根据澳大利亚的法律,他们应该在审判前去找一位律师。土谷说:"我们没有钱请什么狗屁律师。"那位说:如果他们自己没有找到律师,法庭将会指定一个律师替他们辩护,这是他们的权利。汤姆斯冷冷地说:"权利,哼。"高强说:"真的要让我们坐牢啊?"土谷说:"难道你现在不在坐牢吗?"

那位先生走后,他们三人就到大院里去溜达。平时,他们一走入大院,就朝中间的那个球场方向去。今天,他们出门后,却沿着围墙的边上走。

需要说明的是，少年管教部靠东边的一部分的铁栅栏围墙和男犯部朝西边的一部分围墙是贴在一起的，从铁栅栏的空隙间，两处可以互相瞧见，也可以说话交谈。当三人走过这儿时，他们听见铁栅栏那边有人叫"土谷，土谷"。

土谷走过去挨着铁栅栏一瞧，也瞧见一个似曾相识的人。那个人说："我是斯蒂姆，你还认识我吗？"土谷想起来了，这个斯蒂姆和他死去的兄弟土包是朋友，说朋友也不太恰当，斯蒂姆有三十岁左右，而土包才十五岁，应该说他是土包的老板，或者说供货人更加恰当一些。土包老是夸他是一个有本事的人，说他将来一定是一个大人物，有几次斯蒂姆来找土包，土谷也在场，斯蒂姆想说服土谷一起推销那些特殊的货物，还说只有干这一行，才能挣大钱。土谷说："我不干毒品。"这一点他脑子非常清楚。斯蒂姆一走，土谷马上劝土包别干毒品，少跟那些家伙来往，土包不听，执迷不悟，结果暴死街头。

这家伙怎么也待在这里？于是土谷就问他道："你为什么也在这里？"

"是因为政府和我过不去，把我请进来的。政府老是和我们这些遵纪守法的公民过不去。我已经进来半年了，政府要让我在这里待八年，我当然不愿意待这么久，我会想出办法来的，我在外面还有一件大生意要做……"斯蒂姆不但人长得英俊，而且能说会道，"这不，政府不是把你们几个也请进来了，所以说，做人不能太老实了……"

土谷说："我们进来和你进来不一样。"

"当然不一样。土包虽然死了，他已经成了英雄。你们几个也是英雄，你们在街上用石块和燃烧瓶对付警察，真是太痛快了，这是多少兄弟们想干而不敢干的事情。我在电视上一下就认出了你，你长得真是和土包一个模样。我和土包的友谊你是知道的，我们不但是生意合伙人，我们就像亲兄弟一样。对，你就是土包的亲兄长。"斯蒂姆从铁栅栏那边伸过手来和土谷握手，"对于土包的死，我很悲伤，我已经为此流了不少眼泪，我曾经大哭了一场。我为你有这样的兄弟而感到骄傲……"他紧紧地握着土谷的手，挤眉弄眼，又亲热又悲痛，土谷也被他弄得感动起来。

这时候，汤姆斯和高强也凑到铁栅栏边，斯蒂姆又亲热地和他们握手，称赞他们是澳大利亚的英雄，几位哥们被他捧得飘飘然不知所以。高强一下子就被这个人迷住了，他肚子里说："这家伙可比猴子强多了。"汤姆斯也很高兴在这儿能见到这样一位奇怪的人物，这样的人物好像戏剧里面的人物。

他们约定，明天还是在这个地方见。

斯蒂姆确是一个不同凡响的人物，他在黑道上的绰号叫"美男子"。他身高一米八〇，挺拔修长，身上也有几分土著人的血液，所以他的皮肤带点棕黑色，恰好和现在流行的古铜色皮肤很相近，而他的相貌又是欧裔人种的特点，高鼻梁，大眼睛，眼珠子是浅蓝色，像一潭秋水，颇有个性的下巴，一张嘴，花言巧语滔滔不绝，所以得到不少姑娘的青睐。斯蒂姆已经不知道换了几任女友，有时候同时交几个女朋友，搞得她们争风吃醋，艳闻到处传播。此外，他还要忙自己的生意，要挣大钱应付花花公子的生活，所以整天忙得不可开交，恨不得把自己分成三头六臂。他最铁杆的女友是一个从俄罗斯移民来澳洲的姑娘，她叫娜达丽娅，是一个漂亮的金发女郎，以前在俄罗斯的一个飞行俱乐部工作。

如今，呆在阿姆斯监狱的斯蒂姆倒是清闲下来，这就让他产生了无穷的烦恼。以前忙是忙了一点，但忙得高兴，忙得快活。现在的清闲简直就是浪费他宝贵的生命，何况他还有一笔大生意要做，这笔生意做成了，他就会有一大笔钱了，也许，可以一劳永逸了。这件大生意的前期工作刚进行到一半，而在另一件生意中，他犯了一点小错误，结果他就被政府请了进来，要坐八年牢。他非常后悔,后悔自己过于自信,以为自己精力无穷,接了太多的生意,结果是忙中出错,把自己送到警察的手里。斯蒂姆是属于那种脑子一转就有一个主意的天才,当他瞧见了土谷他们三个,喜出望外,马上就有了一个新的主意,这时候圣诞节就要来临,斯蒂姆认为这三个青少年是上帝给他送来的礼物,他认为自己的事儿已经成了一半。他在监狱里的半年,已经做了不少这方面的工作……

第二天,他们几个又在老地方碰面。斯蒂姆又把三个少年吹捧了一番,接着,他就大肆抨击这个社会,说:"他妈的,这个社会太不公平了,那些有权有势有钱的人物只顾自己过天堂般的好日子,从来不顾我们这些小人物的想法,我们这些不幸的人就被逼着去干那些下贱的活。你们也知道,这个世界上谁也不愿干下贱的活,所以我们只能找些别的能挣钱而又不太辛苦的活计。"他并不知道汤姆斯和高强正是出生在他说的那种有权有势有钱的家庭。

"穷人不是有救济金吗?"汤姆斯对此有不同理解。

"啊,小伙子你以为那几个可怜的救济金就能把人打发了吗?你太天真了。人并不是一条狗,人有思想,有行为,有爱和仇恨……"这个滔滔不绝的斯蒂姆简直就像一位哲学家、思想家,"你,我,土谷,还有这位亚洲兄弟,瞧瞧,瞧一瞧我们的脸,瞧一瞧我们健壮的身材,就知道我们都是一些聪明健康的人。澳大利亚是一个多元化的社会,虽然我们的肤色有点不同,但这并不妨碍我们一起干一番大事业,你们说是不是啊?"

土谷说:"你说的干大事是什么?是不是让我们去推销毒品?这事我绝对不干。"

"哦,这是我以前为了生存做点小生意。怎么能让你们干这些街头小混混做的事情?我在电视上看到你们和警察对着干的高尚行为,我就知道你们将来是干大事的人,你们前途无量,你们的将来都会是百万富翁，跟着我干，你们的人生一定会很辉煌。"斯蒂姆说得吐沫四溅。

高强虽然有些话听不太懂，但觉得这人太带劲了。

汤姆斯虽然和斯蒂姆有不同的观点，但也感到这个人身上好像有一股儿磁性，把自己给紧紧地吸引住了，他想知道这人说的大事究竟是什么？汤姆斯问："我们在监狱里能干什么大事呢？"

斯蒂姆知道鱼已经咬上饵了，"在监狱里当然干不了什么大事，最大的事就是放一把火，把监狱烧了。烧了监狱我们也不会成为百万富翁，我们当然不能干这样的傻事。我们得离开这儿，到外面去干大事。"

土谷问："我们怎么离开这儿？总不能翻墙爬出去吧？"

"这就是我要帮助你们的，不过你们也需要出一点力。"斯蒂姆的眼睛朝铁栅栏的左右瞧了瞧，"你们那边没有什么别的人吧？"

"没人。"汤姆斯对斯蒂姆更有兴趣了，"你有什么办法吗？"

高强也在想，"这人真神了，监狱里还能想出什么高招，真像电影里的007一样了。"

"我当然有办法。你们以为我在这儿半年是白住的吗？我得干些事情。"斯蒂姆指着铁栅栏那边不远处，"瞧，你们那边有一棵大树，树底下有一个大铁盖，铁盖下面就是监狱的下水道系统。不过，据我所知，那铁盖上面有一把铁锁。"

高强走过去到树底下一瞧，果然和斯蒂姆说的一模一样。

"瞧，这是什么？"在斯蒂姆手里出现了一把小锉刀。

汤姆斯说："你的意思是用锉刀锉掉铁锁，从下水道里逃到监狱外面去？"

"这就太简单了。据我所知，在下水道的出口，还有好几道铁栅栏拦着，就像这边的铁栅栏一样，除非你是一只耗子，你是无法逃出去的。铁栅栏外面还有卫兵守着。"斯蒂姆早已把监狱的情况摸熟了。

"那你是什么意思?"汤姆斯不理解。

"你们在你们那边锉断铁锁,就可以打开铁盖,我这边在一棵树下也有下水道和同样一个铁盖,我已经把上面的铁锁搞断了,如果两面都打开铁盖,我们就可以通过下水道来往了,这就很方便了。"

汤姆斯笑了起来:"方便有什么用,你来我们这儿,我们去你那儿,不都还是在监狱里,又不能飞上天?"高强也说:"这是打地道战啊!"

"这你们就不懂了,我这儿是老监狱,里面的院子太小了,周围的围墙太高了,墙上面还有哨楼,里面有提着机关枪的卫兵。你们那边的院子很大,中间还有一个球场,真是太理想了……"斯蒂姆又贼眼溜溜地朝四处瞧了瞧,"噢,我说得太多了。你们只要把那个铁锁搞掉,在我们预定的时候打开铁盖,我保证你们能得到自由。"斯蒂姆把那把小锉刀塞到土谷手里。

这几天里,他们三个少年假装在那棵树下玩耍,把铁盖上的铁锁慢慢地锉掉了,他们感到干这事又惊险又刺激。有时候,斯蒂姆也来铁栅栏那边,从空隙间朝这边瞧着。

在这几天里,斯蒂姆的女朋友娜达丽娅也来看望过他,他俩亲密地说了一些悄悄话。

而在这同时,法院也指派了律师来找三位年轻人。律师在了解情况后说:他同情他们个人的不幸,不过,他们个人遭遇的不幸,并不能成为他们街头暴力和抢劫行为的合法理由,不过,他们还年轻,他可以以他们心智还不成熟为理由,推导出他们对抗社会的观点有其逻辑过程。因此,只要他们能够认错,能够忏悔,和他这位律师相互配合,他能够推断,法官将会对他们进行从轻判决,或许是半年,最高不会超过一年的少年犯管教营的监禁。

土谷拒绝和律师合作，他认为自己没错，犯罪的是警察。汤姆斯有点心动了。而高强对什么澳大利亚的法律系统一点也不了解。律师说，过几天就是圣诞节，祝他们圣诞快乐。过了节，他再来和他们联系，同时，让他们好好思考一下。

"他妈的，我们在这儿过圣诞能愉快吗？"土谷愤怒地说。他不管在这儿是关一年还是呆半年，这儿就是喜来登宾馆，他一天也不想住，他说："这儿不自由。只要斯蒂姆能把我搞出去，他就是魔鬼，我也跟他走一趟。"

高强说："我跟你们走，我们已经把那个锁也搞断了。"他认为做这种事太刺激了。

汤姆斯还犹豫着，土谷不满地说："你是不是和警察、法庭他们是一伙的，你想出卖我们。"

"不，我不是犹大。"汤姆斯涨红脸，最后还是决定和大家一起干下去。

4

今天晚上是圣诞之夜，连监狱里也增添了不少节日气氛，少年犯管教营的大院里，草地上竖起了一个巨大的充气的穿红衣服戴红帽子的塑料圣诞老人像，红色的灯光一闪一闪，从圣诞老人身上放射而出，树枝上也挂满了五颜六色的彩灯，煞是好看。少年们都在草地上，瞧着周围的五彩缤纷，瞧着天上的月亮和星星，吃着监狱里今天发下来的糖果等零食，想着外面精彩的世界和梦中天国的景象。

这时候，在那道铁栅栏边，有一个小手电亮了一下。土谷、高强和汤姆斯急忙跑到那棵树下，拔掉了那个早已锉开的铁锁，掀起了沉重的大铁盖。不一会，只听见下水道里传出了声音，一会儿，只见一个戴着圣诞老人帽子的，脸上还挂着一副眼镜架子，下巴上粘着白胡子的脑袋从下水道里钻出来，土谷仔细一看，认出是斯蒂姆那张脸，把他一把拉上来。

斯蒂姆对三位少年挤眉弄眼地说："我们去球场那边，时间快到了。"

三个人到现在还不知道他在玩什么花样，只听他说过那个计划名叫"天路历程"。

汤姆斯读过《天路历程》，是以前一个欧洲作家写的一本书。但他弄不明白斯蒂姆的"天路历程"是什么？

汤姆斯着急地问："你去那儿干什么，你不怕被别人发现？"

土谷说："你是不是还准备去那儿表演节目？"

高强说："你不是说，我们不会在这儿过圣诞节吗，什么时候能把我们弄出去呢？"

"别啰嗦了，我们现在已经走上了天路历程。"斯蒂姆拉住大家，就朝球场那个方向走去。

来到球场上，其他少年瞧见了斯蒂姆，他们都不认识他，戏谑地说："嗨，你是不是圣诞老人？"

斯蒂姆扔掉夹在鼻子上的眼镜，摸了一下白胡子，指着天上说："真的圣诞老人在天上，他马上就会降临这儿。"

就在这时候，天上真的响起了轰隆隆的声音，由远而近，黑暗的夜空里也亮起一道灯光。少年们以为有什么奇迹发生了，平心静气地瞧着从天而降的玩意。停在球场中间的是一架直升飞机，螺旋桨产生的旋风把边上充气的圣诞老人也吹倒了。最多一分钟的时间，斯蒂姆和土谷、高强、汤姆斯一起奔上了直升飞机。周围的少年兴奋了，也哄叫着跑向飞机。

驾驶直升飞机的是斯蒂姆的情人娜达丽娅，她把身边的一支手枪扔给了斯蒂姆，斯蒂姆拿起手枪，朝天空中放了几枪，那些跑来的少年怔住了。直升飞机又轰隆隆地升向天空。

"酷!"高强竖起大拇指,他认为今天的这个"天路历程"行动的档次,比他以前干的"天王行动"不知道要高多少。土谷和汤姆斯也非常高兴,对着夜空高喊道:"我们自由了!"

直升飞机飞得并不高,差不多是贴着附近的山坡和谷地在飞行,这可以避开雷达和空中其他飞机的寻找,但这需要高超的飞行技巧。不过,对于娜达丽娅来说,这只是小菜一碟……

今天傍晚时刻,一个金发女郎出现在渔人码头风景区,这儿和阿姆斯监狱才一山之隔。她戴着墨镜,背着一个漂亮的鳄鱼皮制的坤包,这个时髦女郎就是斯蒂姆的情人娜达丽娅。她早几天就来这儿打听过了,这儿有一架私人直升飞机,经营观赏海湾景区服务,每一小时一班。傍晚时刻已经是最后一班,因为今晚是圣诞夜,大家都想赶回家去,所以渔人码头区游人很少。娜达丽娅在售票处一下子买了最后一班的四张票,她知道这架飞机上,除了驾驶员,只能载四个游客。

晚霞映红了渔人码头,时间到了。娜达丽娅上了直升飞机,驾驶员左等右等,也不见另外三名游客来临。娜达丽娅出示了一张票,另外三张票还在她口袋里呢,她当然知道不会有三位游客来了,她却显得不耐烦地说:"我观赏完了景区还要赶回家去和家人一起过圣诞夜。"驾驶员也想快点飞完这一班,能赶回家,他说:"不等那几个家伙了,谁知道他们去哪儿了。"娜达丽娅说:"也许,他们把这事忘了,回家去了。我们快上天吧。"

驾驶员轰隆隆地把直升飞机飞上天空,到了空中才只有几分钟时间,娜达丽娅就从鳄鱼皮坤包里取出一把手枪抵在他的后脑勺上,拿掉他的头套,让他关掉通讯系统,飞到山那边去。驾驶员没有想到这个金发女郎还是一个老手,他乖乖地把飞机飞过山头。山头这边,娜达丽娅也早已来看好了地形,她让驾驶员把直升飞机降在一片林中空地上,又把驾驶员赶下飞机,把他绑在一棵树上,然后自己驾驶着这架直升飞机,飞到了十几里地外的阿姆斯监狱,演出了这场劫狱戏。

再说,渔人码头的地面办公室和那架直升机失去联系后,马上将情况报告当局。当局的有关人员也没有在雷达上发现飞机,以为这架直升飞机不知在哪儿出事了。没有多少时间后,就接到阿姆斯监狱来的报告,说有一架直升飞机进行了一次劫狱,有一位成年犯人和三位还没有被审判的少年犯人一起出逃。因为天色已黑,没有看清楚这架飞机的型号。监狱的保安人员从来没有碰到过这样的事情,手足无措,监狱里也是一片混乱。

当局马上派出直升飞机进行寻找,然而这架直升飞机好像从天空中消失了。

其实。这架直升飞机飞行不到十五分钟,已经降落在一个山间别墅附近。这个荒凉的山间别墅是斯蒂姆和娜达丽娅一年前就租下来的,他们俩一直在策划着干一件惊天动地的大事,已经做了不少准备工作,但做到一半,斯蒂姆在另一起事件中犯了案,被抓了起来。租下的这幢大房子这回又派上了用场。直升飞机就停在房子后面不远的一处荒地上。娜达丽娅早有准备,把一个伪装网罩上直升飞机,又让他们几个把周围那些已经砍倒的树枝树叶都盖到伪装网上面,这样,无论是白天还是黑夜,天空中的飞机也瞧不到地下这架藏着的直升飞机。

5

第二天,斯蒂姆、娜达丽娅和三位少年在屋子里开了个庆贺酒会。斯蒂姆举着酒杯做了滔滔不绝的演说,他从世界上的恐怖主义事件讲到澳大利亚的经济形势,从美国纽约世贸大厦的毁于一旦讲到印度尼西亚巴厘岛上的连环爆炸,从论述澳大利亚的自由党和工党之争讲到前些日子的红坊区暴乱,讲得天花乱坠,吐沫四溅。土谷虽然是那次红坊区事件的中心人物,可从来没有想得这么多，想得这么远，他想，怪不得土包会对这个家伙佩服得五体投地。高强更是听得云里雾里，听得越糊涂就对那人越钦佩，以为是遇到了世上的高人。汤姆斯说："斯蒂姆先生，我认为你一定能够竞选州长，你的演说水准一点不比那些议员差。"

"那当然，对这一点我毫不怀疑。"斯蒂姆摇头晃脑地继续发挥道，"但是，我的几位年轻的兄弟们，你们应该知道，在这个世界上并不是你有天才，其他人，特别是那些高高在上的人就会对你尊敬，你还必须有金钱有地位，我相信如果我有了这些条件，我会问鼎澳大利亚总理的宝座的。不过，我现在还年轻，我会一步步去做的。"

汤姆斯很有兴趣地问："你想做什么呢？"

"这个问题应该是我们想做什么？你们和我现在已是一个团体了，你们都是非常聪明优秀勇敢的年轻人，我们在一起是一定能够做成那件大事的。"斯蒂姆"乓"地一下把酒瓶子敲在桌上。

土谷问道："你说的到底是什么大事？"

"这就是我们今天要讨论的命题，哦，我已经有了一个漂亮的题目。我们已经按部就班地完成了'天路历程'计划，来到了自由的天地之中，当然那些狗屁警察还会狗一样追踪我们，就让他们去追吧，他们是狗，我们也是狗，是比他们更高明的狗。你们知道澳大利亚丁狗吗，它们是一群野狗，在沙漠里面都能够生存，它们比一般的狗跑得更快，在澳大利亚生了千百年。我们就该是一群丁狗，我们将会焕发出更强的生命力，不能老是被追被咬，更要主动出击，去狠狠地咬点什么。"说到这儿，斯蒂姆打量了一下大家，"咬点什么呢，这就是我的擒魔行动计划。"

"斯蒂姆……"在边上的娜达丽娅叫道，她手上握的不是啤酒罐，而是一杯俄罗斯产的伏特加白酒。

"亲爱的,请不要打断我。"这位演说家又打开一瓶啤酒,咕噜噜地朝嘴里灌。

三位少年就像听故事一样听着他的滔滔不绝的话,昨天刚玩了"天路历程",飞出阿姆斯监狱,今天又要玩什么"擒魔行动",酷,真是太刺激了。不过,还是汤姆斯有点头脑,他问:"斯蒂姆先生,你的擒魔行动,听起来好像是去抓什么妖魔鬼怪,真有这么回事吗?"

"当然,自古以来,世界上就有许多妖魔鬼怪,我对此毫不怀疑。今天在这个世界上,更是妖魔横行。我的擒魔行动,就是去对付一个吸血鬼,这个吸血鬼有着亿万财产。我们擒魔行动就是去打开魔鬼的宝藏,就像阿拉伯故事里,叫一声芝麻开门,然后宝藏的门打开了,无数的金银财宝就会落到我们的手里……"斯蒂姆把这个行动吹得天花乱坠,又讲得神神秘秘,藏头露尾,"当这个行动完成以后,你们每个人都将成为百万富翁,钱多得花不完。"

土谷问:"那么你呢?"

"我当然也会成为百万富翁。不过百万富翁只是我伟大理想的第一步,我的理想,其实已经告诉过你们了,我将利用这些财富进行更伟大的行动,我将踏上政坛,成为澳大利亚历史上一个最伟大的政治家,然后我要让社会变得更加公正……我希望你们在得到那笔巨款以后,仍然跟随着我,为我们伟大的事业工作。"斯蒂姆又开了一瓶酒,和三位少年一一碰杯,他大声叫嚷道,"为了擒魔行动,为了我们伟大的未来,干杯!"

"干杯!"三位少年和那个娜达丽娅都被他搞得热血沸腾,晕头转向。

在以后的几天中,斯蒂姆让三位少年都呆在别墅里,他和娜达丽娅每天驾驶着一辆面包车出门,傍晚才回家,然后他们两个在屋里鬼鬼祟祟地讨论到深夜。

斯蒂姆对三位少年说，他们只要那天勇敢地参加那场行动就可以了，就像以前参加"天路历程"行动一样，他告诉他们，这个"擒魔行动"他在一年前就开始了，中间因为出了一点事，他被关进监狱里去了，现在行动重新启动，他和娜达丽娅去了解一些新的情况。至于什么情况，他不漏一点口风，也不给三位少年透露一点细节，什么是"擒魔行动"，他还是用装神弄鬼那一套来解释。

汤姆斯有点不满，土谷无所谓，而高强则为斯蒂姆辩护道："我以前也搞过一个天土行动，这种行动是绝对保密的，连自己的父母也不能让他们知道。斯蒂姆既然已经答应我们参加这次行动，他肯定有他的打算，我们就耐心等待吧。"

于是，他们每天在屋子后面的草地上打打球，高强还喜欢唱几句，英文歌、中文歌，他一口气唱了十几首，土谷说他的歌声很好听，汤姆斯说："你简直就是一名歌唱家，什么时候，让你在悉尼歌剧院一展歌喉。"

一星期很快过去了，今天是这一年的最后一天，明天是新年来临的第一天。几位少年商量着，明天应该安排一些活动庆祝一下。

"土谷，还是你说说，你们是怎么过新年的？听说土著人的新年特有意思。"高强问道。

"我们的新年就是大家围在一起唱歌跳舞，听阿凯爷爷说，我们以前都是在野外跳舞的，能跳几天几夜，我们在跳舞的时候纪念我们的祖先。现在我们住在城里不能这样唱歌跳舞了，在狭小的后院里刚唱上了几句，隔壁的邻居就会去投诉，说我们影响了他们的休息。这年头，我们土著人真是他妈的越来越没有自由。"土谷埋怨道。

汤姆斯说他们家的新年是连着圣诞节的假日一起过的，新年第一天，他们家会开一个大派对，把亲戚朋友都邀请到他们家，他母亲会烤一个大火鸡，做一个大布丁蛋糕……说到这儿，汤姆斯突然感到很难过，他现在已经没有这样一个家了。

高强想到自己家的事也感到很难过。几个小伙子差不多就要流眼泪了，大家一阵沉默。

"好了，别说什么家里婆婆妈妈的事了。"还是高强年长一岁，又是独身在外世面见得多些，他想把大家的情绪扭过来，装着欢快的样子说："明天，我来个大联唱，唱的全是猫王的歌。知道不知道猫王，以前美国的大歌星，红遍美国，红遍全世界，想当年，他可要比今天美国的迈克尔还要红呢。"

土谷说："我怎么没有听说过？我不知道什么猫王狗王，明天我给你们表演一段土著舞蹈，是阿凯爷爷教的，阿凯爷爷年轻的时候会唱许多歌跳许多舞，棒极了，肯定比你的那个什么猫王强。可惜阿凯爷爷死了。"

汤姆斯说："可惜这儿没有一把小提琴，我是我们学校乐队的第一小提琴手，要是有一把小提琴，我一定给你们演奏一段博拉姆斯的小夜曲，那一段是我最拿手的，我在中学生联赛中还得过奖呢。"

高强说："博拉姆斯我不知道，我们中国香港有四大天王，你们知不知道，刘德华、张学友、黎明、郭富城，还有新四大天王，许志安、梁汉文、古巨基、李克勤……都是唱歌的，歌唱得棒极了。"

汤姆斯说："你叽里咕噜地讲了一大串，我怎么听也听不懂，你说的是英语吗？"

土谷听懂了，他说："从来没有听说过什么四大天王，还是什么唱歌的，唱歌的人都在地球上，怎么能上天？"

汤姆斯补充道："天上只有上帝，凡人只有在死了以后，或者升入天堂，和上帝在一起，或者下地狱，和魔鬼做伴。"

"这不公平。"土谷又和汤姆斯产生了分歧："你们白人就知道自己的上帝，我听阿凯爷爷说，在你们白人的上帝出现之前，天上就有我们的太阳神和月亮女神,还有我们的土地大神赛东,还有海洋大神,就是土地大神赛东的哥哥赛西……"

话越说越热闹,三位少年天南海北地争论开了。

就在这时候,斯蒂姆和娜达丽娅开着那辆破面包车回来了。他俩一下车,斯蒂姆就向三位少年郑重宣布道:"擒魔行动,明天正式开始。"

6

第二天,斯蒂姆又和大家一起喝了酒,三位少年准备的新年活动一项也没有进行,他们跟着斯蒂姆来到后园,斯蒂姆又搞了一个花样,他在后园里点燃起一堆火,让三位少年围着火堆起誓,对即将参加的"擒魔行动"一辈子保密,他举着一个火把,让三位少年和娜达丽娅每人举着一个火把,跟在他后面煞有介事地高喊着:"我起誓,我起誓……"

傍晚时刻,他们分两路出发了,一路是天上,娜达丽娅驾驶直升飞机,带着汤姆斯。另一路是地下,斯蒂姆驾驶那辆破面包车,车上坐着土谷和高强。出发前,斯蒂姆还拿出两套新衣服,让两位少年穿上,他自己也是西装革履,好像是去做客的样子。高强和土谷穿着新衣服,越发搞不懂斯蒂姆在搞什么名堂。

半个小时后,汽车在弯弯曲曲的山道上行驶着,进入一个靠近悉尼海湾的山谷。山谷豁然开朗,是一大片绿草地,草地边上有森林,有河流,草地中间是一幢像城堡似的大房子。当时,少年们还不知道,这儿是一个亿万富翁的大庄园。

汽车停在一片树林的后面。斯蒂姆拿出两张照片给土谷和高强看,他说:"瞧见了没有,就是这两个吸血鬼,一大一小,小吸血鬼是大吸血鬼的儿子。"

土谷和高强从两张照片上看到的是:一个是五十岁的相貌

堂堂的中年人,另一个是十岁左右的神态活泼的儿童,从两张脸上无论如何也看不出什么吸血鬼的样子。土谷问:"为什么又出来了一个小吸血鬼?"

斯蒂姆狠狠地说:"这你们现在还不懂,有大吸血鬼就一定会有小吸血鬼。吸血鬼很多地方是和人差不多的。我们今天要抓的就是小吸血鬼,至于那个大吸血鬼,他今天没有在家,不过,我早晚会对付他的。"

高强问:"你不是说什么芝麻开门,然后就像进阿里巴巴山洞一样,能搞到许多金银财宝。是不是进了那幢大房子,就能搞到许许多多的钱。"

"噢,回答你的问题有点困难,不过意思有点像。但进了那幢大房子,也许一下子看不到金银财宝,只能看到那个小魔鬼,刚才已经让你们看过照片了,他的样子一点也不可怕,你们瞧见他,就把他抓起来。我们可以通过这个小吸血鬼,搞到无数的钱,这就是擒魔行动的关键所在。我现在已经全告诉你们了,以后的每一步,你们必须听我的,记住了没有。"斯蒂姆从一个提包里摸出一把手枪。高强和土谷看见手枪都吓了一跳,他们没有想到过抓吸血鬼还要用手枪。斯蒂姆又拿出一副手铐和一把亮晃晃的匕首,他说:"你俩,一个人拿手铐,瞧见小吸血鬼就把他一只手铐上,另一就铐在自己的手上,这样小吸血鬼就无法逃走了,另一个人就拿着匕首对准他的脑袋,让他乖乖地跟你们走。"

高强问:"斯蒂姆先生,那你去那儿呢,是不是去寻找金银财宝?"

"我就在你们边上,我要干的事情多着呢,放心吧,我不会独吞财宝的。"斯蒂姆把那两件玩意给了他们。

土谷说:"让我和吸血鬼铐在一起,我有点害怕。"

高强说:"我不害怕,我拿手铐,你拿刀子吧。"

斯蒂姆和两位少年把凶器藏在身上,下了车,躲进树林子里。就在这时候,他们看到了天上飞来了那架直升飞机,越来越近,传来了轰隆隆的声音,不一会,直升飞机就停在树林前面的草地上。

飞机上并没有下来人,靠着树林一面的门却打开了,只见汤姆斯在门口向他们招招手。斯蒂姆带着高强和土谷躬着腰迅速地跑向飞机这边的门。他们刚爬上飞机,高强和土谷瞧见娜达丽娅仍然坐在驾驶座上,汤姆斯和他俩笑笑还没有来得及说话,斯蒂姆又让高强和土谷拿起一个放在飞机上的大花篮,从飞机那边的门走下飞机。那边的门正好面对着远处那幢大房子。

高强和土谷都搞不懂为什么要从飞机一边偷偷摸摸地爬上去,又从飞机这边走下来,还要提着一个这么大的花篮,真不知道斯蒂姆在玩什么名堂,不过,他们早已经领教过了,斯蒂姆的花样层出不穷。高强见汤姆斯和娜达丽娅没有下飞机,边问道:"他们两个不一起去吗?"

"他们有他们的事。"这时候的斯蒂姆已是一脸严肃,整了整身上的西装领带,戴上一副墨镜,领着高强和土谷大模大样地朝那幢大房子走去。

他们从一条大道走向那扇拱形的大门,踏上石头台阶,那扇门已经打开了,一个穿白制服的男佣问他们找谁。

斯蒂姆大大咧咧地说:"我们是来参加新年派对的,难道考锤先生没有和你提起过我?"

男佣感到莫名其妙:"考锤先生没有说过今晚要在这儿进行派对。请问,你叫什么名字?"

"我叫斯蒂文。也许是我把地方搞错了。噢,你能把这个花篮交给考锤先生的儿子小乔治吗,瞧,还有花篮中间这个小橄榄球,他会很喜欢的,上次他对我说,斯蒂文叔叔,我最喜欢这个图案的橄榄球。可爱的小乔治在吗? 我太想见见他了,瞧,这两位少年,也是小乔治的朋友。"

男佣瞧着笑嘻嘻的斯蒂姆，又瞧瞧高强和土谷，见这两位少年脸上也没有什么恶相，点点头说："好吧，你们可以见见他。"

他领着他们朝里面走去，一面走还一面喊道："乔治，乔治，斯蒂文叔叔来看你了。"

前面突然冒出一个抱着橄榄球的孩子，嘴里嚷着："哪个斯蒂文叔叔？"

斯蒂姆一瞧见这个孩子，就从怀里拔出手枪，对着男佣说："别动，这儿没有你的事。"又对高强和土谷叫道："就是这个小魔鬼，快抓住他！"

高强拿出手铐，瞧着那个孩子天真的脸，看不出一点儿电影里见过的那种吸血鬼的样子，他不忍心对面前的这个孩子下手。土谷搞糊涂了，瞧着孩子可爱的脸，他也不相信眼前的这位是什么吸血鬼，他虽然拔出匕首，可手直颤抖。

那孩子还挺机灵，一瞧见这个场面，就朝旁边的一道楼梯上跑去，跑上楼梯，把手上的橄榄球也扔掉了。

斯蒂姆火了："他妈的，你们俩怎么像一对傻公鸡，快去抓住这个小魔鬼。"他见两位少年还呆着不动，自己朝楼梯上跑去，一脚踩在那个橄榄球上，又滑下来，他恼羞成怒，举起枪朝楼上"乒乒"地打了两枪，又准备朝楼上跑，可是没有走两步，他瞧见了一个可怕的镜头，楼梯口出现了一枝黑乎乎的双筒猎枪，一道火光，猎枪朝下面发射了一次，打掉了楼梯上的一根栏杆。拿猎枪的人在楼梯口也露了一下脸。斯蒂姆看见了，那就是考锤先生本人，斯蒂姆又朝上面开了两枪。于是，楼上楼下就形成了对峙的局面。

这时候，那个男佣已经不知道躲到什么地方去了，高强和土谷也被眼前的真枪实弹交火的场面吓得不知所措，躲在楼梯下的角落里。

根据斯蒂姆得到的情报，这个大吸血鬼今天不在这儿，他应该在他的银行大厦里举行新年酒会,他妈的,他怎么跑到这儿来了?看来再准确的情报也会出差错,他还给那个提供情报的家伙两百块钱呢。还有,这两个傻小子一点也不中用,是自己看走眼了,还真他妈的是闹鬼了?斯蒂姆气呼呼地想着。蓦地,整个大房间里响起了一片尖锐的警报声,那些开着的门窗都自动地关上。斯蒂姆知道,这是楼上的人启动了警报系统,这个系统直通警察局,也就是说,十五分钟,最多不会超出二十分钟,警车就会出现在这个庄园周围。斯蒂姆对离这儿最近的警察局到庄园的路程做过实地考察。

斯蒂姆知道已经无法冲上楼去抓什么大吸血鬼小吸血鬼,现在是自身难保,要快点脱身逃出门去,可是门窗都被自动警报系统锁住了。他像一条疯狗,带着高强和土谷在一个个房间里东奔西窜,想找到一个出口,或者找到刚才那个男佣,可是房间太多了,根本没法找,也没有时间找了,他们又冲进一个房间,里面冒着一股儿烤肉的香味,原来是个大厨房,一个老头穿着厨师的白衣服,手上握着一把削肉的刀子,他瞧见斯蒂姆用枪对着他,识相地放下刀子。斯蒂姆对高强和土谷叫道:"把这个老家伙押到楼梯口去。"

高强和土谷也知道现在的处境不妙,听从了斯蒂姆的命令,把老头押到外面的楼梯口边。

斯蒂姆对着楼上喊道:"听着,如果你们不在一分钟内把门打开,我就马上把这老家伙干掉。"他高喊了两声。

警报声即刻就停止了,楼上的考锤叫道:"我已把门打开了,你们可以出去了。请不要伤害任何人。"

斯蒂姆挥舞着手枪对两位少年说:"把这老家伙带走做人质,如果碰到警察,还能派上用处。"

他们推着那老头跑出门去。老头好像也不惊慌,神态从容地跟着他们一起朝直升飞机那边走去。这时候,野外的天色已渐渐地暗下来。

两分钟后,他们已经跑到了直升飞机边上,斯蒂姆催着他们赶快上飞机。可是上了飞机,斯蒂姆又让他们几个朝飞机那边的门爬下去,然后跑到树林后面的面包车上。这时候,高强和土谷见到汤姆斯已经在车上了。斯蒂姆不等大家坐稳,就发动了车子,他回过头对几个少年说:"替我好好看着这个老家伙,如果他不老实,就宰了他。路上我们不能再出一点事了。"

面包车没有开出多少路,就听见前面警车的尖叫声呼啸而来,警车驶过他们的车边,斯蒂姆还挥手和警察打招呼。警察一点儿也不关注他们这辆破面包车。面包车里,土谷正在咬着一块烤肉,他肚子饿了,这块烤肉是他刚才在厨房里顺手带出来的。斯蒂姆从反光镜里瞧见土谷吃烤肉,生气地说:"你他妈的抓不住小吸血鬼,吃肉倒没有忘记,是不是还想来瓶啤酒?他妈的,我也正想喝一口。"

原来这些都在斯蒂姆周密仔细的安排之中,他们来时,这辆面包车从一条小道上驶来,隐藏在树林后,而那架直升飞机来时阵势很大,不可能不引起别人的注意。

事情的发展果然如此,当这架直升飞机降落在前面的草地上时,考锤先生也刚来到这所庄园。他今晚本来该去参加公司的新年酒会,但身体有点不舒服,头很疼,就不参加酒会了,于是来到庄园想好好休息一下,和儿子一起过个新年和周末。他听见外面的直升飞机的声音,也感到有点莫名其妙,他拿了一架望远镜从楼上的窗户里朝直升飞机那边望去,望见有三个人提着一个大花篮朝他家的白房子走来,他也搞不明白是怎么回事。直到楼下发生了那件事,儿子从楼下逃上来,他感到事情不好,有人要绑架他的儿子。幸好边上有一枝双筒猎枪,他拿起猎枪,跑到楼梯口狙击歹徒。那些人押着一个老人走后,他又拿起望远镜,因为天色有点暗,但他还是看清了,那些家伙押着老人上了直升飞机。他当然看不见那些人在另一边又下了飞机,上了藏在后面的汽车里。他立刻打电话到警察局,说歹徒把人质押上了飞机。

赶来庄园正在半路上的警察局长听到这个消息,联想到劫狱的那架直升飞机,马上用车上的半导体电话呼叫总部,而对从身旁驶过的一辆破面包车一点也没有注意。

当赶到庄园时,他们瞧见那架直升飞机慢悠悠地飞上天空。警察局长得意地说:"这次,你可跑不了了。"说话间,天空中出现了几架警察的直升飞机,对那架直升飞机进行追击。

那架直升飞机在天空中转了几圈后,就朝一座山头上降落下去,停在山坡上面的一块平地中。警察的直升飞机也降落下去,端着冲锋枪的武装警察跳下飞机,朝那架直升飞机包围过去,可当他们拉开那架直升飞机的舱门,里面空空如也。警察马上对周围进行了搜索,他们在不远处发现了一个山洞,山洞里面很大,他们打着手电在山洞里走了半个多小时,从另一个洞口走了出去,洞口下面的不远处有着一条荒芜的小路,杂草上面压过一道清晰的车轮印子,但不是汽车,汽车无法在这条狭小的路面上行驶,可能是摩托车之类,但摩托车也无法载着四个人驰行,警察们想来想去也想不通,他们所能想到的只是罪犯已经逃跑了,跑得无踪无影。

7

面包车在回来的路上,还是出了点事。这辆面包车从外表看是破旧了一点,但机械性能很好,行动之前,斯蒂姆又特意把它送到车行里进行了一次检修,车行老板检修完毕,收了钱,拍着毛茸茸的胸脯说,这辆车再走五万公里,不会出一点点毛病。斯蒂姆心血来潮,又让老板在车身上用油漆喷了一个澳大利亚丁狗的图像。丁狗大概算是澳洲大陆上最凶恶的动物了,身子和狗差不多,所以也凶不到哪里去。

可今天偏偏出事了,这辆面包车还没有走满五百公里呢。在一个山道的拐弯处,突然熄火了。斯蒂姆真是恨不得揍那个车行老板一顿,他肚子里骂道:今天这个世界真他妈的是人心不古,世道沦落,那个情报贩子,这个车行老板,都只知道收钱,不好好干活,一点职业道德也没有,自己的事都坏在这些只知道骗钱不认真干活的家伙手里。斯蒂姆当然从来不想他干的事是否符合道德。

幸好车上人多,那辆车被推了一段路,终于在斯蒂姆的咒骂声中又发动起来了。一路上,好几次有警车鸣着警笛从他们边上驶过。

回到那座小木屋,有一辆摩托车停在门口,娜达丽娅已经先他们一步到家了。娜达丽娅瞧见他们押着一个老头走进屋,就问道:"不是说好了,抓那个小吸血鬼,怎么抓来一个老头?"

斯蒂姆朝着高强和土谷没好气地说:"你去问他们。"

高强和土谷也不知道说什么好,他们到现在还没有闹清楚抓大吸血鬼小吸血鬼是怎么一回事,只是对今天的事有点害怕,好像没有上次逃出阿姆斯监狱来劲。

斯蒂姆又对三位少年说道:"你们几个听着,这个老家伙就交给你们管了,要一天二十四小时地管着他,白天黑夜都要长着眼睛盯着他,如果让他跑了,我们只能散伙。反正在悉尼这块地盘上,到处都有我吃饭的地方,你们有没有吃饭的地方我就管不着了,如果你们再住进阿姆斯监狱,是不会再有我这样的好心人把你们弄出来的。"斯蒂姆说着点了一支烟,把烟盒扔在桌上,高强拿过烟盒,抽出几支递给伙伴们,他们都点上烟,想听听斯蒂姆还要说些什么鼓动人心的词儿,他们听他讲话比跟着他出去干事儿要轻松快活得多。斯蒂姆抽着烟,本来也想再发挥一通,说说什么失败是成功之母之类的话,但一想到高强和土谷今天的表现就感到失望,这两个笨蛋真是没法教了。他一眼瞧见那老头也抽着他的烟卷,就问道:"喂,你叫什么名字?"

老头已是满头银丝,胖胖的脸,神态慈祥,他说:"我叫波特。"

"好吧,老家伙,你可以抽烟,你老老实实呆在这儿,我们不会难为你,如果你没有经过我的同意,就想溜,这三个小伙子就会把你像一个臭虫一样的捏死,他们听我的。对了,你是厨子,娜达丽娅快把食品拿出来,让他搞一下。他妈的没把小吸血鬼弄来,却弄来一个做饭的。"斯蒂姆站起身来打了一个哈欠,"我到隔壁去躺一会,今天真他妈的把我累坏了。"

这个波特厨师还真行,没有多少时间就做出了一桌菜,有烤鸡翅膀、土豆沙拉和南瓜米饭,浇上汁料,香喷喷地端上桌来。三位少年几天来都窝在这个小木屋里,没有吃上过好东西,斯蒂姆把昨天没有喝完的酒又拿出来,娜达丽娅又拿来一箱水果,大家大吃了一顿,算是新年晚餐,其实这时候已是半夜。斯蒂姆喝了酒又来了劲,说这次失败还有下一次,要大家别泄气,他这辈子一定要做成几件大生意。

夜里,斯蒂姆和娜达丽娅睡在里面的卧室里,土谷、高强、汤姆斯和波特老头睡在另一间较大的房里,三个少年还不能全睡,他们每人睡几个小时,轮流监视波特老头。老波特倒好,脑袋刚挨着枕头,就打起呼噜。

四、贼谷镇的故事

1

第二天,斯蒂姆从早新闻中就看到他的照片又在电视荧屏上播出了一遍,同时报道的是一出亿万富翁考锤庄园受到袭击的简讯,和那架飞机被遗弃在山坡上的镜头。上次斯蒂姆的尊容出现在电视荧屏上,是他带着三位少年逃出阿姆斯监狱的时候。斯蒂姆骄傲地说:"我简直成了电影明星了,上镜率这么高。"

他一点儿也不害怕,他不是兔子,他是一条丁狗。丁狗怎么能老呆在家里?他必须出去活动活动,他总感觉到那件事还没有完。今天,他要带着娜达丽娅去城里办事,要去见一位非同凡响的人物。不过,他得稍微化装一下,戴上白色的假头套,黏上假胡子和眼睫毛,还让娜达丽娅在边上扶着,两个人就像一对父女。

他们在城里奔波了一天后,晚上到了红坊区的那家滚石酒吧,酒吧里人声鼎沸,迪斯科音乐响得能把屋顶掀了,一眼瞧过去,有各种各样的脑袋,有染成红绿头发的,有鸡冠头,有头上顶着几撮毛的,有光脑袋的,还有满脑袋头发披下来连脸蛋和脖子也看不清的。走过那些喝酒跳舞的人身边,娜达丽娅的屁股情不自禁也扭动起来,斯蒂姆哼哼了两声,压低声音说:"有正事呢。"

来到后面的办公室，斯蒂姆见到胖老板，他和胖老板尼可是老朋友，他们的友谊已经有十几年，是从斯蒂姆成为街头小子的时候就开始了，后来斯蒂姆也到尼可的店里来干过几天。尼可发现这小子鬼心眼多，而且很有野心，是一块干大事的料，因此对这小子很器重和赏识。不过，斯蒂姆很快就不在他的酒店里干了，而去干更大的买卖。这会儿，胖老板说："我早就给你预约好了，她在里间呢。"

她是谁呢？就是斯蒂姆今天要见的一个不平凡的人物，是从欧洲横渡大洋过来的吉卜赛老巫婆。她是一名超强女占卜师，长着一对斗鸡眼，两个肩膀一高一低。据说，她的一生碰到过许多惊心动魄的事情，在她一出生的时候，嘴里就长着两颗尖利的门牙，让接生婆吓了一跳。在她儿童的时候，她和其他人坐一条小艇出航，那条小艇突然之间翻了，其他人都掉下水淹死了，她的腰带缠在一块船板上，阻止了已经昏迷的她下沉，在她被淹死之前，却被其他的渡河者救起来了。她活到今天，已经躲过了一百多次灾难，平均每年两次。她很小的时候就会莫名其妙地对人发出预言，而且很准。在欧洲，许多名人都请她算过命，准确率达百分之九十。她来澳洲也是根据一次梦里的启示，当她坐上轮船的当晚，她在伦敦的住屋就被一场突如其来的大火吞噬了。她在悉尼已经给许多富翁和政客算过命，挣了不少钱。其实，她在半个月以前，就给汤姆斯的父亲算过命，她在水晶球中看到，一个男人的脸被纷至沓来的一片乱七八糟的报纸所吞没，她认为是凶兆，她出于好心劝汤姆斯的父亲退出竞选，一般她是不这么做的，她只告诉你水晶球里出现的景象。可是汤姆斯的父亲把政治看成自己的生命一样，他怎么肯退出这次机会难得的大选呢，然而大选还没有进行，他却得到了这样一个结果。今天是她在悉尼的最后一天，滚石酒吧的胖老板告诉她，"你给这么多达官贵人算了命，我给你介绍一位强盗，他也很想让你算一次命。"吉卜赛老巫婆听了也很有兴趣。

这会儿,她一长一短的两条手臂上抱着一个很大的水晶球,当门打开的时候,她瞧见一位金发姑娘扶着一位老人进来,她看着水晶球头也不抬地说:"你不是一位老人,而是一位三十岁左右的青年人。"

斯蒂姆一听就感到奇了,乖乖地拉下假头套。他问她:"最近我干了一件大事,你能告诉我最后的结果吗?"

半个小时以后,她在水晶球里又看到了一片景象,有三颗小星星出现,接着又出现一颗大星星,不一会,三颗小星星和大星星融合在一起,猛地,在水晶球里闪出一团星光,接着星和星光全消失了。

她郑重其事地把在水晶球里看到的情况告诉斯蒂姆。斯蒂姆问:"这能说明什么呢?"

她回答:"说明什么我不清楚,你的人生之途很乱,但那三颗小星星和一颗大星星聚在一块发出光亮,肯定预示着什么,你自己想一想吧。"

出门前,斯蒂姆给了巫婆一千块钱,这次他出手特别大方,虽然他现在口袋里的钱已经不多了。他想,上次大概是给那个情报贩子的钱给少了,结果弄出个考锤没去酒会在庄园的假情报,坏了大事。

出门后,斯蒂姆在街上反复想着这件事,这三颗小星星和一颗大星星到底是怎么一回事? 突然,他想起了那三个少年,他问身边扶着他的娜达丽娅道:"亲爱的,你说那三个小家伙是不是三颗小星星。"娜达丽娅也不明白,她只知道按着斯蒂姆的指示去办事,她对她的情人斯蒂姆从英俊的外表到充满诡计的脑袋瓜,都佩服得五体投地,所以斯蒂姆关进了监狱,她还死心塌地地跟着他,并劫持直升飞机帮助他逃出监狱。斯蒂姆又想起那颗大星星,那颗大星星是不是我自己呢? 对了,三颗小星星和一颗大星星聚在一起发出光亮,那意思是我和那三个少年在一起会干成大事,这个解释行得通吗? 斯蒂姆还是吃不准。

他在杂货店里买了一份悉尼晚报,想看一看昨晚他们袭击庄园的深入报道。报上大部分内容都是老生常谈,或者是某位记者的不着边际的吹嘘。但角落里,一个小方块文章引起了他的注意,这篇豆腐块文章说:昨晚被匪徒挟持的厨房老人,名叫乔治·波特,他其实不仅仅是一位厨子,他还是亿万富翁乔治·考锤的父亲,是那个可爱的小孙子的爷爷。看到这个报道,斯蒂姆心头一喜,就像吸上了一口海洛因,顿时来了精神,他把报纸在娜达丽娅脸前一扬说:"看来,我们昨晚干的那件事没有白忙活,那个老家伙是那个亿万富翁的老爸。"

"那又怎么样?"娜达丽娅还没有理解斯蒂姆的意思,她说:"抓来个老东西有什么用,我们计划是把考锤的儿子弄到手,这是个金童子,能值成千上百万,现在搞来个糟老头,最多让他做几顿饭,还得供他吃喝,我看把他放了算了。"

"妇人之见,真是妇人之见。"斯蒂姆像老头那样地摇晃着脑袋,"亲爱的,你想想,考锤弄丢了他的儿子,肯出一大笔钱赎回儿子,现在他在庄园里丢了父亲,同样没有面子。所以他一直不吭声,如果他不出一笔钱把他父亲赎回去,他在商场上还怎么混啊。不知哪个浑蛋记者是怎样把这个消息挖出来的,真该请他去大都会饭店吃一顿。"斯蒂姆得意洋洋地好像又找到了宝藏。他又想起刚才巫婆说的事情,对了,也许那颗大星星就是这个老头,三个小家伙和这个老家伙搞到一块,发出光亮,就是说这四个家伙会替我搞到一大笔钱,钱不就是金光闪亮的吗? 斯蒂姆越想越感到前景辉煌,无论如何解释,这三颗小星星和一颗大星星对自己来说,都是吉星高照。他得仔细合计合计,一路上,他又和娜达丽娅讨论出一个新的计划。

2

在那个山林里的小木屋里，三位少年和那个波特老头混了一天。

鸟在外面的林子里叽叽喳喳地叫着，显得周围一片宁静。

小木屋里，土谷还在呼呼大睡，因为他值的是最后一班。高强想看电视，电视机在斯蒂姆和娜达丽娅的卧室里，他俩出门时又把门锁上了。高强说没有电视机，一天怎么混？汤姆斯找到一副扑克牌，就和高强两人玩起扑克来，他们口袋里都没有钱，就把厨房里的汤勺刀叉拿来，一人分几把，当作赌注，不一会，老波特也参加进来，他玩扑克很高明，玩了几副，那些汤勺刀叉全堆在他的前面了，他风趣地说："吃饭的时候，你们向我借刀叉就是借钱了，晚上你们老板回来也得向我借钱了，他不知道你们已经把他的钱全输给我了。哈，哈，哈！"他发出了一阵爽朗的笑声，他还教了高强和汤姆斯几种新的扑克牌玩法。汤姆斯说："你玩扑克牌的花样真多。"老波特回答："玩扑克牌的花样再多，也没有人的花样多。"

中午的时候，他们在冰箱里找到一大包羊排。波特就打开烤箱，给几个少年烤羊排，羊排烤得油亮喷香。土谷在梦里闻到了香味，连口水也流了下来，睁开眼睛，跑进厨房。波特又搞出几个色味俱佳的蔬菜色拉。高强想去找啤酒喝，大概斯蒂姆有先见之明，怕他们喝酒误事，把啤酒锁在了屋里。于是，他们只能大嚼羊排了，高强说："波特，你的菜做得这么好，以前大概是五星级饭店的大厨吧？"汤姆斯说："你以后就每天给我们做饭吧，我们吃得太香了。"土谷说："你很像阿凯爷爷。"老人笑笑没有说话。三位少年感到和这个老人很好相处，越发亲热起来。

下午，大家都无所事事，老波特说："我给你们讲一个故事。"

三位少年一听就来了兴趣，他们围坐在老人身边。高强还给老人端上了一杯浓浓的黑咖啡，老波特喝了一口咖啡，慢悠悠地说道："这个故事发生在一个叫贼谷镇的地方。"

　　土谷着急地问："那个地方为什么叫贼谷镇？有没有江洋大盗呢？"

　　老人说："小伙子，别着急，听我慢慢地说。"

　　故事发生在很久很久以前，据说是英国人踏上这块新大陆的初期。一队士兵从海湾下船，沿着一条连接海湾的河流步行了几天，河流越来越细，这条河流的尽头隐藏在一片山谷之中，是几片小小的绿色的湖泊。天气晴朗之时，阳光泻入山谷，林木葱茏，几块碧水点缀其中，煞是好看，就像一幅英国画家的风景画。然而日头一过，遇上鬼天气，此处呈现出一片肃杀的气氛，风骤起，进入山谷时呼呼直叫，磕山碰水，天旋地转，就像大盗来临一般，一会儿天昏地暗，日月无光，似乎要把这儿的一切都席卷而走。而那队士兵踏入这片山谷之时，正好碰上这种鬼天气，于是这儿就获得了"贼谷"的称号。

　　但是这儿有山有水，有草有木，也是一块人类可以生存的地方。以后，断断续续有人进入这块山地，依山傍水造起一幢幢房子，砍树牧羊过起了日子，这儿渐渐繁荣起来。一位从伦敦来的大胡子地质学家在这儿发现了一片铜矿，大批人马蜂拥而至。

　　发掘了几年后，矿源告罄，已经没有什么开采价值了。开矿的人走的走散的散，但也有不少人在这儿筑起房建起家。

　　"贼谷镇"已经形成，镇政府就设在全镇中央的大街上，镇政府的后门就是只有三个警察的警察局。前面，虽然还隔着几条街，但可以望到全镇最高的建筑物"格雷旅馆"。三层楼的格雷旅馆是贼谷镇最兴旺的时候建的，比镇边上的小教堂还高出一截。听说那个老板格雷在英格兰做羊毛生意发了财，又听了他的朋友大胡子地质学家的几句话，到这儿造起了这幢气派的房子。

镇上的人虽然都是外面来的,且有一些被流放的犯人以及他们的后裔,但随着时光流逝,小教堂的牧师布道说教,上帝的钟声呼唤着人们走向和平安宁,于是乎,贼谷镇里就有了几分世外桃源的气氛。

不过,贼谷镇里毕竟出了一个小贼,说他小,因为比尔只有十六七岁,有些小偷小摸的行为。比尔的父亲死在十几年前的一起矿难事故之中,母亲拉扯着不到两岁的小比尔又嫁了人,不久以后,比尔的母亲在养又一个孩子的时候死了。比尔的继父在喝得醉醺醺的时候,将偬头偬脑的小比尔一脚踢出家门。比尔也不愿意再回到那个没有温暖的家庭,他又回到他亲生父亲原先住的那个破屋子里,无以为生,就在小镇上干起了偷鸡摸狗的勾当。镇上的人都略有所知,但在上帝宽恕的氛围中,大部分人也就是睁一只眼闭一只眼,将门关关紧而已。镇上的官员也讨论过小比尔的事情,也没有讨论出什么结果,警察把小比尔抓进来又放出去,小比尔还是小比尔,什么都没有改变。何况名为"贼谷镇",有这样一名小贼点缀一下也算名至实归,无伤大雅。

小比尔没有改变,老格雷却死了,死后将那幢体面的楼房传到了儿子手里。小格雷不是一个墨守成规的人,他认为守在这个小镇上不会有什么出息,他要去大城市发展。结果这幢房子被分层卖了出去,因为镇上没有一个人有钱能买下整幢楼房。下面的两层被镇上一个富有的老太婆露茜倾其银两买下来,而最上面的一层却被一位不知姓名的外来人买去了。

格雷旅馆变成了露茜旅馆,然而露茜旅馆不是格雷旅馆的全部,楼房被割裂了,尽管这种割裂在砖缝之间找不出痕迹。但这种割裂大大地刺伤了小镇居民的自尊心。那个可恶的外来人传出了她的名字——玛格利特,一个三十几岁的女人,高高瘦瘦的模样,和楼下肥胖的露茜太太形成了鲜明的对照。两个女人统治着贼谷镇上这幢最气派的楼房。但镇上的人们宁可叫露茜旅馆，也不说一声玛格利特寓所。哼，玛格利特，她是个什么东西。

玛格利特是什么东西呢？人们日夜猜测，传出这个神秘的女人和大洋那一边的大不列颠王国的皇族有血统关系。对于大英帝国的女皇陛下，这儿的人们对她既尊敬又怀着几分怨恨，因为正是那个权倾四海的女人将他们放逐到这片远离故土、荒无人烟的土地上来的，但她仍然是他们至高无上的统治者。

没过多久，玛格利特这个女人又租下中央街道上的一个店面，经营起家具生意，货源是装载在一辆辆马车上，从外面的港口运来的。卸下货后，围观的人们看到了货真价实的家具，家具是当时流行的式样，还有不少高档家具是漂洋过海从英国本土运来的，有几件雕花镂刻的茶几，据说是旧王朝时代的精品，这使小镇上的人大开了眼界。以往贼谷镇上人们所用的家具都是和周围的山林分不开的，在山上放倒一棵树，然后用斧头和大锯横砍直拉地搞出一个粗胚，就算是放在屋里的家具了。那些玩意和玛格利特远道运来的家具相比，真使他们感到无地自容。

在玛格利特的货物中，最引人注目的是一个大铁箱，铁箱有一人多高，铁箱四周镶刻着许多精美的小天使安琪儿，那带着翅膀的胖孩子拉着弓箭，活泼可爱，栩栩如生。所用的家具都运到店里，惟有这个大铁箱用绳索捆绑着，被几个大汉一直搬到露茜旅馆的楼上，玛格利特的住所最里面的一间屋里。

玛格利特这个女人还真有一点经营眼光。小镇上的人们经营这些年的畜牧业、开矿等，都积聚起不少钱财，瞧见玛格利特运来的那些家具，一个个心里痒痒的，他们再也不愿意和屋里那些原始家具为伍了。玛格利特店里的家具，一件件地被卖了出去。货物又源源不断地运来，生意兴隆。

在这同时,人们没有忘记玛格利特的大铁箱。有人说,铁箱里存放着以前贵族用的金银器皿,也有人说是东方的珍珠宝贝,因为在玛格利特的店里曾经摆着几件中国瓷器等高档装饰品,被当地有钱人买走了。传说得更离奇的是,铁箱内存放着一顶皇冠,那是在玛格利特家前几代的皇族时期,曾经有一个皇帝被毒死了,皇帝头上那顶皇冠也失踪了。

那时候,比尔已经混到了十八岁,那些传闻在别人的耳朵里仅仅是传闻而已,传到比尔的耳朵里,就成了一件揪心抓肺的大事,他决心要办成这件大事,来结束偷鸡摸狗的勾当。

整整三个月,比尔跟着别人去做苦工,他咬咬牙,一天一天地干着,以前,他从来没有吃过这么多苦……

这会儿,比尔回来了,踏入以前的旧屋子,坐在一条摇晃的椅子上,他的皮肤已被野外的太阳晒得黝黑,脸上的雀斑粒粒发青,一对眼睛注视着桌上一小堆破钱,这就是三个月他所挣的钱,因为完成那件大事需要一些钱,他相信,再过几天,他就会变成一个有大钱的人。

"露茜太太,露茜太太,"比尔一边叫唤一边踏进露茜旅馆,他还特意换了一件有几分成色的衣服。"比尔,你来干什么?"露茜太太打量着眼前这个全镇闻名的小无赖。

"我要住旅馆。"

"你,比尔,"露茜太太差点没有把喉咙里的那个"贼"字叫出来。

"是的,这是三天的房钱。"比尔掏出一把脏兮兮的票子递过去。

露茜太太那只肥胖的手不知是伸出去好还是缩回来好。面对这个小贼,她的脑子转不过弯来。前不久,她似乎听说比尔跟随别人去干活了,也许,这个家伙有点改邪归正。反正,他今天是送钱来的,不是偷钱来的。再说,旅馆生意清淡,谁住都一样。

露茜太太转念又一想,问道:"比尔,你有房子,为什么要来住旅馆?"

"这你也知道,我那房子太破了,我挣了钱想享几天福,这有什么不对吗? 露茜太太。"

"好吧。"露茜太太接了钱。

"露茜太太,我希望能住上二楼朝东面的那套房间。"

"哦,那套房间现在有人住,两天以后客人才离开。"

"没关系,两天以后我再来。"

两天以后,那几张又皱又旧的钞票又一次放到了露茜太太的胖手心里。露茜太太毕竟上了年纪,对某些事情缺乏想象力。

比尔住进二楼的那个套间,这套房子恰好在玛格利特放铁箱房间底下的一层。由于设计的原因,这幢楼的每一层房间的形式结构都是相同的。

使露茜太太生气的是,这个人模狗样的家伙住进房间后,竟然对她约法三章,说什么他比尔住进来后,不许任何人打搅,包括露茜太太本人。

"但房屋必须天天打扫。"露茜太太争辩道。

"不,在三天内不许任何人踏进我的房间。我想,我付了钱,我有这样的权利。"

"这个混蛋付了钱。"露茜太太不满地唠叨着。第二天,露茜太太眼见比尔出了门,但发现那家伙在门上挂了一把新锁,气得她直跺脚,但又无可奈何。当晚比尔回来,还像模像样地拎来一只旧皮包。

这两天,比尔几乎没有出过门,不知道躲在屋里干什么? 门闭得紧紧的,百叶窗也关得严严实实。难道这家伙整天躲在屋里睡大觉,偶尔,听到几下乒乒的敲击声,"那小子不会在屋里砸家具吧?"露茜太太这样想,反正她已下定决心,三天住满后,必须把这个家伙撵出去,给再多的钱也没用。

第四天早晨,露茜太太怀着三天的积怨,一步一步地狠狠地踏到那个套间门口。她敲门并大声叫唤:"比尔,比尔。"屋内鸦雀无声,"这个臭小子!"露茜太太愤怒地推开门。

屋内没人,但桌椅等物搞得一团糟。露茜太太又推开里屋的门,她被惊呆了,屋内满目疮痍,地下尽是泥灰木屑,桌子被移到中间,桌子上架着椅子,椅子上搁着凳子,而且椅子和凳子都被铁钉和绳索固定在桌子上面了,高度可以凑近天花板。天花板已经被挖去了一大块,泥灰和木头都被挖空了,奇怪的是上面居然没有被挖出洞来,上面的地板上好像还铺着什么东西。

警察赶来了,在屋里找到了一些挖墙撬壁的工具,他们发现在楼上的地板上面还铺着一层铁板。事情已经很明白了,那个贼挖去了天花板和地板,却无法顶起上面的那块大铁板,三天时间已到,他只能放弃这项罪恶的行动。

那么楼上那位玛格利特女士为什么会想到铺设这块大铁板呢?是她有先见之明,还是她怕铁箱太沉,为了分散压力,在铁箱下面的地板上又加了一块铁板。人们猜测不清。

日新月异,机器时代为贼谷镇带来了汽车、电灯、电报机和电话机,在老百姓中间,第一个装上电话机的又是那个玛格利特。

紧接着是大萧条时期来临,流民四窜,贼谷镇上又涌来了不少外来人,就像当年开矿时期一样,但如今这些人没有正当职业,鱼龙混杂,闹得社会治安每况愈下,镇上的几个警察忙得不可开交。

那天深夜,一伙人冲进露茜旅馆,把大喊大叫的露茜太太捆绑结实扔在账台后面,然后直冲三楼,嘭嘭嘭地敲响了玛格利特家的门。

玛格利特在屋里像热锅上的蚂蚁团团转,急得直摇电话机,电话机毫无反应,显然歹徒们早有预谋,把电话线搞断了。玛格利特只能将桌子等物全顶在门上，然而门还是被撞开了。玛格利特躲进第二道门里，第二道厚实的橡木门是被斧头劈开的。玛格利特又退守进第三道门里，这是她的最后一道防线，这间屋子也就是存放铁箱的那间屋子。

当暴徒撞开第三道门的时候，迎面站着一位又瘦又长、披着睡裙的女人，脸色铁青，手上握着一杆长长的铁枪，如同一尊女魔雕像。还没有待那伙人冲上前，"轰"地一声巨响，火光从枪口里喷出来，一片铁沙散弹打得那伙人抱头逃窜。

这一声巨响又为玛格利特平添了一层光彩。这些年来，她早已融入了贼谷镇的生活圈子，她已不是外来人了，如今，她又成了镇上的"英雄"。

但经过这些年的折腾，玛格利特本人却显得日益消瘦，额纹皱起，脸上露出苍老的神态。对于这张脸，人们还有一个很大的疑问，她为什么老是孤身一人，为什么不成家？有人说，在伦敦有几个绅士是她以前的情夫，还有人传，英国爱丁堡地区是她老家，那儿有她家的牧场和一幢大房子。

不久，有一个比她小十几岁的中年人对她撒开了情网，想网住这个富有的女人。他和玛格利特厮混了几周，踏进玛格利特的房间，当他以为时机已经成熟，提出要瞧一瞧大铁箱的里面，被玛格利特毫不客气地赶了出去，那道情网自然也被扯散了。

不知过了多少个春夏秋冬，小偷比尔又在贼谷镇的街道上出现了，不过现在不应该再称呼他为小偷。他已是三十几岁的人，满脸雀斑已隐现在苍白的脸皮里，一副饱经风霜玩世不恭的样子，他已在悉尼和墨尔本等大城市里闯荡过了。

警察局仍然不忘往事，把比尔请进去。比尔辩解，说自己现在是一个正派人，说这句话时他眼珠儿一转。十几年过去了，往事如云烟，总不能今天再请比尔坐大牢。警察将比尔训斥了几句，让他以后要信奉上帝，做一个老实人。

比尔似乎老实了许多,几天过去了,他只是逛逛街,喝喝啤酒,和别人聊天,一点也没有违法的迹象。但在谈话之中,比尔理解到玛格利特那个神秘的大铁箱依然存在,暴徒袭击和小情人等故事让铁箱又增添了丰富的色彩,足见那个铁箱仍然是价值非凡。

比尔进入无声无息的观察阶段。他瞧见,现在的露茜旅馆的门口,是由露茜的那位壮实如牛的儿子管着。而楼上那个老玛格利特睡觉很晚,清晨却起得很早,这似乎给比尔的行动增添了不少麻烦,但比尔很快发现,老玛格利特如今清晨起来,已养成了一个嗜好,要到旅馆后面的马棚里牵出一匹马,骑着马去附近的湖周围溜达一个小时左右才回来。一个小时对于今天的比尔来说,已是绰绰有余了。

那天清晨,老妇人照例骑马出了门。旅馆后面的小街上空无一人,空气里还迷漫着一片没有散去的白雾,"真是天助我也。"躲在树后的比尔说了一句,如今的比尔不是当年的比尔,他轻捷地翻进后院,脸上戴着面罩,一扬手,一个飞爪抛到了三楼的屋顶,拉着绳子一骨碌地蹿到三楼窗口,这一手绝招是他在外面学来的,几分钟后,他已经轻巧地拨开窗户,登堂入室。

不过也就是在同一时刻,骑在马上的老玛格利特感到肚子抽搐了一下,有点疼痛,她认为今天上帝不让她去湖边溜达了,于是拨转马头慢慢地走回来,走进旅馆的后院,还没有走进马棚,那根从屋顶上垂下的绳子映入她的眼帘,玛格利特没有进马棚,策马朝警察局那儿跑去。

正当比尔费了九牛二虎之力撬开了那个神秘的大铁箱,警察也已赶到了,拉开比尔脸上的面罩说:"怎么又是你?"

那个盗贼比尔被关押了一段时间又给放了出来,人们并不关心他在大牢里的情况,只是一个劲地问他,打开了那个大铁箱时看见了什么东西?比尔耸耸肩,摊开双手,从没有对一个人做出正面回答,他只是说:"从今以后,我不再偷一个子儿。"

……

老波特的故事讲了一个下午,三个少年听得入了迷。高强一个劲地问:"这个大铁箱里到底是什么东西?"土谷说:"肯定是一件稀世之宝。"

老波特回答:"我也没有看见过铁箱里放着什么,那时候我刚出生。你们就猜猜看吧,也许等你们长大以后就会猜出来的。"

高强和土谷瞎猜着,边上的汤姆斯却静静地想着,他想这事儿好像和那件事有点相像,怎么和我们昨天干的事也有点相像……就在这时候,他们听见了斯蒂姆和娜达丽娅走进来的声音。

五、斯蒂姆的"生意"泡汤了

1

斯蒂姆那只狗鼻子特灵敏，一进屋就闻到了屋里的烤羊肉的气味，"妈的，我闻到羊肉的香味了，小伙子们，有没有给我们留下一点儿？"他特意提出了老波特的姓："乔治·波特，请你再去烤一点羊排，娜达丽娅，你跟他一起去。"

波特老头听见斯蒂姆直呼他的名字，微微一怔，站起身来。他知道这个斯蒂姆已经了解到了他的情况。

等他们走进厨房，斯蒂姆把门关严实，转过身，用一种很严肃的神态问到："这个老家伙怎么样？"

高强说："这老头挺好的，他今天又给我们烤羊肉，又给我们讲故事。"

"注意了，你们必须注意了。我今天得到一个非常正确的消息，他是一个老吸血鬼。"斯蒂姆郑重其事地说。

土谷问道："怎么又出了一个老吸血鬼？"

汤姆斯说："我们越来越糊涂了。"

"这就是吸血鬼的迷惑力。所以我要提醒你们，不要被这老吸血鬼迷住，他会法术。你们要好好地看住他，千万不能让他溜了。"他点上一支烟，吐出烟雾，然后脸上浮起笑容说："我今天去见了一位有趣的人物，他告诉我说，你们就像三颗星星，很快就会发出光辉，她的语言是百分之百正确的，是绝对的真理。同时,我还必须告诉你们一个好消息,你们只要再把这个老吸血鬼看住几天,我想最多不会超过一个星期,我们这次擒魔行动就能结束了。你们每个人都能成为百万富翁,我这个人最大的优点就是说话算话,决不食言。"说完,他就去了厨房喝酒吃烤羊排。

汤姆斯第一个提出了自己的怀疑:"我感到斯蒂姆说得有点不对劲。"

土谷说:"我也是,他说老波特是什么老吸血鬼,为什么他还要去吃吸血鬼做的烤羊肉?我看他还吃得挺有味道。"

高强说:"我总感觉到这老头是个好人,不像斯蒂姆说的。"

汤姆斯又说:"一会儿是大吸血鬼小吸血鬼,一会儿又是老吸血鬼,我们跟着斯蒂姆究竟在干些什么事情,你们想过没有?世界上真有这么多吸血鬼吗?"

他这一问,也引起了高强和土谷的思考,高强说:"我们是不是在帮着斯蒂姆干坏事?"土谷说:"这到底是怎么回事?"

"他来了。"汤姆斯朝那边的门努努嘴。

斯蒂姆抓着酒瓶子又过来了,他是何等精明之人,察觉出那些少年有点儿问题,大概是这些少年和老波特走得太近了一些,必须防着点。不过,他更相信那个女巫师的话,相信这三颗星星会给自己带来好运,不然,明明是抓来个糟老头,怎么会歪打正着,搞来了亿万富翁的老爹呢?既然那个巫婆老是能化险为夷,成了全世界星相界的大名人,我斯蒂姆为什么不能逢凶化吉,搞成几件大事呢?事情都是人干出来的,那些大人物能干出大事业,也会遇到困难,遭到挫折,也不是一帆风顺的……这样他就越想越深刻,越想越有道理。

已是晚上十点多,斯蒂姆酒足饭饱烟过瘾,借着酒劲吹了一通刚才体会到的大人物如何做成大事的大道理,然后吩咐了少年们几句,就带着娜达丽娅去他们卧室睡觉。

他俩睡觉又不好好睡,斯蒂姆今天兴致正高,就和娜达丽娅玩起了床上游戏,一男一女脱了衣服,搂着抱着亲着抚摸着干着那事儿,从床上滚到沙发上,又从沙发上滚到地毯上,娜达丽娅兴奋得"噢、噢"直叫唤。

这时候,恰好高强去厕所,从走道上路过他们卧室的门边,听见里面娜达丽娅的叫唤声,以为出了什么事,是不是斯蒂姆酒喝多了要杀人?高强把耳朵贴着门边听了一会,明白里面发生了什么事情。高强来澳洲已换了几个女朋友,这儿的黄色碟片也随便看。于是,那鱼水欢乐之事马上撞上心头,就像小鹿儿的蹄子在心上刨着,这会儿是他出逃在外,第一次郑重其事地想起了他的女朋友王甜甜,想起了他和王甜甜两个在床上的甜蜜事儿,不由得感觉到身上火烧火燎的……

高强走回去马上把这屋里的事儿和两位哥们说了,土谷听了没啥兴趣,他在埃利文街上早就和那些早熟的女孩子玩腻了这种游戏。汤姆斯听了竖起耳朵,瞪大眼睛。虽然他以前听朋友说过和女朋友上床的事情,甚至在人体知识课上,老师说:"为了保护你们自己的身体,你们必须懂得正确使用避孕套……"然后就把那个小橡皮套发给了男男女女的学生。可是,汤姆斯和女朋友玛丽亚还是没有上过床,他就像一个处男一样纯洁。正因为他还没有干过那种事,对那种事就抱着更多的好奇心,还要向高强问这问那。那边,波特老头也没有睡下,听见他们说这事,笑得把脑袋摇得像拨浪鼓一样。

高强说:"你也别问了,自己去瞧瞧不就得了,噢,瞧也瞧不见,门关着呢,不过去听一听也很带劲。"

于是,汤姆斯就轻手轻脚地朝走廊那边走去。

汤姆斯走到那儿,没有听到什么大喊大叫的激动人心的声音,他想:一定是那个中国哥们强在吹大牛。他把耳朵贴在门缝上细听着,听见里面斯蒂姆在说话,好像是在打电话,"……哦,史密斯先生,你大概刚从梦中醒来吧?但愿你听了我的话不会做噩梦。……什么，我是谁，我是谁这并不重要，如果你一定想知道，我当然也可以告诉你，我就是昨晚送你花篮的斯蒂文，怎么样，花篮里的那个漂亮的橄榄球，小乔治一定喜欢吧，这个花篮和橄榄球可花了我不少钱。不过，我知道你是一个好心肠的人，你一定会加倍补偿给我的……嗷，我的要价并不高，对，只要你的财产的十分之一，一亿现金……"

再说那边的考锤正在为这事着急昨晚绑匪没有绑架成他的儿子，却糊里糊涂地把他父亲带走了。他在记者面前只说是绑匪带走了一个厨师，没有说这人就是他父亲。警察认为他的做法太高明了，因为这样说反而能保护他父亲。警察让他一有父亲的消息，马上就和警方联系，还在他家里的电话机上装了录音设备。但谁也没有料到一个晚报的记者挖到了考锤和波特是父子关系的情况，在报上登了一个并不引人注目的豆腐块文章……

考锤等了一天也没有消息，就在他躺在家里那个高级的水床上，刚进入梦乡，他的手机在床头叫了起来，他没有料到绑匪会在半夜里打他的手机。听见斯蒂姆开出的条件，他认为太离谱了。那边斯蒂姆劝说道："你应该想一想，你的父亲应该比你的宝贝儿子更重要。如果没有你的父亲，怎么会有你？没有你，你怎么会有亿万钱财？没有你的父亲就没有你，没有你怎么会有你的儿子？"

考锤都给他的推理弄糊涂了，不过，亿万富翁对于钱财，脑子还非常清楚，他说："不可能，不可能。你让我别告诉警察，请问斯蒂文先生，在悉尼的哪一家银行，取出一个亿的现金，会不传到警察的耳朵里。你知道一亿现金是多少吗，如果全是一百元的大票面，也得装十个大皮箱，你怎么拿？除非你能让政府马上印出一万元的票面来……什么五千万，五千万现金和一亿现金又有什么区别，也得有五个大皮箱，钱是很沉的，你无论如何拿不动。再说我也没有这么多现金，我虽然有几个电脑公司，有些股票和房产，在海外也有些投资，但这都不是现金，我还得动动脑筋贷一笔款子给你，这样吧，你给我一个通讯地址，我给你寄一张支票来，你放了我的父亲。"

"考锤先生，注意了，请注意了，千万别把我当作傻瓜。什么给你通讯地址，给我寄支票。你不会不知道，我是刚从大牢里出来的，我和警察打交道的经验比你挣钱的经验还多，别想从我这儿得到一点儿能逮住我的信息，哪怕这个手提电话的号码，在我打完这个电话后，也会永远消失。我是个老手，你懂吗，虽然我的几个搭档还嫩了一点。当然，你我如果真心合作，我还可以让一点步，三千万，不能再少了。"

"斯蒂文先生，你说的还是现金吧。你知道我拿不出现金。你可以去打听一下，无论是联邦银行、国民银行，还是澳纽银行，没有一家银行能一下子提出一千万元的巨款，除非是总理和州长以政府的名义出面，这你知道，我又不是总理，我只是一名企业家。"

"你他妈的在捣糨糊。"斯蒂姆火了，他费了这么多口舌，对方还在不软不硬地顶着，"史密斯·考锤，你替我听着，如果你不愿意在几天后瞧见老波特被吊死在悉尼周围的某一处森林里，或者在某一处无名海滩上漂过来他的尸体，你必须拿出两千万的现金，这是我最大的让步了，两个大皮箱我还是拎得动的，我的身体很结实。"

那边，考锤还在讨价还价，就像他在公司谈判桌上差不多。这边，斯蒂姆咬咬牙说："一千三百万，这是我最后的价格，是我们用生命做赌注挣的钱，你不会以为我和我的伙伴的生命一钱不值吧？妈的，我已经做了太多的让步，如果你不愿意出这些钱，我可以发誓，他死定了，他会被吊在树林里或躺在海滩上。到时候，我会寄几张照片给你，当然我还会寄给报社和电视台，让全澳大利亚人民知道，一个亿万富翁，一个吝啬鬼是怎样活生生地害死他父亲的……"

考锤终于屈服了，答应了斯蒂姆的条件，第二天去筹备钱。

斯蒂姆欣喜若狂，精神高涨，扑到娜达丽娅身上要再玩第二场，娜达丽娅听到这个消息也很高兴，转身又骑到斯蒂姆的身上，"噢、噢"地叫出声。

躲在外面偷听的汤姆斯，虽然隔着一层门板，不是听得很清楚，但也听得八九不离十，弄清楚了斯蒂姆的擒魔行动原来是绑架勒索，什么老吸血鬼小吸血鬼全是假的，他为自己参与了这件事而感到羞愧。然后，他又听到了里面的女人叫声，突然又不叫了，门一下子被拉开，靠在门上的汤姆斯差点摔进去。斯蒂姆瞧见是汤姆斯，大声问道："你他妈的躲在这儿干什么？"

汤姆斯瞧见屋里的赤身露体的娜达丽娅，顿时脸红了起来，在舞台上演戏的经验又让他想起了什么，他假装笑了起来。

斯蒂姆好像也一下子明白过来，他哈哈大笑起来，"真他妈的是一个馋猫，也想偷腥。"他转眼一想，一个主意进了脑袋，他说："娜达丽娅，你喜不喜欢这个小子，让他陪你一会儿。"

娜达丽娅闪着媚眼，放荡地叫道："亲爱的，快进来吧！"

斯蒂姆把汤姆斯一下推进屋，"好好玩玩吧，娜达丽娅可是一个漂亮的妞。"他说着抓了件衣服就走出门去，又反手把门关上。

娜达丽娅也就是二十五六岁，正是青春年华，金发碧眼，姿态妖媚，身材丰满。汤姆斯进了屋，眼前的一切让这位少年看傻了，他只会傻乎乎地笑着，把刚才听到的斯蒂姆的阴谋诡计都抛到了脑后。

"亲爱的，你快过来。"娜达丽娅刚和斯蒂姆玩到一半，风骚劲儿旺盛着，"啊，我的好孩子。"她把汤姆斯一把搂进怀里，替他脱衣解裤,一会儿两人就成了亚当夏娃,夏娃引导着亚当进入深谷。

汤姆斯正是血气方刚之年龄,如何禁得住这般引诱,热血沸腾,立刻就像火山般的爆发了,短短的半个小时,他像火山般地喷发了两次。而娜达丽娅叫得更欢。

斯蒂姆在屋外转了几圈,抽了两根烟,算算时间差不多了,又嬉皮笑脸地推门进来,他见汤姆斯急急忙忙地穿着衣服,说道:"不着急,不着急。"然后递一根烟给汤姆斯,转过脸对娜达丽娅说:"亲爱的,今天让你快活了吧。你去冲个凉吧,我有话对这位小伙子说。"待娜达丽娅走出门,斯蒂姆上前把门关住,对汤姆斯说:"我们已经分享了同一个漂亮的姑娘,我们是兄弟,你说对不对?"

汤姆斯不太情愿地点点头。

"这就对了。"斯蒂姆又为自己点上一支"魂飞尔"烟,他亲热地拍拍汤姆斯的肩膀,"其实在你们三个之间,我最欣赏的是你,你受过良好的教育,聪明,有脑子,我喜欢和聪明人一起干事。土谷和那个中国孩子,怎么说呢,他们两个只是街头的混混,干不了什么大事。你和他们不一样,你跟着我,一定能做出一番惊天动地的大事情。以后,你不但要看着那个老家伙,还要注意着你的两个伙伴,他们两个没有脑子,说不定就会让那个老家伙三言两语给骗了,如果发生一些什么事,你都可以告诉我,这不是什么卑鄙,这是为了我们的事业,你懂了吗?"

汤姆斯又点了点头,他感到自己有点儿"吃了人家的嘴软"的味道。

当汤姆斯走回自己屋里的时候,土谷早就在打呼噜了,老波特也进入了梦乡,只有高强还在忠实地执行着斯蒂姆的命令,做着值班监视工作。他笑嘻嘻地问汤姆斯:"你怎么去了这么长时间?叫床声有没有听够,他们两个干的时间也太长了一些。"

汤姆斯支支吾吾地上了床,他一边在回味着和娜达丽娅的鱼水交欢之事,这是他第一次和女人上床,一边又在想着斯蒂姆的阴谋之事,这也是他自己第一次参与干坏事,他感到很矛盾……

2

汤姆斯走后,斯蒂姆抱着娜达丽娅,嘴里叫着"甜心,蜜人儿……"进入梦乡。今夜,他睡得很舒服,不像前一个晚上,因为"擒魔行动"玩砸了,借酒浇愁,喝了好几罐啤酒还不能入睡,睁着眼睛熬了半夜。今夜,他睡得太香了,他在梦中瞧见了三颗小星星围着自己转,他和小星星一起爆发出一片光亮,就像那位女巫师说的一模一样。闪亮以后发生的事,比女巫婆说的还使人兴奋,那些星光变成了一片流星雨,从天上掉下来,掉到地下,全变成了一张张百元大钞……

这一对男女一直睡到太阳照在窗户上面还没有醒。就在这时候,只听见窗户上"嘭"地一声,斯蒂姆从梦中跳起来,拿起床头上的手枪,爬在窗台上,掀开窗帘的一角,朝外望去。

后面的院子里,土谷实在闲得无聊,不知从哪儿找出一个破足球,一个人在玩,刚才大概是他不小心,把球踢在窗框上。斯蒂姆明白了是怎么回事,嘴里骂了一声"他妈的",放下手枪。

斯蒂姆想了想,穿上衣裤走出门去。他走进后院,恰好那个破足球又飞过来,他一脚踢了过去,说了一声"早晨好,土谷"。

土谷说:"是不是刚才球踢在你的窗上,把你吵醒了?"

"没关系,哦,快中午了,是该起床了,最近,我的工作时间太长了,每天干活都远远不止八个小时,还好,这里没有工会。不过,干完了这件工作,我们可以去休假,你想不想和我一起去海外休假?"

土谷说："我从来没有想过去海外休假，我哪来这么多钱？"

"你当然会有许多钱，几天后，你就会成为百万富翁，这是我说的，并不是幻想，是真实的……"斯蒂姆和土谷踢了几下球，然后走到土谷身边说，"嗨，刚才在梦中，我还和土包在一起呢，我和土包真像亲兄弟一样，就像你和他一样。"

土谷说："你上次已经说过了。"

"是啊，我一直感到很痛心，如果不是我已经被关进监狱里，我一定会保护他，不让这件遗憾的事发生。土谷，我对你也会像亲兄弟一样，我会让你成为有钱人，成为大人物。我和你的关系是特殊的。汤姆斯和强，我和他俩没有什么交情，早晚，我会和他俩分手。你我都是土包的兄弟，我俩会保存一辈子的友谊，土谷，你说是不是？"

土谷勉强地点点头，他也想到了土包兄弟。

"土谷，有一句话我要对你说，我们办的这件大事，成不成功就在这几天，你一定要严加注意那个老吸血鬼。还有，你的那两位哥们，你也得注意他们一点，如果有什么不对劲的事，你得尽快告诉我，对了，我昨天新买了一个手机，是特意配给你的，你拿着，如果我不在的时候，发生了什么事，务必和我联系。"斯蒂姆把一个漂亮的手机塞到土谷手里，又告诉他如何使用。

土谷瞧着手机，滴滴答答地玩了一阵。

过了一会，斯蒂姆又找到高强，把他拉到后面的树林里，给他如此这般地说了一通，高强问斯蒂姆，能不能给点小钱？斯蒂姆说："你要钱干什么，我在冰箱里放满了吃的喝的。再说这里离商店很远，附近没有人家，也很安全。"斯蒂姆拍了拍高强的肩膀，说："兄弟，再过几天，我给你的不是一点儿小钱，而是一百万现金，整整一百万，得用一个皮箱装着，你这一辈子大概还没有看到过这么多钱。我这人说话算话，到时候不会让你少拿一分钱。不过,你得多留个神,说句实话,土谷脑子太笨,而那个汤姆斯本来就和我们不是一路的,他是有钱人家的少爷,只是因为他老子出了点事,才和我们搅到一块的。"斯蒂姆已经打听到了汤姆斯家庭是怎么回事,但他无法打听到远隔万里的高强家里的事,他只以为高强是个中国来的野小子,完全可以用金钱许诺利用。

高强虽然到现在还不清楚到底发生了什么事,但一百万元钱对他来说却是一个巨大的诱惑。在出逃的日子里,他一想到父亲的事就感到心里不安,于是,在他的心底下产生起一股内疚之感,他想,父亲挪用公款几百万出了事,最大的原因可能就是为了自己。如果真能搞到一百万元澳币就能抵上几百万人民币,把父亲挪用的公款退赔了,父亲就可以没事了……

"我现在只相信你一个人。这次擒魔行动能不能彻底成功就在这几天,千万不能出一点错,你不但要看紧那个老家伙,对于你两个伙伴的事,也要注意着点。一有什么风吹草动,就对我报告,你明白了没有?"

高强点点头。斯蒂姆又塞给他一包"魂飞尔"牌香烟。

斯蒂姆认为自己安排妥当了,下午又化了妆,搞成一个独眼龙的模样,带着娜达丽娅出门去办事了。

3

老波特去做午饭,高强想到斯蒂姆的嘱咐,跟着去监视他,被汤姆斯叫住了。

"什么事啊? 我还得去盯着老波特呢。"高强转回身来。

"有什么好盯的,他不就是给我们做饭去吗?"汤姆斯今天上午一直躺在床上想着昨夜的事儿,心里越来越不安。自从昨夜明白了真相,他一直感到上帝在空中看着他,他问自己:"我现在怎么会变成一名绑匪了？哦，我不能把自己家庭里遇到的不幸嫁祸到一个无辜的老人身上。我不是为了钱来干这些事的，我不能再干下去……"他决定先把自己的想法告诉两位伙伴。

"你们知道这个老波特是什么人吗？他是斯蒂姆说的那个吸血鬼的父亲，是小吸血鬼的爷爷，所以斯蒂姆说他是老吸血鬼，但你们说说，老波特像吸血鬼吗？其实是斯蒂姆自己有鬼名堂……"汤姆斯把昨晚偷听到的话全告诉了土谷和高强。最后他说出了自己的决定："我不能再干这件事了，上帝会惩罚我的。"

"他妈的，斯蒂姆老是说什么大吸血鬼小吸血鬼老吸血鬼，我也搞不清楚，我还一直以为斯蒂姆是一个聪明人，他通过什么吸血鬼，能找到一批宝藏。"土谷知道了真相，也说出自己的想法，"我一直在想，只要不是贩毒，我就干，能挣大钱的事当然干。他妈的，我怎么会就没想到这事儿就是美国电影里的绑票。这事儿和商店里去拿些东西是两码事，让阿凯爷爷知道了，他一定会生气，虽然他现在已经死了。"土谷摸了摸阿凯爷爷临死前交给他的这个有着特别意义的硬木挂件，更想起阿凯爷爷对他说过的话：要做一个好人。土谷说："这事太损人了，再说，那个老波特，脾气好得不得了，我老是感到他有一点像阿凯爷爷，可惜他不是我们土著人。这事我也不干。"

高强说："但我们都对斯蒂姆发过誓啊？"

汤姆斯说："在我们没有知道真相以前，所发的誓是没有作用的，我在学校里演过莎士比亚的戏，戏中的台词也是这样说的。"

"可是，斯蒂姆说能给我们每人一百万。"高强心里老想着钱的事。

"妈的，给再多的钱我也不干。"土谷声音响了起来，"强，你是不是想出卖我们？"

高强立刻分辩道："没有的事，我们是哥们。我只是想，那可是一大笔钱，不拿白不拿，我们都已经出了力。"

"你还不明白吗？你不是也说过，老波特人挺好的，他每天为我们做饭，他给我们讲了贼谷镇的故事，我们可不是强盗。难道你他妈的真想让老波特被吊死在树林里……"土谷的声音更响了，脸红脖子粗，一副要和高强吵架的样子。

"我不是那个意思，我们发过誓，我们，我……"高强词不达意，不知说什么好。他心里太矛盾了，既想到了那份有着充满诱惑力的金钱，又想到了老波特那张和善的脸。

土谷又说："那个狗屁誓有什么用，我才不相信呢。"

汤姆斯说："强，金钱是个美好的东西，人人喜欢。可莎士比亚说，金钱也非常丑恶，能把白的变成黑的。为了这些钱，可能又把我们送进监狱。虽然我们是从监狱里跑出来的。我认为上次我们在街头闹事是一回事，可这次又是另一回事，我们不能为了钱去伤害无辜。上帝能够看清楚一切。"

三个少年说着，争论着，讨论起金钱问题。最后他们达成一个共识：钱是要挣的，但不能和斯蒂姆一起去挣这份伤天害理的钱。这份钱虽然很大，但很可能会把自己送进监狱。拿了这份烫手钱，会一辈子受到良心的谴责。高强听了他们说的，越想越有道理，他又想起父亲的事，父亲就是因为拿了不该拿的钱，才出了事，自己难道还要走父亲走过的路吗？他这样一想就全想通了。

于是，他们商量怎么离开这个鬼地方，现在，他们感到斯蒂姆这个人倒是有点像魔鬼，经常鬼话连篇。他们还要想法子把老波特也弄出去。就在这时候，他们听到门口有声音，三位少年一起转过头去，瞧见老波特正站在门边。

老波特笑眯眯地看着他们，说："小伙子们，今天给你们做了个烤南瓜，还有肉肠煮青豆，西红柿浓汤。开饭了！"

4

斯蒂姆和娜达丽娅傍晚开着那辆面包车回来了,还从车上拿下一个沉沉的手提包。他俩走进屋里,瞧见三位少年正围着老波特在玩牌,斯蒂姆拉下假头套假眼罩,说:"妈的,我真成独眼龙了。"

他点上烟卷,喝着啤酒,把老波特的扑克牌拿过来,一瞧是一副好牌,他把老波特赶去做晚饭,让娜达丽娅也跟着去。然后斯蒂姆对三位少年叽叽嘎嘎地说起来:"各位,各位,请听着,我已经发现了吸血鬼的宝藏,明天我们就要去取这笔宝藏,今晚吃了晚饭大家都给我早点睡觉,不要玩牌了,你们必须养足精神,因为明天的工作需要我们每一个人都全神贯注地去做,绝对不容许出半点差错。兄弟们,明天我们要全体出动,迎接这伟大时刻的到来。"

三位少年听着,知道所担心的事儿就要发生了。高强想了想问道:"你说我们全体出动,那谁来看老波特呢?"

"明天我们把这老家伙也带上,他是我们能够得到宝藏的诱饵,你们明天必须看紧他,不能离开他半步。"斯蒂姆把最后一口酒倒进喉咙。

汤姆斯说:"这吸血鬼的宝藏到底是怎么一回事,你能不能给我们说清楚?"

"具体的细节,明天行动的时候我会给你们说明的,你们每个人都会被分配到一件具体的工作。当然还有些事情,你们并不需要知道得很清楚,你们只要明天拿到钱的时候,把自己那份钱点清楚就行了。明天你们每个人都能得到一百万。我的亲爱的小百万富翁们,明天将是你们人生中最辉煌的一天,请记住我斯蒂姆说过的这句话。"他又拿了一瓶啤酒,让三位少年也一人拿了一瓶,大家碰了碰酒瓶,咕咚咕咚地喝着。

土谷一边喝一边说:"这钱这么好拿吗?是不是和上次一样,也会有危险。"

斯蒂姆放下酒瓶子,拿起刚才提进屋的旅行袋放上桌,拉开拉链说:"瞧这是什么?"

三位少年把脑袋凑到手提包前一瞧,只见包里是两枝拆卸开的双筒猎枪,还有一大堆黄澄澄的大颗子弹。他们倒吸了一口凉气。

斯蒂姆又拉上拉链,笑眯眯地说:"当然,最好不要用上这玩意,只要吸血鬼不和我耍花招,我是不会用它的,这叫以防万一。不过这种玩命的事情,有我和娜达丽娅就行了,不用你们来干,你们还年轻,将来前途无量,我会保护好你们的。我这个人就是这样,危险的工作都抢在前面,得到的好处却让大家一起分享,这是一种献身精神,和上帝的儿子伟大的献身精神同样地光荣,干什么事情都要有献身精神……"他唾沫四溅地说了几句,大概今天跑累了,没有长篇大论,他打了几个哈欠,拎起手提包回了自己的屋里。

5

吃过晚饭,大家都早早地回屋休息。

三位少年哪里还有心思休息呢?下午,他们就讨论过出走的事情,本来他们准备吃过午饭,趁着斯蒂姆和娜达丽娅不在家,就带着老波特一起逃走。但是这座木屋建造在半山腰中,听斯蒂姆说,从这儿的小路走到山下的公路上,有十几公里,万一走到半道上碰到他们回来了,事情反而会弄巧成拙,再说上了公路,还是要靠两条腿走,是不是能搭上便车也不知道,因为他们有四个人。也很有可能在公路上遇到斯蒂姆。

汤姆斯说："还有一个办法就是报警,屋里虽然没有电话机,但斯蒂姆不是给了土谷一个手机,就是不知道警察能不能找到这个地方,因为我们自己也不知道这个地方在哪个方位。"

高强说："也许警察可以通过卫星仪器测出我们的方位。不过这样一做,警察是不是会把我们一起逮捕,我们又得坐大牢了。"

土谷听了直摇头,他坚决反对报警,"我们怎么可以和那些狗屁警察同流合污,就算我们不愿意和斯蒂姆去干那件鬼名堂的事,但我认为,我们也不应该出卖斯蒂姆和娜达丽娅,出卖人是可耻的。我们管我们走人就是了,走之前,还应该给他们留一张纸条,说:谢谢他们把我们从大牢里弄出来,谢谢他们对我们的款待,你们说是不是?"

高强同意土谷的说法:"做人要讲义气,斯蒂姆待我们也不坏。"

汤姆斯说:"那我们怎么走出这个鬼地方呢?"

他们讨论来讨论去,也没有讨论出一个结果,最后他们认为,要找机会把车搞到手,驾着车逃出去就容易多了。后面的库房里还停着一辆摩托车,他们没有一个人玩过摩托车,也找不到车钥匙,再说摩托车也无法载四个人,他们只能作罢。

这会儿,他们几个脑袋又不约而同地凑到一起。汤姆斯神情严肃地说:"怎么办?听那家伙的话,明天就要让我们一起去干那件脏事儿,到底怎么干,在什么地方干,他也不告诉我们。那家伙还带着双筒猎枪。上帝啊,我们应该知道全部的真相。"汤姆斯在胸前画了一个十字,就像在教堂里一样。

高强说:"说不定真会闹出人命,真是急死人。"

还是土谷冷静,他说:"下午我们不是商量过,把车搞到手,现在车就在后面的车库里,我想法去把车钥匙搞来。"

"我刚才瞧见他把车钥匙塞在裤兜里,你怎么去拿?哥们。"

高强瞧着土谷,以前他也干过从父亲口袋里偷钥匙之类的勾当,现在束手无策,他不知道土谷还有什么高招。

"我先去他们那边屋里看看,我看他们今天很累的样子,说不定已经睡着了,我就把他那条裤子一起拿来,让他明天早上也找不到裤子。"土谷嬉笑着站起身来。

汤姆斯说:"说不定他们没有睡着,小心一点,也许那家伙会突然冲出来。"

土谷仍然嬉笑着说:"这我不怕,说不定他们又在干那事儿,你们两个昨天不都去门角边听了,没有惹上火吧,碰上斯蒂姆,我就说你们在屋里闹腾,我在门口听听还不行吗?"说着他自己哈哈笑了起来,高强也跟着他一起笑,汤姆斯情不自禁地脸红了起来,他想起来昨天被娜达丽娅拉上床的事,幸好这两个伙伴还不知道。

土谷嘻嘻哈哈地走出屋子,拐一个弯,朝走廊那边走去。

不一会,土谷又回来了,脸色很严肃。

汤姆斯迫不及待地问:"钥匙拿到了吗?"

土谷摇摇头。

"他们睡了没有,是不是又在干那事儿?"高强嬉笑地问。

"轻点声。"土谷摊开两手说,"完了,我看是完了,吸上了,一定完。"

汤姆斯不明白地问:"你这话是什么意思,谁完了,我们的事没有希望了?"

"我刚才一走到门边,就闻到一股味道,这味道我太熟悉了,我母亲安洁儿就是被这股味道给毁了的。我的鼻子挨着门缝一闻,那股味道更加浓烈,我肯定斯蒂姆又吸上了,听我的兄弟土包说,这家伙以前就喜欢吸一口,大概进了牢里吸不上了,毒瘾戒掉了,现在一出牢门他又吸上了,妈的,这家伙还真该长期住在牢里。"土谷又让两位头靠近一些,轻声说:"刚才我还听见斯蒂姆在打电话。"

　　"他又在说什么?"汤姆斯焦急地问。

　　"我听他好像说,让对方明天上午交钱,还说具体地点和时间到时候再给他们打电话,要他们一清早就把钱准备好……"土谷把听到的告诉两位。

　　高强说:"看来,我们明天也睡不成懒觉了。土谷你到底有没有办法把车钥匙弄到手?"

　　土谷说:"没有车钥匙,我也能把车发动起来,这又不是什么难事,我们博克街上的少年都会玩。"

　　他们三个又商量了一通,决定半夜三更把那辆车搞到手,大家一起出逃。汤姆斯立刻走到老波特的床前,老波特已经从铺上坐起来,他刚才躺在床上,听他们几个叽里咕噜地在说些什么,这几天,几位少年的谈话,一星半点地也已传进了他的耳朵里,虽然他的耳朵有点背,现在已经明白了一半。汤姆斯说:"今天半夜,我们带你逃出去,你别睡得太死。"

　　老波特说:"小伙子们,我会感谢你们的。"

6

　　再说那边,斯蒂姆抽了一口白粉,打完了电话,和娜达丽娅说了几句话,就搂着她进入了梦乡,今晚也没有再干那事儿,今天他俩实在太累了,明天一早还要去干大事。

　　一整天,他俩出门办了不少事情,上午他们又去了亿万富翁考锤的家,对考锤的行踪进行了跟踪,发现考锤去了银行,娜达丽娅直接跟进了银行,瞧见考锤办完了手续,银行里的职工拎出两个大皮箱,交给了考锤带来的两个保镖。看来大皮箱里就是那一大笔钱。下午他俩又去了滚石酒吧的胖老板那儿,胖老板给斯蒂姆介绍了一个贩卖黑枪的家伙,斯蒂姆从他那儿买到两枝没有登记过的双筒猎枪,这种双筒猎枪的威力斯蒂姆已经在"吸血鬼"家里领教过了,这次他也准备用上这个玩意。这也是斯蒂姆干大事的投资,做生意总是要投资的。

晚上,他又在手提电话中给考锤发去了指令,让考锤明天早晨交货。这又是斯蒂姆和别人不一样的招法。别人干这种事的时候,总是在下午和晚上找一个人多热闹的地方进行交易,如果跟来了警察,也容易逃脱。斯蒂姆让考锤一清早就准备好,一是打心理战,让考锤一个晚上睡不好觉,先在精神上累垮,二是斯蒂姆确实打算让考锤第二天上午在红坊区的一条小街上交钱,哪一条街,斯蒂姆还没有告诉考锤,根据绑架者的惯例,地点是在最后时刻告诉对方的。斯蒂姆选好的是一条他非常熟悉的小街,这条小街非常安静,清晨几乎没有行人,如果考锤报了警,警察跟到这里,不管他们是穿警服还是穿便服,一走到这条街上,就很容易被斯蒂姆发现,斯蒂姆马上就会有对付警察的招法。此外,斯蒂姆还有更高的一招,他知道在这条小街的人行道下面有一个巨大的下水道,人可以在里面弯腰行走,而在人行道上有一个下水口,上面用铁盖盖着。斯蒂姆准备来个故伎重演,他已对那个铁盖做了手脚,可以轻易地从下面打开,而在铁盖上面推来一个有小轮子的垃圾筒,这个垃圾筒是空的,贴在地面上的垃圾筒底部也做了加工,可以从下面拉掉。这样在明天,斯蒂姆就可以通过手提电话,命令考锤开车到这儿,让考锤将皮箱扔进这个有机关的垃圾筒,不用一分钟,躲在下水道的人就可以从下面打开铁盖,掀掉垃圾筒底部,神不知鬼不觉地把皮箱拿走,即使跟来了警察,他们肯定要等着绑架者来取货,等到他们发现垃圾筒地下的秘密也已经迟了。斯蒂姆认为土谷躲在下面取皮箱最妥当,拿到皮箱后从下水道的另一个出口出来,另一个出口就在后面的一条小巷里,让汤姆斯在出口处迎接,从小巷穿到后面的一条街上,娜达丽娅就在那儿的面包车上等着,先验一下钱,然后开车走人。而他和高强则可以押着那个老头躲在另一辆小车上,监视小街上考锤来送钱的情况,一旦事情办成,他们就把那个倒霉的老头子给放了。斯蒂姆构思的这幅图景,完美得就像是飞越阿姆斯监狱的翻版。当斯蒂姆打电话给考锤的时候,没有想到这个亿万富翁还要讨价还价,斯蒂姆知道他已经备好了钱,生气地说:"他妈的,你怎么像个出尔反尔的小人,如果我明天上午见不到钱,那你一定能在树林里见到被吊死的老厨师,你应该记住,是你吊死了你的父亲。"那边考锤听到这个话,胆战心惊,他妥协了,答应乖乖地和斯蒂姆合作。

斯蒂姆在梦中,自己成了一个得胜的将军,身穿威风凛凛的将军服装,那三个少年都成了他的部下,也穿着军官的服装。不一会,他们又都跟着他飞上天,变成了一颗大星星和三颗小星星,星星融合在一起,闪耀出光亮……就像那老巫婆说的一样。斯蒂姆感到舒服极了,同样的内容两次出现在梦中,这是一个好兆头,他似梦非梦地想到,他不知道自己是否已经醒来,那梦中的星光在闪耀时好像又发出了声响,这是什么声音……斯蒂姆睁开了眼睛。

这是什么声音呢?

土谷、高强和汤姆斯半夜三更便把老波特叫起来,他们轻手轻脚地走出屋子。土谷和高强溜到车库里,汤姆斯去干另一件事。在车库里,两个人打着电筒围着面包车直转,要发动车辆首先要打开车门,没有车钥匙怎么办?老波特也跟着后面摸着车窗户,他摸到其中的一扇车窗户没有关结实,留着一条缝。这下土谷就有办法了,用一根铁丝弯成一个角度,从车窗缝里穿进去,钩到下面的车门的把柄,一拉,车门打开了。接下去,土谷从里面掀开发动机的盖板,寻找到启动马达的两根电线,他让高强准备发动,他把两根电线正负一接触,闪出火花,高强立即踩动发动机,经过两三次,发动机轰地一声响了起来,这时候,老波特也已经拉开了车库的卷帘门，面包车驶出了车库，停在前面的空地上，车前灯在黑暗中划出了两条长长的光柱，老波特也已上了车。现在只等着汤姆斯了。

"妈的，汤姆斯在玩什么花样，还没有玩完?"土谷着急地看着房子另外一边的一个小车库，见不到汤姆斯，却见到斯蒂姆摇摇晃晃地从房子里走出来，他是从睡梦中听到吵闹声爬起来的，还没有彻底清醒过来，不知道外面发生了什么事情。

小车库里是那辆摩托车。

汤姆斯说：为了防止斯蒂姆和娜达丽娅追出来，应该让摩托车的轮子滚不起来。土谷和高强说也对。汤姆斯主动承担起这件任务。他走进那小车库，又不敢开灯，以前他从没有做过这种破坏工作，黑灯瞎火地乱撞，也找不到妥当的工具，最后，总算在地上摸到一根铁钉子，抓起来在车轮胎上乱扎，那车轮胎还挺硬，把自己的手搞破了，轮胎还没有扎破，当他听到外面汽车的马达声音，心也急了，握紧铁钉，像敲锤子一样猛地敲下去，那铁钉子真的被敲进了车轮胎里，他的手也被顶疼了，他"哇"地叫了一声。

汤姆斯闯出门，瞧见那边也有一个人影在向车走去，好像是斯蒂姆。汤姆斯用出了百米冲刺的速度，立刻奔了过去。车门靠这边，高强叫喊着："这儿。"老波特帮着拉开了车门，汤姆斯一步跃进了车门。

车那边，斯蒂姆也已走到了车下，他瞧见了车窗边的土谷，叫道："土谷兄弟，发生了什么事，你们要去哪儿?"

土谷的脑袋钻出车窗插科打诨道："我们这就去取吸血鬼的金子。"

斯蒂姆瞧见车正在朝前移动，大喊道："你们不能这样，你们得听我的，你们不能背叛我……"车轮朝前滚动着，斯蒂姆不敢拦在车前，只能奔跑着，高喊着："一百万，一百万啊，你们不想要了……"

这时候娜达丽娅也闻声跑了出来,手里还握着双筒猎枪,她还不知道外面发生了什么事,"妈的,真该宰了那些小兔崽子"。斯蒂姆一把从娜达丽娅手里抓过猎枪,"咔哒"一声子弹上膛,他瞄着渐渐远去的面包车,瞄着瞄着,他又低下枪口,"妈的,杀了他们也拿不到钱"。

娜达丽娅也说:"算了,他们还是孩子。"

"对了,我们可以骑摩托车追上他们。"斯蒂姆把枪朝肩上一挎,娜达丽娅冲进屋里拿来两个头盔,斯蒂姆已经把摩托车推出车库,两个人骑上车,前车轮滚动了几下就瘪下来,把他们两个都摔倒在地,斯蒂姆站起来时又骂开了:"他妈的,小兔崽子,又是他们干的,我太小看他们了。"他突然又想起了什么,对娜达丽娅叫道:"快,你快去看看,那老头还在不在?"

不一会,娜达丽娅手上拿着一张纸走过来。斯蒂姆手捂着腰,刚才那一下子把他的腰摔伤了,他借着车库里的灯光,读着纸条上土谷写的歪歪斜斜的字:

斯蒂姆先生,我们把老波特带走了,我们认为他是一个好人,不是什么老吸血鬼。谢谢你把我们弄出监狱,也谢谢你的款待。

斯蒂姆把手上的双筒猎枪一扔,又骂了起来:"妈的,老兔崽子也跑了,我的一千万全泡汤了……"他没有说一千三百万,因为那三百万他确实想分给三个少年,让他们三个以后死心塌地地跟着他干,当时他和考锤讨价还价时提出一千三百万也是这个意思,没有想到现在少年跑了,钱也飞了,他又捶胸顿足地骂道:"妈的,小兔崽子,妈的,老兔崽子,天杀的,坏了我这一笔大生意。上帝待我也太不公道了,难道要让我这样一个天才,一辈子都做一个穷鬼,上帝啊……哎唷唷。"不知是否是上帝对他的惩罚,他的腰疼得吃不消了,他蹲在地上,又伤心又痛苦……

六、贼谷镇和乡镇医院

1

高强开着车,磕磕碰碰地从那条小路上驶下山去,一路上土谷还在车里叫着:"小心,这里! ……快刹车,这儿拐弯……"有时候,土谷还下车给高强看路指引。高强手上捏了一把汗,总算从小路开到了下面的公路上。

在公路上开了一段,高强问:"我们去哪儿?"

大家都不知道去哪儿,汤姆斯说:"我们先把老波特送走吧。"

土谷说:"把老波特送回家,他儿子会不会又把我们告发到警察那儿去?"

老波特说话了:"孩子们,我不回我儿子家了,我带你们去一个地方,那儿很安全。"

高强问:"去什么地方? 我现在的车开得连东南西北也搞不清楚了。"

"去我的老家。"老波特说起自己的情况,"我这次是从老家来悉尼看看孙子和儿子,我正在儿子的别墅里做饭,就碰到了这件倒霉的事情。"

土谷说:"事先,我们也不清楚斯蒂姆到底想干什么事情,他老是给我们说什么吸血鬼的宝藏。"

"我不怪你们,孩子们。让我们一起想想办法,你们帮了我,我也一定要帮你们。"老波特很诚恳地说。

汤姆斯问:"你说去你老家,你老家在什么地方?"

老波特慢悠悠地说:"我的老家离悉尼五百多公里路,就是我给你们说过的贼谷镇。"

"贼谷镇!"三位少年一阵欢呼道,他们没有想到"贼谷镇"不仅仅是在故事里,还真有这地方。

他们在公路边的一家加油站上问清了州际公路的方向。老波特在加油站给儿子打了个电话,说自己在几个孩子的帮助下,已经从绑架者那儿跑出来,现在他也要帮助几个孩子。他让儿子放心,不用再操心自己的事情了。那边,考锤听了也高兴得眉开眼笑,两皮箱的钱简直是他心头的肉,现在不用从他身上挖肉了,他再也不用担心父亲会被吊死在树林里的消息出现在悉尼晨锋报上了,让那个叫斯蒂文的家伙滚蛋吧,他再来找麻烦,一定把他弄到大牢里去……

高强精神抖擞地朝州际公路驶去。

汽车在州际公路上走了几个小时,突然停住了,他们不知道出了什么毛病,掀开车盖,左看右瞧找毛病,看又看不懂,还是老波特经验足,他说是汽车没油了。他们几位这才想起,汽车是要加油的,就像人是要吃饭的一样。这会儿,他们感到肚子也咕咕叫了起来。又后悔刚才经过加油站时既没有加油,又没有买东西吃。说到买东西,土谷提出来:谁口袋里有钱? 这又是一个难题。三位少年进监狱时,按照规定,都把口袋里的东西掏出来,从身份证件到香烟和钱都交给狱方保管,待到他们出狱时再还给他们。但他们三个是逃出监狱的,当然拿不回被狱方保管的东西,老波特被劫持时口袋里只有几个硬币。斯蒂姆在别墅里给他们准备了吃的喝的,但没有给过他们一个小钱,口口声声要给他们大钱。

现在是前不着村后不着店,又饥又渴,口袋里又没有钱。高强说："别着急，别着急。"他坐下地，脱下旅游鞋，掀开鞋垫，从鞋垫下摸出几张大面值的钞票，一数有五六百元。大家一阵欢呼，尽管那几张钞票还沾着高强臭烘烘的脚气味。高强说：这钱都是赌场的功劳，那天他赢了一千多块钱，交了五六百块房钱，还留下这些钱。参加那场街头动乱后，被带进了监狱，在从口袋里掏东西时，高强留了一个小心眼，把这几张钞票塞进鞋底里，因为他们是被临时拘留的，服装鞋袜也没有换掉，所以这几百元钱也被藏下来。这会儿，这些钱就该能派上用场了。

那辆没有汽油的面包车的使命已经完成了，就让它躺在路边，他们几个刚才已经把车推到了路边。高强说："这车没有坏，就是油吸干了，加点油还能走，扔了真有点可惜。"土谷说："有什么可惜的，如果让警察查到这辆车，这辆车还有犯罪前科呢。"

大家都认为土谷说得有道理。于是，他们四个一起开动双腿，朝前面走去。一个小时后，他们终于搭上了一辆公共汽车。

2

他们换了好几辆巴士，幸亏高强那几百元钱，一路上长途车车费和四个人的食品花掉了大部分钱。傍晚的时候，老波特带着三位少年踏入贼谷镇。

他们走在贼谷镇街上，一幢奇怪的建筑映入三位少年的眼帘，这幢房子不高不低，说二层楼不是二层楼，说一层楼又不是一层楼，应该说是一层半楼，底楼的窗户就在地面上，大半层楼都在地面下，在房子边上还有两条朝下走的石头阶梯，下面是一座拱形的门，门上面亮着霓虹灯，从远处看去，霓虹灯好像就贴在地面上，灯管拼成几个英文字母："比尔酒吧。"不时有人走上走下，走进走出，那儿好像还是挺热闹的。

汤姆斯好奇地问:"这个比尔不会是你讲的小比尔吧?"

"当然不是,不过他们有很亲密的关系。"老波特又说开了,"这个酒店的老板老比尔是我以前给你们讲的小比尔的孙子。"

土谷问:"怎么老比尔成了小比尔的孙子?"

老波特说:"当然老比尔是小比尔的孙子。我讲的事都有上百年了,小比尔自从打开了玛格利特的大铁箱,不知什么原因,以后就改邪归正了。他跟着建筑队干苦活,挣了不少钱,镇上的不少房子,都是那个建筑队造起来的,也都有小比尔的一身汗水,那时候他已经不是小比尔了,他成了大比尔,成了一个规规矩矩的人,他为自己造起了这座奇怪的房子,并在下面一层开了一个酒馆。"

"这房子造得奇形怪状的,他为什么把下面那层一半都造在地下?"汤姆斯很有兴趣。

"当年,也有人问过老比尔这个问题,不是今天这个老比尔,而是问他的爷爷,那个老比尔回答得很坦率,他说:我以前干了许多年爬房上楼、掘洞入屋的事,养成习惯了,所以造房子时也朝地下挖,结果是挖出了这个比尔酒吧。"老波特叹了一口气又说:"人做什么事情都会养成习惯的,幸好,那个老比尔把进屋拿别人东西的习惯改掉了。以后,他的儿子和孙子也都是规规矩矩的人,安分守己地在镇上经营这个酒吧,现在他的孙子都成了老比尔。如今,这个比尔酒吧是贼谷镇上人们夜生活的活动中心。"

高强说:"我们能不能进去喝一杯?我口袋里还有点钱。"

老波特说:"以后,我可以带你们进去看看,不过今天不行,不到十八岁的少年,不能进酒馆喝酒,法律到处都是一样的。"

汤姆斯说:"那我们能不能去看看你说过的玛格利特的藏铁箱的大房子?"

"孩子们,今天时间太晚了。我们先回家吧,以后有的是时间。"老波特领着他们三位走上了另一条街,街上虽然有几家商店还亮着灯光,却几乎见不到行人,他们又拐弯走了几条街,路边的房子也很破旧,有的屋子里连灯光也没有。贼谷镇上冷冷清清,似乎笼罩着一种奇怪的气氛。

老波特家也是一幢很普通的旧房子,但厨房较大,连接着后面一个不大不小的花园,当然和他儿子城堡似的大房子及几十亩地的大庄园不能相比。老波特告诉三位少年,他是很小的时候跟随父母来到贼谷镇的,他在镇上的饭馆里干了几十年,从洗碗工干到大厨,以后自己也开了一家餐馆,生意红火,儿子读大学的钱都是从餐馆里挣出来的,儿子在外面做电脑生意的第一笔钱也是向他借的。老波特喜欢自己的职业。几年前,他的老伴去世后,他就把餐馆卖了,但他还挺想念在餐馆的日子,每次在街上走过餐馆门口,他都会进去坐坐,喝一杯咖啡,和老朋友说说话。不过现在那家餐馆的生意远不如从前了,因为贼谷镇上的人越来越少了。他退休了,有时候去悉尼看看儿子和孙子,虽然儿子如今成了大富翁,有许许多多的房子,但他还是喜欢住在这儿,他已经七十五岁了,在贼谷镇住惯了,以后他死了,就埋在贼谷镇,埋在他妻子的身边。

高强想,这个老波特怎么和中国老人的想法一样,他记得以前在中国的时候,他在乡下的爷爷也是这样说的。不过高强是无论如何不愿意住在这种鬼地方的,他说:"贼谷镇上太冷清了,让我一年四季住这儿简直是受折磨,除了那个酒吧,大概就没有什么去处了。"

老波特一边给他们做饭,一边又说起了贼谷镇:"你们可别小瞧贼谷镇,在澳大利亚,它可以说是一个古老的小镇了,有好几次兴旺繁荣过,又冷落下来,就像海里的潮水,潮水来了又退下去。哦,我喜欢去海边钓鱼,这里离海边不远,翻过了山岭,开车半小时就到了,以后我带着你们去钓鱼,一边钓鱼一边看着大海,看着大海里白色的帆船,真是美极了。"

"钓鱼去,钓鱼去。"几位少年被他说得心驰神往,蠢蠢欲动。

吃晚饭的时候,老波特告诉大家,其实在十年前,贼谷镇还非常热闹。贼谷镇的周围山连着山,有一个连绵几百公里的大森林。有识之士先是办起了锯木厂,后来又有了家具厂。自从本地建起家具厂,玛格利特的家具店的生意就大不如从前了,因为她店里的家具主要是从外面运来的,最后终于关门大吉。玛格利特是这个小镇上活得最久的人,她活到九十九岁,临死前还是独身。她终于没有熬过百年,人们在老玛格利特的坟上竖起了一块像铁箱似的大石碑,每年都会有人献上花圈,尽管她在贼谷镇上没有亲人,她却成为一个彻彻底底的贼谷镇人。

后来镇上又办起了一个大型的纸浆厂,和它相配套的印刷厂、小型化工厂,还有其他各种各样的商业机构如雨后春笋般在贼谷镇上钻出来,小镇人口迅速增长,连边上的畜牧场的规模也越来越大,办起了肉食加工厂。那时候欣欣向荣,人人都有工作,雇主还认为劳动力不够,从外面招来很多工人,镇上的房子也越建越多,镇的范围增加了十几平方公里,这是贼谷镇的鼎盛时期。

森林已被砍去了三分之二,环保人士提出了严重抗议,政府不得不采取了措施。纸浆厂关闭了,印刷厂关闭了,连办了几十年的锯木厂也倒闭了,就像多米诺骨牌似的,工厂关闭,商业机构退出贼谷镇,一场大潮水退了下去。青年人纷纷出走,去大城市寻找机会,留下了一个老人化的贼谷镇,也就是眼前这个萧条冷落的贼谷镇。原先几十万人现在只有几万人了,老人们只能整天混在比尔酒店里,喝喝酒,发发牢骚,整个贼谷镇好像都在走玛格利特走过的老路。有人说:"贼谷镇正在变成一个鬼镇。"所谓"鬼镇"就是遭人遗弃而无人居住的地方。

3

半夜里，高强真的遇到鬼了。

他睡到半夜，感到肚子又饿起来，他想起老波特晚饭做的馅饼还没有全吃完，便把口水朝喉咙里一咽，轻轻地走出卧室，同一个卧室里的土谷还在打呼噜。高强轻手轻脚地走过过道，听见睡在对面屋里的老波特和汤姆斯也在打呼噜，老波特的呼噜声是长句，汤姆斯的呼噜是短声，两个人一长一短就像在拉提琴似的。高强偷偷地笑了，就在这个时候，过道前面闪过了一道黑影，高强也没有在意，他以为是窗外摇晃的树影。他走进厨房，也没有开灯，打开冰箱，把那块包着保鲜纸的馅饼拿出来，揭开保鲜纸，嘴巴凑上前，正要咬那块美味的馅饼，一道黑影在冰箱里面射出的亮光前一闪，高强还没有反应过来，从侧面伸出一只手，一把抢过高强手上的馅饼，高强转脸一望，只见一个和他差不多高大的黑影，他还没来得及细看，腿上就重重地挨了一脚，疼得他当场就蹲下身来。只见那黑影已夺门而出，动作快得出奇。高强又咬住牙齿站起身，从厨房的窗户里看出去，只见那道黑影猛地跳过半人高的木篱笆围墙，逃走了。

高强这才大叫起来，又去打开灯，屋里睡觉的人也闻声跑过来，问他发生了什么事。高强说碰到鬼了，他把刚才发生的事情描述了一遍。土谷、汤姆斯和老波特在屋里和走道上看了看，又到后院里查看了一遍，没有看到任何痕迹，但冰箱里那块馅饼确实不见了。

土谷说："不会是你把馅饼吃了，又赖在什么鬼身上？"

高强拉起裤腿让大伙瞧，确确实实在小腿上有一块青黑的印子，连腿上的肉也陷了进去，可见这一脚踢得厉害。

第二天早上，高强是被腿上的疼痛搞醒的，他掀开毛毯一看,小腿又粗又肿,被踢之处是一片暗红色的淤血,他又大叫起来。

"你是不是又碰见鬼了?"土谷睁开了眼睛,瞧见高强腿上的伤,说高强这条腿完了,肯定是腿骨断了,小腿需要锯掉,他以前有个朋友也是这样的,不过将来可以坐轮椅。高强大嚷,说自己怎么这么倒霉,会碰见鬼,急得眼泪也掉了下来。

汤姆斯和老波特也从对面屋里走过来,瞧见高强的腿,老波特说:"快送医院。"

汤姆斯年纪最小,身材却最高大,他背起高强,由老波特带路,大家一起朝镇上的医院走去。

辛浦逊医院离老波特家不远,走两条街就到了。当初这个医院还是建得颇有规模的,分门诊部和住院部两个楼,是一个叫辛浦逊的人建起来的。现在镇上的人大大减少,两个楼并在一个楼里,医院差不多成了老人院,医生也跑得差不多了,只留下两个,其中一个去海边度假胜地去度假了,还没有回来,另一个是见习医生,手忙脚乱地对付着那些老年病人。

穿着白大褂戴着眼镜片子的年轻见习医生一见汤姆斯背着高强走进来,就乐了,他说高强已是第三个。这几天,有三个人在半夜被一个神秘的东西踢伤,高强被踢的这一脚是最厉害的。几天来贼谷镇上人心惶惶,说什么贼谷镇上出了一个宇宙人,行动神出鬼没;有人说那鬼东西是江洋大盗,在半夜里出来抢东西,但也没有抢什么大东西,好像他对食品特别感兴趣,这怎么称得上是江洋大盗呢?有人说这个鬼东西本来就是鬼,是一个饿死鬼。于是各种传言沸沸扬扬,连警察也出动了,也没有发现那个神秘的鬼影子,然而却让刚来贼谷镇第一夜的高强给撞上了。

不一会,镇上的警察也来到医院。高强、土谷和汤姆斯见到一高一矮的两个警察,警察的腰上还佩带着手枪。他们就有点心里发毛,怕警察知道了他们三个的底细,先把他们抓起来。警察问了高强昨夜发生的事情,高强哭丧着脸又说了一遍,警察做了笔录后就走了。大家松了一口气,土谷已经溜到门外,准备随时随地逃走,这会儿又溜进门来。

高强这会儿腿又疼起来,见习医生给高强腿上放了一袋冰块就完事了,他说:"我不是正式医生,只能做这些。其他事情要等正式医生来了才能做。"

汤姆斯问:"正式医生在哪儿?"

他说:"这个医院的汤尼大夫去度假了。"

"我得等到哪一天,要等到他度假回来吗?"高强更急了。

"你等着吧,等着吧。"见习医生走出门,去忙其他事情去了,这几天他忙得焦头烂额。

留下躺在病床上的高强,也不见护士来照顾,只有汤姆斯、土谷和老波特几个人瞧着高强,大眼看小眼地相互瞧着。

大约等了两个多小时,他们听到天空中传来轰轰隆隆的声音。几位少年感到这声音挺熟,汤姆斯说:"这声音像是直升飞机的声音。"土谷说:"像极了,该不会是斯蒂姆和娜达丽娅这两个强盗又驾着直升飞机来找我们了? 我出去看看。"

土谷在医院前面的大院里,瞧见一架直升飞机降落下来,飞机上画着一个红十字,然后走下来几个医生和护士。原来这是澳洲的皇家飞行医生服务系统,他们坐直升飞机到各个缺医少药的地方进行医疗服务。

医生们给高强的腿进行了 X 光检查,发现高强的小腿骨虽然没有折断,但在硬体撞击中,出现了严重的骨裂,需要住院治疗。至于是什么东西撞击的,他们也不清楚。听高强说是鬼踢的,他们都笑了,说:"鬼为什么要踢你呢?"

皇家医疗系统的直升飞机又飞上蓝天。

不一会,老波特陪着那个见习医生从外面走进来,他问汤姆斯和土谷:"小伙子们,想不想挣点钱?"

"挣钱,谁不想挣钱?"土谷来了劲。

汤姆斯问:"挣什么钱?"

见习医生说:"医院里一共有五个护士,现在两个护士要去度假,只留下三个护士了,镇上再也找不到正式的护士,老板说找两个年轻人来帮帮忙,干一些医院的杂务工作,给现金,每小时十元钱,干两个星期,你们有没有兴趣?"

土谷说:"我干,我正缺钱花呢。"

汤姆斯说:"我也干。"

躺在床上的高强嚷道:"我也干,我也缺钱花。"

"你怎么干?"土谷说道,"你住医院的钱,还不知道从哪儿来呢,不知道我们干两个星期的工资,够不够付你的医疗费。"

高强看了看自己绑着夹板的腿,神情沮丧地说:"都怪那个鬼,把我搞成这个不死不活的样子,哎——"他叹了一口气,突然想起了什么,"对了,我读书交学费时买了医疗保险。"

见习医生问:"你买的是哪一个医疗保险公司的,你能记住自己的保险号码吗?"

"我记得,是国民医疗保险公司,那个号码我也记得,F8188888,照我们中国人的话说,全是发财的意思,所以特别好记。"说着高强眉开眼笑,一点愁绪也没有了,他又说:"这一脚,那鬼是踢在保险公司身上。"

见习医生一边记录下高强说的情况,一边说道:"在这个鬼地方,早晚都得给鬼踢一脚,我见习期一满,也会尽快离开这儿。"说着他走出门去。

土谷和汤姆斯的第一件工作,就是把高强连人带病床从治疗室推到住院部。

这个病房里住着七个老人,加上高强,正好八个,高强说:"又是发。"病房里的老人当然听不懂他说的中国话。

4

傍晚的时候,这个医院的汤尼大夫度假回来了,他来巡视病房的时候满脸红光,大概是去了海边度假胜地享受日光浴,他的脸色和病人们的脸色形成了鲜明的对照。汤尼和高强握手的时候说:"小伙子,我在镇上工作这么多年,从来没有见到过你,你从什么地方来的?"

高强想了想说:"我是从中国来的。"

"哦,欢迎你,中国来的年轻人。贼谷镇上也有一家中国餐馆,我常去那儿吃饭,我喜欢中国菜。"汤尼拍拍高强的腿说,"希望你早日恢复健康。"

半夜里,高强被一阵喘息声吵醒了,是从对面床上传来的,喘息一声紧接着一声,是一个老人的声音。扑通,那个老人摔下了床,发出了嘶哑的尖叫声。高强连忙按响床头的铃声,一个人高马大的女护士噔噔地跑进来,跑到高强床边,高强指指对面,她又跑过去,可能是情况不妙,她把汤尼医生也叫来了,在对面的床周围拉起一道围帘,围帘里开亮了灯,忙碌起来……

第二天,高强看清了那个又瘦又小的老人,那张脸上贴着一块创伤膏,大概是昨夜摔伤的,看上去奄奄一息,护士喂他流质时,他张嘴发出嚅嚅的声音,一匙食品有半匙流出来,看那神态好像随时随地会去见上帝,他的名字叫吉姆。

高强边上那张床铺上是另一个老人彼特,方头方脸,喜欢把脸刮得一干二净。再过去是一位整天坐在轮椅上的老人朗宁,朗宁沉默寡言,两眼陷在眼窝里。斜对面床铺上的是在医院里时间住得最长的老杰宁,他很少躺在床上,也不喜欢穿病号的衣服,穿着自己的睡袍走来走去,颇有几分绅士派头。对面靠门角边,床上躺着的老人叫杰可,他身材高大,一天到晚翻阅书报,也一天到晚挂着盐水瓶。再过去,还有两位不大说话的老人。高强就和七个澳大利亚的老人躺在同一个病房里。

那位身材高大的女护士名叫杰娜,杰娜走路脚步重了一点,但干活井井有条,她也很富有人情味,时常嘴里吐出一两句笑话,逗得老人们哈哈笑。现在,汤姆斯和土谷也成了医院的工作人员,汤姆斯的主要工作是清洁病房,土谷的工作是给病人送饭,高强经常能见到他俩。

午睡以后是探望时间,病房里顿时热闹起来。

来探望老吉姆的人最多,他的女儿和女婿,手上牵着肩上背着,还有摇篮里躺着的三个小孩。漂亮的小男孩和扎着辫子的小女孩爬到老吉姆的耳边,不知叽里咕噜地说了些什么,然后把老吉姆床头上吃的东西乱七八糟地朝嘴里塞。不一会,一群吉姆的老朋友也踏进病房,"吉姆吉姆"地叫唤着,这个小老头虽然不能动弹,脸上泛起一丝笑意,一股浓厚的人情味溢满了病房。

晚餐前,医院食堂送来了餐单,今晚的食品很丰富,有好几套食品供病人挑选。

不一会,土谷穿着厨房的白制服,神气活现地推着食品车来了,嘴里还叫着:"晚餐,晚餐。"

"这是你的,哥们。"土谷给高强端上一个不锈钢的盘子,中间的大碟里是主菜、鱼排和豌豆色拉等,配有小包调料,另有烤好的面包、奶油果酱和红茶。土谷告诉高强,因为医院食堂人手不够,老波特也在那儿帮忙。

"怪不得,晚餐搞得这么好,有大厨师呢,我还在想,躺在医院里吃不到老波特做的饭呢。"高强刀叉并用,吃得津津有味。吃完后,他发现那几个生病的老人胃口也不错,盘里碟里的食品全吃下肚了。

用完晚餐后,照例是老杰宁这个义务服务员最忙,他是个在床上躺不住的人,他走过来,将每个床头桌上的盘碟搬到餐车架上,护士起先都劝他别干,时间长了,也由他去了。高强看着他双手颤抖地托起桌上的盘碟,真害怕他把东西全摔下地,自己想去帮忙,可是腿搁在床上也不方便。老杰宁端起高强桌上的餐具,还笑嘻嘻地说:"快乐的晚餐。"他慢慢地,一个个桌子收拾过去,直到土谷来了,很快把东西全都收拾了。

大彩电的荧屏上,"笑哈哈"节目开始了,无忧无虑的澳大利亚人在节目中调笑着。老彼特对高强说,他在电视里看到中国有许许多多的自行车,还有跪在地上拜菩萨的人。高强说:"那是以前的事,现在中国的小汽车也很多,不过拜菩萨还是要拜的,不拜菩萨就发不了财。"老彼特笑了,说:"你们中国人是不是认为挣钱就是为了成为百万富翁?"高强说:"那当然。"

电视里又出现了一组镜头,非洲灾区的黑人难民在领取联合国发放的救济金……下面的节目是澳洲人最喜欢的网球比赛,美丽的金发女郎和英俊的小伙子在挥动球拍……这一切都发生在同一个地球上。

第二天上午,土谷跑来告诉高强:"刚才又有一个家伙来医院,他是一清早被鬼踢伤的,他说那个鬼是一个酒鬼,酒鬼的腿劲很厉害。"

高强问:"到底是怎么回事,他看清那个酒鬼没有?我出医院后得去找他算账。"

土谷说:"那家伙也没有看清楚。你知道老波特说的那个比尔酒馆吗?就是我们刚来贼谷镇那天晚上,在街上见到的,朝地下凹进去的那家酒馆。"

高强说:"记得记得,我还说要进去喝酒呢。那酒馆怎么了?"

"那事儿就发生在比尔酒馆里。酒馆晚上十二点关门,第二天上午又要营业,所以清洁工一大早就要去打扫。天还没有亮透,清洁工从酒馆后面的小门里开门进去,他也没有开灯,照他的习惯,是先从冷柜里拿一瓶啤酒,喝完啤酒,才开灯干活。没有想到,他刚打开冰柜拿出啤酒,就惊动了在黑暗中的另一个酒鬼,那家伙大概正喝着呢,屋里到处是酒香味。这酒鬼也不分青红皂白,上来对着清洁工就是两脚。"土谷说得活龙活现,好像就是他亲眼见到的,几位老人也过来听他说这件事。

"噢,踢了他两脚,还比我多一脚。"高强认为自己还不算最倒霉,他又问,"那么,以后呢?"

"还有什么以后,清洁工还没有闹清楚是怎么回事,那酒鬼就从后门逃走了,动作快得出奇,照理说,喝醉酒的人走路都是摇摇晃晃的。也不知道那酒鬼是从哪里进来的,有一扇窗户开着,大概他是爬窗进去的,不过,窗户离地还有几公尺高,他跳下去也没有折断腿。最倒霉的要算是酒馆老板老比尔,他说酒馆里被糟蹋得不像样了,那酒鬼一定躲在里面折腾了一阵,又喝酒,又摔酒瓶子,搞得满地狼藉,真是一点道德观念也没有,想喝酒不花钱,喝几瓶就是了,何必搞破坏,还要伤人,太不像话了,他是我们贼谷镇的耻辱,他不配住在我们贼谷镇上……"土谷绘声绘色地模仿起比尔老板的样子,他今天早晨也上街去凑热闹,他说这是今天贼谷镇上的头条新闻,镇上的人都在纷纷议论,都说抓住那个酒鬼,一定要好好惩罚他。

5

时间一天天过去了。这几天,镇上好像也风平浪静,没有闹鬼的事情发生,是不是那个酒鬼害怕了,躲起来了?

高强腿上的红肿都消退了,医生说他明天就可以出院了。没有想到的是,对面床上那个身体不能动弹,看上去行将就木的老吉姆也恢复得那么快,脸上已泛出一层红光,四肢已经能够活动,哦,他已经在和边上的几位老伙伴说话了。

可是,那天晚上,那个喜欢走来走去的老杰宁走不动了,脸色惨白地倒在床上,这张床被推到隔壁的一间小病房里,汤尼大夫和见习医生都进了那个房间,夜里还来了直升飞机,皇家飞行医生也赶来了。

第二天一早,一阵声音把高强从梦中吵醒了,他睁开眼睛时,发现病床前都被拉起一道围帘,从声音中他听出,隔壁那间小病房的门打开了,一张病床从围帘中间的过道上推了出去。围帘又被拉开了,一个轻声哭泣的老太太被她的女儿搀扶着从小病房里走出来。高强在探望的人中看见过她,她是杰宁的老妻,她没有大哭大闹,但那是真正的悲痛。

呜呼哀哉,老杰宁死了,那件绅士般的睡袍在人们眼前永远消失了,再也看不到那双颤颤抖抖的搬盘子的手,也听不到那句"快乐的晚餐"了。

有时候活着和死亡只是在咫尺之间,对面床上行将就木的老吉姆没有死,从死亡的边缘走过来了,死神却把一心想走来走去的老杰宁招进了天国。贼谷镇上又减少了一员。医生和护士对这一切已经习以为常,汤尼医生和杰娜护士照常工作,他们看惯了死亡。然而,几位老人却一直沉默着,谁也不说一句话。高强是有生以来第一次看到人的死亡,他从来没有想到过死亡,他还处在生命力最旺盛的阶段,然而在他走出医院的前夕,却看到了一次死亡。

下午,高强办好了出院手续,隔壁床上的老彼特紧紧地握着高强的手说:"小伙子,你要出院了。明天,我也会出院的,也会出院的……"说着像个小孩似的流出了眼泪。高强知道他明天不会出院,他的病很重。床边上坐着来探望他的老伴,老伴拿出手巾纸替他擦去泪水,安慰他道:"是的,是的,明天会出院的,会出院的。"

朗宁仍然坐在轮椅上,用他的眼神和高强告别。大个子杰可的臂上的针头还没有拔下来,盐水瓶不知要挂到哪一天,他将一本英语版的《圣经》塞进高强手里,轻轻地说:"上帝保佑你健康快乐。"老吉姆则已经下了床,和高强握手告别。汤尼大夫拍拍高强的肩膀说:"小伙子,好好生活。"护士杰娜把高强送出了屋外。

高强走出病房的门时突然感觉到自己长大了许多。他在医院里找了一圈,没有找到土谷和汤姆斯,他又去医院厨房,瞧见老波特正忙得不可开交,老波特告诉高强:"汤姆斯和土谷今天休假,你快点回家,他们准备了一个惊喜迎接你。"

高强问:"什么惊喜?"

老波特说:"他们不让我告诉你,也不让我告诉任何一个人,他们说明天要在贼谷镇上召开一个新闻发布会。"

高强走出医院,眼前顿时一亮,蓝色的天空,绿色的田野,公路上飞奔的汽车,周围是贼谷镇高低起伏的房子,还有路边的一棵大树,树上的鸟叫声……上帝将生命推到了他的眼前。

这时候,他又见到他的两位伙伴,土谷和汤姆斯也朝这儿跑来,土谷的胳膊里还夹着一卷纸,汤姆斯手上拿着一个胶水瓶,他俩一副喜气洋洋的样子。"嘿,哥们。"土谷和汤姆斯煞有介事地和高强握手,好像是老朋友忽然会面,其实他们在医院里天天碰到。

"哥们,在玩什么呢?"高强指指土谷胳膊下的那卷纸,"不会又是警察的通缉令吧?"

"不是,不是,你瞧瞧,是汤姆斯写的海报。"土谷把纸打开,只见上面用彩色笔写着几个大字:"新闻发布会。内容:贼谷镇之'鬼'揭秘。时间:明天上午九点。地点:比尔酒馆门口小广场。欢迎贼谷镇上的男女老少参加。"

他们一起把这几张海报贴在贼谷镇那条主街的商店门口,

很快地引起了人们的注意，人们在海报前议论纷纷。

高强不明白地问："这到底是怎么回事，你们抓到那个酒鬼了？"

"快回家，快回家，回家你就什么都明白了。"土谷神秘兮兮地笑着。

汤姆斯说："你一定会大吃一惊的。"

高强的腿还不能走得很快，一拐一拐地，心里却想着，赶快回家去看看是什么名堂。

十分钟后，他们一起踏进老波特的房子，高强从外屋走到里屋，一间间屋子都观看了一遍，也没有看到什么新奇的东西，他正想发问，抬头一看，发现土谷和汤姆斯都不在屋里，听到他俩好像都在后院，高强从厨房里穿出去，来到了后院里，看见土谷和汤姆斯在一个小盆里放满了香蕉、玉米棒子等食品，土谷瞧见高强走出来了，他把手指伸进嘴里，吹了一个唿哨。

奇迹出现了，只听见院子后面的树丛里发出了一阵窸窸窣窣的声音，一个动物跳过围栏，出现在高强眼前，原来是一头大袋鼠，和人高矮差不多，它跳到土谷面前，友好地伸出前爪，土谷伸手握握它的爪子。然后，袋鼠就抓起盆里的食品，大吃大嚼起来。

这一幕看得高强又惊奇又高兴，连腿上那点儿伤也忘了，也要上前和袋鼠握手。土谷说："小心它再踢你一脚，它和你还不熟呢。"

高强站住，对这头大袋鼠左右打量，发现这家伙确实像那天半夜里窜出去的黑影子。他问土谷："你从什么地方发现这个鬼家伙的？"

土谷说了发现这头袋鼠的来龙去脉："那天晚上，我在医院里干完活，把从病房里收拾来的残剩食品装进垃圾袋，推着这些垃圾袋来到医院的后院，发现这家伙正全神贯注地翻一个垃圾筒,我马上想到,这家伙可能是肚子饿了,我把那个装残剩食品的袋子打开,扔在那边,就躲到一边看着。果然,它一会儿就走到这个袋子边,抓出里面的东西吃起来,看起来是几天没有吃饱的样子。以后几天,我每天放些食品在那儿,它都吃了个精光。它和我是一天生两天熟,第三天就成好朋友了。这家伙还挺聪明的,找到我们住处来了,和汤姆斯也混熟了,我们给它起了个名字,就叫它波比。自从波比和我们成了朋友,有了吃的,贼谷镇再也没有发生闹鬼的事情,我一想,肯定是波比闹的事,它饿坏了,所以在半夜里袭击别人家的厨房,抢东西吃,但它来去动作太迅速了,别人都以为碰上了鬼。"

高强说:"太有意思了。"也剥了一个香蕉给波比,它也友好地伸出爪子,和高强握握,没有像第一次那样,给他来上一脚。

6

第二天,贼谷镇之"鬼"揭秘发布会,没有想到来了那么多人,里三层外三层,把"比尔酒馆"前面的小广场都站满了,人还在不断地涌来,连镇上的几个警察也出动了,在小广场周围维持秩序。

老波特说:"出席这种场合,一定要穿戴整齐,像一个绅士。"三位少年除了身上穿的那套,就没有别的衣服了,要去买新的,也没有这么多钱。结果把柜子里老波特年轻时的衣服都翻出来,老波特年轻时虽然在餐馆里干,但也很会赶时髦的,有不少稀奇古怪的服装。汤姆斯挑的行头是一套黑色的燕尾服,穿上后又在头颈里搞了一个花领结,还有一顶老式的礼帽,很有点儿艺术家的派头。土谷的个子较小,穿上老波特以前的西装,有些不合身,但也管不了这么多了。高强也没有什么衣服好挑了,搞了一件发黄的亚麻布衬衫和一条背带裤,那条皮背带的一段已经磨损掉了，用一个夹子夹着，衬衫上也缺少两个扣子，也只能将就了。

老波特听汤姆斯说会拉提琴，高强会玩吉他，他又来劲了。他带着少年们来到后面的库房里，打开一个大箱子。这下轮到汤姆斯和高强乐了，里面有小提琴、小号、长笛、吉他等各种乐器。老波特说，以前有一个小乐队经常到他的餐馆里来演出，后来这个小乐队散了，人也走了，把乐器都扔在他的餐馆里。老波特还说，他年轻时也玩过乐器。他又建议道："你们开发布会前，可以先表演几个节目，吸引观众……"

当他们三位在酒馆前的小广场出现时，三个人的服装，就像马戏团里的小丑，引起大家哈哈大笑。酒馆老板比尔提供给他们一张桌子和一套酒馆里用的音响喇叭，还有一个话筒。汤姆斯好久没有摸到小提琴了，摆出一副音乐家的腔调，脑袋上的长发朝后一甩，将小提琴朝脖子下一搁，兴致勃勃地拉了一段勃拉姆斯的小夜曲。有人拍手，也有人不满意地说："现在是白天，我们不听小夜曲，我们是来听贼谷镇上的鬼故事的。"

接着是重头戏，土谷拿起话筒，有模有样地讲起了他和波比的故事，他没有说出波比是袋鼠，只说出几天前在贼谷镇上闹事的"鬼"肯定就是波比。他讲得有声有色，听众们已经听出了一点眉目，波比不是人，但波比是什么玩意呢？这到底是怎么回事，大伙还没有搞清楚。只听见土谷朝后吹了一声口哨，那只大袋鼠从比尔酒馆的下层屋子里跳出来，几下就跳上了十几格台阶，跳到那张桌前，伸出前爪，和土谷亲热地握握。整个会场都轰动了，大家拍手欢呼，齐声叫着"波比，波比！"那袋鼠见到这场面也不害怕，汤姆斯把准备好的一盆食品从桌子底下搬上桌面，波比大模大样地吃了起来，也不管人们的叫嚷。

土谷又说了起来："我以前听阿凯爷爷说过：动物饿的时候和人饿的时候没有什么两样，许多动物和人一样，也是有灵魂的,袋鼠肯定是有灵魂的,几千年前几万年前就生活在这块土地上,和我们土著人是老朋友了。我来到贼谷镇的当晚,我的朋友高强就被波比踢了一脚,这是因为它饿坏了,想搞点东西吃,我想大家都会原谅它的作为。我不知道波比从哪里来,也不知道它将来去哪儿,我只知道,现在波比生活在贼谷镇上,就得有人照顾它,别让它饿着,它不饿了,也就不会和人捣乱了。我的意思是说:我并不是贼谷镇人,我是个外来客,过几天,我就会和我的伙伴一起离开这儿,我们离开后,谁来照顾波比呢?"最后,土谷向贼谷镇上的人们提出了这一问题。

酒馆老板老比尔主动承担起这个责任,他不但不追究波比大闹酒馆的事,还说:"反正酒馆里每天也有剩下的食品,就让波比吃个饱。不过,我不清楚它的年龄,政府规定,十八岁以下,不能进酒馆喝酒。我不让波比喝酒,如果它喝醉了,谁也阻挡不住它,也许警察对它也没有办法,它上次已经在我的酒馆里喝醉过一次了……"大家听了哈哈大笑,许多人都愿意来和老比尔一起照顾波比。

7

三位少年终于如愿地参观了贼谷镇上最有名的建筑,露茜旅馆或者说是玛格利特公寓。这幢房子因为已有一百多年的历史,如今不再是什么旅馆和公寓,政府已经购买下这幢房子,改成贼谷镇博物馆,里面经过了整修,一个个大玻璃柜里摆放着以前时代的东西,有开矿用的工具,种田放牧的农牧用具,一个玻璃柜里放着一台老式的手摇电话机,从文字说明可以知道,这台电话机就是玛格利特当年在镇上最早使用的那台。

展览馆中间竟然还放着一辆百年前的老爷车,没有文字说明。老波特坚持说:"这是那个开掘铜矿的大胡子工程师当年用的车。"

两楼有许多介绍贼谷镇的老照片,详细地说明了贼谷镇的几度兴衰。

还有许多旧家具和老式的生活用品,汤姆斯说:"上几天,我们借老波特的那几件衣服也能放入博物馆里。"老波特笑嘻嘻地说:"那是,那是。我那几件衣服可是古董,比现在流行的时装还值钱。"

老波特又自豪地告诉少年们:"我们几个老人最近被镇政府邀请,担任顾问,商量重新开发贼谷镇,贼谷镇不能老这样衰落下去,我提出可以把贼谷镇办成一个旅游小城。这几天我带着你们在贼谷镇四周都瞧过了,小伙子,你们认为怎么样?"

汤姆斯很深沉地说:"有特点。"

土谷说:"这儿太漂亮了,要是再多来几只袋鼠、鹿和羊什么的就更好了。"

高强现在的英语口语表达能力越来越好:"这儿的山也美,水也美,开发旅游肯定能赚钱。将来我一定把中国的游客带到这里来,给他们讲贼谷镇的故事,还有一个叫波特的老人。"

上了三楼,老波特带着他们走向了最里面的那间屋,厚实的橡木门上还有修过的痕迹,老波特说,那就是当年强盗用斧头砍的。走进屋里,整间屋子只有那个大铁箱竖立在角落里,这个铁箱是玛格利特女士死后,又从她的家具店里搬回来的。现在仍然放在以前的那个位置上,地面上也铺了一块铁板,为了逼真,在铁板上面用粉笔画出一个形状,边上的文字说明,这个形状就是当年小比尔在下面的楼板上挖出来的。那个大铁箱做工还是比较讲究的,上面刻有郁金香图形的花纹。老波特说,那是以前贵族家庭专用的纹章。铁箱里面分上下两格,但上下两格都空空如也。

土谷说:"这个铁箱里到底放着什么,有没有金银财宝?"

老波特摇摇头没说话。

高强分析道:"那个比尔死去了,他肯定看见了什么,他会把这个秘密告诉他的儿子,儿子又会告诉孙子,也就是现在这个比尔酒店的老板,他是个知情人。"

汤姆斯说:"也许就像斯蒂姆说的鬼话,是什么魔鬼的宝藏,魔鬼的宝藏,人还能找得到吗?"

土谷说:"不过,这个世界上是有宝藏的,有些东西比金银财宝还宝贵。"

老波特点点头,他同意这种说法,他说:"镇上有传言说,每年在玛格利特坟上送花圈的是个特殊人物,但谁也没有看见过他,花圈已经送了几十年,从不中断。这又成了贼谷镇上的一个谜。"老波特想了想又说:"这铁箱里到底藏的是什么,你们就慢慢猜吧,也许等你们自己也上了年龄,你们就能够猜出来了。"

隔了一天,老波特又去借了一辆车,带着三位少年去海边钓鱼,他们玩得很开心。

两个星期以后,三位少年要走了。

老波特要留他们,和三位少年住在一起,他感到自己精神越来越好,好像人也年轻了,那件袋鼠波比的事情,不但给三个少年,也等于为他老波特脸上增添了不少光彩,现在贼谷镇上的人,全都在传说着他和三位少年的事。不过,在这以前发生的那些不愉快的事情,他们几个都闭口不说。

"我们不能老住在你这儿,吃在你这儿,你又不像你儿子,是亿万富翁,你那几个退休金很快就会给我们吃完的,你会变成穷光蛋的。瞧,我们现在已经能够挣钱了,我和汤姆斯在医院里挣了两个星期的工资,对了,我们还得付你两个星期的伙食钱,还有袋鼠波比,它的胃口也不小。住宿的钱就不给你了,反正住四个人和住一个人也没有什么两样。"土谷从口袋里掏钱给老波特。

老波特拗不过他们几个，就问他们："你们去哪儿？"

"澳大利亚这么大，总有我们去的地方。"土谷摸了摸脖子上挂着的硬木挂件，他有一件事一直深藏在心里。

"我们再去找个地方挣点钱。"汤姆斯第一次挣到工资，心里很高兴。

"对，我们一起去挣钱，我在澳大利亚还没有挣过钱呢。"高强把那条受过伤的腿抬起来，拉起裤腿瞧了瞧，说："没事了，现在踢足球也没有事。只要不给波比再踢一脚，那家伙脚上的劲实在太大。"

老波特想了想说："这样吧，我给你们指一个能挣钱的地方，离这儿一百多公里，沿着镇边上的大森林一直朝前走，走到山外面，那儿有许多葡萄园。现在正是摘葡萄的季节，葡萄园肯定需要人手。不过这条路不是正式的公路，没有巴士，路上的车也不多，一路上能不能搭上车就看你们的运气了。"

第二天一清早，三位少年出发了。老波特这次给他们每个人准备了全套行头，一人一个大背包，除了换洗衣服，把那套像马戏表演穿的服装也送给他们，小提琴送给了汤姆斯，吉他送给了高强。土谷不会玩乐器，只记得小时候，阿凯爷爷教他吹过几下口琴。老波特在他的口袋里塞了一个老式的大口琴，说："学着吹吹。"又说，"你们以后也可以在街上表演挣钱，澳大利亚有许多这样的艺人。"又给他们准备了路上的食品和水。

老波特一直把三位少年送到贼谷镇外面的森林边，就在老波特和他们挥手告别的时候，那头大袋鼠波比也从树林里跳出来，汤姆斯和高强大叫着："波比，再见！"土谷对它抛了一个飞吻。波比瞧着他们在路上消失，才跳进树林。

七、三人小乐队和现代流浪汉

1

他们走走停停，走了三个多小时，有两辆汽车从身边经过。汤姆斯挥着大拇指拦车，一辆车后面载满稻草，驾驶室里只能挤进一人，另一辆车后面还拖着一个高高的拖斗，像个小房间似的。高强上去瞧瞧，里面是一匹白色的大洋马，瞪着一对大眼睛，还不时地尥下蹶子，好像要踢人的样子。前面的小车座位上堆满杂物，也挤不进三个人。看来，他们三人想搭上一辆车也是很难的。

走到一块凉爽的地方，高强说："歇歇脚。"一屁股坐在一块石头上，他以前从没有走过这么长的路，小腿骨的伤也没有彻底痊愈，有点隐隐作疼。

汤姆斯说："我来拉一段小提琴，你们喜欢听什么曲子？"他卸下身上的背包，从提琴盒里拿起小提琴，有模有样地摆出架势。

"你的精神真好，走了这么多路，累不累啊？"高强说着又拉起裤管看腿。

汤姆斯说："身体是锻炼出来的，以前我每个星期都要去游泳，一个小时游几千公尺。"他拉了两下，调了调琴弦。

"你不要这么正式，这又不是上舞台表演，瞧，这儿一个人影也没有。"土谷一边说一边"咕咚，咕咚"喝着瓶装水。

"做一个街头艺人也不是那么容易的，我们该先练习练习，不然怎么上街挣钱?"汤姆斯认为三个人还可以编排节目，这方面他有经验。

高强赞成汤姆斯的说法，土谷不大有信心，他在路上吹了几下口琴，总是走调，他说:"老波特送给我这个破玩意，现在都进入二十一世纪了，谁还玩这个?"

高强说:"你可以跳舞啊，你们土著人的舞蹈不是很有特色吗?"

土谷说:"你说的正是。"他手脚痒痒地摆动起来，身上好像天生就有舞蹈节奏，一会儿就跳出了各种样式。高强随着他舞蹈的节奏，弹起吉他的曲调。汤姆斯也随着他们拉起提琴，声音乱了套，他一边拉一边说:"这种舞蹈，小提琴拉不出来。"

就在这时候，他们突然发现眼前出现了一名观众，一个背着行囊的人正站在边上瞧他们弹琴跳舞呢。

他瞧见三位少年停下来，看着他，就和他们打招呼道:"哈啰，伙计，你们好。"

三位少年也和他打招呼，瞧他那样子是一名背囊客。澳大利亚的公路上经常有这种背囊客，他们有的来自世界各地，有的是澳洲本地人，背着行囊在澳大利亚大地上游荡，他们属于现代流浪者一族。

"我叫格兰特，在这样一条荒芜的路上见到你们真高兴。"格兰特和每一个人握手，他一脸大胡子，看上去有四五十岁，神情豪爽。

他们四个人一起上路了，三位少年又多了一个伴。

"走了这么多路，也没有见到一个城镇，走到晚上，我们在什么地方过夜啊? 早知道，应该准备一本地图。"高强一边走一边喘着气说。

格兰特说:"我包里有一本地图，这条路我在地图上看过，一百多公里,全是山脉和森林,没有一个村镇。"

"这得走两三天呢,那怎么办?"高强急了。

"走两三天有什么关系,现在是夏天,澳大利亚没有凶恶的猛兽,完全可以在外面过夜,这我有经验。"格兰特喝了一口水说:"我在澳大利亚的公路上已经走了二十五年了,相信我吧,小伙子们。"

"二十五年?"三位小伙子都瞪大了眼睛,他们认为又碰上了什么怪物。

格兰特说:"你们知道我是怎样成为一名背囊客的吗?"

"我们很想听听。"汤姆斯也颇有兴趣,但又不大相信。

"那完全是一个偶然。一天早晨,我出门去散步,沿着公路走着,四周是辽阔的大地和起伏的山峦,前面吹来清凉的风,初升的太阳照在我的身上,有一点点暖,这一切太美了,使我感到生活中的平静。"格兰特微微地闭起眼睛,他好像又沉醉在那个由美景而产生悟性的早晨,感到由衷的幸福,他继续说道:"其实在生活中,我是个很容易满足的人,我不需要什么锦衣美食,一片面包,一杯水,还有一块能躺下的地方对我就足够了。我认为,现代人的生活真是太奢侈了。在我走上公路之前,我已经在银行工作了五年,还是一个部门经理,整天和钱打交道,我看见了太多的钞票。有一天,我突然想到:难道我就一辈子在这些钞票堆里混下去吗?我应该做我自己喜欢做的事,我喜欢在宁静的公路上走着,欣赏周围那不断变化的景色。有一天,我走出了家门,起初,我并没有决定不回家,我只是想在外面走一段时间,再回家找一份工作。后来越走离家越远,一发不可收了。那时候我才发现自己的需要极其简单,有一些吃的和喝的,有点东西可以阅读,有几节电池用来收听广播就行了。我还有一个便宜的傻瓜照相机,看到路途中奇怪的东西,我也会拍几张。这就是我的全部需要。我越来越不想回家。"

汤姆斯问道："你说你走了二十五年，你靠什么生活呢？吃的喝的总需要点钱吧。"

"我基本上不花钱，偶尔打一些短工，买一本书或者买几节电池，买一卷胶卷，花费很有限。我需要在晚上睡觉前听广播，这是我和这个世界沟通的渠道，我是个现代人，我知道世界上每天发生的事情，有时候，我一边走路也一边听听音乐，这是我人生的享受。我没有住处，没有钱，也不生病，我没有去领政府的救济金，说来你们也许不相信，我是靠别人丢弃的东西生活的。"格兰特侃侃而谈，一点没有难为情的感觉，他说："有人叫我流浪汉，有人叫我傻瓜，非常不友好……我才不在乎呢。我是谁？我就是我，我是一名流浪汉又有什么关系？我并没有妨碍谁。有人认为我傻，有人甚至认为我是疯子，可是他们不懂傻瓜相机是最简单最好用的。有人问我：'你为什么要走，为什么不开车？你在爬坡，你总不见得喜欢爬坡吧？他们没有我的感受，他们不知道只有在爬坡的时候，你低着头撅着屁股，才会产生另一种完全不同的感觉……"

这时候，他们正在爬过一道坡，经格兰特一说，好像还真有这么一回事，确实感觉不同，人是累了一点，但进入一种奋发向上、不到高处不罢休的精神状态。爬过了坡，拐过了一道弯，眼前一亮，前面的视线更加开阔了，阳光穿过云层，铺天盖地地照来，使人眼花缭乱……

他们走进一块林中空地，三位少年拿出包里的食品和格兰特一起分享，格兰特毫不客气地吃起来，他从背囊里找出半瓶可乐，说是走过贼谷镇车站时捡来的，径自喝了起来。他说他能从可乐的颜色来判断出这瓶可乐是否还可以喝。

汤姆斯又对格兰特提出一个问题："你在离家出走之后，有没有后悔过呢？"

"以前有不同的人问我出走的原因，因为出走的原因是各种各样的。也有人问我是否后悔？最初的时候在我的心灵深处似乎有一种不安的感觉,有一种我自己都不知道的渴望。有时候,我会觉得我的部分大脑突然出窍,躲在一个角落里看着我,笑话我。那时候我心里还有不满足感。不过,一旦等我感到满足和平静之后,这种现象就再没有了。因为我就是我,我又变成了一个整体。"格兰特毫无保留地说出了自己的想法,他的半瓶可乐已经全部下肚了,还吃了两个面包,胃口不错。

吃完午餐,他们又上路了。格兰特还告诉三位少年他在路途中听到的各种各样的有趣的故事。汤姆斯、土谷和高强也争着要讲贼谷镇的故事,结果是三个人七言八语地讲了贼谷镇、乡镇医院和袋鼠波比的故事。他们就这样一路走一路讲,时间很快过去。格兰特说:"瞧,这就是流浪汉的收获,我又知道了贼谷镇,多么有趣。"

第一天,他们大约走了四五十公里。夜间,他们在一个背风处过夜,高强感到最累,他说他脚板上泡都走出来了,于是脱下旅游鞋看脚板,脚板上并没有什么水泡。土谷说高强的脚真臭。高强说:"我上次脱下鞋,在鞋里面找钱的时候,你一点也没有嫌我脚臭。"

高强把背包搁在脑袋下面,他躺下的时候突然有点想家。他瞧见格兰特从背囊里取出全套行头,有床单有线毯,心想这家伙才是专业的,他问格兰特:"你出门这么长时间,想不想你的家人？你的家人一定会想你吧。"

这一问,没想到把格兰特问住了,他想了一会声音沉重地说:"这件事我做得有点自私,我没有结婚,当然也没有孩子,但我有父母,也有兄弟姐妹,我离家出走时没有太顾及他们的感受,应该说,我伤了他们的心。我很少和他们联系,我父母年纪大了,不久前,我走回家,和我的父母家人碰了一次面,然后我又出门了。因为我无法改变我现在的生活方式了,我认为无家可归要好过城市里的生活,我有一个无处不在的家,这就是在一条条的路边。这也许对我的家人有点残酷,也许他们也认为我是一个怪人。这是一件无法避免的事,生活中总有不少无法避免的事,连上帝也没有办法解决。"说完这句话后,他没有再出声,靠在背囊上陷入了沉思。

而高强和土谷却争执起来,高强说:"我没法过这种日子,天天在路上走,我走一天就吃不消了。"

土谷则认为:"格兰特先生拥有许多别人没有的东西……"

这时候,汤姆斯又对着天空拉起了小提琴,舒伯特的小夜曲飘扬在夜色之中,洋溢在月光之下,洒落在路边,又渗入进路边的森林。有时候,美也是无孔不入地存在着……

2

在第三天的傍晚,当火红的晚霞在西边天空中燃烧的时候,他们走出了山谷,看到下面的平原上到处都是葡萄园,家家户户都种植葡萄,葡萄在晚霞中像一束束艳红的宝石串。那个地方叫美堤拉,中间有一条河叫美堤河。

他们在一位名叫杰克的孤老头那儿找到了摘葡萄的工作,老杰克看到有人来帮忙摘葡萄喜出望外,他担心今年的葡萄会烂在葡萄架上。然后,他就开始骂他的儿子,他的几个儿子都进了城,没有人愿意继承他的产业,在葡萄成熟的季节也不回来帮忙,"操,天杀的儿子。"

格兰特摘了两天葡萄就要走人了,他说:"我挣这些钱足够了,我并不需要很多钱。"他和三位少年握手告别:"不知在什么时候,不知在哪条路上,也许我们还会相见,后会有期。"

格兰特的身影越来越远,他已走上了大路。土谷说:"这是一个奇人。"汤姆斯说:"一个怪人。"高强说:"我可不愿意再和他一起走路了,三天的路程,我走得腿也抽筋了,瞧他好像没事一样。两个晚上睡在野外,这个天气,冷倒是不冷,可是睡得我腰酸背疼。以后,如果在其他地方遇到他还可以,大家一起吹吹牛,听他说话也特有意思,可千万别在什么公路上碰到他,谁碰到他,谁就跟着他一起受罪。除非我们也像他一样,一辈子就在道路上混。"土谷和汤姆斯听了哈哈笑了起来。高强说:"你们别笑,我还有话呢,他挣几个零花钱就行了,我们可不行,我们应该多挣钱,挣大钱,你们说是不是啊?"

摘葡萄也是一件辛苦的工作。抬头遥望,葡萄架上面的蓝天辽阔无边,朝前看去,搭起的葡萄藤架一眼望不到尽头。他们干活的时候得钻在葡萄架下,把天地都扔到一边,用锋利的小刀割下一串串葡萄,装入硬纸箱,每割满一箱可以得到一块金黄色的澳币。有时候,掀起一串葡萄时,会轰地飞出一片小虫,朝脸上袭来。最倒霉的是碰到烂葡萄,臭气冲鼻,就是割下了也不能算钱。最幸福的是挑最大的红艳艳的葡萄塞进嘴里,根本不用计算吃掉多少颗葡萄,该算计的是吃葡萄花去的时间。葡萄是甜的,而流出的汗水是咸的。

他们年轻力壮,拼命割葡萄,拼命挣钱,三个人还暗中较劲,看谁割得快,就像劳动竞赛一般,身后留下一箱一箱的葡萄,一天下来,他们每人的工作量都超过了百箱。当汗流浃背,腰也直不起来的时候,他们就该下班了。老杰克及时地把冰镇啤酒罐头塞到他们手里,还夸奖他们三个是真正的澳大利亚小伙子,比他那三个混蛋儿子强多了。他一边喝啤酒一边和小伙子一起装车。老杰克满脸红光,嗜酒如命,一天到晚身上充满着酒气,是个真正的酒鬼,他认为真正的澳大利亚人都应该像他那样喝酒。装完车,他兴高采烈地开着拖拉机把葡萄拉去仓库。

三位少年就住在美堤河边上的一个废仓库里,仓库也靠在葡萄园边上。晚上,土谷在美堤河边钓鱼,汤姆斯对着河水中的月亮拉提琴,高强对着天上的星星弹吉他,还不时地唱上几句:"天上的星星,地上的姑娘,我爱,我爱,我爱……"他也不清楚到底爱什么,瞎吼着。

土谷说:"你爱什么?把我的鱼都吓跑了。"

河里的鱼大概也喜欢凑热闹,没有游走,反而一条条地上了钩。老杰克晚上也到他们这边来凑热闹,搬来一箱啤酒,又给他们煮鱼汤。大家一起喝得烂醉,躺下去,一觉睡到天亮,眼睛一睁开又去干活,去挣钱。一天又一天,虽然活干得苦些累些,这日子倒也过得滋润。

3

有一个晚上,他们弹了琴,唱了歌,喝了鱼汤,老杰克没有来,所以他们也没有喝酒。他们瞧着天上温情脉脉的月亮,瞧着一颗颗闪闪烁烁的星星,突然间,他们感到身边缺少了些什么东西,一个个变得多愁善感起来,他们想起了什么呢?汤姆斯让土谷把手机拿出来,他拿着手机犹豫了好一会,拨通了家里的号码。那边,他母亲拿起电话机,刚说了一声:"哈啰,这里是……"她的一句话还没有说完,汤姆斯就把手机给关上了,紧接着,只见他的眼里流出两行泪水。

高强从汤姆斯手里拿过手机,拨通了王甜甜的电话,接电话的不是王甜甜,是一个男的,声音还有点熟,那人问他是谁,高强没有回答,把手机关了。这时候,高强想起来了,刚才那个有点熟的声音是借了他三百元钱的猴子,猴子怎么会住到他的房子里去了?会不会他和甜甜……这一想,高强火气就上来了,他立刻拨通了王甜甜的手机。

王甜甜一听高强的声音就哭起来了,说:"你这死鬼,死到哪里去了?那个晚上在饭店里的派对,朋友们全来了,连蜡烛也点上了，就是不见你的鬼影子，闹得大家无趣一场，我的面子也给你丢尽了。你是不是又碰到一个漂亮的美眉，魂给勾走了，把我一个人抛在那空屋子里……"

高强打断了她的啰嗦，问："你是不是搬走了？"

"我搬到哪儿去啊？我还住在那屋里。又不像你，看到漂亮的女孩子，拔腿就走。"

"我刚才打电话去，是一个男人接的，好像是猴子的声音。他怎么会在我们的屋里？"

"噢，他就是你以前说的猴子啊，看那脸相还真有点像，佳妮也这样说。你一个人走了，连个音讯也没有，他来找你，就是那个猴子来找你，他说他叫马克，是你的朋友。"

"他来干什么？他是不是来还钱的？他还向我借了三百元钱呢。"

"他没有提钱的事，噢，他后来提钱了，他要问你拿几百元钱，你俩到底谁欠谁啊？我也被你们搞糊涂了。"

"妈的，猴子门槛太精。我问你，他为什么现在还在我们屋里，他总不会住进我们屋里吧？"

"他就是住进我们屋里了。他来时说起，他租的房子到期了，他正在找房子，我就把一间屋子出租给他了。你一走，音讯全无，两房一厅，总不能让我一个人把钱付下去，再说，我也付不起啊。"

"你们两个住一块，猴子没有和你好上吧？"

"你瞎说什么呀，小心打你的嘴巴。我还招了一个女生佳妮，我们两人住一屋，马克住一屋。"

"那猴子聪明着呢，小心他把你们两个女孩一起搞上。"

"有谁会看上他，他又没有钱，有时候房钱也付不出，还要问我借钱，我不借给他。"

"甜甜，我现在也没有钱了，变成一个穷光蛋了，你还爱不爱我?"

"你别瞎说好不好,我们好了这么长时间,是有感情的嘛。听人家说,在电视里看到你了,说你在红坊区的街上扔石块,还说你被警察抓进去了,有没有这回事啊?"

"好像有这么回事吧。不过,我现在没有住在警察局里,我在一个地方打工挣钱呢,每天都干得很卖力,我有一点事情要你办一下。"

"你有没有和女孩子在一起?"

"没有没有,和我一起的是土谷和汤姆斯,两个男孩。我的心里还老是想着你呢。"

"真的还是假的? 说心里话。"

"真的真的,说谎我就不是人,甜甜,我敢对你发誓,我现在心里就只有你一个。"

"你这死鬼,人家心里也一直想着你,呜——"电话那头王甜甜又哭了起来。

"甜甜,你先别哭,我有重要的话给你说呢,你把我的身份证件找出来,给我寄来,你知道,这儿有些事,没有证件办不成。还有,我这儿的事,你千万别告诉其他人。"

"你别骗我,呜——"甜甜继续哭着。

"我不骗你,我什么时候骗过你? 我出了点事,现在我还不能回去。亲爱的,过一段时间,我一定回去,带着许多钱回来看你。"

那边,王甜甜不哭了。

接下来是土谷打电话,他不知道电话打给谁,阿凯爷爷过世了,弟弟土包也死了,母亲也不知道在红坊区的哪一家的屋子里,土谷也不想打电话给博克街上的小兄弟们,现在,还不是把自己的事告诉他们的时候。土谷脑子一转,想起一个人,就是送他这个手机的人,他拨响了斯蒂姆的手机。

斯蒂姆一听是土谷给他问好的声音,激动得不知所以,他说:"土谷,你怎么还想到给我打电话?只有你还想到我斯蒂姆。"接着就埋怨道,"全是你们三个小伙子的破坏行为,使我的擒魔行动变成了水中的泡影,你们应该感到羞愧,感到可耻,应该向我道歉。由于你们的可耻行为,使我损失了一千万,整整一千万啊。不然,你们现在也已经是一个百万富翁了。不过,你们没有把我出卖给警察,还算是有良心,我也不记仇了。但是,良心有时候也会欺骗你们,你们肯定是被那个老吸血鬼给迷惑了,那老家伙使了障眼法。还有,我要告诉你,土谷,认清一个事实,你和汤姆斯和那个中国小子不是一路人,他们是他们,你是你。我最信任的是你,瞧,我不是把手机塞到你的手上吗?现在警察还在追你们吧,就像在追我一样,当然他们永远抓不到我,是不是能抓到你们,我看是早晚的事,你们没有我斯蒂姆这样高的超人的道行。土谷兄弟,我也老是想起你,我才不管那两个小子的死活呢,我只管你,我要保护你。你可以到我这里来,快点来,我正在实行一项更大的计划,至于他们两个,你可以随便把他们扔在什么地方,就像扔掉一双破鞋一样……"

土谷听了斯蒂姆的长篇大论感到很有趣,就说:"我们现在也没有闲着,也在进行一项行动计划。"

"什么行动计划?"斯蒂姆不满地想:他妈的,他们把我的一套全学去了,连学费也没有出半个子儿,还吃我的,用我的,最后还出卖了我。

"我们做的是神仙行动计划。"土谷回答道,就在这时候,电话咔嚓一声断了,是电话卡上的钱用尽了。

"你们猜猜,我给谁打电话了?"土谷笑着说。

高强见他捧着手机很长时间,那张脸还老笑着,就说:"和我一样,给女朋友打电话。"

"我有什么女朋友啊,早像鸟一样飞了。但这个电话也是打给一个朋友的,一个你们都认识的老朋友。"土谷模仿着以前斯蒂姆的样子,又学着刚才电话里斯蒂姆的腔调,说得高强和汤姆斯捧腹大笑。

汤姆斯说:"土谷,我发现你越来越会说话了。自从你在贼谷镇讲了袋鼠波比的故事,你那张嘴讲什么事都很生动,你能在大庭广众面前讲袋鼠的事情,一点儿也不慌张,而且讲得有声有色,有头有尾。我是学过表演的,知道这很不容易。布鲁斯教授说过,学表演要克服许多心理障碍,还要有天赋。你的表演能力是从哪里学来的?"

高强说:"我知道他是从哪里学来的。"

土谷说:"我也不知道,你是怎么知道的?"

高强说:"我当然知道,你是从斯蒂姆那儿学来的。在我们没有碰到斯蒂姆以前,你很少说话,认识了斯蒂姆,你说话也不多,和斯蒂姆拜拜以后,你的话越来越多,嘴巴也越来越能说。"

"听你这么一说,还真有点。不过,我也不是全学他的,我也有天才,就是刚才汤姆斯说的什么天赋。斯蒂姆这个人,以前我也不怎么了解他,只知道他是个买卖毒品的家伙,我的弟弟土包和他混得很熟,对他佩服得五体投地。我们和他相遇后,不也是被他玩得团团转?这个家伙坏点子一个接着一个,绝对是一个奇人,要不就是个魔鬼,不然他不会想出吸血鬼那一招,你们说是不是?"

高强同意土谷的说法,有时候,他在梦里想到那一百万块钱,还是感到有点后悔,但一想到老波特,就感到很矛盾,说什么也不应该赚这个钱。于是,高强提出:"我们割完葡萄,再去什么地方挣钱。"

汤姆斯说:"我有个想法,我们可以一边搞艺术一边挣钱。你们记得老波特说的街头卖艺吗?现在流行三人组合,我想我们三个人可以组成一个三人小乐队,我会拉提琴会表演,高强会弹吉他会唱歌,土谷舞跳得好,最近又发挥出演说天才,我们可以准备几个节目,上街去表演,肯定受欢迎。"

高强和土谷都被汤姆斯说得心动了。高强说:"这活儿肯定比摘葡萄轻松,又是搞艺术,这辈子我书读不好,说不定,一不小心就成了艺术家。白天在街上唱唱歌弹弹琴,搞个琴匣子,让人家朝里面扔钱,晚上,我们三人一起回屋数钱,这事我干。"

"高强,你那张嘴也越来越会说了。"土谷从口袋里摸出烟盒,点上烟卷,他们自从挣了钱,又抽上了烟。香烟是老杰克去美堤拉镇上的时候给他们捎回来的,他们没有时间去镇上,一周七天都在葡萄园里干活,因为收割葡萄是有季节性的。土谷吸了一口烟说:"这事情好是好,但上什么地方去表演挣钱? 我们一路上走过来,连个人影都不见,除非我们回悉尼去。"

"不能回悉尼,我们那事儿还没有完呢。说不定真像斯蒂姆说的,警察还会来找我们麻烦呢。"高强也点上烟卷。

汤姆斯没有抽烟,用手把脸前的烟雾拨散,他说:"这我都想过了,我们就去墨尔本,墨尔本离这儿才两百公里。墨尔本是澳大利亚第二大城市,人口有五六百万,也很热闹,而且墨尔本是澳大利亚的艺术文化中心,很多人喜欢艺术,我们可以在街头尽情表演。再说墨尔本街上也不会有人认识我们,在电视上,我们在红坊区露一露脸的事已经有两个月了,谁还会在墨尔本的街头上想到我们?"

高强和土谷都认为汤姆斯说得有道理。土谷说:"你在我们三人中最年轻,却最有脑子。"

他们三人商量着,割完葡萄,就去墨尔本开辟战场。汤姆斯说:"我们三人组合,一起表演,还应该起个名字。"

高强说:"我们以后可以称为三大天王,天王乐队,你们看怎么样?"

土谷说:"太厉害了,别上天了,我们又不是超人,我们就叫三人乐队吧。"

4

几周以后，葡萄园里已是空空如也。

老杰克说要拉他们三个去美堤拉镇看看，不然，来这儿摘葡萄，连这儿的小镇也没有去过，也是一大遗憾，再说还可以在镇上买些生活用品。老杰克又说要带他们去一个好玩的地方。

沿着碧波荡漾的美堤拉河走二十多公里，就是美堤拉镇。一路上全是葡萄园风光，美不胜收，河的两岸，犹如一幅又一幅拼接起来的浓彩艳丽的油画。老杰克驾驶着大卡车，车上装满收割下的一箱箱葡萄，三位少年挤在驾驶室里。这儿的农民也真能干，他们通常是一家一户，有成千上百公顷的土地，除了在收割季节招收一批工人，平时的活都是自己干的，有时候忙不过来，最多请一两个临时工。这里的农场机械化程度很高，农场主个个都有十八般武艺，不管大车小车拖拉机柴油机，什么都玩得转。

一天之中，老杰克大概只有在开车的时候不喝酒，他和小伙子们叨唠着，无非又是骂他的几个儿子，说他的儿子是坏蛋，是没有良心的狗屎，然后说他的老婆是个好女人，可惜死得太早了，他们没有一个女儿。

汤姆斯开玩笑地对他说："你是一个好人，是一个真正的澳大利亚人，你老婆也是一个好人，为什么养出的儿子变成了坏蛋？"

"操，城市是一个引诱人堕落的地方，他们都进了城市，这就是为什么！"老杰克脸红脖子粗地回答。

美堤拉镇是一个水果集散地，收购葡萄的季节自然是当地人喜气洋洋的日子，车来车往，好不热闹。老杰克卖了葡萄，收到支票,兴高采烈地买了两箱啤酒,他说要去看老朋友帕特·道森,车上还留着一箱葡萄,也是送给帕特的礼物。

他们开车来到一个叫"鸟栖之地"的地方,离美堤拉镇有几十公里,进入了山岭,其实已是美堤拉河的发源之地,这里有一个土著人的生活区域。

帕特是一个长胡子的土著老头,两眼深陷在眼眶里。宽大的嘴巴,胡子一直长到腰下,他打着赤膊,吸着长长的烟杆,一副很深沉的样子。据老杰克说,他在年轻的时候,有一次在半道上出了车祸,是帕特救了他的命。

当老杰克将一箱啤酒搬到门口的桌子上,坐在桌子边的帕特张开嘴笑了起来,两位老伙计一边说话一边喝了起来,不一会桌子上就竖起一个个空酒罐。

土谷也很快和那儿的土著孩子混在一起,就像他们是兄弟姐妹似的,他把那箱葡萄分给他们吃,又和他们一起玩"飞去来回器","飞去来回器"是一种飞镖,用木头削成,朝天空中扔去,不碰到任何东西,又会飞回来。高强和汤姆斯也跟着他们一起把飞镖朝蓝天上扔。

土谷在玩飞镖的时候,手碰到了脖子上挂着的那块硬木挂件,这使他又想起阿凯爷爷临终前的嘱咐,阿凯爷爷说:这块挂件和另一块挂件拼在一起,凭着上面的图案的暗示,就可以找到他们土著人前辈留下的宝物,要找到宝物,先要找到一个叫"伤心之地"的地方,可是阿凯爷爷也没有说清楚"伤心之地"在哪儿,只说在一个很远很远的地方。这件事土谷没有告诉过任何人。土谷一边玩一边想道:这儿已经离悉尼很远很远,是否可以向这儿的同胞们打听一下。

"你们知道伤心之地吗?"土谷问那些少年伙伴。

他们都摇头说不知道,连听也没有听到过。正在土谷灰心丧气的时候,有一个土著孩子说:"你可以去问问帕特爷爷,他是一个什么都知道的人,天上飞的鸟,地下爬的虫他全知道。"

他们一起走到帕特和老杰克的桌子边,只见两个老头都趴在桌上呼呼大睡,桌上和地下全是空酒罐,苍蝇在边上嗡嗡飞着。"帕特,杰克!"大家一起叫,也叫不醒两个老酒鬼。

热情的土著伙伴又带着他们三个爬上周围的一座山,钻进一个山洞。阳光从洞顶的空隙间泻入,汤姆斯、土谷和高强瞧见山洞壁上有许多原始岩壁画,反映土著人打猎捕鱼祭神等生活场面,还画着许多动物,有蛇,有飞鸟,有河里的鱼,还有飞跑的袋鼠……这些画和现在人的画法很不同,不是用线条,而是用一种白粉和赭红色点上去的,一幅画,有几百几千点,一幅大的画,有上万个点。站在这些画前,土谷心里产生出一阵共鸣,他感到那画上的点子散发出一股儿热量,就像点进了自己的血液里面。汤姆斯说:"那些画里面一定有许多还没有讲出来的故事。"

高强在洞里发现了一个石窝,大小和一个人的身材差不多,窝里面还能隐隐约约地看出人的脑袋肩膀和臀部的印子。高强躺进去一睡,感到很到位很舒服。土谷认为:"那是睡出来的印子。"高强说:"这该睡多少年? 一个人睡一辈子也不能睡出这么深的印子。"

汤姆斯说:"也许不是一个人睡出来的,几代人睡了好几辈子。几百年,几千年,也许是几万年,他们就生活在这个山洞里,这个山洞就是他们的天然的帐篷。我在报纸上看到过,专家们说:这儿的土著人已在澳大利亚生活了两万年,也许时间更长,究竟多长,谁也不清楚。"

他们从小山冈上下来,老杰克还趴在桌上在睡,帕特已经醒了。

帕特坐到了树底下的一块大石头上,恢复了威严的模样,抽着比他的胡须还长的烟杆,那烟也是从胡须里面吐出来的。

土谷问他:"帕特,你知道伤心之地吗?"

帕特沉思了好长一会,从胡须里面又吐出一口烟,说:"伤心之地,我也是很久以前听说的,不在我们南面,应该在澳大利亚的北面,穿过中部大沙漠,过了沙漠中间的那座神山乌奴奴,再朝北,听说那里很热,有山有水,已经到了沙漠的尽头,具体在什么地方我就讲不清楚了,因为我没有去过那个地方。"

帕特又讲了一个"彩虹蛇王"的故事:

很久很久以前,澳大利亚是一块完全平坦的土地,伟大的彩虹蛇出现了,它围绕着澳大利亚旅行,有时候钻下地,有时候爬上来,一路上用超人的力量掘出盆地,堆积山脉,开挖河流,当它在澳洲大地旅行一圈后,它已经精疲力竭。但它还不甘心,继续朝澳大利亚中部前进,在中部,它再也爬不动了,就钻进了那块神圣的大岩石——艾雅斯岩石,它死在岩石的中间,这块大岩石是大地之神给彩虹蛇王选好的墓穴。

这就是为什么,如今在澳洲大地上,沿海一圈有山脉有河流,有着各种各样的地形,适合人们居住,而在中间仍然是一片大沙漠的原因。

三位少年听得入迷了,又提出了一个个问题。

帕特没有一个个地回答他们,他继续说道:"我们的祖先,并没有现代人的地图,他们是靠做梦去发现这块大地上的无数个神迹的,他们在梦中发现蛇、袋鼠、飞鸟,在梦中发现风、火、河流和土地、牛和羊,在梦中发现痛苦和悲伤……于是就有了我们的飞鸟之地和伤心之地等许多地方。那时候也没有公路,但在他们的梦中会出现纵横交错的路径,于是他们就沿着这些路径去漫游,去和别的部落交往,那时候,伟大的梦中之神经常指导着人们的生活……"他的话等于回答了他们的全部问题。

这时候,趴在桌上的老杰克打了一个哈欠醒过来,他问道:"怎么天还没有亮?"其实,这时候天已经黑下来了。

夜里,老杰克和三位少年一起参加了"飞鸟之地"的篝火晚会,他们一起围着篝火跳舞,汤姆斯大叫后悔,没有把那把小提琴带来,高强说,我也该带上那把吉他。土谷则叫喊着"跳吧,跳吧!"他们一起跳,一起和那些土著兄弟姐妹"呜呦,呜呦——"地高喊着。

当篝火熄灭的时候,帕特老人吹起了土著人的乐器粗大的迪吉里独,那"嗡嗡——"的声音深沉厚重,犹如天籁,从山冈上吹向下面宽阔的大地,又吹向星星点缀的夜空。

三位少年上次听到这种声音是在红坊区的博克街上,时间一晃,他们已经经历了不少事情,于是一个个少年老成似的对着夜色发出了感叹。

5

两天后,老杰克驾车把三位少年送到美堤拉镇上,镇上有长途汽车直通墨尔本。

老杰克和小伙子们一一握手,说:"你们都是好样的,欢迎你们每年都来我的葡萄园干活。"这回,他没有骂他的儿子,只是说:"到了大城市,你们要处处小心,那里是个鬼地方。"

老杰克一走开,三位少年都大声笑了起来,他们都是从大城市里跑出来的。如今他们的行李又多了几件,每个人的口袋里多了两千块钱,这是他们摘葡萄挣来的钱。口袋里有了钱,人的精神面貌就完全两样了,人模狗样地在脑袋上戴着老杰克送的牛仔草帽,皮肤被太阳晒得黝黑,土谷还是老样子,他的皮肤本来就很黑。三个人在街上游逛着,嘴里叼着烟卷儿,瞧着街上来来往往的人流。

街上还是这么热闹,农民们卖了葡萄,口袋里都有大把大把的钱,街上就像是过节似的。高强在中国过年的时候,去看浙江乡下的爷爷,那时候乡下也是这个样子,集镇上张灯结彩,人人喜气洋洋,花钱如流水,就是买卖的东西有点不一样,那里是土货,这里全是洋货,这里的商店也洋气一点。高强突发奇想,他对两位伙伴说:"今天这儿这么热闹,我们三位天王为什么不能在这儿先表演一下?"

汤姆斯说:"对啊,试试效果。"

"真是个好主意。"土谷说着就手舞足蹈起来。

他们在镇上的超级市场门口拉开场子,弹吉他,拉琴,唱歌,跳舞,表演起来。没有想到一下子就轰动起来,大概是美堤镇上的人好久没有热闹过了,围观的人里三层外三层。他们因为是第一次在街上表演,有点儿拘束,也没有排练过,还闹出一两个笑话,大家也大笑一阵,原谅他们了。演了一个多小时,土谷对围观的人们说:"女士们,先生们,姐妹们,兄弟们,今天是我们三人小乐队的第一次表演,感谢大伙的光临和捧场,因为我们要赶去墨尔本的汽车,表演到此结束。"大家纷纷鼓掌,把硬币儿朝地上的那个空提琴盒里扔,一会儿就是一大堆。

三位少年关上提琴盒,就像关上一个宝匣,土谷和高强捧着提琴盒躲到一棵大树下面,把宝匣打开,丁丁当当地数起来,差点把巴士也错过了。还是汤姆斯眼尖,他一抬头瞧见对面路上的一辆大巴士已经开动了,连忙拉起两位伙伴,朝巴士跑去,嘴上还大叫着:"停车,停车!"

巴士司机停住车,让他们上了车。车上有几位乘客刚才也瞧过他们表演,其中一位说:"是不是钱来不及数了?"

高强说:"是啊,都是硬币,数起来比较麻烦,五十元一百元的票面,数几张就行了。"

那位说:"那我们车上全是百万富翁了。"大家一阵欢笑。

他们三人坐在一排座位上,三颗脑袋又凑在一起,打开提琴盒继续一五一十地数起来,土谷还老数错钱。那位又开玩笑道:

"还没有数完啊?"

高强说:"我们已经重数好几遍了,土谷你别插手了,汤姆斯你也在一边呆着,还是让我一个人数,我又不会贪污。不然数到墨尔本也数不清楚。"

"今天在街上挣的钱,肯定打墨尔本来回的车票钱也够了。"汤姆斯握着那把提琴说:"我那琴盒要改成收银机,会自动点钞就行了。"

大家又笑起来。巴士驶上开往墨尔本的公路,美堤拉镇在车后越来越远。

6

三位少年在墨尔本郊区找了一家便宜的汽车旅馆落脚。如今他们口袋里的两千多块钱是靠摘葡萄辛辛苦苦挣来的,都知道省着点花,进城里住大宾馆是不行的。

高强说:"住大宾馆一星期,我们口袋里的钱就全进了宾馆老板的口袋。"

汤姆斯说:"等以后我们挣了大钱,再住大宾馆。"

"对,等我们三人成了天王巨星,五星级宾馆老板请我们去住,连钱也不用花,还为宾馆老板增光呢。"高强神采飞扬。

"反正我们连街上也躺下睡过了,现在睡哪儿都一样。"土谷打开了他的背包。他以前住在那个红坊区的破楼房里,也比这个汽车旅馆好不到哪儿去。

第二天,他们就从郊外坐火车进城,在火车上,三个人就弹唱起来,先挣一点车马费。

火车到了市中心的"福来到"车站,那气势就不一样了,大厅里熙熙攘攘,乘客如云。走出大厅,踏下石头台阶,马路对面的绿灯一亮，只见过马路的人，人头攒动，成群结队地朝这边涌来。车站前面是一条南北向的名叫斯旺斯吞的大道，一座大教堂耸立在街头，两旁是各式各样的漂亮的建筑和商店，大街上游人如织，他们马上有了回到大城市的感觉。

最使他们感兴趣的是，墨尔本的马路上有丁丁当当的老式有轨电车，车身上却花花绿绿地做着许多现代商品的广告。他们也不分东南西北，跳上一辆车厢漆成暗红色的有轨电车，这辆电车是绕城一周的免费电车，车上还提供许多介绍墨尔本城市的宣传品，这正对他们的胃口，他们一边看着宣传广告，一边坐着这辆慢悠悠行驶的电车观赏着这座城市。

墨尔本城市方方正正，有规有矩，一条条街道上下左右，清清楚楚，和悉尼那些杂乱无章的马路相比，容易辨别多了。大街两旁，既有现代化的高楼大厦，又有古典的维多利亚式建筑，整个城市的氛围是现代中透出古典。

三个少年坐着电车绕城一圈，就把东南西北搞清楚了。他们在街上瞧见一个老头赶着一辆旅游马车朝这边跑来，感到很好玩，三人买了车票，坐上马车。老头吆喝一声，高头大马在街上的哒的哒地走起来。老头瞧见三个小伙子手上都捧着乐器盒子，就和他们聊了起来，给他们讲墨尔本的风土人情。

高强说："我们是从悉尼来的。"

老头说："悉尼也是一个漂亮的城市，但没有墨尔本整洁。我也在悉尼呆过几年，不过，我更喜欢墨尔本。"

汤姆斯说道："我们三个人是一个小乐团，想在街上表演节目，你能不能给我们一个建议，在墨尔本的哪条街上表演最合适？"

"当然是在玛雅百货大楼门前，那里是步行街，游客最多，经常有艺人在那儿表演，等会儿，我就带着你们去那儿。"老头拉动缰绳，两匹大洋马乖乖地拐了弯。

玛雅百货大楼其实不是一幢大楼,而是连接着三条大街的三幢大楼,在楼和楼之间,半空中都有通道相连接。在三栋大楼里并不是玛雅一家百货商店,而是有着上百家商店,吃喝玩乐样样都有,是一组商业群体的大楼,在大楼的上层,还有许多艺术化的壁廊供游客参观,其中最高的一座现代化大楼里,上部是清一色的玻璃顶棚,中间甚至还套着一幢旧式大楼,别具一格。三位少年在大楼里走马观花地匆匆逛了一圈,花了两个多小时。走出门来,他们就选定了在大楼门口的空地上进行表演。

　　虽然,三天两头有人在这儿表演节目,但都是老面孔了,没有新花样。他们的三人小乐队一出现,就引起了人们的注目。而且,他们三个少年,一个是白皮肤,一个是黄皮肤,一个是棕黑色的皮肤,表演的节目有高雅的小提琴独奏,有通俗的吉他弹唱,虽然高强有时候唱英文有时候唱中文,有时候英文中文夹在一起唱,还有土谷生动活泼的土著舞蹈,一会儿就吸引了一大批观众。

　　表演了几个小时,效果还真不错,收工时一数提琴盒里的钱,当天吃喝住行的费用全有了。高强说:"今天我们去唐人街吃汤圆。"

　　他们一问路,唐人街离这儿不远,几分钟就能走到。

　　墨尔本的唐人街是一条狭窄的街道,因为中间还横隔着两条大马路,于是就分成了三段,一共有六个红漆金字涂成的牌楼,每段各有两个。这条不长的唐人街上大概有几十家餐馆,从广东菜、四川菜,到北京烤鸭、上海狮子头全有了,连毛泽东爱吃的红烧肉、邓小平爱吃的爆肚花也在菜单上,但就是找不到一家吃宁波汤圆的地方。高强领着土谷和汤姆斯,从唐人街的这一头的第一家餐馆问起,穿过两道横马路,走过三段唐人街,一直问到唐人街的末端,从大大小小的餐馆门口,走进走出,口水不知费了多少,还没有吃到汤圆。

汤姆斯问高强说:"你这个汤圆到底是什么东西做的,不会是海洛因做的吧,要不就是金子做的。"

背着一个大挎包的土谷说:"我已经饿得腿都软了,我也不指望吃什么汤圆了,有一块匹萨饼充饥就行了,强,我该求求你了。"

"好吧,就是这家'食为先'酒家了。"高强指着走过的一家中国饭店。

这家饭店还不错,颇有规模。汤姆斯问高强:"这家餐馆为什么叫'食为先'?"

高强说:"中国人认为,吃是第一位的,吃在任何事情的前面。所以饭店名字叫'食为先'。"

汤姆斯说:"为什么吃是第一位呢? 我认为搞艺术是第一位,澳大利亚人许多人认为搞体育是第一位的,有人认为工作挣钱是第一位的,还有人认为度假才是第一位的……"

"你们别争了,快点菜吧。"土谷把菜单朝他俩手里塞。

"瞧,这就是食为先,现在土谷肚子饿了,你让他搞艺术搞体育干活做事,他什么都不肯干了,第一件事他就得要吃点东西,土谷你说是不是?"高强洋洋得意地拿起菜单,菜单上当然也没有宁波汤圆。

土谷说:"中国人的讲法有道理。"

最后,他们三个人把叫来的一桌菜吃个精光。

在回去的火车厢里,他们三个又一路唱将回去,又挣钱又帮助消化。

回到汽车旅馆,他们一边玩扑克一边商量着,就是挣了钱,也不用去城里住宾馆,以后租个房子更合算,来回城里坐火车,火车上还可以表演挣钱。有了钱,可以去大饭店里享受美食,食为先嘛!

第二天,他们表演了一天,挣了将近六七百元钱,数硬币数也数不过来。晚上去了墨尔本城里高级的"雷情饭店",饭店楼上有一个旋转餐厅,三位少年一边喝着啤酒,一边慢慢旋转着观赏墨尔本灯火灿烂的夜景,高强说:"真是享受人生。"

土谷从来没有来过这样的高档场所,东瞧西看,问道:"今晚得消费多少钱,是不是一天都得白干?"

"怎么叫白干,这叫能挣会花。"高强连中国的俗语也用上去了。

汤姆斯对窗外的各种各样的建筑有兴趣,他的说话像个权威似的:"墨尔本的建筑很有艺术性。"

付账的时候,服务员说每位二百元,土谷"哇"地叫了一声,气呼呼地打开了提琴盒。服务员一看不妙,连忙把他们领到账台上,那位收费的经理一看手都发抖了,两眼发直地瞧着他们,嘴里嘟嘟囔囔道:"这里又不是银行。"

土谷也没好气地说:"这是不是钱,是不是可以支付每位二百元?"说着就要拿起琴盒走人。

"是钱,是钱。"经理嘴软下来,碰到这种顾客他还是第一次,就是叫警察来也说不清,没有办法,叫来一位服务小姐,一五一十地替他点硬币。

下了电梯,出门的时候,汤姆斯把小提琴装进琴盒里,哈哈大笑。

高强说:"土谷,你也太那个了,我们口袋里不是有钞票吗?"

土谷说:"每人才喝了两杯啤酒,一份烤牛排,和一点甜食,老实告诉你们,我的肚子还没有吃饱,他妈的就要付两百元,以为我们的钱是从银行抢来的,也太黑了。"

"悉尼塔的旋转餐厅我也上去过,好像也没有这么贵。今晚龙虾汤也没有喝上,收两百元钱,黑是黑了一点。"汤姆斯赞成土谷的说法,以前他也跟着父亲去出席过豪华的派对,每次都能喝上龙虾汤。

"这你们就不懂了,以前我在中国的时候,跟我父亲上希尔顿大酒店,每人花一千元呢,这叫派头。我说也不算太贵,这旋转餐厅,每转一圈得多收你们二十元,你们算算一共转了多少圈。"

土谷说:"转一圈就行了,谁让它老转。你知道我白天表演的时候,跳舞转了多少圈吗?把我的头也转晕了。我转了一天挣来的钱,被它转几下就转完了,我想想就气不过。"

汤姆斯说:"看来什么食为先,什么吃是第一位的,我们该重新安排一下。"

第三天,虽然他们的表演同样卖力,但观众明显地减少了,琴盒里的硬币减少了一半。三位少年早早地收工,也没有出去高消费,叫了两盒匹萨饼,两个大瓶装的饮料,才花了十几元钱,就在旅馆里一边啃饼一边喝饮料一边总结经验。

"哥们,你那天上有个月亮,地上有个姑娘,我爱你,我爱你……一唱到我爱你的时候,我就看见观众走人了。"土谷学着高强弹吉他唱歌的样子,"你能不能换几个歌,别老唱我爱你……"

汤姆斯听了也笑起来。

"这首歌是美国乡村歌手迈可的成名歌曲,我也是刚学来的,这首歌曲调流畅,歌词简单好听,唱起来也轻松,我连唱十遍也不感到累,你们说,我不唱这首唱哪首啊?"高强分辩道。

汤姆斯说:"迈可唱了成名,你不一定能唱了成名。再说,如果迈可在百货大楼门前老唱这首歌,观众也会听腻的。"

"你们也知道,我会唱的英语歌曲就那么几首,让我怎么办?"高强两手一摊。

汤姆斯说:"我们应该搞一些新的节目。"

土谷说:"我同意,搞一些大家喜欢听喜欢看的节目。"

汤姆斯又说:"还要有些艺术性、趣味性。以前,我们学校艺术团排戏,大家也是这样想办法的。现在,我们三个也一起来想想办法。"

"谁能想出好办法,明天挣的钱全归他。"高强说道。

不一会,他们就想出一个好办法,根据贼谷镇袋鼠的事情,编一个活报剧,剧中有说有唱,有拉琴弹吉他,还有舞蹈,里面的袋鼠拟人化,故事情节曲折多变。他们三个当晚就编排起来,在房间里又说又唱搞到半夜,旅馆老板来"咚咚"地敲门,说:"你们再闹下去,要收加倍房钱了。"

第四天,这个小戏一演出,就别开生面,他们又换上在贼谷镇上穿过的那几件老式的不伦不类的服装,还从礼品店里搞来一个绒毛制的袋鼠脑袋做道具,这是他们亲身经历的事,演来得心应手,活龙活现。三个人一台戏,一会儿人变袋鼠,一会儿袋鼠变人,又唱又跳,不拘形式,使看客们有耳目一新的感觉,不一会观众里里外外就围满了,场面火爆。他们一直演到晚上,还有观众过来围着,他们咬几口汉堡包,借着橱窗里明亮的灯光,又加演了几场。

这出小戏演了三天,白天演晚上演,越演越热闹,风靡市中心的各条街道,来看的人越来越多,有些人耳闻玛雅百货公司门口有一个表演精彩的三人小乐队,特意赶来看演出。他们的收入也越来越多。有一个剧场的胖老板闻讯跑来,把名片塞给他们,说可以和他们三人小乐队合作,把他们演出的袋鼠小戏搬到舞台上去,挣到的钱大家分成。让三位少年有空到他们那个戏院里去谈谈,订个什么合同之类。

这个戏院的名字也叫"加百利"。高强一看名片上的名字就乐了,怎么和他在悉尼就读的商务学校的名字一模一样?他说:"行啊,我就是和加百利有缘。"

土谷说:"我还是喜欢在街上混,自由自在,进了那个什么加百利剧场,就得服那个胖老板管了。"

汤姆斯说:"我们还是先在街上逍遥几天再说。"

八、雅拉河畔骚动的夜晚

1

一个星期的第六天是周末,来市中心逛百货公司的人更多,观看他们演出的人围了个水泄不通,就像那天在美堤拉镇上一样。有的人看了一场不肯走,还要看第二场,有的人挤在后面没有看清楚,别人走后,他又填上空位,还有人让孩子骑在肩膀上,孩子看见袋鼠脑袋跳出来,乐得直叫,有的大人带了几个孩子,只能轮流把孩子举上脑袋。骑着大洋马的巡警走过这儿,朝里面看看,嘴里咕哝着:"这几个小子表演得真棒。"

演到傍晚,他们腿也酸了,口也干了,坐在大门口的石头凳子上休息片刻。土谷从对面小店里买来了牛肉馅饼和可口可乐。高强咬了一口馅饼就吐出来:"呸,全是咖喱味道,这馅饼做得太糟糕了,里面的牛肉馅一定是下脚料做的,还不如去唐人街……"他嘴上的话没有说完屁股底下就放了个响屁。

土谷和汤姆斯大笑起来。土谷说:"就别提你的汤圆了,不过那个食为先饭馆我还愿意再去一次,里面的食品确实比这个馅饼好吃一点,那次我们三个人花了多少钱,一百块吧……"说着,他站起身去上厕所。

高强和汤姆斯抽着烟卷吐着烟雾,高强说:"今天的演出也够累的,快赶上摘葡萄的日子了。我们也该去轻松轻松了,今天就收工吧。"

汤姆斯点点头:"等土谷回来,我们就收摊。"

可是他们两个已经抽了半包"魂飞尔",还不见土谷回来,四周的人见他们没有演出都走散了。高强说:"土谷大概在拉肚子了,我说过那牛肉馅饼不地道吧。"

"都快将近一个小时了。"汤姆斯瞧了瞧手表,这块手表是他在身后的玛雅百货公司里买的,五百块钱,价格不菲,有点档次。汤姆斯说这块表很高雅,具有当今雅皮士的风采。

高强也想买一块,不过他的钱还另有用处,他已打算好,今晚要去那个地方玩一把。他装模作样地拍了一下脑袋,对汤姆斯说:"啊呀,我差点忘了,今天晚上我有点事,和朋友有个约会。"

"你在墨尔本也有朋友,怎么没有听你说起过。"汤姆斯还在欣赏他那块雅皮士表。

"是啊,是到墨尔本才联系上的一个老朋友。"说着高强已经站起身来,"哦,今晚,我一个人迟一点回旅馆。"

"这一大堆东西让我一个人怎么办?"汤姆斯指着边上几件乐器和一个大背包。

"等会儿,土谷回来,你和他一起拿吧。一点儿东西,没事,哥们,谢了。"高强已经转过身。

汤姆斯又摇了摇石凳上的提琴盒说:"今天我们挣得不少,你走了,谁来数钱啊?"

高强一听到钱字又转过身来,掂了掂提琴匣子,真的挺沉,就说:"就你数吧,土谷更数不清了,要不留着我夜里回来数也行。说不定我夜里回来时,又挣了一笔大钱,这些钱就归你俩了。"这回高强真的转过身,大摇大摆地朝前走去。留下汤姆斯一个人,傻乎乎地捧着提琴盒,看着地上的一大堆东西。

2

高强刚走开几分钟,土谷就匆匆忙忙地朝这边走来了,一边走一边东张西望,一副慌里慌张的样子。

"哥们,你怎么到现在才回来。高强说今晚去见他的朋友,让我们先走,今晚我们不演了。"汤姆斯还捧着那个沉重的提琴盒。

"不演了,不演了,快走快走。"土谷手忙脚乱地提起乐器,背上挎包,拉着汤姆斯就走。

汤姆斯捧起提琴匣子站起来,说:"别急,别急,我还有话说呢。"

"快走吧,有话等会儿再说。刚才,你瞧见有警察来过没有?"土谷一边走一边贼头贼脑地朝四处张望。

汤姆斯从他手里拿过小提琴,问道:"有什么事啊?瞧你紧张的样子。"

土谷说:"出事了,我等会告诉你,没有碰到警察就好。"

他们刚拐了一个弯,就瞧见两个骑大洋马的警察朝这边走来,土谷躲也不是,跑也不行,只能硬着头皮挺着走过去。两位巡警这几天已经见过他们好几次了,还像老朋友似的和他俩打招呼:"伙计,收工了。"

土谷低着脑袋不语,汤姆斯回答道:"收工了。"

土谷轻声对汤姆斯说:"看来,这两个骑马的家伙还不知道。"

一直走到火车站,上了火车,土谷才惊魂未定地告诉汤姆斯:"你知道,我今天碰到谁了?"

"碰到谁了?"汤姆斯问,他看见土谷一路上不安的神态,"你不会碰到鬼了吧?"

"就是碰到鬼了，我碰到斯蒂姆了。"土谷说着还朝火车外瞧瞧，好像斯蒂姆会从外面飞进来。

傍晚，土谷去上厕所，站在小便池的台阶上撒尿，边上过来一个大胡子的人，戴着墨镜，压低声音对他说："小便完，跟我来。"土谷感到声音有点熟，又感到好奇，就跟着他走出去。

走了两条街，走进一家迪斯科舞厅。土谷想，这怎么像间谍电影里似的，越发来了兴趣。迪斯科舞厅里灯光昏暗，一片闹哄哄的，那人把土谷带到角落里的一张小桌旁，叫了两杯饮料，然后脱下墨镜。土谷认出是斯蒂姆，倒吸一口凉气。

斯蒂姆这会儿没有大肆发挥，他单刀直入地问土谷想不想跟着他干，还说："你们几个在街头耍把戏有什么出息，就像要饭似的，一天能挣几个钱，干一年还不如我做一笔生意呢？ 现在，我手头就有几笔大生意，确切地说今夜就有一笔生意，想不想参加，我是看得起你，才来找你的，那两个小子，我才不会找他们呢。"

土谷从口袋里摸出那个手机说："我认为，你做你的大生意，我和汤姆斯和高强在一起，在街头混饭吃，两不相干，这手机还你。"他把手机推到斯蒂姆前面。

斯蒂姆没有瞧手机，瞧了一下自己的手表说："好吧，我没有时间和你多说了，我还有事要办，今天的生意你不参加，就少分一份钱。你可以回去想一下，我的建议是否合理，难道你想一辈子做个穷小子吗？ 别告诉那两个小子，说你见过我，我才不管那两个坏小子的死活呢。噢，也许你也见不到那两个小子了。顺便说一句，你们在玛雅公司门口已经混了好几天了，好像那里已经成了你们的地盘了。老实告诉你吧，你们在那里混不下去了，我在刚才见你之前，已经在街上给墨尔本警察局打了个电话，说在玛雅门口三个混饭吃的小子，就是以前从悉尼阿姆斯监狱里逃出去的三个小坏蛋。这会儿，我估计他们已经查完电脑，说不定已经在玛雅大门口把那两个小子抓走了,观众们大概以为这也是在演戏呢。那提琴匣子里的硬币有点可惜,我看是有几百元了,就算你们给政府交点税,一个澳大利亚公民是应该给政府交点税的。"斯蒂姆一得意,嘴巴又收不住了,"我看,你也不用去那儿了,明天还是在这个地方,还是这个时间,你来这儿告诉我,你这一生做出的重大选择,二十四小时,亲爱的,一个人的命运都是在二十四小时决定的,我知道你做出这个决定有点儿困难,也许你会认为这是出卖了朋友,应该坚强一点,办大事的人都有一颗坚强的心,跟着我干,你会前途无量的……"

土谷见他没完没了地说着,急着想离开,就答应他考虑考虑。

斯蒂姆连忙把手机又推到土谷前面:"这个玩意还是你拿着,你有我的电话号码,你在考虑自己命运的时候,可能还会有些疑惑,你可以来向我请教,我是你的老师,我一定能给你一个也许是几个满意的答复。我对你算是仁至义尽了。我不能再和你磨蹭下去了,我得去干大事了。明天见!"斯蒂姆站起身,戴上墨镜,快步离开了迪斯科舞厅。

土谷也拔腿朝玛雅百货公司那儿走去,他真闹不清楚斯蒂姆说给警察局报讯的事儿是真是假……

3

这边再说高强的事情,高强究竟去干什么了。

高强一路上乐滋滋地朝前走着,这几天表演成功挣钱多,当然是高兴的事。另外,他还有一件事藏在肚子里,他在演出空闲时,和边上的观众闲聊,听说墨尔本的皇冠赌场离这儿不远,走十几分钟就到了。高强蠢蠢欲动,连步行去的路线也打听清楚了。前几天晚上,睡觉前,他旁敲侧击地问两位伙伴,想不想去赌场逛逛？

汤姆斯说："赌场必须十八周岁才能进去，我还得等半年才过十八岁的生日呢。"说到这儿他有点儿伤心。

土谷说："我在悉尼时就听说过，赌场里面有鬼，赌场老板会施妖法，叫什么吃钱妖法，只要你带着钱一踏进赌场，吃钱妖法就从赌场上面的窥视镜里面照出来，把你罩住。悉尼的赌场在情人港的大海边，你别听那名字好听，听说有的人在赌场里输了大钱，一想不通，就把自己弄死在厕所里或哪个角落里。赌场里有两个专门收尸的大汉，还有一个专门的下水道，两个大汉把尸体朝那个下水道里一扔，那个下水道直通大海，他们把边上的开关一拧，就像厕所里的抽水马桶一样，把人冲到大海里喂鱼去了。所以说，赌场都造在水边，听说墨尔本赌场造在雅拉河边上，赌场底下有没有下水道直通雅拉河，我就不清楚了，什么时候有空可以去看看。"

汤姆斯说："你也没有满十八岁呢。"

土谷说："混进去呗。"

高强已经满十八岁了，他的那些证件，王甜甜也从床底下的箱包里翻出来，给他邮寄来了。高强才不相信土谷的鬼话呢。今晚，他要去撞大运，兴高采烈地朝赌场走去，上次在悉尼赌场玩了半个多小时，就赢了一千多块钱的事，使他念念不忘，在睡梦中，还好几次瞧见那老虎机转动时的彩色图案。

天色已经暗下来，高强健步踏上横跨雅拉河的大桥，展眼望去，皇冠赌场的大厦一字形的排列在雅拉河对面，灯火辉煌，气势壮观。这时候，他只听见"轰"地一声，瞧见赌场前面一个高高的铁塔上，朝天喷出一团火光，没隔几分钟，又"轰"地喷出了一次火光。高强也听人说过，这喷一次火，就得花二百元钱，一整夜喷下来得花多少钱啊？这赌场真他妈的有钱，今夜不挣它的钱还挣谁的钱？

高强的口袋里装着一千元钱,趾高气扬地跨进赌场。

赌场的大厅里豪华奢侈,黑色大理石地面,大理石廊柱,大理石喷水池里随着音乐喷起高高的水花,空中一束束镭射光线组成的花朵不时地变化着,四周有各种各样华丽的装饰和艺术造型。

高强对这些视若无睹,他没有心思欣赏这些景观,脚头痒痒地踏进那边五光六色的赌钱大厅里。那里面,赌台一张接着一张,赌客如云,老虎机成千上万台,还有各种各样的大转盘小转盘,爆奖的音乐此起彼伏,悦耳动听,那气势和场面要比悉尼的赌场大多了,高强在里面走了半个小时,还没有走到尽头,直看得眼花缭乱,心神激荡。当然这时候他并不知道以后的事,也不知道土谷说的吃钱妖法已经罩住了他。

高强别的也不会玩,他选了一台老虎机,和以前在悉尼玩过的那台机器上面的金币图形一模一样。两个多小时,高强口袋里的钞票一张张地少下去,肚子里的气一点点地升起来,从肚子底下一直升到胸口上面,那股气憋着,再没有顺溜过,促使他把钞票一张一张地朝外掏,最后一张五十元的票子掏出来时,他咬了咬牙。谁知那老虎机六亲不认,一会儿,咕嘟嘟地就把图形上面的数字全吃完了。高强把口袋里的几个硬币也扔了进去,那老虎机犹如死水一潭,一个水泡也没有起。

高强走出皇冠赌场大门时,背后的赌场仍然是灯火辉煌,他却感到眼前的天空一片漆黑,连天上的星星月亮他也看不清楚了,他又走上了雅拉河大桥,和两个多小时前走上这座桥时的心情完全不一样了,那时候,他口袋里有一千多元钱,现在他口袋里一个子儿也没有了。一千元钱,以前对于高强来说,根本不是一回事,他父亲有的是钱,可是这一千元钱是他摘葡萄辛辛苦苦挣来的,夏日炎炎,一串葡萄一滴汗,一箱葡萄才一块钱,这一千元钱里有他多少汗水,想到这儿,他恨不得从桥上跳下去。他当然没有跳，他听到赌场那儿有一片喧嚣声，他回过头去……

4

就在高强走出赌场的片刻之间，赌场里发生了一件大事。

赌场的账台上，工作人员正在给赌客们成千上百地兑换钱。却说这赌场的账台，一天到晚赌客不断，比银行还忙碌，进出的钞票何止百万。一位女客刚赢了上万元钱，拿着筹码到账台上换钱，得意洋洋，眉开眼笑地数着钞票。这时候，从边上的女厕所里突然冲出来一个脸上戴着黑头套的人，她身背着一个黑色的大挎包，三步两步就跑到账台前，一把将这位女客拉到一边，那娘们惊叫着，以为要抢她的钱，钞票撒了一地，可那黑面人对这些小钱不屑一顾，只见她一下子爬上账台，又是一个鹞子翻身，翻过账台上的隔离物，动作快得像中国小说《西游记》里的孙悟空。那里面三四个工作人员还没有搞清楚怎么回事，那背包的人已经跳到他们身后。他们转过头，只见那黑面人手上已经多了一支乌黑锃亮的手枪，在这同时，他们耳朵里听到一个女人清脆亮丽的声音："如果你们不在一分钟之内，在我的这个挎包内塞满钱，你们就死定了。"她把挎包朝地上一扔。

那几位为了从死中求生，大把大把地朝包里塞钱，其中一个工作人员拿着几扎硬币朝包里塞，被黑面女侠一脚踢出去，"他妈的，你找死啊。"她骂人的声音也很动听。在时间到达一分钟之前，那个挎包里已塞满了五十元票面和一百元票面的大钞，"行了。"她把几个工作人员赶到一个角落里，说一声："谢谢！"拉上拉链，背起挎包，踏上账台，又是一个鹞子翻身，已经翻落到账台外的地面上，那满满一包钱在她的身上好像没有分量一样。账台前的人虽然有的被吓呆，有的受惊恐，有的在看好戏，但都为她这一身轻功暗暗叫好。有几个老输钱的赌客在一边暗暗感叹，自己没有这一身本事，有这身本事，也该来赌场做个一两次，把自己输掉的本钱抢回去。

黑面女朝外跑去，有两个身高马大的保安从前面走来，不识好歹地想拦住黑面女的去路，只见黑面女拔出手枪，朝空中放了一枪，"砰"地一声，子弹正好击中玻璃吊灯，一大片碎玻璃像天女散花一样地撒下来，人们纷纷撒腿逃开，或者钻到赌台下面，两个保安吓得脸色发白，也躲到赌台下面，生怕那黑面人上来补上几枪，他俩没有听到枪声，只是屁股上被人踹了几脚，大概是刚才输了钱的人踢的。赌场内一片混乱，也有人趁乱，把赌桌上的筹码朝口袋里塞，也不管头上有没有窥视器，反正一会儿就跟在黑面人后面一起溜出赌场了，跑到街上谁认得谁啊？

黑面女跑出赌场大门，靠雅拉河前面的一段是步行街，她以百米冲刺的速度跑过步行街，跑上大桥，她知道接应她的人，就在河对面的铁道立交桥下面的车里等着她。她在跑过大桥时经过一个人的身旁，她哪里还顾得上街头的行人，这时候前面一辆警车尖叫着开来了。

高强已经跑到雅拉河大桥对面的桥头，看见一个人从身边跑过，那身段有点眼熟，但那人蒙着脸看不清，虽然桥头灯很亮。不过，高强见那人是从赌场方向跑来的，身上还背着一个大挎包，已经明白了三分，那家伙大概是从赌场抢了钱逃出来的。高强在桥头上大声叫好，这赌场的钱不抢还抢哪家的钱？

那蒙面女是谁呢？她就是斯蒂姆的情人娜达丽娅。本来她和斯蒂姆都算计好的，从赌场的女厕所冲出去开始，到账台上抢钱，再跑出赌场大门，时间应该是在五至六分钟，而警察接到报警，从最近的警察局出发，跨进汽车，发动车辆，加上周末晚上道路拥挤，赶到赌场门口最快也是七八分钟，中间有一分钟的时间差，这一分钟就是他俩的逃跑时间。但智者千虑，也有一失，他俩没有想到一辆巡逻的警车就在附近,从无线电里听到即时新闻报道,这辆警车在第一时间就赶到了。其实,这是一个常识问题,街上经常有警车巡逻,却被这两个聪明人忽视了。

那边警车停住,警察瞧见一个人从桥头上奔跑下来,又瞧见那人背着包蒙着脸。两个警察急忙跳下车,一边大叫:"停住。"一边从腰里摸手枪。回答他俩的是迎面飞来的几颗子弹,他俩急忙躲到车后,举枪回击,其中一个警察因为手枪出了故障,打了一发子弹,左轮手枪上的转盘就卡住了,急得他脑袋上直冒汗。街头的枪战火力相等。

那边的高强一见这情景就乐坏了,美国大片里的枪战,在墨尔本街头上演了,今天怎么全让他碰上了?他把刚才输掉一千元钱的懊恼事全扔到雅拉河里去了,躲在桥头的一处石栏后面,大瞧特瞧街头对面的枪战,子弹在夜色中拉出一条条火光,高强感到这场面太惊险太刺激太好玩了。这时候他听见远处也是警车的尖叫声,大概是其他的警车也朝这儿赶来了。他又瞧见对面铁路立交桥的粗大的石柱后面突然窜出一辆白色的面包车,怎么这辆面包车也这么眼熟,车身上也画着一条澳大利亚丁狗的图形?面包车边上的门已打开,车驶到黑面人身边,突然,黑面人一下子倒在地上,大概是吃着子弹了。车上的司机对黑面人大叫两声,见没有动静,他跳下车来,把倒在地上的黑面人一下子抱起来,就在他把黑面人抱上车的一刹那,高强看到了那司机的脸,高强差点叫出声,那人不是斯蒂姆吗?虽然隔着一条街,灯光也不亮,但高强还是感到自己没有看错。

面包车转过头就朝马路另一面的警车冲去,两个警车一看情况不妙,赶忙躲开,面包车把这辆警车撞到一边,然后又朝前驶去。警车被撞烂了,不能追击,两位警察只能站在大街上喘气,但后面的三四辆警车很快赶到,街上的两位警察又跳上其他警车,尾随前面的面包车追去⋯⋯

高强在石栏后面看到这惊心动魄的一幕,欣喜若狂,就像喝了一杯酒似的。

5

白色的面包车沿着伏林达大街飞驰,也不管前面是否绿灯,超出前面一辆辆车,迎面的车辆瞧见一辆面包车发疯似地冲来,纷纷让道,按着喇叭,表示抗议,后面则是呼啸而来的警车。当面包车冲过市中心最热闹的伏林达火车站时,正在过马路的人们瞧见冲来的车辆,纷纷朝两边逃窜,一位穿高跟鞋的摩登女郎惊叫着,跳了起来,跳到路边,把高跟鞋扔在路中间,面包车的轮子"咯噔"压过高跟鞋,把鞋压成了薄片。

面包车在有轨电车的轨道上奔驰,超越了前面一辆电车,在迎面而来的一辆有轨电车前斜穿过去,差一点和迎面的电车撞上,吓得左右两辆有轨电车上的司机和乘客都叫了起来。而后面追来的警车则被有轨电车挡住了道,警察急得直骂人,警笛尖叫着,待边上的汽车让出道来,他们才又追了过去。

面包车在斯彼林街向左拐了个弯,跨过几条横街,又在小博可街拐弯进了唐人街,唐人街是单向车道,街道狭窄,灯光也较暗,夜里行人稀少,面包车开出不远,又拐进一条更小的街。

街道的人行道边沿有一个绿色的垃圾筒,这种塑料垃圾筒很普通,底下有两个能推拉的轮子,家家户户都有,当初在红坊区街道大战时,被少年们用来装石块和燃烧瓶当做弹药车的就是这种垃圾筒,上次也曾经被斯蒂姆利用过,放在红坊区的一条僻静的街道上,想用作勒索钱财的道具,结果三位少年带着那个老头出逃,这玩意没有用上。这回,斯蒂姆又用上了,他的车在垃圾筒边上一停,从娜达丽娅身上拉下那个黑色的挎包,拉开一侧的车门,朝外瞧了瞧,见街上没人,他伸手打开垃圾筒的盖子,把黑挎包扔了进去又盖上盖子，"砰"地拉上车门，坐上驾驶位继续开车，嘴里还叫着娜达丽娅的名字，可是斜躺在座位上的娜达丽娅一点也没有反应，刚才在赌场里生龙活虎跳上跳下的黑面人，此刻只有出气没有进气，鲜血从胸口里溢出来，把衣服也染红了。

面包车在前面五六十公尺的地方停住了，斯蒂姆又到后面的位置上叫了两声，摇了摇她的肩膀，见娜达丽娅还是没有反应。这时候，斯蒂姆听到后面的警车的尖叫声已经很近，最前面的那辆警车的车头灯正在转入这条小街。斯蒂姆从娜达丽娅的手里拿过那支手枪，哭丧着脸说："亲爱的，我顾不上你了。"他跳下车，走入前面的一条黑暗的小巷之中，这条道他早就走过好几遍了，一分钟后，他又从黑暗的小巷里走到前面灯火辉煌的大街上，这时候的他已经恢复了一副绅士模样，脸上带着三分笑容，踏入一家播放着爵士音乐的夜总会。

小街上，警察包围了那辆白色的面包车，拔出手枪，慢慢靠近那辆车，几个警察一起冲上前去，从车窗里看进去，只见那个蒙面人还躺在车上，身边是那个黑包。警长拉开车门，高叫一声，那黑面人一点反应也没有，警长跨进车一看，黑面人的胸口全是血，连车位上也是血，他拉开黑面人脸上的头套，只见到一张漂亮的金发女郎的脸，可惜脸上一片苍白，没有一点儿血色，警长叹了一口气道："快叫救护车。"他又打开那个黑色的挎包，满满的一包钱都在，上面是大大小小票面的钞票，他拉上拉链。只是那个女郎手上的手枪没有了，还有那个神秘的开车司机也消失了。警长提着挎包放进自己的警车，他朝四周瞧了一下，瞧见那条黑暗的小巷，知道那个家伙已经溜进这条小巷。

他又领着几个警察在小巷里查了一遍，走到那头，是一条大街，大街上灯火通明，还有不少饭店酒吧和夜总会开着门。警长一打量，又不能一家一家进门去查，再说谁也没有看清楚那个司机的脸，那家伙就是站在面前，也没有人认得出来。还有，那家伙口袋里还藏着枪,在饭馆里开战可不是一件好玩的事,谁打死谁还不知道呢。也许,那家伙根本没有走进这些店里,早就远走高飞了。想到这儿,警长就挥手收兵。

救护车、电视台的车辆全赶来了,把那条小街堵得水泄不通,但谁也没有注意到边上站立着的那个垃圾筒,一个新闻记者还把一个喝完的可乐罐扔进垃圾筒。一个小时后,这些车辆又全走了,连那辆白色的面包车也被一辆拖车拉走了。

这里又变成了一条冷冷清清的小街。

那边,斯蒂姆已在夜总会里喝了两杯啤酒,一杯咖啡,慢悠悠地走回这条小街。他揭开垃圾筒盖,上面除了那个可乐罐就是一大片白色的小球形纸质泡沫,这些都是斯蒂姆事先放在垃圾筒里的,重的东西一扔进去,就会淹没在纸质泡沫里。这个垃圾筒也是他在几个小时前安放在这里的。这会儿,斯蒂姆从泡沫下面拿出挎包,背上挎包就朝不远的一处旅馆走去。

斯蒂姆踏进旅馆,走进自己的屋子,把门关严实,然后打开了挎包。他面对着满满的一包钞票,鼻子抽泣了两下,就号啕大哭起来,这钱虽然在,可是抢钱的娜达丽娅却不在了,亲爱的娜达丽娅挨了子弹,不知是死是活。如果娜达丽娅死了,她那张性感美丽的嘴就永远不会张开了,如果娜达丽娅还活着,也不可能张嘴出卖他。娜达丽娅把他当作崇拜的偶像,对他言听计从,百依百顺,晚上是他的情人,白天是他最好的合作伙伴。是娜达丽娅把他从该死的阿姆斯监狱里救出来,是她帮助他办成了一件件事。她上天入地,功夫了得,会开车会驾驶飞机,真是一个伟大的女人。斯蒂姆失去了她,比失去了自己的左右臂膀还痛苦,斯蒂姆接触过许多女人,还没有一个女人像娜达丽娅这样能干,娜达丽娅是可遇而不可求的,是上天赠与他的宝贝,他这一辈子再也不可能找到娜达丽娅这样的女人了。他狠狠一脚把那包钱踢翻了,都是为了这可恶的钱,使他失去了最可爱的女人,真他妈的是鬼迷心窍……

这时候,斯蒂姆听见有人敲门,他一惊,在玻璃眼上朝外望了一下,瞧见外面是旅馆老板那张肥胖的脸,他连忙拉下床单,把地上的钱遮住,一手握枪藏在背后,一手打开一条门缝,厉声问道:"什么事?"

旅馆老板说:"你和那位女士,明天是不是还住这间屋?因为有人来订房。"

"不住了。"斯蒂姆大喝一声,"砰"地把门关上,一想,又拿了一块"请勿打扰"的牌子,开门挂在门上。旅馆老板回头看了他一眼,瞧见他满眼发红,又闻到一股酒气,以为他是喝多了,在和那个女人吵架,不对,刚才他进旅馆时,也没有见那金发女郎一起来,一定是在外面就闹上了,在街头就分手了,这种事情,现在在墨尔本男男女女之间经常发生,反正这小子不顺心,还是少惹他为妙。旅馆老板一步一挪朝别处走去,脑子里还在想着,"我才不管那鸟人的事,我只管收房钱。"

斯蒂姆关上门,扑在床单上,扑在那堆钱上面,又呜呜地哭起来……

就在斯蒂姆在旅馆屋里哭泣的时候,南墨尔本警察局的办公室里,警察局长正在对警长大发雷霆,说你这个笨蛋也太有出息了,竟然被街头小骗子的伎俩给骗了。局长的办公桌上,是挎包里倒出来的钱,确切地说,是挎包的上面有一些钱钞,底下是大捆的和钞票一般大小的纸张,每叠纸上面有一两张钞票。警长目瞪口呆地瞧着这些一文不值的废纸,很诚恳地承认自己是笨蛋,是天下最笨的笨蛋。

6

也在这个时候,高强坐上最后一班火车回到墨尔本郊外的一处车站，下了火车，走了几条街，走进那个汽车旅馆。旅馆里的挂钟告诉他，已是半夜一点钟，旅馆老板在柜台上打瞌睡，听到开门的电铃声，就支开了眼皮，瞧见高强就说道："今晚没有住房了，找别处去吧。要不就在这个厅里呆着，等天亮别人走了，我再给你弄个房间。"高强被他搞糊涂了，说："我在这儿已经住了一个星期了，怎么会没有房间？我的行李呢，还有我的两位哥们去了哪儿？"老板扭了扭眼皮子，这才看清楚他，就说："噢，对不起，是你啊，你的两个朋友早睡了，你也早点休息吧。"

"还早点休息，都几点了。"高强脑袋里还异常兴奋，他想着，得把两个哥们从床上拉起来，今夜大家都别想睡觉，他得把见到的奇事好好吹嘘吹嘘，他已把输钱的切肤之痛抛到了脑后。可是一踏进屋里，就感到气氛不对，汤姆斯和土谷都没有睡，两人各自坐在床上，一声不吭，看见他进门也不和他打一声招呼，房间里那台破电视机开着，两人也不像在看电视的样子，倒是一副赌气的模样。乐器和挎包都在地上扔着，提琴匣子扔在他的床上，琴盒打开着，里面的一大堆硬币也好像没有数过。高强一想，大概他俩回来时提的东西太重了，还在生我的气，于是就挤出笑脸说："哥们，怎么了，就那点东西，明天演出回来，我一个人来提。算了，算了，我来数钱。"

原来，汤姆斯和土谷一回到旅馆，两人也没有心思数提琴匣里的钱，就谈起了前途之事。土谷说："真是倒霉，怎么会在墨尔本遇到斯蒂姆这个鬼东西，他早不来晚不来，偏偏我们三人乐队来墨尔本演出，就碰上这个倒霉的家伙，他还说已经报了警，不知道他说的是真是假，看来我们的演出是演不成了。"

土谷当然不知道，斯蒂姆和娜达丽娅其实早就来墨尔本了。在悉尼绑架勒索的事没有搞成，那天半夜，三位少年和老波特坐着面包车逃出去后，他俩给扎坏轮子的摩托车换了备用轮胎就追出来了，但一直没有追上三位少年和老波特，后来在半道上发现了那辆白色面包车,给面包车加了点油,开回去换了一块车牌。山里的那座度假屋租期也即将到期,再说万一那几个少年把事情捅出去,那屋子也不安全了,他俩就放弃了那座房子。斯蒂姆认为那几次事件,在悉尼闹的动静太大了,该避避风头,于是开着面包车来到墨尔本,想在墨尔本发点财,他俩打赌场的主意也不是一天两天了。在闹市中心玛雅商场门口,三位少年天天演出,被斯蒂姆撞见,纯属偶然。

"在街头不能演,我们可以到其他地方去演。"汤姆斯从口袋里摸出那张名片说,"我们可以到加百利戏院去演,那个老板不是说要和我们订合同吗?"

"戏院里演出也不行,戏院门口的大布告一贴,把我们三个的头像一画,说不定再来几张照片,这不成了通缉令了,斯蒂姆不找来,警察也会找来。"土谷正说着,手机就响了起来,他打开手机,是斯蒂姆打来的,问他想好了没有?他回答道,自己还在考虑。关上手机,他对汤姆斯说:"瞧,已经找来了。"

汤姆斯说:"那我们不在墨尔本演出,我们再找一个地方去演出。"

土谷说:"这些天,我们也挣了一点钱,我看我们可以停一停,先去办一件大事。"

汤姆斯问:"什么大事?"

"我一直有一件事搁在心上,没有和你们说,现在我们是哥们,我就告诉你们。"土谷把脖子上的一块硬木挂件取下来,"这个东西是阿凯爷爷临死前交给我的,要我去找到挂件的另一半,这很重要。"

汤姆斯问:"你上哪儿去找?"

"伤心之地。我们在摘葡萄后去的那个飞鸟之地,土著老人帕特说了,伤心之地应该在中部沙漠的北边,我们可以去那儿寻找。那天,你不也听到了吗?"土谷说着从枕头下面拿出一大叠地图,不知在什么时候,他已把澳大利亚地图也搞来了。他打开地图,东瞧西看,地图上也找不到一个叫伤心之地的地方。

汤姆斯说:"这也太玄了,北边这么大,你去哪儿找啊?"

"那得先去沙漠北边,一路问一路找,总能找到,不去找,当然永远都找不到了。"土谷显得很认真。

"就算你找到了那个地方,你还要去找半块破木头,全找到了又怎么样呢?"汤姆斯拿过那块木头挂件,挂件上是一个怪怪的图形,也没有什么让人惊奇的地方。

"你别小瞧这挂件,阿凯爷爷说,两块挂件拼在一起,就能找到我们祖先留下来的一件宝藏,这个宝藏和我们祖先生活的土地有着密切的关系。我绝对相信阿凯爷爷说的话。"土谷的态度越发认真,他又从汤姆斯手里拿回挂件,放在手掌上,细细地瞧着,神情是那样的庄重。

"都什么年代了,你还在相信什么地下宝藏的故事,我才不信呢。我看我们三人乐队还是找一个地方去演出,能挣钱也能提高艺术水平。"汤姆斯拿起提琴,在琴弦上弹了几下。

"我不去,我要先去找伤心之地。"土谷倔着脑袋。

汤姆斯找出很多理由说服土谷,土谷也找出许多理由来说服汤姆斯,结果谁也没有说服谁。说到后来,土谷火气就上来了,他骂道:"你这白鬼子,就知道玩你的什么艺术。"

汤姆斯说:"怎么是我的,是我们的,也不是玩,我们还得挣钱吃饭,就像高强说的吃饱肚子是第一。"

土谷又说:"你们白鬼子和我们土著人不是一条心,你们就想着自己的事,你们不管别人的死活,你们的老祖宗到了这儿抢了我们的土地……"

汤姆斯说:"你这话越扯越远了,老祖宗的事和我有什么关系。我瞧你这人也太不讲道理,太缺乏教养,太没有脑子,太……"

说到后来，两个人不出声了，板着脸，汤姆斯去冰箱里拿了一罐啤酒，土谷也去拿了一罐啤酒。土谷喝了几口点上一支"魂飞尔"烟，汤姆斯也点上一支，烟雾在房间里飘着。土谷又去打开电视机，他俩坐在床上一边抽烟一边看电视，其实，电视里在播放什么，他俩谁也没有看进去，都在想着自己的心事。

高强进屋说了几句，数着提琴盒里的钱，又想起自己在赌场里输了一千多元钱的事，说道："他妈的，今天真倒霉。"见他俩还不说话，高强一转眼，瞧见电视里正在播放半夜新闻，镜头转到皇冠赌场，又转到唐人街，主持人说起赌场抢劫的事情，高强大声道："快看，快看，赌场抢钱，还在街头发生枪战呢……这电视镜头里没有我吧？"

汤姆斯接上话来："你不是说去见你的朋友吗？对，我记起来了，你临走时还说，你今晚要去挣一笔大钱，你不会是和你的朋友一起去赌场抢钱了吧？"

"我怎么会去做这种事情，这种事情只有斯蒂姆才会去干！我在赌场没有挣到钱，还输了一千多元钱，输得我太心疼了，全是摘葡萄挣来的钱，一块钱一箱，他妈的，想到这儿，我就想去赌场抢一把。"讲到这儿，高强神秘兮兮地说，"你们知道吗，我在赌场门口的雅拉河对面瞧见谁了？"

汤姆斯问："瞧见谁了？瞧见你的老朋友了，我现在知道了，你说的老朋友就是赌场。"

"他还真是我们三个的老朋友，斯蒂姆认识吗？"高强洋洋得意地说。

土谷也说话了："这有什么稀奇，我还和斯蒂姆说了半个小时的话呢，刚才他还给我打过电话呢。"

这下轮到高强惊奇了："他和你说什么，没有说今晚他在干什么？"

"他还想拉我入伙，说什么已经打电话到警察局把玛雅商场门口演出的三个小子告发了,看来,在墨尔本演出是不成了。"土谷摇摇脑袋又说,"我正打算着走下一步呢。"

高强神态严肃地说:"下一步,你千万别和斯蒂姆搅在一起,和他搅在一起,分分秒秒提心吊胆,时时刻刻都得准备挨枪子儿。你知道抢劫赌场的是谁吗?"

汤姆斯好像听出了点眉目:"你说是谁,是斯蒂姆吗?"

"抢倒不是他抢的,是一个戴黑面纱的人抢的,戴黑面纱的人逃跑时还跑过我身边,手上提着手枪,背着一个黑色的大挎包,里面肯定装的是钱,没有上百万,也有几十万。我当时就想,这赌场的钱真他妈的该抢,不抢赌场的钱还抢谁的钱,赌场里有的是钱,赌场的钱太应该抢了。赌场里的钱也和抢来的没有什么两样,只是它不是明抢,而是变着法的抢,让走进赌场的人心甘情愿地让他抢,你们说是不是?"高强越说越来劲,摸出口袋里的"魂飞尔",烟盒里空空如也,他对两位说:"来一颗烟。"

土谷把烟扔过去,说:"早知道,你该和那个抢赌场的人合作,说不定还能分个十万二十万呢,瞧你说话的模样,一定有这个心思。"

"早知道,还真说不定呢?"高强抽着烟卷,吐着烟雾,"不过,那个抢钱的人挨了警察的枪子儿,一下就倒在马路上。我可不愿意挨枪子儿。"

土谷说:"那个挨了枪子的人倒在马路上,一挎包钱是不是也掉在马路上了,你还不上去捡个洋捞?"

"想是这样想过,但那挎包钱又没有扔在我的脚下,还是在那个黑面人的肩上,我没有这个胆量,我躲在雅拉河桥头上的石栏后伸出半个脑袋像看电影似的,雅拉河的桥头,到处都是枪声,子弹在空中飞来飞去,比美国大片还要精彩,够刺激……"高强眉飞色舞地说。

土谷又打断他道:"你刚才一会儿说什么斯蒂姆,一会儿又是黑面人，你到底说的是什么事情？"

"你别老打岔好不好。我正说到关键之处，这不是斯蒂姆出现了吗。我只瞧见一辆白色的面包车一个急转弯就驶到黑面人躺倒的地方，那白色的面包车身上还画着一条丁狗，车上跳下来的人我看清楚了，不是斯蒂姆还能是谁？"高强把烟蒂捏灭在空烟盒里，"瞧，就是这辆面包车。"高强指着电视上的镜头，镜头里那辆面包车正在被警察局的一辆拖车拉上后面的车甲板上。

"哦，那辆白色的面包车还在，这个斯蒂姆真鬼。"土谷瞧着电视镜头也想起了什么，说道："你刚才是说……这就对了，斯蒂姆下午和我说话时就说起过，今晚要做一笔大生意，还说我不参加，就少分一笔钱，原来他说的就是这件事。我要是参加也得挨枪子儿。"

电视上又传来一个新闻记者的详细报道，他说在雅拉河畔的枪战中，一个劫匪被警察击中，又被一辆白色的面包车带走，最后面包车在唐人街被警车追上，那个神秘的司机在唐人街的小巷里逃走，受伤的蒙面人还在车里，摘下面套后，发现她是一个女的，现在正送医院抢救呢。

高强一拍脑袋，"这个蒙面人我也知道了，怪不得跑过我身边时，我感觉到她的身影有点熟。"

汤姆斯急着问："那个人是谁，你看清楚没有？"

"我没有看清楚，但我能猜出来，一定是斯蒂姆的情人娜达丽娅。"高强又点上一颗烟。

这个名字让汤姆斯的心里感到一沉，他一想到娜达丽娅，就会想起那天晚上的冲动和快感，还有那个金发女郎的放浪姿态。他感到有点不安。

三位少年都来了精神，热烈地谈论起今晚的这个事情……

九、挖金子的地方和华人老店

1

他们三个睡了个懒觉，反正第二天也不能再去玛雅商场门口演出了，一直睡到中午，土谷第一个醒来，他打开电视，声音把汤姆斯和高强也闹醒了，高强说："哥们，这么早就起床了？"

午间新闻里全是赌场门口警匪枪击的报道，还说抢劫赌场的那位女盗，昨夜送去医院后，由于出血过多，已经死亡。电视荧屏上映出女盗的照片，真是娜达丽娅。一位记者报道说：现已经目击者证实，数月前，在悉尼渔人码头抢劫直升飞机，在阿姆斯监狱劫持犯人的都是这位女盗，很有可能，她还参加了一起严重的绑架案，因为这起绑架案中也出现了这架直升飞机，虽然现在还无法证明她是否在这起绑架案中也是直升飞机的驾驶者。此外，被她从阿姆斯监狱里劫持出去的是一个已被判了八年徒刑的惯犯和三名参加红坊区街头暴乱还未正式受法院审理的少年。据悉那名惯犯还伙同几名少年，一起进行了悉尼的绑架事件……

看了电视，三位少年都一声不吭，他们发现自己还没有跨出泥潭，又卷入了漩涡之中，这次的事件明明和他们一点关系也没有，怎么又搞到他们头上了，就像有一只黑乌鸦老是在他们头上盘旋，他们跑到东边，它也飞到东边，他们跑到西边，它也飞到西边。

汤姆斯又在想娜达丽娅的事情,娜达丽娅虽然是女强盗,可也是个女人,平时对待他们三个少年挺温和的,有时还帮助老波特烧饭做菜,还能搞出个什么罗京汤之类,从她身上也看不出什么舞枪弄刀的样子。汤姆斯和她发生过的那一起床上的事情,却是她性格的另一方面,而她在喝伏特加白酒的时候,又表现出她更刚烈的一面,哎,这个不幸的女人……

高强说:"他妈的,做了坏事不行,不做坏事也不行,横竖都不行,这就叫倒霉。现在我们怎么办? 我们又得逃走了。"

汤姆斯说:"逃到哪儿去呢? 再说老是躲来躲去也不是个办法。要不,我们去警察局说清楚,这赌场里抢钱的事情和我们一点关系也没有。"

土谷一听到警察就来气:"要去你去,我才不和狗屁警察打交道。"

高强说:"我看也说不清楚,说清楚了昨晚的事情,也说不清楚悉尼闹的事情呀。说不定警察还会请我们坐大牢的。"

汤姆斯瞧两个人都不同意他的意见,就说:"照你们的意思怎么办?"

高强说:"我们中国人有一句老古话:'此处不留爷,自有留爷处。'我们逃呗,现在我们还可以一路逃一路唱一路挣点钱,你们说我这主意怎么样?"

"好是好,但没有方向,要不我们再去贼谷镇。我先去外面买一份报纸。"汤姆斯说着走出屋子,最近他养成了看报纸的习惯。

"也不用东走西闯了,我已经看好一条路了,我们去中部沙漠,穿过中部沙漠,去寻找伤心之地。"土谷把昨天告诉汤姆斯的寻宝事情又对高强说了一遍。

"这宝物肯定很值钱,说不定是什么无价之宝,找到我们就大发了。我们中国以前就有许多寻宝的事情。"高强听了太有兴趣了,态度坚定地说,"我和你一起去寻宝。"

汤姆斯在旅馆隔壁的烟杂店里买了一份墨尔本晨报,头版就是昨夜赌场的枪击事件,标题是《赌场上面的焰火和赌场下面的枪声》,娜达丽娅的照片登在第三版上,报道里也说了这位女盗参与劫狱事件,也说了他们三位少年出逃之事,而且比电视报道更加详细,这使得汤姆斯看了更加忧心忡忡。

但在第二版的另一条消息也引起了他的注意,说的是土著人要求政府承认他们的土地权利的案子,在北澳的地方法院拉开帷幕,而那块要求被承认的土地,土地名称就叫"伤心之地",在中部沙漠靠北面的边域。这正和土谷说的碰在一块了。

汤姆斯拿着报纸回到旅馆,把报纸朝土谷脸前一放,土谷虽然阅读能力也不怎么好,但这几行字还是看得懂的,"伤心之地"他一看就叫了起来,然后就叫一声:"哥们,谢了!"站起来和汤姆斯握手言好。

虽然报道上仍然没有说清楚"伤心之地"的确切位置,但也说出了大致的方向,重要的是这篇报道等于告诉他们,"伤心之地"是肯定存在的,也肯定能够找到。

于是,他们三位决定北上去"伤心之地",商量着如何行动。

汤姆斯看着地图说:"墨尔本离那儿有几千公里,可以坐飞机、坐火车,也可以坐汽车。从墨尔本坐飞机到达澳大利亚最北部的城市达尔文,然后由北朝南走,不用穿沙漠。坐火车可以先到澳洲的西部城市阿德兰的,那里有火车穿过沙漠。也可以在墨尔本坐长途旅游汽车穿过中部沙漠,经过艾雅斯大岩石、艾丽丝泉,到达沙漠的北沿,在那儿去寻找'伤心之地'。"

土谷说:"我们现在口袋里的钱也不多,再说飞机上也不能让我们几个又唱又跳,我看就在火车和长途汽车中间选一样。"

高强说:"我看坐火车、坐汽车都不行,就更别提坐飞机了。"

汤姆斯问:"为什么?"

"墨尔本刚出了这件大事,电视报纸你们都看过了,我们几个又给挂上了号,这火车站、长途汽车上都有摄像镜头,谁知道是不是和警察局的电脑联在一块? 说不定我们刚上火车就给瞄上了,中国的公安都是这样盯人的,我可不想再去坐大牢。"

汤姆斯说:"你们中国的警察真厉害,我们澳洲的警察大概没有这么厉害,你瞧,斯蒂姆就一点也不怕警察,老和警察捉迷藏。"

"这事情还真说不准,说不定我们已经被瞄上了。我也不想进局子里去。"土谷说着走到窗口边,掀开百叶窗朝外瞧瞧,外面没有什么警车之类,却瞧见几个少年骑着自行车从窗外一溜而过。顿时土谷有了想法,他回过头来说:"我知道了,我们该坐什么车了?"

汤姆斯说:"坐什么车? 要不,我们先去买一辆旧车,这事我也想过,买新车我们没有这么多钱,几千元的一辆二手车还没有开完一半路,车就报销了,这不是在城里的水泥公路上驾驶。去中部沙漠得驾驶四轮驱动的越野车。"

土谷说:"我没有说越野车,我是说骑自行车。"

高强说:"你没有发烧吧,几千公里骑自行车,哪年哪月才能到达你的那个伤心之地?"

土谷说:"你不是说过你们中国军队走了二万五千多里地吗,是用两条腿走的,我们这回还骑自行车呢。"

高强说:"你有病,肯定在发烧说胡话。啊,我还没有到伤心之地已经感到很伤心了。"

最后他们三个商量下来,土谷的建议可以实行一部分,买三辆自行车,他们骑着车先跑出墨尔本地区,离开得越远越好,骑到哪儿是哪儿,然后有机会再坐火车、汽车去寻找伤心之地。

"刚来墨尔本一个星期,又要离开这儿了。"汤姆斯有点伤心。

"这有什么办法,谁让我们又碰到斯蒂姆这个妖魔,他还要我今天下午去和他会面呢,让他见鬼去吧。"土谷把手机关掉了。

"对,对了,我想起来了。"高强拍着脑袋,他说,"记得葡萄园的老杰克说的话吗,他说:到了大城市,你们要处处小心,那是个鬼地方。这回真的给他说对了。"

这天,他们没有去演出,而是去了星期天露天旧货市场,买到了三辆价格便宜、式样较老的自行车,还买了一些旅行用品,每人各买了一顶骑自行车的防护帽和一副时髦的太阳镜。穿戴完毕,跨上自行车,就像三名自行车赛手。

2

三个人在公路上踩着自行车,好不快活。自行车前面,他们都绑上一个塑料的牛奶箱,牛奶箱里放着他们的旅行用品,每人背上还有一个背包,这就是全副武装了。牛奶箱分红、绿、黄三色,土谷的自行车前面是红色牛奶箱,汤姆斯是绿色牛奶箱,高强是黄色牛奶箱,车在路上,他们就以红、绿、黄称呼叫唤,汤姆斯总是骑在最前面,土谷老是落在最后面,高强在中间,他们又有了当初离开贼谷镇时上路的感觉了,那次是两条腿,这次是两个轮子,这次当然更轻松一些,只是心理负担好像多了一些。最轻松的时候,是顺风下坡路,那个欢畅劲就别提了,风在耳朵边呼呼地叫唤,他们则对着身边驰过的汽车高喊;最沉重的时候,是上坡路,虽然现在的自行车的两个踏脚板中间有三个转盘,链条能换档,但一走上坡路,特别是长长的一段上坡路,还真是要命,土谷两条腿踩得发酸,总是第一个跳下车来,腿哆嗦着,推着自行车上坡……

他们路过一个城镇,就会进城镇去转一圈,瞧瞧镇上是否热闹,如果这个城镇比较热闹,他们就会在商业街上表演一番,挣一些硬币，然后再上路。

那天，他们来到一个叫做巴拉累特的城镇，这个城镇是一百多年前人们挖金子时逐步发展起来的。三位少年在街上表演了几个小时，围观的人还挺多，他们挣了不少硬币。休息的时候，他们发现这个城镇上有许多博物馆，而且还有专门介绍澳洲华人淘金历史的。上次因为在贼谷镇上，老波特带着他们参观了露茜旅馆改成的博物馆，使他们了解了贼谷镇上的许多东西，这让他们对博物馆产生了兴趣，认为博物馆里都藏着不少动人的故事和传说。汤姆斯和高强都说：进去瞧瞧。土谷也颇有兴趣，于是三位少年进了博物馆的自动门。

博物馆里，有许多一百多年前的实物，有图片和文字说明，还有一个影视室，专门播放幻灯片和新闻纪录片，配以生动的解说词。

一百几十年前的巴拉累特，曾经是一个风起云涌的地方。这儿的山坡上、河沟里发现了金子，于是成千上万的人就涌到了这里，无数的人像蚂蚁一样在这里的土地上挖出一个个坑洞，这些人主要来自欧洲各国，也有比较落后的亚洲地区的一些国家。最多的时候，这里的淘金者有十万之众，而中国淘金者就有两万五千多人，占了四分之一。

中国人吃苦耐劳，勤俭节约，头上盘着长辫子，挖到金子寄回中国老家，生活观念和生活方式也和西方人有所不同，于是在白种人中间产生起一股排华情绪，诬陷说中国人不合作、不卫生、不守法、不道德，找出种种理由攻击华人淘金者。

当时的维多利亚地区政府成立了一个"金矿皇家委员会"，对开采金矿的情况进行了调查，最后通过了一个限制华人入境的法案，规定已经登记的船只，每十吨位只能搭载华人一名，入境的华人每年必须缴纳人头税十英镑和一英镑保护费，十一英镑在当时是一笔很大的数目，这个法案在 1855 年通过，是澳洲第一个限制华人入境的正式法令,实际上揭开了澳洲排华历史的序幕。

政府收了这些人头税和保护费并没有保护好华人生命和财产,同样,这个地区性的法案也无法有效地阻止华人入境。黄澄澄的金子对人的诱惑太大了,华人们已经吃尽千辛万苦远涉重洋,怎么能够不踏上这片被称为"新金山"的土地呢。他们在南澳大利亚的沿海登陆,那儿不用交人头税和保护费,然后跋山涉水,日行夜宿,肩挑手提,步行千里,从陆路来到维多利亚的淘金地区。据历史记载,1855年到1858年间,由南澳登陆再徒步来维多利亚州的华工有两万多人。

历史学家是这样描绘当时华人上岸入山的:

"他们下了船,陆续登陆。一律穿着蓝色和黑色的衫褂。首先在阿特列城郊的草地搭营露宿。向导对他们说明入山去的沿路地形。华工每队约一百人左右,每人除付给向导费两镑之外,这支队伍还要付一百镑作为搬运食物和用具的费用。

他们由洛地夫山向东南进发,一路上经常遇到土人、毒蛇的袭击,苦不堪言,到了惠林顿后,他们便涉水渡过茂来河,沿着五年前南澳工人采金的原路而行。

有的人登船来到洛勃,便向东转入内陆。洛勃是一个沿海小城,因常有大批华工路过,带来了商业兴旺,市场繁荣。由中国来的船,还满载丝绸、桐油等大批货物,在此卸货后,再装载大量羊毛出口。1857年左右,此地经常有3 000名以上的华工停留,等待入山。"

为了金子,华工们拖着长辫子,身穿衫褂,头上戴着尖顶圆形的大斗笠,肩挑着行囊和采金用的锄头铁锹,成群结队地翻山越岭,在崎岖的山道上行进,在荒凉的深山里寻找金矿。一旦发现泥土有异色,他们就安营扎寨,用碎石垒墙,树枝盖顶,更简陋的则用竹木搭架,树皮树枝做墙盖顶,这些不能称为房子,只能说是窝棚,人无法站立,只能坐卧,这就是在荒山野岭里华人淘金者避风霜躲雨雪的住处。

他们采矿的工具也很简单,大多数人只是用锄头和铁锹掘井挖沙,挖出井来,一个人下井,把泥沙传递上来,上面的人用木盘装着沙石,以水冲洗,不停地摇动,因为金沙比泥沙重,泥沙被冲走,粗金沙粒留在盘底,这就叫淘金。

有的矿井越挖越深,深达十多丈,井壁疏松崩塌,挖掘工人就会被泥沙掩埋,葬身在异国他乡深山里的一口口枯井之中。有的华工因为技术差,工具简单,只能在白人开采过的而放弃了的矿坑里再进行挖掘,于是被白人讥笑为"挖掘残渣的家伙"。但这些"挖掘残渣的家伙",经过艰苦的劳动,也能淘得残留下来的金沙,得到意外的收获。

在1857年,维多利亚地区的金矿产区终于爆发了大规模的排华行动,白人暴徒们叫嚣着:"要有效地防止澳洲的金矿转变成中国皇帝和亚洲蒙古鞑靼部落的财产……"他们结队围攻华工,烧房子,抢东西,华工被殴打致死。在以后的数年中,排华浪潮越演越烈,规模越来越大,蔓延到澳洲的各个地区,最后形成了澳大利亚历史上臭名昭著的"白澳政策"。

高强参观完这一切后,仿佛看了一场老电影,那玻璃展览柜里的竹斗笠和黑色的衫褂可以组合成一个拖着长辫子的中国人,他们肩挑手提,在崎岖的山道上迈着艰难的步伐,他们挥动锄头,他们摇动着木盘……这不是电影,是华人祖先在这块土地上留下的真实的一幕。很少思考的高强,这会儿也陷入了思考之中,那张脸变得深沉起来。

而在澳大利亚历史上,巴拉累特发生的更大的一个事件,就是金矿工人对抗政府的"EUREKA"起义,"EUREKA"是金矿地区的一个旅馆名字,采矿工人在淘金之余,常常在这儿喝酒寻欢。他们为了反抗女皇政府不合理的掠夺性的税收政策,拿起枪杆子进行暴动,当时也有部分华人参加了这次反抗剥削压迫的起义。矿工在和军队武装冲突中死伤多人。后来有史学家把"EUREKA"起义称为澳洲民主制度产生的摇篮。而这一切都和那"伟大而又卑鄙的金子"是分不开的。

那时候有一首民歌这样唱道:

"金子啊迷住了人们,进入了你们的血液,把你们的肉体转变成一片泥泞;金子啊像骨髓一样进入你们的骨头,把你们的心脏变成一块块坚硬的石头,扭转你们的思想,驱使你们变成一群醉鬼,让欲望控制住你们的生活;挖掘啊,永无止境地挖掘! 这就是一个人出卖灵魂的理由。啊,这一个魔鬼的情妇——金子。"

汤姆斯感到这首民歌太有味道了,他把民歌的意思告诉土谷和高强。

土谷说:"有道理,人们活着都是为了金钱,没有金钱就没法生活。"

高强说:"太有道理了,那时候,全世界的人来这儿都是为了金子,我们中国的老祖宗吃再大的苦,也不肯离开这儿,这金子太有吸引力了。什么时候,我们也去搞点金子。"

这天晚上,他们在巴拉累特的一家酒店里拉琴唱歌表演,吸引了许多顾客,酒店生意好得不得了,售出一杯一杯的酒,就像发扑克牌一样,忙得不可开交,酒店老板的眼睛笑成了一条缝。

但有一个酒鬼出言不逊,骂他们的表演像狗屎,骂亚洲人是外面来的臭狗屎,土著人是当地肮脏的狗屎,应该把这些狗屎统统抛到太平洋里去。结果是他被酒馆里大伙抬起来抛了出去,于是他只能在酒店门口乱骂。谩骂声在街上叫嚣了一个多小时,种族主义歧视的幽灵在百年后的今天仍在夜色中游荡。

三位少年的演出直到深夜，还得了不少小费。作为报酬，酒店老板让三位少年在酒店楼上的旅馆住了一夜，还供应他们一顿晚餐。

3

第二天，旅馆老板说，你们可以在这儿吃住，只要你们每天晚上在这儿表演就行了。少年们说："行，我们白天在街上演出，晚上在酒馆演出，挣双份钱。"

可是，他们上街还不到半个小时，就神色慌张地回到酒店，在酒店后院里拿了自行车就要走人。酒店老板问他们发生了什么事？他们说，出事了，在街上和昨晚在酒店闹事的那个家伙打架，把那家伙打伤了，此地不能久留。说着和老板"拜拜"一声，就骑着自行车一溜烟上路了。

原来他们三人小乐队在热闹的街头，演出刚一开张，昨晚酒店骂人的家伙又来挑衅闹事，为了壮胆，大白天他手上握着一个酒瓶子，满嘴喷着酒气在街上骂开了。高强气不过，停下来和他对骂。没有想到，这家伙轮起酒瓶子就朝高强头上砸，高强脑袋一让，酒瓶砸在肩膀上，他也是血气方刚之人，怎肯退让，拉住那家伙的手臂，背一靠，人一蹲，就一个大背包，把那家伙摔在地上，那家伙爬起来叫嚣着又扑上来，又被高强如法炮制摔了出去。土谷在边上大声叫好，说这是表演"中国功夫"，让大家观赏，汤姆斯还拉了几下提琴。那个家伙第二次是脸朝地被摔下去，大概是在地上撞破了鼻子，爬起身来的时候，鼻子淌着血，他手上酒瓶子没有了，打又打不过高强，用手在脸上抹一下，抹得满脸是血，叫嚷着要去找警察。恰好前面的街头拐弯处驶过一辆警车，他喊叫着朝那边跑去。这三位少年最怕见的就是警察，一瞧这个形势，赶忙滑脚就溜。

他们三辆自行车出了镇口,大家心神未定地拼命地踩着自行车,生怕被警察追上,自行车一直上了大道,也没有见到后面有警车的影子。他们这才放下心来,骑在车上说笑起来。

土谷说:"哥们,你刚才那几下子中国功夫不错,把那家伙摔得嘴啃泥。"

汤姆斯说:"高强,你什么时候有空,教教我们。"

高强挥挥大拇指说:"没问题。"肚子里却在说:我有什么中国功夫,瞎打瞎摸碰上的罢了。

天高云淡,路边的鸟儿在树上叽叽喳喳地叫着,有的鸟"咕噜咕噜"的叫着,有一只大鸟一直追随在他们的自行车后面。

汤姆斯说:"警察没有追我们,这只鸟老追着我们干什么?"

土谷说:"这只鸟儿是在问我们讨吃的。"

汤姆斯不相信,说:"鸟的意思你还能知道。"

高强说:"我听说过中国四川有一座山上的猴子会向过路客讨吃的,谁不给,还会抢你的挎包和照相机,那猴子是成群结队来的,游客对它们也没有办法,只能事先准备一些零食给它们。不过它们看见当地人害怕。"

汤姆斯说:"这猴子怎么这么聪明,它们还能认出当地人和过路客?"

土谷说:"鸟儿也这样聪明,它们也能认人。"

高强说:"我们是过路客,不给点吃的,它会不会飞下来啄我们的脑袋?"

"这还真说不定,我们应该给它一点吃的。"土谷回头瞧见那大鸟还跟着,于是他们三人停下车来,拿出面包片撒在路边,果然那鸟儿扑向地面,三下两下就把面包片吃了。

高强说:"这鸟儿胃口真好。"又撒了几片面包。

土谷说:"这只鸟一定是饿坏了,鸟肚子饿的时候和人也差不多,也得食为先。"他瞧见那只大鸟把最后一片面包衔在嘴里没有吃下去，又飞上天空，便说："它是把这片面包带去给它的孩子"。

汤姆斯信了，这只鸟没有再跟在他们的身后。

一路上，他们时而上坡时而下坡，今天的路比昨天的路难走，上下坡太多，三辆自行车进入了崎岖山路，但澳大利亚的山并不高，山道弯弯，还不时从山的豁口处可以看到山那边的景色，山里的空气也很清新，山坡上森林丛丛，绿阴覆盖。就在他们驰下一道山坡的时候，骑在前面的汤姆斯叫道："瞧见没有，前面有一个人。"

高强也叫道："一个人有什么好奇怪的，我们每天见到人，我们也是人。"

"我是说这个人的背影有点熟，瞧他背上的背包。"汤姆斯指着越来越近的人影。

那人在坡下的一块石碑前面东张西望，又拿出照相机在照着什么。土谷认出了他，大声叫了起来："格兰特老兄。"

"噢，是那位背囊客先生，怎么又碰到他了？"高强跟随着土谷和高强一起下了自行车，嘴里还咕噜着："这回我们都骑自行车，不能跟着这个家伙瞎走。"

说话间，他们已经来到了那位背囊客后面。格兰特也闻声转过身来，脸上的大胡子又浓重了一点，他也认出了他们，高兴地说："瞧，我说过，不知在什么时候，不知在哪条路上，我们还会见面。"他和三位少年一一握手，就像是碰到老朋友似的。

土谷说："你一个人在这儿玩什么呢？"

"我在拍照，给这口井拍一张照片，瞧，这是一口一百多年前的古井。"格兰特收起他的傻瓜照相机。

三位少年这才看清楚石碑边上有一口石块垒起的井，高强朝井里一看，井底大约有两丈多深，下面没有水，大概早就干枯了，就说："这口破井有什么好看的？ 在中国随便找一口井，都有一百多年。"

汤姆斯看着石碑说道："这口井就是你们中国人挖的,你来瞧瞧这石碑上的字。"

高强一听说是中国人挖的,就赶忙走到石碑前面。石碑是当地政府竖立在这儿的,上面的文字把这口井称为"中国井",说是一百多年前,从中国来的淘金者,经过这儿挖的。

格兰特说："从洛勃到柏劳腊一路上,他已经看到好几处有中国井,它们孤单单地躺在路边,没有人关心这些枯井,只有像我这样喜欢孤独的人,才会对这些孤独的井有兴趣。"他又说,"当年,这儿并没有宽敞的公路,都是一些崎岖的山间小路,路很难走,但那些井并不孤独,从中国来的淘金者,成千上万地经过这里,他们要在这些井里打一口水喝,黄金时代过去了,这些井也干枯了。有时候,人们是很快就会忘记过去的事情。"

于是,在高强眼前仿佛又出现了一百多年前的景象,头戴斗笠,身穿衫褂,肩挑手提的中国人,一群群地从前面的山坡上走下来,人越来越多,道路却越来越狭小……他们来到了这口井边,用木桶打起水来……高强揉了揉自己的眼皮,看着井说:"这井下会不会有金子?"

土谷说:"你下去瞧瞧。"

大家哈哈笑了一阵。格兰特和三位少年聊了一会,又要和他们分手了,他和他们走的是不同的方向,再说他也不骑自行车,他是一个公路步行者,他走这条路,不是为了金子,他不需要金子,他是这个世界上极少数不喜欢金钱的人之一。

4

没有想到这段路这么长。

他们本来打算在下午时到达下一个城镇天狼镇,瞧西边的天际，一轮红日跌下山麓，东边的山头上还映照出红色的霞光，但路途中还没有天狼镇的影子。

天上的云也变成了一片红色，那云朵不断地变化着，一会儿变成了一只兔子，一会儿变成了一条狗，此刻变化成一匹火红色的骏马在天空中奔驰。高强说："这天上的云如果变成了一头狼，那天狼镇就一定在天上了。我发现，澳大利亚也有许多鬼名堂，一会儿什么贼谷镇，一会儿什么天狼镇，怎么不变出一个猴子镇来，中国的孙猴子能有七十二种变法……"土谷的自行车经过他的边上，嚷了一句，"你在说什么呢？"

说话间，天上红色的奔马也不见了，云彩越来越黯淡，渐渐失去了光亮，道路上也越来越暗。山间公路上没有路灯，来往的汽车都打开了车前灯，而自行车上的灯又小又暗，还要上坡下坡，在道上行驶就变得危险起来。驶在最前面的汤姆斯一不小心还摔了一跤，腿上的皮摔破了一大片。

他们瞧见前面的一条岔道上有路灯光，也管不了许多，朝这条岔道上驶去，驶了一会，发现前面的光亮越来越多，原来是一个小镇。

这个镇真是太小了，那条主要街道一溜儿就过了，镇上的商店好像也全关门了，其实时间也不是很晚，汤姆斯手腕上的雅皮士手表告诉他，现在才晚上九点。不过汤姆斯身上的雅皮士味道一点也没有了，连嬉皮士也不如，整个是一位伤残人士，他从自行车上跨下来时，疼得叫唤了一声，推着车朝街尾的那家门口还亮着灯光的商店走去，那家商店大概是这条街上唯一还开着门的店。

土谷推着自行车说："我看这个镇比贼谷镇差劲多了。"

高强走到商店门前，抬起头，瞧见商店的名字叫"CHEN, MARKET"，顶上还挂着一块老式的招牌，招牌上用中文书写着"陈记百货商店"，高强乐了，叫唤起来："这儿还有一家中国人开的商店。"

他们踏进店里,发现这个店的里面还真不小,像一个大厅,但房子很老式,地面是木头地板,顶上也是木板结构,一排排的货架全是木头的,从食品牛奶饮料到衣服鞋帽卫生用品全都有,还有一排冰柜和冷藏柜。整个商店有左中右三个结账的柜台,结账台的上部都有一条铁丝连接着后面高处的一个窗口,窗口是安在一个小木屋上的,这个小木屋就像是这个大厅里的一个碉堡,那个没有玻璃的窗口能看到大厅的各块地方。

此刻,只有中间的柜台上站着一名亚裔女子,但这名亚裔女子脸上又好像有点欧裔血统,她微笑着看着我们走近,高强上前用汉语和她搭话,她说她不会讲中国话,不过她父亲会讲中国话。

土谷问:"这儿能不能找到医生?"

女子说:"这儿的诊所已经关门了,要等到明天。不过,你们真有大病,可以打电话给皇家飞行医生服务系统,他们会驾驶直升飞机来看病。"

汤姆斯说:"这动静也太大了,我的腿肯定没有高强上次被袋鼠踢一脚伤得厉害,我只是擦伤一点皮,哎哟。"

他们在货架上找了一些消炎药和护创贴之类,土谷还在冷柜里拿了几瓶饮料,他们付了钱。那女子收了钱,在一张小纸片上写了几笔,柜台上也没有收款机,她把钱和纸片一起放到挂在铁丝上面的一个小木箱里,在一个弹簧机关上一按,小木盒就顺着铁丝一溜儿飞到后面的小木屋的窗口里。一会儿,窗口里的人算好了账,小木盒又顺着铁丝飞下来。那女子从小木盒里拿出找零和发票给他们。

高强新奇地说:"嘿,这个玩意真好玩,钱在空中飞来飞去。"

土谷说:"这玩意大概是学我们土著人的飞器。"

汤姆斯说:"这是以前收钱的方法,我在电影里看到过,不知属于哪个年代的东西,都老掉牙了,怎么这里还在用?"

就在这个时候,后面那个小木屋里走出了一位上了年纪的亚裔老人,他走了过来。那女子说:"他是老板,也是我的父亲。"

老人大概有七十来岁,精神矍铄,下巴上一把雪白的胡子,他和几位来客打招呼道:"你们好! 见到你们很高兴。"嗓音洪亮。

"你好,"汤姆斯和他握握手,突然又想起一个事,"请问,这里是天狼镇吗?"

"这里不是天狼镇,这里叫天狗镇。狗和狼是不一样的。"老人笑了起来。

"我们是从墨尔本来的,怎么没有见到天狼镇?"汤姆斯也感到奇怪。

"天狼镇离这儿有二十公里,你们早就路过了,你们看见过一座小山吗? 有点像匹狼,从那儿拐弯下去才是天狼镇。"

汤姆斯这才想起有那么一回事,在天黑下来的时候,他看见一座奇形怪状的小山,就在那个地方他摔了一跤。他把这事说了。

老人笑着说:"小伙子,那是上帝在告诉你要注意。"

高强也上前和老人握握手,他问老人:"刚才听你的女儿说,你会说中国话?"

老人立刻用华语回答道:"我当然会讲中国话,我是中国人嘛,你也是中国人吧,不会是日本人。"

"我是中国人。"高强发现老人又握住他的手,握得还挺紧。

老人握住高强的手不放,显得很激动:"我好久没有说中国话了,我太想说中国话了,我女儿只是半个中国人,她能听懂几句,但不会说。你陪我说说中国话,今天,你也是上帝送来的。今晚你们别走了,就住我楼上,我们一起喝一杯。"

土谷问高强,你俩在说些什么? 高强把老人的意思告诉土谷和汤姆斯。土谷高兴得手舞足蹈,他说:"今晚,我们又能食为先了,我已经饿坏了。"

汤姆斯的腿好像也不疼了,他说:"食品第一,睡觉第二。"

老人也兴致勃勃,对女儿说:"关门,关门,晚上开着也没有生意。我要和这几位远方来的朋友喝一杯。"

他们关门上楼。楼上有好几间屋子,他们就在那间又是厨房又是厅堂的房间里拉开了桌子,老人从下面的冷柜里带上来肉肠等,让土谷提上来一箱维多利亚牌啤酒,又从电炉里拿出来一个烤鸡,开了几个罐头,老人的女儿又端来一锅浓汤,一桌酒菜就算搞成了。

老人和大家干杯,他说他姓陈,洋名约翰,是加入天主教时神父给他起的。他的中国名字叫耀汉,是他的父亲希望看到自己的祖国强大的意思。他的女儿叫陈简妮,他的老伴是一个澳大利亚女人,比他大几岁,早就耐不住天狗镇的单调和寂寞,和陈先生离婚,带着另一个女儿去悉尼了。去年陈先生带着他的这个女儿去了一次中国,他说中国现在在造了许多高楼大厦,很漂亮,老百姓比以前他回去的时候富裕了许多,他的家乡也建设得很好,他因为年纪太大了,不然,他还真想回中国去做生意呢。陈先生此生最大的遗憾是,自己没有一个儿子,他开玩笑地说,他的爷爷在这儿一共生了五个儿子,把儿子都生光了,他的父亲只生了他一个儿子,而到了他这一辈,只生了两个女儿,中国人最讲究传宗接代,他的下一代没有人传了。

高强问陈先生:"你刚才说,没有人和你说中国话,这个镇上就没有其他中国人了吗?"

陈老先生摸了一把胡子说:"这话怎么说呢?说来话长,这个天狗镇可以说是中国人开发出来的……"

喝了酒吃了饭,汤姆斯腿疼,土谷也感到很累,他俩先去休息了。

只有高强精神还好，陈先生谈兴正浓，泡了两杯中国的菊花茶，和高强用中国话说了起来，从陈先生的叙述中，高强了解到了天狗镇的来历。

一百多年前，这个靠近南面海滨的山间小道上，只有几户人家，但是这条山道是从南澳区域至维多利亚区域的一条重要通道，当年，维多利亚省政府对从海上入境的中国人征收人头税，大批中国人就从南澳大利亚上岸，通过陆路去维多利亚区域，可以逃过苛刻的人头税。

天狗镇就在这条道的边上，有的中国人就在这儿定居下来，开设小店，做些小买卖。后来维多利亚省实行更严厉的排华政策，华人金子挖不成了，不少华人也跑来这个小地方，因为这里发现了一些锡矿，华人用简单的方法在这里挖取锡块挣钱。没过多久，这里的华人越聚越多，最多的时候有上万人，占这里总人口的百分之九十以上。虽然以后南澳大利亚也实行了种族主义的排华政策，但因为这里居住的绝大部分都是华人，种族主义在这个小镇上并没有很大的市场。那时候，是天狗镇最兴旺的时候，有许多家华人开的商店，还有华人建起的庙宇。陈先生的祖先也是在那个时候买下这家店的，以后房子和店面都经过了翻新，商店的规模扩大了许多。天狗镇上来来往往的都是黄皮肤黑头发，讲的也是中国南方的各种方言，差不多整个地变成了一座中国城。

后来，黄金潮过去了。进入二十世纪，到了三四十年代，第二次世界大战爆发，锡变成了重要的军用物资，有一个大公司开入天狼镇，采用先进的机械化方法大规模地开采锡矿，这使华人用原始方法开采的小锡矿纷纷破产，许多华人离开这儿，去往墨尔本和悉尼等大城市，也有部分华人转变为那个大公司工作。

经过几十年的开采，锡矿已被挖净。大公司也从这儿撤走了，又带走了一大批人。华人已经陆陆续续地跑完了。到了二十一世纪的初年,天狗镇上只留下陈先生一家华人了,其实也不是一家,只有半家,只有陈先生一个人了,他的女儿只是半个中国人,这家陈记百货商店经销的也全是洋人的物品。陈先生告诉高强,现在的天狗镇上已经很难看出中国人创造出这个城镇的影子了,许多事情也是他的父亲告诉他的。中国人在这儿消失了,只是在几条街后面,还有一个破败的中国小庙,是当年中国人合资建起来的,现在也没有人管理,只有陈先生有时还去那儿烧几炷香。最后陈先生惋惜地说:"一个华人建造起来的小城镇就这样无声无息地消失了。现在这个天狗镇上,人口才一千多一点,连洋人也越来越少,生意也越来越难做。"

5

第二天,汤姆斯去镇上的诊所看了医生,医生说,骨头没有摔伤,只是破了皮伤了筋,休息几天就会好的。于是汤姆斯就呆在陈先生的店里休息,高强说要去那座中国庙里看看,陈先生就拿出一盒香来,让他去那儿烧几炷香,拜拜中国的老祖宗。土谷说:"我也要去看看,瞧瞧你们中国的老祖宗是什么样的? 和我们的老祖宗有什么不一样。"

他俩骑自行车在天狗镇的几条街上转了转,这个城镇占地不小,但车少人稀,显得很荒凉。不一会儿,他们找到了那座中国庙。说是庙,其实只是一间石头砌起来的小屋子,外面看上去还算牢固,但房子太小了,比在中国看到的庙宇不知要小多少,走进里面,大概只有十来平方米,里面供奉的不是什么菩萨,站在半人高的石板上面的是一尊握着大刀的三国英雄关云长的塑像,塑像雕刻粗糙,上面好像还涂过色彩,但色彩斑斑驳驳已经看不清楚了,关云长脸上也不是红色,而是被烟熏得一片苍黑,使这位中国古代的将军经过岁月的颠簸,显得更加苍老。

高强看看庙里面也没有其他什么东西,他也不明白为什么庙里没有观世音、弥勒佛之类的菩萨,他想,大概是关公武艺高强,到国外来的中国人都想从关公那儿学点武功,不被洋人欺负,所以就供奉着拿大刀的关云长……想到这儿,高强又想起昨天上午,在巴拉累特街上和那个家伙打架的事,高强肚子里说,"我们的祖先在这儿拜关公真是拜对了,这关公必须得拜。"他从陈先生给他的一盒香里抽出几炷,插在公关前面的一个石头香炉里,用打火机点上,烟雾袅袅升起来了。他闻到了烟的香味,扑通一声就在关云长面前跪下来了,连磕三个响头,嘴里念念有词:"关公大将军保佑,关公保佑,关公保佑。"他也不知道让关公保佑他什么,反正那年他跟着他的父母到上海玉佛寺,他的老爸老妈都是这样拜菩萨的……

土谷躲在庙门外,瞧见高强的样子,他暗暗地笑着,心想:这块石板上的糟老头难道就是中国人的祖宗?瞧高强那副认真劲,好像那糟老头还会变成真人。我们土著人从来不跪下求什么人,对天上的大神也不跪。

高强烧完香走出门,还是一脸严肃的样子。土谷就问他:"里面那个石头人真是你们中国人的祖宗,瞧你对他尊敬的样子。"

高强回答他:"这位是一千七八百年前的大将军,他的中国功夫是第一位的,我上次在街上摔那个家伙的几招,他三岁的时候就会了。"

"那他比美国的超人还厉害?"土谷对庙里面的那位有点兴趣了。

"那当然。阿美里加的超人是假的,是吹牛,人没有翅膀怎么能够在天上飞。我们中国的关公是真的。你瞧见他手里那把刀了没有,有一次打仗的时候,对方有几百人有刀有枪,他一个人骑在一匹枣红色的马上,拿着这把长刀,结果是,他把那几百人的脑袋全都砍了,就像砍西瓜一样。"

"太可怕了。"土谷摸了摸自己的脖子。

"我在他的面前一跪,就能让他传授给我许多东西。噢,不和你讲了,讲了你也不懂。"高强跨上自行车。

土谷又朝屋子里的关公塑像看了一眼,不由肃然起敬,他骑上自行车又绕着这个石头小屋转了几圈,大概是想吸收几分这个中国武圣人的仙气,然后朝高强骑的方向追去。

高强和土谷骑着车来到了镇那边的锡矿区,那边山上还有许多大大小小被掏空了的锡矿场,大的如同一片广场,小的则是一个个坑洞,还有一些被遗弃的开矿设施,在那儿的几座山上也形成了一片奇异的景观,蓝天白云之下,颇有几分悲壮的色彩。

他俩回到陈先生那儿,瞧见汤姆斯正在翻看一本很陈旧的照相本,里面全是黑白色的老照片,照片上的人有的穿西装,有的穿长衫,也有的穿中山装,有几张最老的发黄的有点褪色的照片上,还有男人戴着瓜皮帽留着长辫子。这些人都是陈先生的先辈家族。陈先生见他俩回来了,话匣子又打开了,这回是对他们三个人说的,讲的是英语。

陈先生讲的是以前淘金子的故事。

他说那时候正是中国的清朝末年,西方列强侵入中国,战乱频繁,民不聊生。南方沿海的穷苦百姓都想寻找一条活路。当时澳大利亚地广人稀,缺乏劳动力,西方的人贩子就到中国来招工,他们连骗带抢,把一部分中国人弄到这儿,这就叫贩猪仔,中国人被称为猪仔,需要在这儿先劳动三年,把三年的收入都交给人贩子,算是猪仔来澳洲的费用,三年以后,劳动的收入才能归自己。这些人最苦,坐的船就像是海上牢笼,船上的水手全副武装,把华人关在狭小的船舱里,随意殴打甚至枪杀,就像当年的非洲黑人被贩卖到美国去的情景差不多。

以后,听说澳大利亚有金子,也有不少中国人是在国内家乡借了高利贷做盘缠出来的,以家属做抵押,到澳洲做一段时间工作,挣了钱汇回国内还债。中国人来到这儿的生活和工作都是很苦的。

汤姆斯问:"陈先生,你有没有挖过金子?"

陈先生笑了:"我出生的时候,这儿已经没有金子可挖了。我爷爷挖过金子,也在这儿开过锡矿,那些故事是我爷爷告诉我的父亲,我的父亲又告诉我的。我爷爷是一个得到金子的幸运者,也是一个丢失金子的不幸者,甚至可以说他是一个金子的受难者。"

高强问:"你能说给我们听听吗?"

陈先生又讲了一段有趣的故事:

陈先生的爷爷叫陈龙发,当年,他还是一个年轻力壮的小伙子,也是借了高利贷出国的,那时候也不要什么护照签证之类的。他从香港坐一艘美国轮船,经过一个月的太平洋浪潮的颠簸,到达南澳大利亚的小港口。

龙发和他的老乡在这个地方休息了一天,第二天,他们盘起头上的长辫,戴上斗笠,用竹扁担挑起行李就出发了。十几天以后,这支几百人的队伍经过一个叫做阿拉腊的荒山野岭地区,中午烈日炎炎,他们在小道两边休息,龙发跑到一个小山坡下去大便,在一片草丛中,他解开裤子蹲下身来,屁股底下在使劲,脑袋里却在做着黄金梦,什么时候能够捡到一大块黄金,就在这时候,他好像看到前面的山坡上金光一闪,揉了一下眼睛,又看到金光一闪,他想这肯定不是在做梦,他定下神来,细细瞧着前面的山坡上,看清楚了,在太阳下面,山坡上确实闪出几道细小的金光,他也顾不上许多,抓一把草,在屁股上擦几下,就跑上坡去,从行李里拿出一把锄头,叫了几位伙伴,一起去对面的小山坡上,在发出金光的地方挖了一会,真的挖出一块金子,他们欣喜若狂,高声大叫……

他们这支队伍就在这儿附近驻扎下来,朝地下开掘下去,原来这座山上真有一条金脉,伙伴们说龙发是一个贵人,一边屁股下面拉金子一边抬头瞧金子。这阿拉腊的金矿是中国人首先发现的。后来有人分析道:这是天意,如果这支队伍来早了,太阳没有这么强烈,就不会有金光闪出,如果来迟了,太阳下山,即使在这儿露营睡觉,也不会有所发现。最后,如果没有龙发在小山坡下拉屎,他们这支队伍也会错过这次发现黄金的机会。

龙发在这里挖掘黄金时挣了一大笔钱,还清了国内的高利贷债务,还积蓄了不少钱,后来阿拉腊也掀起排华浪潮,他就离开了阿拉腊,来到天狗镇挖锡矿,以后就在天狗镇盘下了一家杂货店,成了当时华人中间的成功人士。他回国娶亲,从家乡带回来一个姑娘,就在这儿落地生根了。

经过十几年的发展,龙发的小杂货店变成了百货商店,他的太太每年为他生一个孩子,孩子也一个个地长大了。龙发每次回国都要带一个孩子回去看看,他一共有五个儿子,陈先生的父亲是龙发的第五个儿子。

这时候土谷又问道:"陈先生,你说你的爷爷又丢失了金子,这是怎么一回事?你的爷爷不是得到很多金子吗,他不是已经发财了吗?"

"我刚才不是说到我的爷爷每次回国都要带一个儿子回家乡去看看吗,那次他是带着第四个儿子回国,下一次就该轮到我的父亲了。那次,他们绕道先去了悉尼,因为爷爷还要去悉尼的一家商行谈一笔生意,谈完生意,他们在悉尼的米而森码头坐上一条名叫'卡特山'号的大轮船。对了,关于这艘轮船,我还有许多资料呢。"说着,陈先生走到一个墨绿色的铁皮保险箱前,打开保险箱,找出不少发黄的剪报,报纸上有一条轮船的照片。"瞧,就是这条轮船。"陈先生指着报纸说,照片下面是当年这条轮船触礁沉没的报道。

在这条船沉没以后的若干年中,陈先生的父亲长大成人,他收集了许多关于这条"金色沉船"的资料,以后,他回国的时候也特意从这条路线走了一遍,从天狗镇坐汽车到墨尔本,又从墨尔本坐火车到悉尼,在下午两点的时候,在米尔森码头上船。当然坐的是另一条船,不过行驶的航路和当年"卡特山"号的航路是一样的。这次陈先生父亲回国去的使命有点和陈先生爷爷第一次回国去的使命差不多,也是回国娶亲。陈先生的父亲在来回的航程中都安然无恙,并带回了一个漂亮的老婆。陈先生说:"如果我父亲在船上也出点事,那就没有我陈耀华了。"陈先生对这条沉船也颇感兴趣,因为这条沉船在澳洲历史上还被人屡屡提起,在这条船沉没了一年以后,有人对它进行了打捞,打捞起不少黄金。陈先生和他父亲一样,也收集了不少有关这条船的资料。据说,这条船上的大部分黄金,都是华人带上船的,因为这条船的目的地是中国香港。

根据这些资料可以拼出一幅幅颇为动人的历史画面:

1895年8月7日的下午,开往香港的"卡特山"号轮船靠在悉尼的米尔森码头上,有一个金发小女孩对着她的姑妈玛瑟亚夫人,发出天真的叫喊:"姑妈,姑妈,你不能走啊,你会被大海淹死的,我再也见不到你。"

这时候人们正在上船,走过码头和船体之间的长梯。上船的人中间,大部分是"中国绅士"。这些被称为"中国绅士"的,其实是指在澳大利亚这块土地上挖金子和经商发了一些财的华人,他们已经和几十年前来澳洲时截然不同,早已割掉了头上可恨的长辫,脑袋上也不再戴斗笠,而是梳着西洋式的分头,头发上还抹了一点发蜡。他们穿的也不上黑色和蓝色的衫褂,而是西装领带,脚下也不是圆口布鞋和草鞋,而是乌黑锃亮的皮鞋。陈龙发先生穿的是一套黑色的燕尾服,里面是白衬衫,脖子上还扣着一个黑领结,头戴一顶当时流行的高筒黑礼帽,一手牵着五岁的儿子,另一只手上还拿着一根被称为司的克的拐杖,有点儿上等人的味道。他的行李已经让人提前搬进了船舱。在这艘船上的五十八名船员中,其中二十八名是华人。在二十二名乘客中有十五名华人,当然这十五人都是像陈龙发那样的成功人士,他们衣锦还乡,每个人都带着不少金子回中国。船上的大部分货物也是属于澳洲华人公司的东西。

"卡特山"号是一艘蒸汽机和风帆两用的轮船,1881年建造于英国利物浦船厂,行驶于西太平洋的各殖民地之间,是澳洲最早使用电器照明和制冷设备的船舶,在当时属于比较先进的轮船。这艘轮船驶出了悉尼港湾,转向西北,开始漫长的海上航行。

入夜,天色越来越黑,海上刮起了大风。

夜色更浓,空中已经看不出月亮和星星的一点儿影子,大海好像被扣在一口黑锅之中。一会儿,夜空中响起轰轰隆隆的雷声,一道闪电,犹如黑锅被劈开一条缝隙,大雨倾盆而下,轮船在惊涛骇浪中颠簸。黑暗之中,"卡特山"号错误地驶入海豹礁石区域……

深夜之中,船体突然撞在暗礁上。不少船员和乘客都感到船身剧烈地晃动了一下,开始还没有在意,以为是船体被大浪袭击了一下,但在十秒钟以后,船体受到再次撞击,这次撞击比刚才一次更厉害,人们感到情况不妙。很快,一名船员跑进船舱,大喊道:"出事了,不好了,船触礁了,马上就要沉没。"顿时,船舱内一片混乱,人们争先恐后地跑上甲板,有的人匆忙中连救生衣也没有穿。这时候,天空中依然风雨交加,船体已经向右面倾斜,正在迅速下沉,船外恶浪汹涌……这时候是午夜两点三十分,离开那个金发女孩喊她姑妈的时间,恰好十个小时。午夜三点十分,黑暗的大海彻底吞噬了这条船。

奇怪的是,"卡特山"号的出事地点离海豹礁石的灯塔只有三公里，船上的人应该看见灯塔，知道船已经误入礁石区域。是天黑雨大，船上的人没有看见灯塔呢，还是灯塔没有点亮？尽管船长尼尔农先生在船触礁的时候表现得很勇敢，他不愿跳上救生筏逃命，最后与"卡特山"号一起葬入了黑色的大海。但他在活着的时候，犯了一个严重的错误，他不应该在暴风雨之夜，将船驾驶得太靠近陆地。而跳上救生筏的二副所犯的错误是致命的，他虽然活下来了，让他感到终身内疚的是，他未经批准就擅自改变航线，造成了船毁人亡的结果。而船上的英雄是一位负责救生筏的中国木工，由于他的沉着和果敢，许多人在暴风骤雨的大海中得以生还。

在这次海难事件中，"卡特山"号上的八十名人员，有二十多人被救生筏所救，五十多人沉入大海，葬身鱼腹。在死亡者名单上，有一个中国母亲和她的四个孩子，有陈龙发先生和他的第四个儿子，有被金发女孩叫喊"姑妈"的玛瑟亚夫人，有船长尼尔农先生……

而在这艘船的货物清单中，有将近十箱金币，这些金币都是当时的澳洲华人打工挣来的血汗钱，他们把这些金币交给那些华人贸易公司，通过贸易公司寄给中国的家人……这些金币在一年以后被打捞上来了一大部分。

哦，又是金子。

"卡特山"号船沉睡在距离海豹礁石灯塔东北三公里六十米的海底，船头昂起，船体略微向右倾斜，下部已经埋在泥沙之中，它在那儿静静地躺了一百多年，尽管那一带的海面上经常有狂风暴雨，但并不影响它在海底的睡眠。

"这船上还有没有金子？"高强听得入迷，他最关心的还是金子。

"我认为应该还有不少金子。"陈先生说出了理由，"除了货物清单上的整箱金币以外，资料上并没有说到华人身上携带的金子和金银首饰，据我父亲说，我爷爷的皮箱里就有不少金银首饰，至少还有三十块金币。而这趟船上回国的华人都是富商，像我爷爷这样的并不是少数。所以说，在这艘沉船里，也许还有几百块金币和不少金银首饰。"

"哇，几百块金币。"高强张大了嘴巴，如果眼前就有金币，他一定会把金币吞进嘴里。他对土谷说："哥们，我看我们也别去你的中部沙漠那儿找什么宝藏了，瞧你脖子上那块木头疙瘩，找到的财宝也值不了几个钱。我们还不如去悉尼海边，搞个潜水服，下海去找金币。"

汤姆斯说："潜到海底下，哪有这么容易。如果很容易，别人早就下海把金子拿完了。"

高强说："别人以为这条船打捞过了，不会再有金子，他们不知道华人在行李箱里还藏着金子呢。现在只有我们几个和陈先生知道，陈先生你说是不是？"

"我也不清楚，我收集这些资料是业余爱好，还有我的爷爷是在这条船上出事的。"陈先生摸了一把花白胡子说，"我年轻的时候也像你们，还真想过这事，想想而已。现在我的年纪大了，我也不缺钱花。你们真想干这事，还得搞一条船，还得学习许多东西，还得向政府申请执照，这事马马虎虎是办不成的。"

土谷也发表了意见："我们还是先去寻找宝藏，你说的金币在海里，办这事太难了，等我们把宝藏的事办了，然后慢慢地再到海里去玩，我最想的就是到海里去玩冲浪，瞧那冲浪者的模样，真是酷呆了。"

高强说："冲浪只能在海面上冲，又不能冲到海底下去，怎么去找金币？"

汤姆斯说："我看你们两个都已经疯了，一个要去什么伤心之地寻宝藏，一个要去大海底下找金币。"

陈先生也大笑起来，他用华语对高强说："你得变成龙王爷才行。"他又用英语翻译了一遍,把龙王爷翻译成海底的神仙。

6

两天后,他们三个又要上路了。

汤姆斯腿上的伤也没有好透,陈先生说,这种脚筋损伤得有十天半月,才能彻底痊愈。汤姆斯说,在这个小镇上呆两个星期怎么行? 他执意要走,再说也不用腿走路,他试了一下,脚踩自行车,脚后跟不落地,也没有什么大的妨碍。陈先生又拿出一瓶中国带来的龙虎牌风油精,给汤姆斯的腿部和脚部涂上,没有想到效果奇好,汤姆斯说腿部肌肉上感到凉凉的,疼痛神奇地消失了。陈先生就把这瓶风油精送给他。汤姆斯又打开药瓶闻了闻,说:"这是中国的神药,要卖多少钱一瓶,五十元还是一百元?"

高强说:"这药在中国不贵,知道有这么好的效果,我们得搞一个集装箱来,这一瓶龙虎牌风油精,咱挣它二三十元钱,一个集装箱大概能装几万瓶,一转手,咱们就能挣上一百万,马上就发财了。这是做生意,和斯蒂姆绑架人质挣一百万是不一样的,土谷,汤姆斯,你们说是不是?"

土谷点点头表示赞同,又问:"这件事什么时候做? 我认为不能排在探寻宝物之前,探宝是第一位的。"

汤姆斯说:"你不是要去海底捞金币吗,现在怎么又要做生意了?"

高强说:"这些事情都得干,不过要一件件地来,不能太性急。我们早晚都得变成百万富翁。"

在离开陈先生的百货商店前,他们就在商店前面有着五根柱子的屋檐下面进行了一场表演,因为事先在街上贴出了海报,整个镇上的人差不多全来了。汤姆斯坐在椅子上拉提琴,陈先生还给他找来个小喇叭,让他对着喇叭说台词,土谷头上戴着袋鼠帽子,又跳又叫,又说又唱,高强又弹起吉他唱起歌"我爱……我爱……"

表演成功极了,特别是那个根据贼谷镇上的袋鼠故事编的戏。孩子们一边看一边拉着大人问:"为什么袋鼠波比不到我们镇上来?"天狗镇上好久没有这么热闹过了,这天就像过节一般。小孩子还拉着他们索要签名,三位少年感觉自己好像成了大明星。

演出完后,三人小乐队把提琴盒里的钱全给了陈先生,说是这几天的吃住钱,陈先生硬是不收,把硬币换成纸币给他们,说:"你们在路上用钱的地方多着呢。"在陈记百货商店这座老房子门口,陈先生和三个小伙子合影留念,希望他们以后再光临这个小镇,"天狗镇上的人会想起你们的。"陈先生说。

三位少年骑车离开天狗镇,在转上大道的时候,他们瞧见一座山坡像一条狗一样的蹲在转弯之处。土谷说:"瞧,太像一条狗了,怪不得这儿叫天狗镇,我们来的时候天黑没有看清楚。"

"天狼镇,天狗镇,有点意思,不知道是谁起的名字?"汤姆斯的腿一点也不疼了,他又踩车在前面开路。

"肯定是中国人起的名字,中国人以前喜欢起狗啊猫啊的名字。"高强说道。从墨尔本出来的一路上,给高强印象最深刻的是:第一,金子。第二,中国人。这一路上到处都有着中国前辈留下的痕迹,差不多每一条道上,都有着中国人踩下的脚印。这使他的心里滋长起一种前所未有的情感,一种对祖宗先人尊敬的情感,他感到和先辈的距离近了。

高强又踩车上前,对两位伙伴说道:"你们一路骑车时,要注意一点。"

土谷问:"注意什么?"

汤姆斯说:"我小心着呢,我可不想另一条腿摔伤。"

"我不是这个意思,我的意思是你们如果瞧见两面山坡有什么金光在眼前一闪,你们就来告诉我。"高强很认真地说道。

土谷说:"噢,我知道你让我们注意什么了,金光一闪就会有金子是不是?"

"土谷你真聪明,要是我们几个早出生一百多年,肯定能发现金子,也许早发财做大老板了。不过现在也不算太晚,这一路上都是以前出金子的地方,我就不相信,这么大的地方,金子能够全部挖干净,我们走过路过别错过。你们想一想,这条公路上,别人都是驾驶汽车一闪而过,车速这么快,还能看清什么?再说,这些年来,别人也没有想到过这个问题。只有我们三个是骑自行车的,我们放慢车速,说不定金光在眼前一闪,我们就撞上大运了。以前,我请我们中国的算命先生给我算过命,都说我是大富大贵的命,但人生会有几次起落。算命先生还说,一个人发财的机会不会很多,但有了机会,一定要一把抓住,不能让机会从手指缝里溜走……"高强一路骑车一路对两位伙伴进行教育。

他们从中午出门,骑车一个下午,太阳光照在两面的山坡上,一直到了傍晚,也不知道经过了多少个山坡,没有在山坡上瞧见一丝一毫的金光,金光都在天上。这时候,天空中的金光也没有了,变成了红光,晚霞映照在山坡上。

土谷骑着车说:"我瞧见那儿有一点一点的白光,不知道那是什么?"

他们几个一起下了自行车,高强顺着土谷手指的方向瞧去,在那较远的一道山坡上,确有点点反出来的白光,和其他山坡上的景象不一样。"金子挖完了,会不会有银子,我们过去看看。"高强来了劲道。

恰好有一条弯弯曲曲的小道通向那边的山坡,他们骑着车,小心翼翼地驶了过去,驶近了,才看清楚那是一个坟场,坟场的规模不大,大概有几十块墓碑,刚才从远处看见的白光,就是霞光照在墓碑上反射出来的。他们踏进坟场,发现这个坟场管理不善,荒草丛生,有的墓碑在风吹雨淋中已经倒塌了,也没有修理。汤姆斯瞧着墓碑上的字,都看不懂,他对高强说:"我看着怎么像你们中国人的字。"

高强仔细一看,果真,每一块墓碑上都写着中国字,虽然有的字体已经模糊不清,他仔细一辨认,都是一个个中国人的名字:张大毛,李小狗,陈阿根,黄金发等等。高强绕着墓区走了一圈,全都是中国人的名字,他突然明白过来了,这些中国人一定是当年挖金矿时遇难的中国人,他们都被埋在同一个墓区。

晚霞就像火一样地点燃了这里的一块块墓碑,高强似乎看到了墓碑下面先人的脸膛,一股儿庄重的感觉在他心底升起,他从背包里拿出上次陈先生给他的那盒没有用完的香,一炷一炷地插在一座座坟头上,用打火机把香点上,香烟缭绕,他手里也捧着几炷,在每一座坟前都磕了一个头。

站在一边的土谷对身边的汤姆斯说:"瞧,这小子又跪上了,上次在一个中国武士庙里,也是这样跪的。中国人怎么老喜欢跪?大概跪着挺舒服。强还说过,在那古代武士面前跪一下,他就能传授给你许多东西,挺神秘的。我们要不要也来跪一下?"

汤姆斯说:"你跪吧,我的腿不行,一弯就疼。"

坟场边的树林里,被一阵强风刮过,响起沙沙沙的声音,天渐渐黑下来了,坟场四周的氛围让人产生起一股儿惊恐不安……高强从那边走过来的时候,表情庄严,一语不发。土谷想:那坟墓里的人大概又给他传授了什么神秘的东西。

十、沙漠寻宝

1

他们走走停停,停停走走,半个多月后,来到了南澳的大城市阿德兰德附近。公路上的车辆明显增多了,路上能看到行人了,路边的房舍也多起来。道路两边,一边是一个大停车场,另一边是一个加油站。路牌上写着这里离阿德兰德市还有五十公里。

高强说:"听说阿德兰德也有个很漂亮的大赌场,我们能不能去观光一下?"

汤姆斯说:"你还要去赌场啊,你口袋里有多少钱。赌完了,我们可没有钱借给你。"

"不要这么小器吗,我还没有问你借呢。再说,我只是想去观光一下嘛。"高强把脑袋转到土谷那边,他骑车在他们两辆车中间。

土谷说:"去不得。我们一进大城市,准保又会出事,不是给警察瞄上,就会碰到斯蒂姆这个鬼魂。"说这话的时候,土谷糊里糊涂地从自行车上摔了下来。

高强和汤姆斯也停下车来。汤姆斯笑了起来:"现在扯平了,第一次,强被袋鼠踢伤了腿,第二次,是我摔伤了腿,这次该轮到你了。"他腿上的伤已经好了,每天早晚涂两次龙虎牌风油精,现在没有一点疼痛感了。

土谷忍着疼站起来,说:"有鬼,有鬼。你们瞧,这一路上,我骑着车上山下坡都没有事,这儿的大道平平坦坦的,我怎么就会突然摔下车来,瞧,连自行车也摔坏了。我们还没有进城,就碰到鬼了。"

高强认为土谷说得有道理,他说:"这叫鬼挡道。那阿市的赌场去不成也没有事,天下乌鸦一般黑,赌场都不是好东西。再说我口袋里也没有几个钱,等我们成了百万富翁再好好地去玩一把,说不定把赌场也买下来。"

土谷说:"那你等于买了一只黑乌鸦。"他这会儿是走路脚疼,自行车车架子摔弯了。看来他得坐在高强自行车后面的书包架上了。

"澳大利亚有许多白乌鸦。"汤姆斯帮着把土谷自行车车上的东西绑到自己的自行车上。

"嘎,嘎,嘎——"头顶上有声音叫着,正好有几只白乌鸦展翅飞过,飞向前方。而前方却传来了轰轰隆隆的火车声音。

就在这时候,道上有一辆小车慢悠悠地驶来。车后还拉着一个有模有样的车厢。小车驶到三位少年边上停下了,车窗口露出一个老头红彤彤的脸膛:"哈啰,你们需要帮忙吗?"

汤姆斯说:"我们的一位朋友腿摔伤了,前些天,我的腿也摔伤过。"

"没问题,我后面的车厢里有疗伤药,给你们涂上就行了。"老人下了车,手脚还挺利索的,从那边的车门里又走下一个精神抖擞的银发老太太,他说他俩叫克雷默夫妇。汤姆斯说,他看过的一部美国电影,名字也叫《克雷默夫妇》。老太太风趣地说:"我们不是美国佬,我们是澳大利亚的克雷默夫妇。"

克雷默老头打开了后车厢的门。高强站在车门口一看,哟,里面真是丰富多彩,应有尽有,而且包括了所有的现代化生活设备,拖车内装置了室内厕所、洗澡间、微波炉、冰箱、彩电和CD

机,甚至还配备了一架小型的洗衣机和烘干机,还有可以折叠成床垫的沙发。真是麻雀虽小,五脏齐全。

克雷默先生从车上拿下一个药箱,拿出药膏替土谷涂上,还给他裹上一块纱布以防感染。老头又问汤姆斯要不要也涂一点,这药挺灵的。汤姆斯说,不用了,我的腿彻底好了。老头又说,谁还要来点? 大家笑了起来。汤姆斯问高强,要不要涂点? 高强说,我的腿伤早好了。

克雷默老头说:"你们三位腿上都受过伤吧? 出门在外,一定要小心。你们是在骑自行车旅行吧,这很有意思。我年纪大了,骑车旅行是不行了。我和我的老伴可以驾车周游澳大利亚。"

一听这话,三位少年对这两位老人越发有兴趣,就和他俩交谈起来。

克雷默先生说:"不如这样,我把车开到边上的停车场,我开锅煮点简单的食品,我们都是旅行者,没有许多规矩,大家一边吃一边说话,怎么样?"三位少年都说这个建议好极了。

汤姆斯和高强帮着把车上的煤气炉和桌椅搬下车,找了一块空地架起来。第一件事就是把土谷扶到一把椅子上,高强说:"今天就让你做大爷了。"

土谷问:"大爷是什么意思?"

高强说:"大爷就是整天坐在那儿,吃吃喝喝,让人侍候着,不用干活。"

土谷说:"那我就天天做大爷。"

汤姆斯问:"你们中国人说的大爷,是不是人年纪大了,经常生病,是病人的意思?"

"这大爷怎么会是病人? 大爷应该是有钱人,也不一定是有钱人,应该是闲人,也不对,大爷应该是……"高强发现这词儿越解释就越讲不清楚,最后连自己也搞糊涂了,他指着那边正在煮饭的克雷默先生说："他就是大爷。"

"他不是忙着嘛，怎么能做大爷。哎哟，我的腿又疼了。"土谷叫道。

高强说："好了，好了，我的大爷。"

不一会儿，克雷默先生端来一锅西红柿汁煮意大利通心粉，克雷默太太给每人分了一盆。

因为没有多余的椅子，高强和汤姆斯就只能坐在地上吃了。在交谈中，克雷默夫妇说，他们做了一辈子工作，买了一套房子，现在退休了，孩子们也早就长大，离开他们去过自己的生活了。有一天早晨，他俩醒来的时候，瞧见太阳照在床头上。他们突然感到是从另一种梦中醒来。他们决定买一套汽车旅行设施，周游整个澳大利亚。

克雷默先生说："这样的生活棒极了，每天都有新的体验，每一天都是新的一天。"克雷默太太说："每天，当你一睁开眼睛，就会看到外面是一片新的景色，呼吸新的空气，遇见新的朋友。比如今天，就遇到你们三位旅途少年。"

汤姆斯说："你们的想法太有意思了，新潮，比雅皮士们还新潮，简直就是超前。"

克雷默先生退休前是一位历史教师，他讲起这个事也能说古论今："曾经有考古学家说，人类历史上的城镇，是由于人们需要种植谷物等待收获才出现的，而从人类的文化和历史上来说，原本就应当是一种游牧和不断迁徙的文化。这也是为什么现代人还是非常喜欢旅游的原因。希望在睡了一夜之后，睁开眼睛看到的是一个全新的世界。大概这种因素就深植在我们人类的基因之中。"

克雷默太太说："开始的时候，我们并没有打算这样长期地旅行下去，我们原来的计划是出门几个月，再回家住上一段时间，后来家里也发生了一些事情，儿女们都走了。于是我们就卖掉了房子,把这辆车作为家,我们已经出门五年了。我们在路上碰到了不少像我们一样的以路为家的退休老人。我们这些人现在有一个很好听的名字'银发流浪者'。"

克雷默先生接着说:"虽然我们头发白了,驾车周游,没有觉得自己变老。我们觉得自己和五年前刚刚开始旅游的时候没有什么区别。有时候,我们回去看看老朋友,结果发现他们都变老了,因为他们无所事事,只是打打保龄球,去商店购买一些东西,这就是他们全部的生活,而我们和他们不同,我们的心理感觉比他们年轻得多。"

高强问:"那你们每天都开车在外面走,是不是要花掉许多钱。"

克雷默太太说:"不,恰好相反,我们每天的开支是五十五澳元,这包括食品到汽油等所有开销。我们每天行驶的路并不多,我们不需要赶时间,一切都可以慢慢来。但我们省去了房钱和水电费。"

克雷默先生又说:"这样的生活有许多优点,第一就是能享受最大的自由度,无忧无虑,在道上还能结交许多好朋友。我们可以随意地在一处美丽的地方住下来,没有任何人来打搅,享受自由自在的日子。"

"真是太棒了。"土谷说道,"以后我退休了,我也要周游澳洲。"

"你还没有工作呢,什么时候退休啊?"高强说道。他在想:这个澳大利亚也是什么怪人都有,上次碰见一个不想挣钱上班,只想在公路上走路的。这回又碰上一对老头老太,干活一辈子,攒下钱全花在路上跑的。

三位少年也说了他们一路上的趣事,什么袋鼠啊,找金子啊,当然没有说从监狱里逃出来的事情。大家津津乐道,非常投机。

克雷默夫妇说他们有一个打算,打算把这辆旅行车暂时寄放在这里的一个朋友家里,然后坐 THE—GHAN 火车去旅行。

高强问:"什么是 THE—GHAN 火车,这火车很特别吗?"

"当然很特别,THE—GHAN 火车是澳洲人一百多年的梦,这列火车横穿澳大利亚南北,全程三千公里,大部分的路途都是荒无人烟的大沙漠,从阿德兰德到爱丽丝泉的一段铁路早在七十多年前就通了,但再往北的那一段铁路,由于各种各样的原因,一直没有建成,直到前年年底,这段铁路终于建成了,去年二月份 THE—GHAN 火车第一次通车,从南部的阿德兰德出发,穿越整个中部沙漠,到达北部港口城市达尔文,圆了澳洲人百年之梦。在这列火车的车头上,人们可以看到一个人骑在一匹骆驼上的图形。火车名字 THE—GHAN 和火车头上的图形,是要纪念当年被欧洲人带来的阿富汗人(AFGHAN),他们在十九世纪中,负责带领骆驼队,将物资由南部的海港运往中部沙漠,并开垦荒地,建造铁路。其后,因为政府不鼓励他们留下,他们都返回了阿富汗。"克雷默先生说起这些事情如数家珍。克雷默太太说她早就做过坐着这列火车横穿澳洲南北的梦了,现在是把梦变成现实的时候了。

土谷说:"我们也要去中部沙漠,要找那儿的一个叫'伤心之地'的地方……"他差点把找宝藏的事说出口。

高强在边上哼哼了几声,他说:"我们也想去那儿玩玩。"

克雷默太太说:"坐 THE—GHAN 列车最合适了,这列火车星期日从阿德兰德出发,星期三从达尔文返回,六十天内,旅客可以在途中免费停留游玩,再坐这班列车不用买票。"

"真是太合适了。"土谷又想到了找宝藏的事,他想,在六十天内,一定能够找到'伤心之地',找到宝藏了,那时候再坐这班列车回来。他又问道:"这趟火车,车票是不是很贵?"

克雷默先生说:"车票是贵了一点,大概要五百元吧,但非常值得。你们想骑自行车去穿越中部沙漠是不现实的,那里前没有店后没有村镇,白天太阳炎炎,非常热,晚上沙漠里的热量一下子就散发完了,月光之下又很冷,连一个躲风避雨遮太阳的地方也没有,那简直是在拿自己的生命开玩笑。你们瞧,我连旅行汽车也不开了,虽然那儿也有长途公路,一路开车几千公里,人太累了,再说我那辆车也不行,得有一辆四个轮子都能驱动的越野吉普车。你们骑自行车能行吗?"

"是不现实的。"汤姆斯赞同克雷默的说法。

高强脑子一转有了想法,他说:"票价贵一点没有关系啊。我们可以在火车上挣钱啊,你们想,火车在路途中有几天几夜,旅客还不需要一点娱乐活动吗?这是我们表演的最好机会。"

"哥们,这主意太妙了。"土谷脚也不疼了,站起来和高强握手。

克雷默先生也夸高强说:"中国人有做生意挣钱的脑子。"

汤姆斯当场拿出了小提琴,兴致勃勃地演奏起欢乐舞曲。克雷默夫妇很欣赏这支舞曲。克雷默先生靠在椅子上,跷着腿,抽起雪茄烟,克雷默太太轻轻地拍着手掌。暖风徐徐吹来,将小提琴声吹向远方。

2

THE—GHAN 列车准点出发了。火车上的设施很好,车票分"金袋鼠"级和"红袋鼠"级。克雷默夫妇坐价格较贵的"金袋鼠"级车厢,三位少年坐较次一级的"红袋鼠"车厢。

火车刚出了城镇区域,就被原野上的一大群牛拦住了,那群牛慢慢地跨过铁道,司机拉响汽笛,那群牛就像听到音乐一样,有的牛索性站在铁轨上不走了,弄得火车司机哭笑不得。一个多小时后,牛群才从铁道上走尽。

蓝天白云下的南方原野,绿草茂盛,到处是一片片牧场,牧场上牛羊成群,森林一眼望不到尽头,一条条河流像蚯蚓似的镶入在草原中间。火车越过了这片原野,跨过了一道山口,就进入沙漠的边陲,红土沙漠已经展现在眼前,铁路像一条长蛇一样蜿蜒伸向前方,火车的一边是山脉,另一边是高低起伏的沙丘……

克雷默夫妇和三位少年在火车的酒吧间里碰头了,酒吧里正热闹,人来人往,熙熙攘攘。三人小乐队的琴声和歌声又响起了,博得了顾客们的一阵阵掌声……

在酒吧间里,土谷发现有一个胖子有点脸熟,那胖子身上好像也有几分土著人的血统。胖子走过他们身边时,朝他们三个又扫了一眼,那眼光有点特别,他朝提琴盒里扔下一个硬币,就朝外走去。土谷有点好奇,拐着腿也跟在后面走出去,跟着走到一条走廊里,胖子的人影就不见了。胖子还是挺机灵的,这时候,他已经躲进一个厕所里,摸出手机,正在给一个神秘的人物打电话。这个胖子自己也够神秘的了,他坐上这列火车也是去"伤心之地",他有他的特殊使命。

土谷脑子里一直转着胖子的脸,他们三人演出完毕,回到自己的车厢里,土谷想起来了,这张脸是在什么地方看到过的,就是在红坊区滚石酒吧,这个胖子是滚石酒吧的老板。他一说出滚石酒吧的老板,高强也说好像看到过,他以前也跟着猴子一起去过这家酒吧。那天晚上,他也想带着汤姆斯去这家酒吧,结果是误入黑暗的小巷,又去参加了那场街头大战,半夜里逃出来后,又在这家滚石酒吧门口,抢了一个醉老头的车,后来就被送进了阿姆斯监狱。

土谷说:"他为什么也会在这列火车上?"

高强说:"他不是滚石酒吧的老板吗?他是有钱人嘛,出来度假,碰巧让我们遇到了。你能出来找宝藏,人家就不能出来度假啊。我看没有什么可以大惊小怪的。"

"我看不会这么简单。"土谷摇摇头,他总是感觉到有点不大对头。

汤姆斯说:"你不要疑神疑鬼了,没有人知道我们是去寻找宝藏的。"

土谷瞧着窗外,望着外面的景色,脑海里想着什么,他的眼前浮现起阿凯爷爷那张苍老的脸,那张脸像什么,土谷想象不出,他的脑子里突然跳出了一个想法,阿凯爷爷的脸倒有点像外面山脉和沙丘,不是那张脸盘,而是阿凯爷爷脸上的气色神态,像山岭像沙漠像天空,像原始的大自然。阿凯爷爷临终前吃力地说,如果在"伤心之地"能找到一位像我一样的老人,就能找到土著人的宝藏了。这个宝藏不是钱财,也不是金银财宝,但却无比珍贵。

火车的第一站到达卡斯林镇。卡斯林镇边上就是著名的卡斯林大峡谷。

大峡谷里是一条绿色的河流,两边苍松翠柏,风光无限。三位少年和克雷默夫妇合租了一条小游艇,游览大峡谷。很快他们的眼前出现了壮观的景色,河道两旁是七八十米高的陡峭的悬崖,大概这里刚下过雨,在那悬崖上面出现了一道一道的瀑布,如同白色的绸缎悬挂在山崖上面,又似绸缎在风中飘动,千变万化。水声轰鸣,哗哗作响,水珠银花从天而降。峡谷内的景致变化多端,鬼斧神工,他们的游艇迎着白色的浪花,迎着湍湍急流,奋勇向前。驾驶游艇的是汤姆斯,他得意洋洋地握着方向盘,虽然他还没有驾驶执照,不能在道上驾驶汽车,可是在水里驾驶着小游艇,更显潇洒,他脑袋上的一头金发被峡谷里的风吹拂起来。克雷默先生告诉小伙子们:"我从旅游杂志上看到过,说卡斯林大峡谷是二千三百万年前已经形成的砂岩峡谷。"

"哇!"高强叫了起来,"二十三个一百万,中国的皇帝叫万岁,才一万年啊,可是没有一个皇帝活过一百岁,一万年早就变神仙了。"

克雷默先生说:"二千三百万年的峡谷在这块红土沙漠上还是年轻的小伙子,在中部沙漠中间的那块著名的大岩石——艾尔斯岩,是在五十五亿年前浮出海面的。"

"哇——"高强又大叫一声。他们几个在"飞鸟之地"的时候,就听那位帕特老头说起过中部沙漠里有一块神奇的大石头。

土谷更早的时候,则是从阿凯爷爷嘴里听说过艾尔斯岩大岩石,不过土著人一直叫那儿"乌奴奴",意思是"有水有洞的地方"。在炎热缺水的沙漠地带,这块大石头周围有水有洞,也有绿色的灌木丛林。千万年来,原住民以"乌奴奴"为家,繁殖、生活在那一带。阿凯爷爷讲过:"我们祖先的灵魂就深深地隐藏在这块巨石的中间。"他们并不认为这块大石头是从海底升起来的,而是从天上掉下来的,是天神恩赐给他们的礼物。

入夜,火车已经行驶在浩瀚的大沙漠中间。银色的月光之下,沙漠有点像海,也是一片银灰色,远处高低起伏的沙丘,就像汹涌翻滚的波涛,劲风阵阵,扬起沙尘,犹如腾空而起的波浪。风骤然而起,又骤然而停,大漠中恢复了宁静,如同一切都没有发生过一般。这时候,遥望沙漠中的天空,真是美极了,月亮和星星好像伸手可触及,大地和天空贴得很近,空间里找不出一丝尘埃,天和地的边沿似乎都在眼前,又好像无边无际。

高强和汤姆斯都已经进入了梦中,只有土谷还坐在窗口下,遥望着星空,遥望着沙漠,感觉到自己好像会飞出车窗,走入这片天地之中……这时候他又想起阿凯爷爷,不知什么原因,这次旅途中,阿凯爷爷的形象老是在他的眼前晃动,有时候甚至会出现在他的梦中。阿凯爷爷曾经讲过,"伤心之地"是他的故乡,他很小的时候就跟随父亲走出了那块地方,如今他老了,无法找到那个地方了,除非走到那个地方,亲临其境,才能记起来。但他还能记得，从"乌奴奴"周围开始，朝北有着一个个原住民的村落，他们有各自的族群，陆续延伸到北边沙漠的尽头，而"伤心之地"应该就在那儿，那儿还有"彩虹之地"、"蟒蛇之地"、"红袋鼠之地"等等。因为"乌奴奴"是他们共同的圣地，那儿的原住民，不管是什么族群，都认为自己的祖先的灵魂和那块神圣的大石头有关。哦，"伤心之地"究竟在大沙漠的哪一个角落里呢？土谷心里呼唤着……

3

第二天上午，火车来到了红土沙漠中部的小城镇爱丽斯泉。

克雷默夫妇和三位少年结伴而行，他们找来一位向导，一位酷爱中部沙漠的女大学生，她已经好几次来过这儿，这次是利用放假期间来这儿做导游的。她说她为什么会爱上这里，原因就是她的名字也叫"爱丽斯"。"爱丽斯"，一听这名字就够美了。其实"爱丽斯泉"镇并没有什么特别之处，只是沙漠中的一个小城镇，附近有一处被称为爱丽斯泉的泉水，还有一条小河——托德河流经这儿。而爱丽斯确实是一位美丽的姑娘，身材有点像体操运动员，一头棕红色的波浪形长发，一对棕色的大眼睛，皮肤也被太阳晒成古铜色，她的性格开朗，说起话叽叽喳喳，就像沙漠里飞来了一只鸟。

爱丽斯说要想看到这里美丽的景色，就得走出爱丽斯泉镇，走进爱丽斯泉沙漠公园，她建议他们骑骆驼旅行，因为这儿在没有公路和铁路之前，人们就是骑着骆驼走进沙漠的。

克雷默先生说："正是，THE — GHAN 的火车头上不就是有一头骆驼吗？"

爱丽斯说："骑骆驼虽然赶路慢一点，但可以尽兴地欣赏沙漠里的各种景致，还可以走过原住民的村落。"

"沙漠有什么好看的，红乎乎黄乎乎，到处都一个样，看一眼就行了，我们在火车上看到现在，还有什么好看的？"高强对沙漠不感兴趣，他说："这玩沙漠肯定没有什么刺激，还不如在城里逛商店，玩游戏机，进酒吧喝酒，还有……"

"还有进赌场赌钱。"汤姆斯替他回答道，又说，"你不懂，澳大利亚的中部沙漠是我们澳洲大陆上最有特色的地方，我们看沙漠不仅仅是看沙漠，我们还能发现……"

汤姆斯没有说完也被高强打断了："知道，知道，我们还要来寻找宝藏……"

土谷拍拍高强的肩膀，这回轮到他提醒高强了。土谷说："我认为骑骆驼太棒了，我从来没有骑过骆驼，你骑过没有？"

高强说："我也没有骑过。那我们就骑骆驼看沙漠吧，我想我一定会骑在骆驼上睡着的，到了什么地方，你们别忘记叫我一声。"

爱丽斯领着他们到了一间木头屋子那儿，外面一个大围栏里有许多骆驼，一起下火车的游客，也有许多人来这儿租借骆驼。

他们每人租借了一匹单峰骆驼，把行李绑在骆驼背上的架子上，意气风发地爬上骆驼，在爱丽斯的带领下出发了。不一会儿，他们就走出了爱丽斯泉城镇。

"你们知道这里为什么叫爱丽斯泉吗？"爱丽斯提出一个问题，不等大家回答，她自己先叽叽喳喳地说起来："一百多年前，澳洲的内陆电报线建到这儿，第一个电报站就建在托德河边，当时那条河只是一条无名小河，但沙漠中缺水，一条小河也是很珍贵的，因为电报站的站长名叫托德，于是那条河也变成了托德河。可是为什么这里的地区被叫成爱丽斯泉呢？告诉你们吧，不仅仅是那一处泉水，因为托德的妻子名叫爱丽斯。现在有谁知道什么托德河，大家知道的就是爱丽斯泉。"

高强问："你这是说女人比男人厉害？"

爱丽斯回答："那是当然的，女人比男人更有生命力。"

汤姆斯说："在澳大利亚，女人确实比男人厉害。"

高强说："在中国，女人也越来越厉害了。我老妈有时候就比我老爸厉害。"

"全世界都一样。"克雷默夫妇听了哈哈大笑。

一位漂亮女性来到他们中间，几位小伙子就活跃起来，他们的三匹骆驼都紧挨在爱丽斯的骆驼的边上。上次在他们中间的娜达丽娅，现在已经命归西天了，虽然是一位女强盗，但也是一位漂亮的女性，想想就有点可惜。现在，他们中间有了一位美丽的沙漠女郎，三位小伙子倍来精神。

说起女人，高强后来又和他的王甜甜通过电话，甜甜问他人在哪里，怎么还不回来？他说："现在还在办一件大事，办完这件大事，才可以考虑回悉尼的事。"

王甜甜说："你再不考虑回来，这屋子就没有你的份了。"

高强一听就急了："你这是什么意思？是不是你和猴子好上了，还是他在骚扰你，他没有强奸你吧？"

王甜甜说："你想到哪里去了，他对女孩子倒是规规矩矩的。佳妮还怀疑他是一个同性恋者，怎么瞧见女孩子也没有一点点倾向性。"

王甜甜还告诉他，猴子已经三个月没有交房钱了，他一会儿说一万元定期存款还没有到期，说什么提早拿出来会影响利息，一会儿又说家里寄来的钱还没有收到。

高强说："他对我说过，他能把生活费赢出来，不用家里寄钱。"

"你听他的鬼话，还赢出来呢，我看他是全送进赌场了。每天搞到深更半夜回来，悄悄地溜进屋，就像鬼一样的。昨天晚上我让佳妮别睡觉陪着我，等到他半夜回家，我就问他要房钱。他让我别着急,还说你还欠他一大笔钱呢。上次,他说你欠他三百吧,这次他又说,你欠他三千。我说你俩谁欠谁还没有闹清楚,怎么高强又欠你三千了? 他还说,你男朋友欠的钱和你总有一点关系吧,三千元钱住房住半年也花不了。你说气人不气人。他是一个男人,就算他是一个同性恋者,我和佳妮两个女孩子加在一起,力气也没有他大,打又打不过他,赶也赶不走他,真是拿他一点办法也没有。"王甜甜在电话那边唠唠叨叨地说了一大堆。

"这个猴子,狡猾狡猾的,我回悉尼以后,非把他的猴皮扒下来不可。"高强没有想到自己交的朋友是这种东西。

"你不回来,他还要住下去。听人说,以前他就是交不出房钱,被房东赶出去的,听说房东赶他的时候,把警察也叫来了。高强,你快替我想想办法吧,这个房钱也不能老让我一个人替他垫付下去吧? 我现在一个人付两份房钱,辛辛苦苦打工挣来的钱全被这个男人糟蹋完了,呜……"王甜甜说到钱字就感到伤心,在电话里呜咽起来。

这边的高强一听见王甜甜的哭声就心慌,他急忙说:"你别哭,你一哭我就六神无主了。现在我也帮不上你,你先撑一下,我在这里找到宝藏以后就能得一笔大钱,回悉尼以后我一定帮你搞定猴子,也帮你搞定这些房钱。"

那边的王甜甜一听什么宝藏就停止了哭泣:"你刚才说什么,达令,什么宝藏,是金子还是钻戒? 佳妮说她男朋友已经答应给她买一个钻戒了。"

"这个宝藏比什么钻戒、金子,不知要贵重多少倍,是人家祖先留下来的宝物。好了,这个事情我要保密,不能告诉你,你也要替我保密,不能告诉什么佳妮,更不能让猴子他知道。以后我有了钱,也一定给你买钻石戒指。还有,如果你和猴子闹翻了,也千万不能去叫警察,我不想让警察知道我住过什么地方。"高强现在是既想和甜甜通电话，又怕和她说话，她一说起来就是什么房租、猴子，没完没了。

汤姆斯也和女朋友玛丽亚通了电话，玛丽亚听到他的声音先是一声惊叹，但和他说话的时候不冷不热，汤姆斯也不知道是什么原因。汤姆斯也和家里通了电话，是他妹妹安洁儿接的，汤姆斯还是不愿意和他母亲说话，自从家里那件大事发生后，他和母亲的心灵之间好像隔着一层障碍物。安洁儿和汤姆斯说话的时候，母亲在边上握着一个电话机听着，一边听一边流泪。安洁儿在电话里也说到了玛丽亚，说玛丽亚又有了新的男朋友，就是他们那个金领带团伙的召集人，戴眼镜的乔治。汤姆斯一听就很生气，几个月不见，女朋友就变心了，不过想想也对，玛丽亚是比他低一年级的女学生，一头亮丽的金发，两颗像洋娃娃的大眼睛，不是校花，也算是一个美妞，在学校里也是一个活跃人物，在她后面跟着的男孩子不止一打，汤姆斯和她几个月不见，又是落荒逃走，难道她还会死心塌地地跟着他。这样想想，他就想开了，自己不是早就说过，澳洲的女孩子就是比男人厉害吗。

土谷则和他的朋友黑奇打过一个电话，告诉他自己正在做一件神圣的事，什么事他没有对黑奇说，他知道黑奇的嘴快，他知道的事不用多久，整条博克街上的人都会知道。土谷的手机上还接到过三个电话，土谷一瞧电话号码，都是斯蒂姆打来的，这家伙不知什么原因，还是追着土谷不放，土谷一瞧见这号码，就把手机关了，他才懒得理那个鬼家伙。

4

骆驼在广阔无垠的红土沙漠上行走着，就像点点小舟在大海里航行。沙漠上也有朵朵低矮的灌木，它们是生命力非常强的植物。爱丽斯说，大沙漠也是一块有生命的地方，据统计，有三百五十种以上的沙漠植物,这里的植物的生命力特别强,根须深入干枯的红土下面,依靠沙土深处的一点点潮气来维持生命,顽强地开放在沙漠之中,为沙漠点缀了点点色彩,也为沙漠增添了生命的气息。这里还有一百二十多种动物,从天上飞的鹰到地下跑的兔子,飞禽走兽什么都有。爱丽斯问几位小伙子:"你们知道澳大利亚最凶猛的动物是什么吗?"

高强抢着回答:"我在悉尼动物园里看见过狮子。"

汤姆斯说:"你这是在动物园里看到的,澳大利亚没有狮子,是从非洲运来放在动物园里的。"

土谷说:"我看是鳄鱼,也许是海里的鲨鱼。"

爱丽斯说:"鳄鱼在河里,鲨鱼在海里,我是说陆地上的动物。你们知道丁狗吗?"

一说到丁狗,三位少年马上想起斯蒂姆白色面包车上画着的,那只有点像狗又有点像狼的动物,斯蒂姆还经常吹嘘:"我就是一条狡猾的丁狗。"但他们谁也没有真正地瞧见过丁狗。

爱丽斯说:"澳大利亚陆地上没有什么凶恶的动物,以前,丁狗大概能算是最凶的动物了。就在这儿发生过一件奇怪的事,后来这件事传遍了澳大利亚。一个母亲出外时,把孩子留在帐篷里,回来后发现幼小的孩子不见了。在法庭上,她说她在附近曾看见过一条似狼似狗的动物,她认为一定是那家伙叼走了她的孩子。法官和陪审团的先生、女士们都不相信她的话,认为是她残害了自己的孩子,然后编造谎言来蒙骗法官。结果是让她吃了三年官司。但是在几十年以后,科学家在这儿考察时,又发现了不少丁狗的踪迹,以前人们从来不知道这儿有丁狗的存在。人们为那位饱尝牢狱之灾的母亲平了反,但人们仍然没有找到还在活动中的丁狗,这似乎成了一个超级之谜。"

汤姆斯说:"如果我们在旅途中能碰到一两条丁狗就好了。"

高强说:"丁狗会不会咬人?"

爱丽斯说："如果碰上了，给它咬上一口也合算，能抓到一条活的丁狗，你们就变成揭开超级之谜的英雄了。"

土谷说："说不定就让我们碰上了，我们在这里还想找些东西呢。"

爱丽斯说："我们从这条道上走，还会瞧见几个原住民的村落，看看也是很有意思的。"

土谷就问道："爱丽斯小姐，你有没有听说过一个叫'伤心之地'的原住民地区？"

爱丽斯在脑袋里搜索了一遍，说："我没有听说过，这儿周围有许多什么鸟之地蛇之地的，但是原住民生活的区域很大，游客只能在远处看，没有经过他们的同意是不能进去的。你要找的地方，在道上碰见原住民，可以问他们，不过有的人，连英语也讲不好。"

在他们的骆驼后面，也有不少游客骑在骆驼上和他们走同一条道。土谷瞧见那个滚石酒吧的胖老板也骑在一匹骆驼上，跟在他们身后约几十米之外。土谷想：那匹骆驼肯定受罪，这家伙分量太重了，就像一大堆肉堆在骆驼背上。这胖子不在滚石酒吧里好好呆着，混到大沙漠里来干什么？

土谷在道上碰见过几个脸上画着白色花纹的原住民，问他们"伤心之地"的事，他们也说不知道。土谷发现，每当他和他们说过话以后，他骑上骆驼，那边胖子就爬下骆驼，和那些原住民交谈起来，而且，那胖家伙不但和他们说英语，好像还会说几句原住民的土语。

大沙漠里的景色时有变化，他们骑着骆驼跨过一道沙丘，就瞧见前面蓝天上的白云突然飘动起来，白云滚滚而来，速度快得像飞鸟一样，更像群马奔腾，一阵又一阵，飘过他们的头顶，一会儿，空中连一片云彩也没有了，全变成了蓝色的一片，那些白云不知跑到哪里去了。但是，没有过多少时间，蓝天下的沙漠也发生了变化,大概是天上的风降到地面上来了,风沙从遥远的地平线那儿袭来,就像是千万匹马在天上转了一圈又跑到地下,但是改变了颜色,白马变成了棕红色的马,奔腾而来。爱丽斯有经验,让大家赶快爬下骆驼,那骆驼都受过训练,一匹匹自动趴下,让人躲在它的后面。也就是片刻间,风沙吹过去了,就像一大群马匹跑完了。天和地都恢复了原来的模样,人们拍拍身上的沙尘,爬上驼背,又出发了……

傍晚的时候,人们看见了沙漠中间的那块大石头"乌奴奴",从遥远的一点暗红色,随着骆驼的向前迈进,石头也越来越大,色彩越来越鲜艳,在晚霞的映照下,就像从天上的火炉里,拿出的一块燃烧着的石头,搁在这荒漠的中央。

爱丽斯介绍说:这块石头是全世界最大的一块整石,长三千六百米,宽二千四百米,周长是九千四百米,高出地面三百四十八米,据科学家探测,还有六千多米埋在地底下。

而当地的原住民认为"乌奴奴"是在创世纪时天神的礼物,随着这块巨石从天而降,轰隆一声,黑暗的大地开始苏醒了。以前大地上没有光亮,黑暗寒冷,平坦无奇,没有河流,也没有山脉,死一般的静寂。而随着这声巨响,地球上有了阳光,带来了温暖,也有了星辰和月亮,照亮了白天和黑夜。原住民的祖先加入了创造世界的工作,他们是一群神灵,是从那块巨石里面出来的,有的化成各种各样的动物,有的化成千姿百态的树木花草,还有的化成了人,他们之所以不断地更换和变化存在的方式,为的是让大地变得更加精彩和缤纷。而那彩虹巨蛇旅行于荒凉的澳洲大陆之间,又创造出山脉河流,为澳洲大地开创出无限生机,最后这条彩虹巨蛇劳累了疲惫了,又钻入了这块巨石。因此,原住民把这块巨石认为是"我们的家园"。

克雷默先生认为这块石头是一个奇迹,它已经有了六亿年的历史,完全超出了人们的想象。他说:"我站在艾尔斯岩面前感到震撼。人类在这块巨石的前面显得如此地渺小。"

艾尔斯岩上的色彩由橙红变成了鲜红,再由鲜红转成了紫红,渐渐地变成了暗紫色,最后化成了深黑,巨石上的火熄灭了。

这个晚上,三位少年是在简陋的青年旅馆里度过的。

克雷默夫妇选择了较好的公寓式宾馆,睡觉前,他们听到了一阵汽车的声音,克雷默先生打开窗户,瞧见有一辆四轮驱动的越野车驶进前面的停车场,有一个人跳下车,走进隔壁的套间里。克雷默先生并没有特别注意这个人。

隔壁房间里住着的人是,一路跟随在少年们后面的滚石酒吧的胖老板,胖老板的名字叫尼可,他正坐在沙发上抽自己卷的烟,他不喜欢抽买来的烟卷,他喜欢用邓肯牌烟叶,里面再放一些大麻叶,卷在一起,抽一口,又香又来精神。今天坐了一天的骆驼背,简直把他这个胖子累坏了,那个斯蒂姆还说是什么愉快的旅行,是度假,真他妈的扯淡。不过,一想到能搞到一大笔钱,他又振作起来,这会儿,他的大麻烟正好抽到第三口,是味道最香人最有精神的时候,斯蒂姆推开门走进来,高叫道:"我的好兄弟。"尼可也立刻站起来,两个老朋友又是拥抱又是握手,其实他俩才分手一个星期。

斯蒂姆在墨尔本失去了情人娜达丽娅,得到了一大包钱,但他仍然很伤心。于是,他又想起"伤心之地"的事情,这也就是他为什么一直缠着土谷的原因。斯蒂姆把从皇冠赌场抢来的钱装进一个皮箱里,一副绅士打扮,提着皮箱又回到悉尼。那辆白色的面包车当然不要了,反正现在皮包里有的是钱,买十辆二十辆车也花不完。

斯蒂姆一到悉尼就找到老朋友尼可,因为关于"伤心之地"宝藏的传闻最早他也是从这个胖老板嘴里听到的。

在红坊区一直流传着"伤心之地的宝藏"的故事,说在澳大利亚中部那块巨石"乌奴奴"以北的地方,有一块土著人的"伤心之地"，那儿埋藏着一笔土著人的巨大的宝藏。宝藏到底是什么东西？又产生了各种各样的谣传，有人说是一块像老鹰一样大的天然黄金，从地下挖出来就是老鹰的形状。有人说是像拳头一样大的澳洲蓝宝石，蓝宝石里面有一幅天然的澳大利亚地图。后来越传越离奇，金老鹰变成了金袋鼠，变成了一头金牛；拳头宝石变成了橄榄球宝石变成了篮球宝石，变成了……

尼可在酒吧里听说这个"伤心之地"的秘密，藏在一个叫阿凯的土著老人的脑子里。斯蒂姆出狱后，尼可就把这件事情告诉了斯蒂姆，斯蒂姆又想入非非起来，他四处打听，终于打听到那个叫阿凯的老人病死在博克街的一座旧公寓房里，他临死的时候，是土谷在他的身边。阿凯到底和土谷说了什么，只有他俩知道，现在其中的一个人已经不在了。斯蒂姆猜测，阿凯老人没有子女，对土谷和土包兄弟很好，八成已经把"伤心之地"的秘密告诉了土谷。

再说尼可也曾经想过"伤心之地的宝藏"，但只是想想而已，"伤心之地"在什么地方也不知道，再说他这么胖的身材，行动不便，想让别人去做这件大买卖，他也不放心，而他自己又无法去圆这个"宝藏"梦。他几次对斯蒂姆提出，要和他合作，一起去开发宝藏，斯蒂姆对这个胖子没有多少信心，推托着说以后再考虑。其实斯蒂姆是心里另有打算。斯蒂姆和尼可不同，他是在梦里看见金子，醒来后就要去找金子的人，哪怕金子在天边。起初，他并不想和这个胖子合作，他的计划是，在墨尔本赌场里抢了钱以后，再和娜达丽娅一起去寻找"伤心之地的宝藏"，最好找到土谷这小子，从这小子的嘴里挖出"伤心之地的宝藏"的秘密。谁知道天有不测风云，娜达丽娅不幸遇难。土谷倒是找到了，可是这小子不肯和他合作，虽然他已经对土谷发出了恫吓，胡扯什么把玛雅商场门口的三人小乐队告发到了警察局。

斯蒂姆现在是举目无亲，他在悉尼虽然有不少狐朋狗友，但他信不过他们，他甚至怀疑当初他被警察抓进局子里去，也是那些家伙搞的鬼。现在抓在自己手里的这件大生意，是不可能再去找他们的。于是，斯蒂姆回到悉尼又找到了胖子尼可。尼可也有尼可的优点，他虽然胖点，行动不便，但他的滚石酒吧是一个黑窝，贩毒的，拉皮条的，抽大烟的，抢银行的，什么样的疯子都有，经常出现一些三教九流的人物。而且这个酒吧地处红坊区，有许多土著酒客，尼可本人和斯蒂姆一样，身上也有一些土著血统，尼可平时又喜欢和顾客山南海北地瞎扯，因此，他也学了一些不同地区的土著方言。尼可对斯蒂姆说："我最近结识了一位大人物，是从美国来的购买地下文物的大佬，这个大佬听我一说'伤心之地的宝藏'就来了兴趣，不管这件宝物是金银铜铁，他出的底价就是一百万美金，如果这些宝藏真有价值，他可以出到一千万美金。"

斯蒂姆一听到这个消息就说："太好了。"心想，这下也非得和这个胖子合作了，他连买家也找好了。就在这个时候，斯蒂姆也从报纸上看到"伤心之地"的报道，他以为时机到了，决定立刻去寻找"伤心之地"，寻找那些宝物。但是，他认为，尼可也不能一事不干，光等在酒吧里拿钱。

斯蒂姆去头了一辆崭新的四轮驱动越野车，拖着尼可一起出发了。才走了几百公里路，尼可说他坐这样的车吃不消，再坐几千公里，非要他的老命不可。其实，他比斯蒂姆也就是大十几岁，但看上去老相一些。斯蒂姆拿他也没有办法，让他先坐飞机去阿德兰德，再坐火车去中部沙漠爱丽斯泉，自己驾驶吉普车赶来，一路上用手机保持联系，到了那儿再碰头。没有想到福人有福相，这个胖子在 THE — GHAN 火车上发现了土谷三人小乐队，因为他听到斯蒂姆说起过这三个小子的事情，于是，他马上和斯蒂姆取得联系，斯蒂姆叮嘱他，一定要紧紧地盯着这几个小子，特别是其中的土谷。所以尼可就一路跟着他们。他的屁股分量重,和骆驼背部一颠一颠地摩擦,感觉到自己的屁股要磨破了,真他妈的受罪。还有一件让尼可担心的事是他的滚石酒吧,他离开以后就交给手下一个叫米格的家伙管理,米格虽然表面上对他忠心耿耿,谁知道会不会偷他的钱。这世道,知人知面不知心,人人都想偷钱,想当初,他在做伙计的时候,不也是趁老板转身之际,从钱箱里捞钞票吗?这会儿,自己离开店,而且要离开一段时间,米格那小子不偷才怪呢。不过这次自己是来搞大钱的,斯蒂姆已经和他谈好了,如果拿到那些宝藏,宝藏卖掉的钱一人一半,一百万美金,一人得五十万,一千万美金,一人五百万。这些钱够他再买几家酒吧的了,所以说,被伙计偷掉一些小钱也就算了。

这会儿,两个人碰了头,斯蒂姆握着尼可的手说:"老兄,你的运气真是太好了,发现了这三个小子。你想想,这三个小子有事没事的,到大沙漠里来干什么。我可以百分之百地说,他们是来寻找'伤心之地的宝藏',只要我们像丁狗一样紧紧地盯着他们,一步也不放松,他们到哪儿,我们跟到哪儿,肯定能找到宝藏,那个叫土谷的小子知道宝藏的秘密,也许他们几个现在全知道了,他妈的,这几个臭小子也想着分这笔钱呢,让他们做梦去吧。"

尼可说:"我这一路跟着他们几个,简直吃尽了千辛万苦,现在这几个小子就交给你。他们几个睡在那边的青年旅馆里,隔壁的一对老头老太和他们一起走,明天一清早,他们还要去看日出呢,我都打听清楚了,不过,我实在没有他们这样的劲头。"

"老兄,你已经立了功,你还得跟着他们。他们认识我,万一瞧见了我,这事就有麻烦了,这几个小子并不笨,我不是告诉过你吗,我吃过他们的亏。再说,我也不能开着吉普车跟在他们的骆驼后面。我认为,还是你再骑几天骆驼跟着他们,他们又不认识你,周围还有这么多游客,你只是他们中间的一个。我有一种预兆,事情成不成就在这几天。我的好兄长,你会习惯的,骆驼是很温柔的动物。我们的这件大生意做成之后，我会赠送给你一个'沙漠骑士'的光荣称号，你一辈子都会记住这个称号的。难道这一辈子我们还会第二次来沙漠寻宝吗？当然不会，'沙漠骑士'的荣誉，对你来说，将是一生的光荣，你会成为红坊区最出名的人物……"斯蒂姆又滔滔不绝地发挥起来。

"好吧，你别说了，我继续跟着他们，让我的屁股受罪。"尼可的大屁股又陷在沙发之中。

斯蒂姆从尼可的烟盒里拿出烟叶，也卷了一支大麻烟，一边吸一边说："我开着吉普车跟在你们后面不远，只要一有什么动静，你给我拨手机，我马上就可以赶来。这辆车的性能真是太好了，跋山涉水走沙漠，比以前那辆白色面包车不知好上多少倍，八万块钱值。不过，这些钱都是那位女勇士用生命换来的，我们所做的每一件伟大的事，都需要一种勇士的精神。"斯蒂姆有点伤感。

"什么时候也让你骑一整天骆驼，让你的屁股也发挥一点勇士精神。"尼可又点上第二支大麻烟，房间里飘着一股儿大麻的清香。

5

第二天，几位少年和克雷默夫妇一起跟着爱丽斯去"乌奴奴"的东边看日出。

太阳从东方的地平线上一点一点地露出脸，人们每一分钟都在期待，每一分钟都在激动，天地之间，每一分钟都在变化着。当初升的太阳照耀在巨石上的时候，由暗渐明，如同天地间的一个大火炉被点着了，越烧越旺，越烧越红。然后，整个大地都变成了一片红色……

太阳升起来以后，他们又一起爬到了艾尔斯岩的顶上。从巨石上面俯视辽阔的红土荒原,又是别一番壮观的景象,这时候人们并没有感到那种居高临下的骄傲,而是感到心灵在产生着一阵一阵的颤抖,仿佛大地在振动,仿佛人是从这片土地上,是从这块巨石里面慢慢地钻出来了。土谷曾经记得,阿凯爷爷老是喜欢说这句话:"天是我们的父亲,大地是我们的母亲。"此时此刻,他对阿凯爷爷的这句话有了深切的感受,他感到自己和这片土地贴得很近很近,能闻到这片土地的味道,能嗅出这块巨石的气息。

几位少年在巨石上向着大地叫喊着,风把叫喊声带得很远很远。

他们连走带爬地下了这块巨石后,又绕着巨石走了一圈,在巨石的壁上他们瞧见了许多原住民的壁画,有的壁画上是飞禽走兽,有的壁画上是人,有的壁画上是各种图形,其中的一幅图案非常精彩,各个几何图形展示而开,如同展开了丰富多彩的大地……在这座石山的壁上还有不少石洞,石壁下面的有些区域也不能走入,被原住民称为"男人区""女人区"。爱丽斯说,这些区域原住民认为是"神秘的地方",不容许外来人进入。

土谷碰到脸上画着图像的原住民,就向他们打听"伤心之地",他们摇摇头说:这一带没有"伤心之地",你可以再往前走。

第三天,他们骑着骆驼继续沿着道儿朝前走。

一路上,他们看到道旁的沙漠上有一个大圆圈,围着圆圈是一个个有规则的土堆,土堆下面都有洞。爱丽斯告诉大家,这是沙漠上的巨蚁挖出的洞。高强叹声道:"这些蚂蚁真大,它们会不会吃人?"爱丽斯说:"他们不会吃活人,这些巨蚁像沙漠中的清道夫,会把人的尸体和动物的尸体肢解成碎末,搬进洞里,成为它们的食物,使大沙漠保持干净。"

不一会儿,他们又瞧见了沙漠中的圆圈,这个圆圈里不是土堆,而是一块块大小差不多的石头围成的,中间还搁着几块,像一个图形。高强问："这也是蚂蚁干的吗？这些蚂蚁也太厉害了。"汤姆斯说："这些石头看上去，每块都有十几公斤，大概连猴子也搬不起来，除非这些蚂蚁比猴子还大。"

爱丽斯说："这是人干的，是当地的原住民干的，可能是他们的老祖宗干的，我听人说，这些石块组成的图案已经搁在这儿许多年了，在沙漠里有好几处，也许有几百年，也许有几千年，这些石块表示一种符号，有某种象征意义，但到底表达什么意思，连专家们也说不清楚。"

高强说："我知道，这石块的象征意义就是，朝圆圈里面挖下去，就能挖到古时候的宝藏。"

大家哈哈地笑起来。土谷说："你去挖一下，这宝藏也太好找了。"

"那个圆圈里一定有魔法，说不定我一走进去就走不出来了。"高强感到大沙漠中太神奇了，真是无奇不有，太好玩了，够刺激。他骑在骆驼上东瞧西望，根本没有一点儿打瞌睡的感觉。

后面又刮来了一股奇风，就像有一匹快马从后面直追而来，发出"嘘嘘"的怪叫声，但没有刮起风沙。土谷说："酷，这是妖怪的叫声。"

下午时，他们又来到离艾尔斯岩三十公里之外的奥加斯巨岩群。

奥加斯巨岩群被当地的原住民称为"卡达族达"，原来的意思是"很多的头"，那些"头"就是指一块块巨大的岩石，和"艾尔斯岩"不同的是，"艾尔斯岩"是一块巨大的岩石孤零零地躺在沙漠中间，而"奥加斯"则是由一群巨石组成，大小不一的三十一块巨砾，连绵三十几公里，最高的"奥加斯"石，虽然比"艾尔斯岩"小一些，却比"艾尔斯岩"还高出二百米，高达五百四十六米。他们的骆驼队伍行走在岩石群中间的路途上，放眼望去，全是红色的石砾，只有头顶上是一片蔚蓝色的天。那些巨大的石块上面都含着不同的表情,在这些表情里面,一定隐藏着许多神秘古老的故事。风吹入岩石峡谷,发出了各种各样稀奇古怪的声音。土谷说:"那是魔鬼的风铃声。"汤姆斯说:"那是天然的提琴声,谁能知道大沙漠中也充满了艺术的感觉。"

傍晚,他们走出奥加斯巨岩群,从远处看日落,沙漠上连成一片的岩石群,就像是一朵朵连绵不断的火花。

这一晚,爱丽斯小姐给克雷默夫妇和三位少年安排了一个野外烧烤野餐,在红彤彤的火炉上,烤熟的袋鼠肉发出了诱人的香味,他们一边喝着红酒,一边咬着香喷喷的袋鼠肉,然后他们一起唱起歌来,汤姆斯又拉起他的提琴,歌声和提琴声从沙漠营地里欢腾起来,其他游客也一起围过来凑热闹,大家喝着唱着,在美丽的星空之下,在广阔的沙漠之中,唱歌跳舞。

这儿的生活设施要比艾尔斯岩那边差一些,三位少年是在一个帐篷里过夜的,但是土谷今天得到了一个好消息,他从一个原住民那儿打听到了"伤心之地","伤心之地"的确切位置是从这儿朝北走,大约还有一百多公里路。于是三位少年商量后决定明天一清早上路,去"伤心之地"。他们在无线电广播里听到,明天的当地气候是晴转多云,气温也不高,很适合行路。可是,他们没有注意到,在不远的另一个帐篷边上,停着一辆越野吉普车,有一个人老是拿着一个红外线望远镜,朝这里的篝火晚会上瞧着什么。

6

清晨,三位少年向克雷默夫妇和爱丽斯小姐告别了,他们在奥加斯景点的一个木屋里还掉陪伴了几天的骆驼,又租借了三辆自行车。

克雷默夫妇和爱丽斯小姐仍然骑着骆驼,去观看奥加斯巨岩群的日出。少年们的自行车上了另外一条朝北的沙土道路，此时，道路上也铺满了朝霞，一片艳红。天地间全是红色，如同一块巨大的画布上涂满了鲜艳的红色。

他们的自行车在沙土道上行了一个多小时，太阳不知道什么时候消失了，天空中布满了灰色的云。如果不下雨，这样的天气对于三位骑车者来说，反而是好事，可以免除炎热。沙漠上的风一阵阵吹来，幸好是顺风，那风就好像吹着风火轮一般，送着他们的自行车朝前跑。就在这时候，一辆吉普车从他们身边驰过，扬起一片沙尘，他们也没有理会这辆车，因为有不少人来中部沙漠旅游，是自己驾驶着越野车来的，道上也经常能看到各种大大小小的旅游车辆。

这辆吉普车里坐着斯蒂姆和胖子尼可，他俩昨天也打听到了"伤心之地"的位置。斯蒂姆驾驶车辆，尼可肥胖的身体埋在后座里，他俩都戴着墨镜。尼可问斯蒂姆："你不是说紧紧地跟在这几个小子的屁股后面，怎么跑到他们前面去了？"

"这你就不懂了。这几个小子在这条道上已经跑了一个多小时，他们还能跑到哪儿去，当然是去'伤心之地'。我们也已经知道'伤心之地'在哪儿了，现在不用担心他们跑丢了。我们跑在他们前面，两个小时就能到达那儿，一百五十公里路，我看他们跑到天黑也不一定能跑到，这三个臭小子说不定还得在沙漠里过夜，得让他们吃点苦头。我们先到达那儿，可以有所准备，把宝藏的情况打听出来。等那三个小子到了那儿，我们有备无患，以逸待劳，稳扎稳打。我早已想好了，哪怕宝藏到了他们的手中，我们也要夺过来。你瞧，我带着全套玩意呢。"斯蒂姆指的是他扔在车厢里的双筒猎枪、望远镜、绳子绑带、麻袋和罐装的麻醉喷剂等等。还有摄影器材和化妆用品等，斯蒂姆也要派用处。

"最好不要搞出人命来，搞出人命就麻烦了，我可不想吃人命官司,我还有滚石酒吧要照顾呢,这你知道。"胖子尼可胆子还比较小。

"我当然知道,我也不想闹出人命,只要那几个小子不逼我,我也不会对他们怎么样,我要他们的脑袋有什么用?当然,到时候,他们必须听我的,不听我的话,我会给他们吃一点苦头,也许,我要举着猎枪逼他们一下,也许什么也用不着,我们就能把宝藏弄到手了。你放心吧,那儿又不会有警察,我们也不是去抢赌场,只是去那儿的某个山洞或角落里,把宝藏从地底下翻出来,然后就走人,然后去悉尼和那个美国佬把宝贝换成美金。对了,那个美国佬不可能把这么多美钞从飞机上带到澳大利亚来吧,到时候我们可不收支票,如果是一张假支票,谁能到美国去找他?"斯蒂姆已经想到后面好几步了。

"这你放心,我已经叫探子把他的底摸清楚了,他是个阔佬,专门收购地下宝物,名画古董,很讲信用,黑道上的大哥级人物都知道他。"尼可认为自己也算是一个大哥级人物。

两个小时以后,斯蒂姆的吉普车就到了"伤心之地"。

这里是一个原住民村落,村落前面仍然是辽阔的红土沙漠,背后靠着山丘,山丘后面有一大块谷地,传说中的"伤心之地"其实应该是这块谷地,又叫"伤心谷"。二百年前,白人登上澳洲这块新大陆,和土著发生了冲突,北部沿海的一个土著部落就逃到了这儿,十几年后,一支白人马队也追到这儿,在这里对土著部落进行了一场屠杀,杀死了一百多人。土著部落就翻过了山岭,逃进了红土沙漠。他们逃跑的路线,也就是他们的前辈从"乌奴奴"走出沙漠的路线。其实,不少原住民的部落并不是永久地住在一块地区,他们会根据一个地区的生存条件进行搬迁漫游,这一地区有雨水,有猎物,他们就在这一地区生活。这里发生了干旱,很久不下雨,生存条件发生了变化,他们会在梦中得到神的启示,去寻找新的生存之地。

若干年以后,这个部落又回到这儿,他们没有进驻到这个山谷里,他们害怕再次受到侵袭,此外,伤痛的记忆还在他们的脑海里,所以他们选择了山丘外面,靠近沙漠边沿的地方居住,他们把自己所住的地方,仍然叫做"伤心之地"。

但在不久前,一个大公司的勘测队在这个山谷里发现了矿藏,准备开发。这里的土著部落立刻向政府投诉,声称对山谷里的土地的所有权,说山谷里面是他们真正的"伤心之地"。然而大公司说,我们也调查过,"伤心之地"应该是指你们在山丘外面的驻地,而不是山谷内的土地。于是一场官司就打到了澳大利亚北领地政府那儿。土著律师提出了著名的"马宝裁决",和由于这个案例而产生的"土著地权法案"。

考古学的证据显示,澳洲土著在这块土地上已经生活了五万多年。二百多年前,1770 年,英国的库克船长第一次在澳洲东海岸登陆,他虽然也看到了澳洲的土著人,他说土著人对他们这些现代人充满了敌意。他还宣称这片土地不属于任何人,并宣布他登陆的东海岸属于女皇陛下的大不列颠帝国。1788 年开始,英国的第一支舰队到达,从英国流放来的罪犯和移民陆续来到这儿,为了抢夺土地,他们把许多土著部落驱逐到澳洲的中部荒原。1870 年开始,澳洲各省的政府还将不少土著人驱赶到一小块一小块的保留地中,使他们的生活范围越来越小。

如同许多人迷恋音乐,迷恋时装,迷恋现代音乐一样,澳洲土著迷恋着他们的土地,迷恋他们部族曾经生活过的土地。土地是他们的精神寄托,他们喜欢在祖先生活的土地上打猎钓鱼和漫游,这使他们感受到祖先的传统和精神。十几年前,澳洲北部托勒斯海峡的岛民领袖艾迪·马宝领导他的同胞,运用法律手段索回马尔岛的主权。案子经过许多挫折,从昆士兰省法院一直打到澳大利亚联邦高等法院。遗憾的是,这位土著领袖并没有看到这个案子的结束，他在 1992 年死于癌症。然而，就在他病逝以后的四个月，这个案子胜诉了，联邦高等法院裁决：在库克船长来到之前，马尔岛人已经在这个岛上居住了几百年以上，根据澳洲的习惯法，应该承认他们的土地权。另外，高等法院还认为：尽管马尔岛人和澳大利亚本土的土著人属于不同部族，但有关的原则是相同的。高等法院裁决：假如土著能证明他们与某一块土地有着不可分割的联系，他们就可以具有这块土地的土著地权。但又规定，土著地权只适合于占澳大利亚面积百分之十二的国家土地，而不适合于私人拥有的土地。对于占澳大利亚面积百分之四十二的属于牧场租约范围的土地，也没有明确的规定。

于是"土著能证明他们与某一块土地有着不可分割的联系……"成了关键的一条。"伤心之地"的官司已经开了几次庭，双方的律师争辩不休，土著一方是否能提供令人信服的"不可分割的联系"的证据呢？各方都拭目以待。

对于这些情况，报纸上已有所报道，斯蒂姆也有所了解。因此他们的吉普车一到"伤心之地"，斯蒂姆背着照相机和摄影包，胖子尼可跟在他的后面提着三脚架等器材，他俩冒充报社记者，就在这个村落里忙开了，说是采访这起官司，其实是到处找人打听有关宝藏的事情。尼可会几句这里的土著方言，能和一些不说英语的土著人套近乎。他俩又是拍照，又是摄像，又是和人谈话，搞得像真的一样。就这样忙了半天，他们也没有打听到什么像老鹰一样的金块和拳头一样大小的澳洲宝石。村落里的土著人对这样的传说发出了笑声，有的人摇摇头，说他们从来没有听到过有这样的玩意，有的人不置可否地走开了。只有一个人说："关于宝藏的事，大概只有班爷爷知道。"

班爷爷是村落里德高望重的老人，七十几岁了，走在道上还疾步生风，讲起话声音洪亮，是这里的土著领袖。班爷爷会见了这两个城里来的"大记者"。斯蒂姆一本正经地举着一个话筒伸在这张轮廓瘦削的老脸前,老人讲到土地时,声音里充满了一种深厚和庄严的情感:"我们的生命是和土地联在一起的,没有土地就没有我们的一切,我们已经失去了很多,我们不能再失去我们的'伤心之地',山谷中的'伤心之地'里渗透着我们先人的鲜血和眼泪,我们会找出证据来证明'伤心之地'是我们的……"

斯蒂姆和尼可这两个家伙听了老人的话,都有点感动。斯蒂姆一问到宝藏的事情,那个老人脸上的神态马上机警起来,他脸上纵横交错的皱纹收紧了。斯蒂姆说:"班大爷,我们只是想帮助你们。我们采访宝藏的新闻,是想知道宝藏和这块土地的关系,让大家都明白,这块土地是你们的。你瞧我们两个人的肤色,我们身上也有土著人的血统,你还信不过我们两位绅士吗?"

班大爷也闹不清楚这两个家伙是绅士还是小人,如果是白人记者来问他什么宝藏的事情,他说不定会一脚把他们踢出去。但他也不能太相信眼前的这两个人。老人没有正面回答他们的问题,他说他累了,要休息了。意思是请这两位记者大人可以离开了。

他俩走出老人的屋子。尼可说:"这个老家伙不肯说话了,如果在悉尼,我可以找几个兄弟撬开他的嘴巴,可是在这儿,他是皇帝。"

斯蒂姆说:"他不肯说话就是说话,因为他不会说谎,他又不愿意回答我们的问题,这其中就大有文章。"

"对,你说得对,兄弟你他妈的真是太聪明了,我他妈的怎么没有想到。"尼可对斯蒂姆越加佩服,"这么说,宝藏是有的?"

"肯定有,我敢对上帝发誓,这老头儿肯定知道宝藏的秘密,但这儿的其他人都知道得不多,关键就在这个老头身上。"斯蒂姆的两眼炯炯有神,似乎能看透周围的一切,"我还发现这个老头的脸有点熟,好像在什么地方看到过似的。"

尼可说:"这不可能吧,你又没有来过这儿。"

"我是没有来过这儿,他妈的,我也说不清楚,大概是在梦里见到这个老家伙的,那个从英国来的老巫婆不就是有这样的本事吗?我还瞧见这老家伙脖子上挂的那个玩意儿有点熟,也好像在什么地方见过,让我想想,对了,我想起来了,是土谷的脖子上的挂件。他妈的,这就对了,这事儿就能连到一块了……"斯蒂姆感到自己有了重大发现,对弄到宝藏的事信心十足。

尼可说:"我快累死了,你让我扛着的这些摄影器材太重了,下回你能不能带轻一点的玩意来。"

"你还想来下一回啊,我可不想来了,这次,我非把这里的宝藏搞到手不可。"斯蒂姆感到宝藏就在眼前了。

"谁想再来这个鬼地方,我是累坏了。我看我们先找一个地方吃点喝点,然后搭起帐篷好好睡一觉。你那个野营帐篷真的不错,昨晚我睡在里面比睡宾馆还舒服。"胖子尼可连两条腿也挪不动了。

"吃点喝点,我同意,但今晚不能睡觉,我们还要干一些重要的事。"斯蒂姆是越碰到这样的事,精神越好,人越兴奋,他天生就是干这种事的料。

7

这话真被斯蒂姆说到了。

今天天气不热,这条道虽然是沙土路,但比较平坦,三位少年顺风赶路,热情又高,脚底下就像踩着风火轮一般,风风火火,一个白天就骑车赶完了一百五十公里的路程。三辆自行车驶进村里的时候,被躲在远处吉普车里举着望远镜的斯蒂姆,看得清清楚楚,他嘴里骂道:"这几个臭小子动作真快,怎么不他妈的死在大沙漠里。"边上的尼可正躺在车座上呼呼大睡，睡得口水也流了出来。斯蒂姆推他道："醒了，快醒了，要干活了。"

班大爷一直没有休息，他坐在屋里一块大木墩做成的椅子上，边上的火炉里点着一堆火，他还是不喜欢用电灯，虽然政府早就把电和水接到村子里，不少土著人家里也都用上了电视机和电冰箱。可是班大爷还是喜欢火光，火光里，人会有一种梦境般的感受，他还喜欢木材在火中燃烧时散发出的那种香味，那种香味使人沉沉欲睡，催人进入梦乡。因此，他在晚上的时候，都要点上一炉木柴，让火光陪伴他进入黑暗的夜中。班大爷的子女都早已搬出去住了，他们在外面成家立业，只留下他一个人在这间石头垒起的老房子里。这几天里，他经常在火光里看到一个人，一个和他一样年纪的老人，一个比他早走进这个世界两个小时的孪生兄弟阿凯……一会儿老人又变成了小孩，小孩的脸越来越模糊，但那小孩脖子上挂件却很清楚。后来，小阿凯跟着父亲走出"伤心之地"，出远门去了，再也没有回来。而他则和母亲守在这块土地上，母亲去世前对他说，你脖子上挂着的这块挂件，你兄弟阿凯的脖子上也挂着一块，两块拼在一起能拼出一副图案，这个图案里蕴藏着我们祖先的一个秘密，一个有关我们土地的秘密。班问母亲："是什么秘密？"母亲说："我也不知道，只有看见了那个图案，你才能去发现这个秘密。"

最近，他们在山谷里的"伤心之地"遇到了麻烦，那些大公司正在窥探那里的矿藏，把手伸进山谷里要夺取那儿的土地。于是，班大爷的脑海里经常浮起那个未知的秘密，可是他也看不清楚那个秘密到底是什么？今晚，在火光中，他看到了迷迷茫茫的山，看到遥遥远远的路，有一只鹰在天地间自由地飞翔，他感到自己的热泪在老脸的皱纹间爬动，他又看到了那位和自己一样的老人，老人变得模糊了、隐退了。在那条红土沙漠的道上，突然出现了三位少年，其中的两位比较模糊，有一位很清晰，是一位土著少年,脖子上挂着那个挂件,头上扎着一块花布,"他是谁,难道是阿凯返老还童了?"班大爷搞不清楚,但他似乎瞧见,这三个少年正在朝这儿走来。

就在这个时候,门被吱地一声推开了,门口真的出现了三位少年。三位少年踏进门,朝他面前走来,走在最前面的一位正是班大爷在刚才火光中看到的脸,他不由一怔,心里说:"天神啊!"

走在前面的土谷瞧见班,也感到一惊,脱口而出道:"阿凯爷爷。"

"我不是阿凯,我是班,是阿凯的孪生兄弟。"班有点明白了,少年为什么叫他"阿凯"。他问道:"你是阿凯的孙子吗?"

土谷也明白过来,为什么阿凯爷爷说要找到一个和他一样的人,原来阿凯和眼前的这位是双胞胎兄弟。他回答班:"我不是阿凯爷爷的孙子,但他待我像亲孙子一样。我的名字叫土谷。"

班已经看到土谷脖子上的挂件,土谷也看到了班脖子上的挂件,一老一少的眼光对在一起。班从脖子上取下挂件,土谷也从脖子上取下挂件,嘴里还解释道:"这是阿凯爷爷临死前交给我的,让我找到一个和他一样的老人,我找到你了,他说这块挂件关系到一些土著人的宝藏,我不知道是什么宝藏,你知道吗?"

"噢,阿凯死了,我再也看不到我的兄弟了。"班叹息了一声,他接过土谷手上的挂件,将两块挂件拼在一起,奇迹出现了。以前,班总是瞧着他那一部分挂件,默默地沉思,左思右想,也想象不出挂件上的图纹到底表达的是什么意思。此时此刻,他一下子就看清楚了,拼起来的图纹表现出一座山,班大爷太熟悉这一座山了,以至于他一眼看到拼接起的图纹就明白是哪一座山了,这座山在他们族人心目中是伤心的源泉,虽然那座山并不高大,在群山之中,它只是一座貌不惊人的小山,但这座山在他们的族人的心里却是神圣和悲怆的。因为,据传说两百年前,他们的祖先,曾经有上百人被白人射杀,就是在这座叫亚眠的小山上。而且使人惊奇的是,当两块拼件拼在一起的时候,中间有一个接触点呈现出一点红色,在火光的照耀下,那点红色逐渐映射出光芒来,越来越亮。连在土谷身后的高强和汤姆斯也看到了,高强叫道:"你们看。"

班瞧了他俩一眼,问土谷:"他们是谁?"

土谷说:"他俩是我的好朋友,我们三人一起穿过大沙漠来到这里。"

班大爷又瞧了他俩一眼说:"年轻人,请你们到外面去等一会,我和土谷有一些话要说。"

高强和汤姆斯知趣地走出门,并把门关上。他们两个和土谷刚才一路骑自行车来到伤心之地,到了这儿,瞧见天还没有黑,土谷就拿着脖子上的挂件到处问人,一个土著妇女说:"今天来这儿的人真多,一会儿来记者,一会儿又来了你们。"她说她见过班爷爷的脖子上的挂件和这块挂件有点像。她把三位少年领到班爷爷家的门口就走开了。三位少年走进门去。

此时,高强和汤姆斯走出门来,坐在门口的石头台阶上,点起香烟。天已经黑下来了,前面又走来一个土著模样的人,他对两位少年说:"你们走开一点。我是班老爷的守护者,我要守在这里看门,你们不能靠近。"他的声音有点怪怪的,说着就坐在石头台阶上,把脑袋靠在门上,还让高强和汤姆斯走远一点。

高强和汤姆斯不想惹麻烦,推着自行车走开了,他俩想,土谷一定会把屋里的事告诉他们的。

夜色苍茫,夜空中没有星星。

8

这一夜,三位少年是在班爷爷屋里过的。土谷在班爷爷的屋里呆了一个多小时,出来后找到高强和汤姆斯,让他俩一起回屋里去睡觉。门外的那个神秘的守护者已经不见了。

夜里,土谷没有告诉高强和汤姆斯什么情况,只说:明天我们一起出去办事。他们就躺在外间的地铺上,里间是班大爷的地铺。

第二天上午,班大爷又叫来了两个土著汉子,带着一些绳索工具等,牵着几头骆驼,三位少年仍然骑着自行车,他们一行六人一起出发了。

他们翻过山丘,在山间道路上绕来绕去,走了几个小时,终于走到了那座叫做"亚眠"的小山下,但他们没有注意到,那辆越野吉普车始终不近不远地跟在他们的后面。前面的六个人牵着骆驼推着自行车从一条小道上,走上山去。

后面的吉普车开到山下,因为路径太窄,车无法驶上山去。斯蒂姆把吉普车开到树丛中隐藏起来,他和尼可一起跳下车,他让尼可把摄影器材扛在肩上。尼可不情愿地说:"还要搬着这些玩意干什么,我们上山去替他们拍电影啊?"

"你他妈的真是没有脑子,拍下他们挖宝藏的经过,到时候给那位美国阔佬一放,让他开开眼,就知道我们的宝藏货真价实,还不马上把几箱子美金送到我俩面前。"斯蒂姆身上是一副当地土著人的打扮,昨晚就是他化了妆,冒充什么土著人的"守护者",支开了高强和汤姆斯,从门缝里偷听了屋里面班大爷和土谷的谈话,虽然没有全听清楚,但也八九不离十了。这会儿,他的脖颈间也挂着一个照相机,还把那枝双筒猎枪塞在一个三角架的皮套里,扛在肩上,腰里还藏着一枝手枪。沿着小径朝山上走去。尼可对斯蒂姆的见识不得不佩服,斯蒂姆总是有超前一着的眼光,领先一步的双脚。他扛起摄影器材,跟在斯蒂姆的身后,亦步亦趋地朝山上走去。

那两块挂件拼出亚眠山的图案,中间出现一个闪亮的红点,班大爷起先也感到很奇怪,不仅仅是对于这个红点会在火光中发出闪亮而感到奇怪,而是他不知道这个在图案中间的红点是什么意思,为什么这个红点点在亚眠山的中间呢?他在梦中得到了神的启示,看到了一块大石头,那个红点的位置就是那块大石头。

山道上苍松翠绿,浓荫密布,有泉水从一边流过,有鸟儿在枝头鸣叫,使山间显得更加幽静,山道边还有一排大小不一的石头竖在那儿,不知道是谁干的,给这儿平添了一股儿神秘的意味。他们一行六人已经来到了半山腰,那块大石头就在眼前。以前人们在这条道上走过,也瞧见过这块大石头,但谁也没有注意过它,石头靠在山背上,至少有上千公斤,因为太大,从没有被人移动过。

班大爷恭恭敬敬地站在这块石头面前,嘴里念念有词,念的是当地的一些土话,而且念得非常轻,念完后,他对那块大石头鞠躬敬礼。然后,他让大家一起来移动这块石头,他们六个人一起用力,也无法移动这块大石头。班大爷说,让骆驼也一起参加。两位土著汉子把绳索一头捆住大石头,另一头绑在骆驼身上,六个人加两头骆驼,又是棍棒又是绳索,猛地用力,大石头终于移动了。

大石头后面露出一个山洞,有一人高低,一公尺左右的宽度。他们打亮手电,土谷走在最前面,班大爷走在第二个,他们一个个陆续进了山洞。两分钟后,后面两位跟踪者也跟着走到洞口,刚才他俩躲在不远处看着六个人搬动大石头的情景,胖子尼可说:"他们移不动大石头怎么办,我们又要白跑一趟了,要不,我们上去帮帮忙,大家合作,移开石头,找到宝藏换了钱大家一起分点。"斯蒂姆说:"你是猪脑子啊,他们会分给我俩吗?"

这会儿,斯蒂姆在洞口听了一会,里面的声音传远,他让尼可把摄像机交给他,"你的动作太迟钝了,说不定就会让他们发现。你在洞口等着我，别进去了。"斯蒂姆交给尼可一个哨子，"如果外面有什么情况，你就给我拨手提电话，我按在震动那档儿。他妈的，也不知里面是不是接受得到讯号，如果我没有给你回音，你就在洞口吹哨子。他妈的，也不知道山洞有多深，能不能听见。"他又把那枝双筒猎枪塞给尼可，"对了，再没有反应，你就朝里面开一枪，聋子也应该听到了。"

"我看枪还是你拿着吧，我不会玩枪。这一枪要是正好射中你呢，再说枪声一响，他们不也听到了吗？"尼可想把枪推还给斯蒂姆。

"管不着这么多了，只要你别对着我开枪就行了。"斯蒂姆很活络，一骨碌就钻进洞里。留着尼可双手握着枪在洞口直颤抖，他想：这不是要玩出人命吗？玩出人命吃官司，还不如守在滚石酒吧里，给人倒酒呢。

山洞里面尽管黑暗，却越来越宽畅。他们一行六人走了五分钟光景，瞧见前面山洞的顶上出现了光线。可是他们并没有注意到后面不远处，地下也有一点红光，那是斯蒂姆照在地下看路的手电光。

他们感觉是来到了一个大厅，顶上的光线大概是从山坡间的缝隙间射进来的，但是太细小，仍然看不清楚周围。两位土著汉子进洞的时候就遵照班大爷的吩咐，带进来不少东西。他们从背包里拿出几根在油里浸过的木头，架在地下，用火点燃，顿时山洞里亮堂起来，但他们在洞里的一个凹陷处，却看到一幅恐怖的景象，那个凹陷处堆满了人的白骨，有人的肢架骨、头颅骨，大约有上百具。看那模样，是被人堆积在这儿的。

他们瞧着眼前的景象，都倒吸了一口凉气，而躲在较远处的斯蒂姆在隆隆火光中也看清了前面的情景，他也被吓了一跳，"他妈的还没有开枪杀人，这里就全是死人的白骨。"他悄悄地打开了那个红外线装置的高级摄像机，斯蒂姆为了这次"夺宝行动"花了十多万，购买了越野车、摄像机等设备，这次全用上了。

在白骨的前面，有一块像树墩一样的圆形大木头，木头有半人高的厚度，直径有一公尺多，如果是棵大树，得有几个人才能合抱，这截圆木头至少也有两百公斤重。这块木头架在几块石头上，又像一个大桌面。但这个桌面并不平坦，上面是用工具琢刻出来的一道道山丘和山坡，其中的一个较小的山坡中间也有一个红点。班大爷一看就明白了，这座小山和挂件上画的那座山是同一座山——亚眠山，而那些山丘山麓就是山谷周围山岭的形状。山岭中间是一块盆地，盆地中间画着一张土著人的脸，土著人脸上的表情显得很悲伤，眼睛下面有两滴眼泪。班大爷彻底明白了，这就是"伤心之地"。

木头上面的画是用土著人传统的滴画法，用坚硬的利器在木头上刻出一个个密集的点，连成线，在点上画上红粉。而那块木头，除了外面的树皮，中间的树木洁白如玉，一大块树木犹如一大块白玉，那上面凿刻出的山丘等都如同玉雕一般。而木头中间还发出一股儿像白兰花一般的香味。班大爷知道了，他告诉大家，这种奇异的树木就是传说中的千年龟树，这种树木的年龄在一千年以上，上百公里的森林中只会生长出一棵，也就是说在一千年里，一个大森林里只会长出一棵，它在地下的根须就像路径一样，会生长到几十里上百里之外，从整个森林的土地下面吸取养料，所以它成为了森林中的树木之王。这种树木极其罕见，现在几乎找不到了，只留在古老的传说之中。这种树的质地细腻结实，千年不烂，万年不枯，能发出永久的芳香。因此，这种树木比金子还珍贵。班大爷说完又静静地想着什么，一语不发。大家看着那块神秘的木头，看着前面的那堆尸骨，有许多问题在他们的脑子里转着。

土谷问道："那些死人骨头是怎么回事？"

班大爷说："我认为这些尸骨就是两百年前，白人屠杀土著人后留下的尸体。在传说中,那场大屠杀后,某一天夜里,伤心谷内的土著人的尸体突然消失了,有人说那是天神把他们的身体收回去了,有人说是被丁狗吃掉的,但丁狗不可能一下子把一百多具尸体全吃掉,而且不留下一点骨头。我想很有可能的是,我们的先人在那场大屠杀后,在某一个夜里,悄悄地溜到山谷里,把这些尸体收集起来,都藏进了这个山洞,以后又把这块珍贵木头放进山洞,这块木头上刻画的图形是在告诉后人'伤心之地'的故事,而木头里散发出的香味会慢慢驱散尸体的腐烂的臭味。他们走后用大石头掩住洞口,把这个故事的谜底藏在山洞里,让百年后或千年后的人们来发现。而你和我脖子上的挂件也是我们前辈一代代流传下来的,是打开这个山洞的钥匙。"

火中燃烧的木头发出了噼啪的声音,"伤心之地"的秘密在这片红色的火光前面差不多全揭开了,沉默着的人被抖动着的火光映在山洞的壁上,却变成了一些神秘的影子。他们每一个人的心中都被带到了遥远的以前,带到了他们祖辈的年代。班大爷和土谷及那两位土著汉子在遥想着这块"伤心之地"上先人的鲜血和眼泪。汤姆斯为他们白人祖先在这块土地上的残暴行为感到汗颜和羞愧。而高强由于语言关系,还没有全听明白,但也隐隐约约地感到了以前在这儿发生了一场可怕的悲剧,他又想到了中国人祖先在这块土地上的事情……而那个躲在黑暗角落里提着摄像机的斯蒂姆的心里更是矛盾重重,他的身上既有土著人的血液也有白种人的基因,而更多的是冒险家的欲望……

班大爷说:"这个山洞和这块木头能够证明一切,我们要把这块木头拿出山洞,带到法庭上去,它足以说明我们是这块土地上的主人。"

他们几个人把这块沉重的木头搬到地下,从侧面把木头翻起来,利用木头的圆形,推动着,慢慢地朝外滚去。班大爷提着一根火把在前面引路,他让大家推动时要小心,不要碰到木头一面的雕刻物和图形,那是最珍贵的宝贝。班大爷还说:当年的祖先大概也是这样,把这块宝木滚进山洞的。

9

在山洞外面的尼可一直在胆战心惊地等待着,他又要注意这个山洞,又要注意山洞外面的情况,瞧着那条山间小道上有没有人走来,双筒猎枪虽然以前也玩过几次,那是在假日期间去乡间打猎时射野兔的,可他从来没有射过人。尽管他在"滚石酒吧"里和人吹嘘起来,好像他是黑道上的大哥大一样,胆子比天还大,除了去美国炸摩天大楼之外,他什么事都敢干,但真让他拿枪射人,他实在没有这个胆量。他在山洞口等了好长时间,眼睛朝里面瞧,黑咕隆咚的什么也看不见,耳朵贴在洞口听,静悄悄的,也听不出一点名堂。于是他就胡思乱想起来,他对斯蒂姆能不能拿到宝藏,是毫无怀疑的,他知道这家伙太有本事了,不然也不会从监狱里飞出来,从皇冠赌场里抢出钱来。如果斯蒂姆是个傻蛋,他尼可也决不会和傻蛋合作,更不会在他面前唯唯诺诺,惟命是从。使尼可不放心的是斯蒂姆这个人太聪明了。尼可在想:斯蒂姆怎么到现在还不出来,是要拨手机还是朝里面放一枪,这好像都不太合适,外面又没有出现什么情况,斯蒂姆跑出来还不大光其火,说不定还要坏大事。问题是这个山洞会不会另有出口,斯蒂姆那家伙会不会已经拿到宝藏了,从另一个洞口溜走了⋯⋯想到这儿,尼可就越来越不放心了,他又朝外走出几步,看看山下那边藏吉普车的地方,好像没有什么动静,也可能是太远看不清楚,也可能斯蒂姆已经开车逃走了⋯⋯尼可越想越着急,他怕的就是斯蒂姆把宝藏独吞了。已经一个多小时过去了,尼可左也不是,右也不是,急得像热锅上的蚂蚁,在山洞口团团转。后来他想到自己幸好没有把那个美国大佬的名字告诉斯蒂姆,宝藏到手,想要出手,想要卖个好价钱也不是那么容易的,斯蒂姆要出手宝藏,还得通过他尼可。再说,他和斯蒂姆也打过多年交道,斯蒂姆也不是一个出卖朋友的家伙。想到这儿,尼可又有几分放心了。

就在这个时候,斯蒂姆在洞口出现了,声音轻得连鬼也听不到。他在里面瞧见那些人在滚动那块大木头,认为待在山洞里已经没有什么必要了,便动作迅速地溜了出来。尼可瞧见山洞口突然冒出一个人影,吓了一跳,连忙把枪口朝前面伸,只听见斯蒂姆的说话声,"你他妈的想打死我啊?"

斯蒂姆急忙放下枪问道:"我等了一个多小时了,就怕你在里面出事。兄弟,怎么样,看见宝藏没有?"

"我能出什么事? 真是。"斯蒂姆拍拍那个摄像机,说,"全拍在里面了,让那位美国佬瞧一瞧,说不定,他肯出两千万美金呢。"

尼可急不可待地问:"到底是什么宝贝啊?"

"是一大块圆木头,像一个木疙瘩,货真价实的宝贝,上面还有画,听那老头子说,这种树木一千年才长出一棵。"斯蒂姆把摄像机又套到尼可的胖头颈上。

尼可还是弄不懂:"什么样的树,能值一千万美金,上面是不是伦不朗的画?"这家伙还懂一点艺术。

斯蒂姆的耳朵也很灵,他已听到山洞里微小的声音,说:"他们已经推着那块大木头出来了,我们快离开这儿。"

"我们去哪儿,不要这块宝藏了?"尼可把猎枪还给斯蒂姆。

"我俩不可能搬动那块大木头,就像我俩不可能搬动那么一大块金子一样。快走快走。"斯蒂姆拉着尼可朝那条下山道走去,一边走还一边对他说,"我听到过一句中国人说的话很有意思,守着树木等待兔子。我们到下面的山道上,把吉普车开出来,等在路旁,等在树下面,等他们一到那儿,就让他们把那块宝贝木头送到我们的车上。你说,我这主意怎么样?"

尼可气喘吁吁地小跑着,说:"难道他会听你的?"

斯蒂姆拍了拍双筒猎枪说:"他们不听我的,但会听它的。"

他俩很快地走到山下,把吉普车开到路旁的一棵大树后面,坐在车里,喝饮料,抽起尼可的大麻卷烟,两人精神倍增。守在树下,等待宝藏送上门来。斯蒂姆又对尼可描绘起这块宝贝木头,说这块大木头比金子还值钱,就等于这么大的一块宝石,就不知道那个美国佬识不识货。不过,他可以给美国佬放摄像和录音。如果美国佬不识货,可以另找买主,可以找英国佬、德国佬、法国佬或者日本人等等,反正现在世界上有钱的主有的是,而这块木头宝贝,现在世界上只有这一块。斯蒂姆又问尼可那个美国佬叫什么名字。尼可支支吾吾地说不清楚,心里想着还是要对这家伙防一脚,这买主也不是随随便便能够找到的。斯蒂姆拔出腰里的手枪,尼可又吓了一跳,斯蒂姆把手枪塞给尼可说:"等会儿,我拿长枪,你握短枪,在道上把那帮家伙拦住,让他们乖乖地把宝贝放到我们的吉普车上去。"

尼可握手枪的手又有点儿发抖,他把手枪靠在肚子上,不让手抖,心想这会可是玩真的了,但又装做镇定地说:"我认为最好不要闹出人命来。"

斯蒂姆说:"我也不希望发生那样的事。真的有点事,我们可以先朝天上和地下放枪,反正这山沟里又没有警察,谁也不会听到的。枪声一响,那些家伙还不吓得趴下。那几个臭小子,上次我带他们去亿万富翁家,想搞一笔吸血鬼的宝藏,枪声一响,那两个小子就躲进角落里,我找都找不到他们。这会枪对着他们,我怕他们吓得屁滚尿流,尿在裤子里,人也站不起来,到时候就没有人搬那块大木头了。你说是不是?"

"是,是。"尼可也喜欢听斯蒂姆说的这些话,最好就是不费吹灰之力把宝物搞到手。

斯蒂姆对尼可说了不少话，但就是没有提在山洞里看到的那一大堆尸骨。他怕说起这事吓着了尼可，他想如果这时候有娜达丽娅在身边就好了，娜达丽娅真是个敢作敢为的女人，比身边的这个熊包不知要强多少倍。

班大爷引着大伙把大木头从山洞里滚出来，把绳子编结成一个结实的网，把这个网挂在两匹骆驼的身上，大家一起抬起这块木头放在网里，骆驼站起来了，把这块大木头也抬了起来。两个土著汉子牵着两匹骆驼，慢慢行走。

这时候，斯蒂姆瞧见两匹骆驼和那些人已经从山道上慢慢地走下来。他对尼可发号施令道："下车准备。"

大伙刚下了亚眠山，就在这个时候，土谷口袋里的手机突然响了起来。土谷打开手机："哈啰，是谁啊?"那边电话里传来："是我啊，你的老朋友斯蒂姆。"土谷说："你好，你找我又有什么事，你还在墨尔本做什么大生意?"那边斯蒂姆说："我不在墨尔本，我和你在一条道上，都是为了这块宝贝木头来的。听着，你得劝你们的伙伴知趣一点，和我合作，我会给你们一点小钱，不然的话，嘿嘿。"

土谷感到情况不妙，抬头看见前面道上走来两个人，一个人正在关手机，但不是斯蒂姆，而是一个当地土著人打扮的家伙。但高强和汤姆斯瞧见过他，就是昨天晚上守在班大爷门口的那个守护者，脸上还画着白色的花纹，现在这个守护者手上握着一杆双筒猎枪。边上还有一个胖子，三位少年都见到过，就是一路上跟着他们的那个胖子。

大家还没有明白是怎么回事，那两个人已经走到他们面前，胖子也从腰里亮出一把手枪，而那个土著人则举起猎枪对着他们，他一说话就露了馅，三位少年听出了是谁。斯蒂姆大声说道："你们全给我听着，快把那块大木头放到树下的那辆吉普车上去,吉普车的后门开着。如果在十五分钟内,你们还没有把这块木头安放好,你们就死定了,瞧见我的双筒猎枪没有,我扣一次扳机就能射死两个人,还有我的朋友,一枪一个,他是个神枪手,我们只要射两次,你们六个人就全躺在这儿了。想要活命的快去干活。"斯蒂姆满是花纹的脸上那对眼睛就像一对黑洞,黑洞里眼珠儿狡黠地转着,还对着三位少年露出得意的神态。他又把班大爷赶到一边,让两位土著汉子和三位少年一起去搬那块宝木。

土谷全明白了,他们是一路跟踪来抢"伤心之地"宝藏的。土谷也记得上次跟着斯蒂姆去什么吸血鬼那儿,这家伙是说开枪就开枪的,又不能和他硬来,眼前的状况,真是一点办法也没有。他们几个人在枪口之下,只能让骆驼蹲下身来,连绳网带那块木头一起提起,一步一挪地放进了边上的那辆吉普车。

斯蒂姆砰地关上后车门,他又举枪把众人逼到后面,他准备上车,嘴里还唠叨着,"谢谢各位的合作,对于今天发生的事,你们也许有些伤心,你们应该忘记这个鬼地方,只当这里什么事都没有发生过。"

"站住,你这小子。"班大爷怒发冲冠地站出来,他迎着斯蒂姆的枪口走去,"在你走之前,可以先射我一枪,让那个山洞里多一具白骨。不然,你别想从这里溜走。"这下轮到斯蒂姆发呆了,他还从来没有碰到过这样的倔老头,不怕吃枪子儿,拦在他的道前,怒喝声不断:"你是个贼,你有没有祖宗先人,也许你的祖宗也躺在那个山洞里,你是个忘掉祖宗的贼,是一个下流的没有脊梁骨的贼,你想把我们的伤心之地全偷去,你是个多么卑鄙的家伙。"班大爷把斯蒂姆骂得狗血喷头。班大爷的大无畏精神也感染着三个小伙子。

斯蒂姆听着班大爷的骂声,他不是没有胆量开枪,而是心里有愧,手指发软。因为刚才在那山洞里,他也看见了那堆白骨,他也听见了班大爷在山洞里说的事情,他身上也有着一部分土著人的血统,他不知道自己的祖宗在哪儿?但他不可能没有祖宗,他并不是从石头里蹦出来的,从树上长出来的,就是从树上长出来,那棵宝树不就是森林里的祖宗吗?上次,他为了金钱而失去了他最亲密的女友娜达丽娅,这使他伤心不已。这次,为了金钱他又将失去什么呢?失去的将是灵魂,为了这件宝藏,也许,他这一辈子灵魂都将得不到安宁,他会受到所有人的唾骂。尽管他是一个能够硬下心来的家伙,可是眼前这位无畏无惧的老人使他无论如何硬不起来,他不敢开枪,他没有勇气让那个山洞里再增加一具白骨,他的心头颤抖着,于是手上的枪也抖动起来,枪口垂落下来。一旁的土谷瞧见这个机会,扑上去一把夺过斯蒂姆手上的猎枪,又把猎枪朝道旁的山沟里扔了下去。

一边握着手枪的尼可瞧见这边混乱的情景,遵照斯蒂姆的吩咐,朝天"砰砰"开了两枪,又朝地下开了两枪,开完枪后,手抖得厉害,连身上的肥肉也抖动起来。大家一听到枪声都愣了,不知道是射中谁了,但道上的人一个也没有少,还是高强和汤姆斯反应快,他俩就在尼可身边,瞧见尼可这副熊模样,两人一起冲上去,啪地就把他推倒在地,从他手上夺下手枪。汤姆斯握着枪柄,在道上跑了几步,一扬手,手枪飞到了空中,在空中划了一个弧线,也飞入山沟。班大爷对这个白人少年露出满意的一瞥,因为这些人中只有汤姆斯一个人是白种人,尽管土谷给班大爷说过,汤姆斯是一个诚实的白人朋友。

尼可从地上爬起来,他走到斯蒂姆身边,一语不发地摊开两手,那意思是:现在怎么办?斯蒂姆一脸沮丧地说:"输给他们,输给他们。"他俩看看三位少年,又瞧瞧班大爷和两位土著汉子,只见他们满脸怒火。斯蒂姆一瞧这光景,打又打不过他们,好汉不吃眼前亏,还是溜吧。他拉了尼可一把,轻声说:"我们下沟底去捡枪。"两个人就从一条小道上朝山沟底下走去。后面传来哄笑声。

"现成的，我们开车回去。"高强跳上车，瞧见车钥匙插在锁孔里，还瞧见车后座上扔着摄像机，再后面就是那块大木头，喊道："快上车吧，还等什么？"

"在山道上开车，你行不行啊？"土谷不放心地问道。

"没问题。"高强已经踩动了发动机。汤姆斯和土谷把班大爷扶上车，班大爷让那两位土著汉子骑骆驼回去。

土谷又把一辆自行车从后车门里塞进吉普车，瞧瞧后面再也塞不进东西了，关紧车门。他走到山谷边叫喊道："两位辛苦了，到村里来取你们的车，谢谢。"他跳上车。

高强得意洋洋地开动了吉普车："酷，这辆车真棒。"车后面，两匹骆驼慢悠悠地走在山道上。

沟底下的斯蒂姆和尼可听见土谷的叫喊声，又听见汽车的发动机声，枪在草丛中还没有找到，爬上沟来又来不及。斯蒂姆只能在沟底捶胸顿足地怒骂："这几个臭小子，我的好事都坏在他们身上，我的大生意全让他们给毁了，我的美梦也让他们给毁了。他妈的，梦里面的三颗小星星围着一颗大星星，还有那个巫婆的鬼话，全把我给骗了，我看他们简直是几颗丧门星，上次是一千万澳币，这次是一千万美金，我的损失太大了，这几个臭小子是在让我破产，我这头蠢驴，我这个傻蛋。我他妈的为什么不开枪呢？我的手在发抖，我没有勇气，我对不起祖宗，……"他骂着骂着，也不知道在骂别人还是在骂自己，越骂越感到底气不足，最后就坐在地下呜呜地哭起来。

尼可看他那伤心的样子，就劝他道："你就别哭了。这次不行，还有下次嘛。你上次不是说过还有一个丁狗行动计划，我们合伙干。"

"还有什么丁狗行动啊，那玩意都已经绝种了。我完了，我的人生算是完了，呜呜——"斯蒂姆越哭越伤心。

尼可又安慰他道："兄弟,实在不行,你可以到我的滚石酒吧里来混饭吃,让你干个领班什么的,你看怎么样?"

"你不认为这是在糟蹋一颗伟大的灵魂吗。难道我能够低声下气地替那些酒鬼服务吗,我是替人家端盘子的料吗?我是一个野心家,我是一个天生的冒险家,一个伟大的灵魂就这样被现实给毁了……"说到此,斯蒂姆在山沟里索性大哭起来,一把鼻涕一把眼泪,哭成个泪人儿。

尼可也被他的哭声给感染了,想到自己好端端地不在酒吧里做老板,跑到这大沙漠里来干什么?又花钱又伤神,还要整天担惊受怕,那酒吧里的钱肯定也被伙计们偷掉不少,这次做的是亏本的买卖。他捏鼻子抹眼角,随便怎么样,也挤不出一滴眼泪,但感到自己肚子里也挺伤心的。这"伤心之地"怎么会弄成是他们两个的伤心之地呢?

10

北领地的地区法院是在勃加城里的一幢石头城堡一样的建筑里。

这几天,这个沙漠边陲的小城也很热闹,许多人都是为了那场"伤心之地"的官司而来的。这一天,晴空万里,一片澄蓝。城里许多人都涌向那座石头城堡,来听取"伤心之地"一案的最后判决。

那几个破产公司的头面人物和代表他们一方的一个著名大律师一起走进法院,他们个个衣冠楚楚,神态傲慢,目中无人,一副稳操胜券的模样。因为他们有钱有势,在前几轮开庭中都占了上风。

大厅里坐满了听众,走道里也挤满了听众,挤不进去的观众都被法警拦在门外。电台电视台和各家报社的记者全出动了,连远隔万里的欧洲美国的新闻媒体也派来记者。因为有关土著人的土地权利，是一个深远的历史问题，也是一个很现实的问题，在世界上影响极大。

在法庭辩论进入关键的时刻，土著方的律师对证人席上的班大爷点点头。

当班大爷让人把那块大木头作为证据抬到法庭上，当那盘被斯蒂姆偷偷拍摄的录像带在法庭上当众播放，当人们看到山洞里的成堆白骨，听着班大爷的诉说，人们全都震惊了。法官提议，让庭上的人从座位上站起来，为历史上这个悲惨的日子致哀。

陪审员和法官一致认为：亚眠山上的那个山洞和眼前的这块千年古木以及木头上凿刻的山麓和画的土著人形象，完全能够和这一条法律原则吻合，判决山谷中的那块土地和周围的山麓属于"伤心之地"的子民。

法官读完判决书，整个法庭响起雷鸣般的掌声，连躲在角落里的斯蒂姆和尼可也拍起了掌。许多土著人含着眼泪，拼命地鼓掌。只有那个大矿产公司的几个代表没有拍掌，他们站起身，低着脑袋，夹着皮包灰溜溜地走出门去。这和他们进门时的神态完全两个样子。

班大爷走出法庭的门口时，成了"伤心之地"的英雄，摄像机对着他，记者的话筒对着他。班大爷老泪纵横，他激动地说道："对我们来说，这里曾经是我们的土地，现在是我们的土地，今后也永远是我们的土地。最理想的结果就是我们的权益获得承认。政府应该醒醒了，承认我们的权利，不仅仅是说我们同其他澳大利亚人一样。我们不一样，我们是原住民，拥有这片土地。应该承认我们几千年来在这里生活和生存，已经成为这片土地的一部分……"他又把身边的三位少年推到前面，说道："是这三位少年帮助我一起找到了'伤心之地'的宝藏。"

摄像机的镜头又对准了土谷、高强和汤姆斯,记者们的话筒也伸向他们。他们也从来没有经过这种场面,土谷不知道说什么好,但认为今天太光彩了,太荣耀了,酷!他说今天是他人生中的重要一天。高强也兴奋异常,信口开河,一会说过大沙漠,一会说挖金子,一会儿说找宝藏,话说到哪儿是哪儿,好像他们几个是超人一般⋯⋯汤姆斯则沉默不语,他直到现在,还对新闻媒体抱着一种反感。

法院门外,一群土著妇女当场在街上跳起了土风舞,一边跳一边欢快地叫着。一个大胡子的土著老人坐在石栏上,他那黝黑的脸和赤膊的上身画满白色的条纹,一个土著小伙子把一根粗大的迪吉利杜的乐器捧到他的前面。土著老汉中气十足地吹响了迪吉利杜,一种充满灵感的声音在法院门口响起了,流入整条街道,在小城的上空回荡。

这是少年们第三次听到迪吉利杜的声音,一次比一次让他们感动。

十一、克耐尔山和天神峡谷

1

电视上出现了班大爷的镜头,然后就出现了土谷、高强和汤姆斯的脸蛋。第二天的报纸上登载"伤心之地"的故事,也登载出三位少年的照片。

三位少年这几天住在勃加城的小旅馆里,一瞧见报纸上的大照片就慌了神。高强说:"这不是把警察引上门来吗?"土谷说:"我们光顾着出风头,把这事忘了,真是糟透了。"汤姆斯说:"要不,我们就去见一下警察,以前的事情总得说清楚的吧。"

土谷立刻表示反对:"我不去,我对警察最反感了。"

高强也接着说:"我也不去,我对警察也很感冒。"

"那怎么办,我们总不能老是这样躲下去。"汤姆斯拗不过他俩,"那你们说怎么办呢?"

土谷说:"我们还可以一路走,一路表演挣钱过日子,现在我们已经走出了大沙漠,还有什么好担心的。"

"这次我们在沙漠里找宝藏,这宝藏不是属于我们的,是当地土著人的。我们不是斯蒂姆,当然不能有坏心眼。"高强又说起另一件事:"记得吗? 我们还要去找那条海底里的沉船,听天狗镇上的中国人陈老先生说,那条叫'卡特山'号的沉船上一定还有金子。能从海里捞到这些金子,可以归我们自己。"高强还是念念不忘这件事。

汤姆斯问："你认为这种海底找金子的事情，有可能吗？"

"有什么不可能，又不是在很深的海里，那条沉船离海岸不远，就在一座灯塔边上，我们只要学学潜水，就能到下面去找金子了，关键要找到一条船。"高强把背包里的藏着的资料也翻出来，这些资料都是天狗镇上的陈先生看高强对沉船的事有兴趣，复印给他的，他一路上都背着，准备什么时候能派上用处。

汤姆斯说："照你这种说法，别人早就去那条沉船里去找金币了，有船的人多的是，这条沉船位置也不是什么秘密，报纸上清清楚楚地登载着，也轮不到今天我们去凑这份热闹了。"

自从高强听了陈先生讲的沉船的故事，他真把这事当做一回事，那条沉船经常会撞进他的脑子里，有时候梦里面都能见到那条船。他头头是道地说起来："这你就不懂了。别人都以为这条船已经被打捞过了，文件上有记载的一箱箱的金币全都打捞上来了，就认为这条船上没有什么值钱的东西了。而我们现在知道，这条船上的旅客有许多中国人，他们随身携带着许多金子、首饰，这些金子在文件上没有记录，所以也没有人知道，也没有人再动这条沉船的脑筋了。我们知道了这些情况，就等于掌握了一个秘密，这就像土谷脖子上的挂件的秘密一模一样。如果这个秘密大家都知道，就不是秘密了，那个地方也不难找，那个'伤心之地'山洞里的宝贝木头早就被人偷走了。关键就因为是个秘密。我再打个比方，以前，白人在一个地方挖出金子后，就走人了。结果中国人再去挖，又挖出了金子。因为前面的白人以为这里的金子已经挖完了，其实这个地方下面还有金子。这条沉船里还藏有金子，不就是和被挖过金子的地方下面还有金子的道理一样吗？"

汤姆斯听了高强的话，点点头："你的说法，好像有点道理。"

"什么好像有点道理，道理大着呢。我平时一直在研究这件事,你以为我是吃干饭的吗?通过研究这些资料,我已经上知天文下懂地理,还学到了航海知识,你们知道什么叫季风,什么叫海流吗?不是吹的,现在,我的英语阅读的水平提高许多,比不上汤姆斯你这个名牌学校的优秀生,比土谷可强多了。"

土谷不买账地说:"你以为我是文盲啊。我看看报纸读读书还是可以的。我的脑袋也不比你差,你瞧,这次找宝藏的壮举,没有我土谷行吗?还有,我早就发现了那个跟着我们的胖子不地道,你们发现了没有?如果都像你们那样傻乎乎的,说什么他是度假旅游,宝藏早就被斯蒂姆和他偷走了。"

高强也不买账,"那你怎么没有发现斯蒂姆呢?"

土谷说:"我一直没有看到他,不像你们两个,瞧见了他还被他蒙得头头转,被他从班大爷门口赶走,还说他是什么守护者,嘿嘿。"

"瞧你们两个,都说到哪儿去了。"汤姆斯走去整理自己的东西。

就在这时候,他们听见外面的马路上有警车的尖叫声。

土谷说:"是不是冲我们来的。"

高强说:"我看八成是。我们三个又上电视又上报纸,都成了新闻人物。警察在电脑上一查,就能发现我们是从监狱里逃出来的,还参加过斯蒂姆的什么吸血鬼行动,这不很快就查出来了。"

汤姆斯说:"这个斯蒂姆害了我们。"

土谷说:"斯蒂姆是又救了我们,又害了我们。"

汤姆斯又说:"我在想,这儿的警察不会想到我们和悉尼干的事情有关系。我们在这儿才两天,又没有干什么犯法的事情。"

"看来你这个优秀学生的脑子也不灵,还得跟着我学点。这里的警察没想到,悉尼的警察就想不到吗? 现在的电脑都是联网的,我和我中国的女朋友隔着太平洋都是在网上联系的。"

土谷说:"你不是说过你的女朋友在悉尼吗,叫什么甜甜。叫甜甜也不错,我们叫自己喜欢的女朋友甜心蜜人儿,不过,这都不是人的名字。"

"我不是说了吗,这是我在中国的女朋友。"高强说起女朋友就自豪起来,给自己点了一支"魂飞尔"烟。

"你到底有几个女朋友?"汤姆斯说,"一下子交太多的女朋友不好,男朋友和女朋友之间,双方应该诚实,不能乱来。"

"谁乱来了,我说的是我以前的女朋友嘛。现在我只有甜甜一个女朋友。我现在在街上瞧见漂亮的女孩子,头也不转一下。"高强又吸了一口烟,吐出烟圈圈,"这话说到什么地方去了,怎么会说到女朋友上面去了? 我的意思是悉尼的警察在电视上瞧见我们三个,然后就去查电脑,就和这里的警察联系,然后这里的警察就会找上门来。好了,等会儿,再和你们说,我尿急。我先去上厕所。"说着,高强按掉手上的烟蒂,走出门去。

这个小旅馆的设备很简陋,住房里没有厕所,有一个公共厕所在走道那边。高强在外面走道上没有走几步又转了回来。

土谷瞧见他这么快就回屋了,奇怪地问:"你在什么地方小便,不会在门外的走道上吧?"

"不好了,你们知道我瞧见谁了?"走进门的高强脸色都有点发白,一副失魂落魄的样子。

"是谁,又是斯蒂姆吧?"土谷说道,"这家伙太鬼了,他又想来找我们干什么?"

"我知道。"汤姆斯抢着说:"肯定是他也知道了海底沉船金子的事情,要来找强,强,你要小心一点,他有枪呢。"

"不是斯蒂姆,是警察。"高强压低声音说,"我从走道上出去,还没有走到厕所,就在楼梯口那边瞧见下面有两个警察在账台上和老板说话,大概在查我们呢。是不是刚才听见的警车叫声,后来不叫了,悄悄地开到旅馆这边来了。"

土谷走到窗户那边,掀开窗帘的一角,果然瞧见街对面的马路上停着一辆警车。他转过身来,着急地说:"这怎么办?我们快点逃吧。"

高强说:"朝哪儿逃,楼梯下是两个警察,窗口外面就是大街,再说窗口这么高,跳下去,还不把腿摔断了。"

土谷说:"天神保佑我们,那个店老板别出卖我们,我在登记住宿的时候用了一个我弟弟土包的名字,谁也不会查到土包头上,他已经不在这个世界上了。你们登记的时候用的是什么名字?"

"我是把名字倒过来写的,他们大概也查不到。"高强把耳朵贴在门上,听着门外有什么动静。

汤姆斯说:"我看,警察不像是来抓我们的。我们有三个人,警察才来了两个,两个人怎么能抓三个人呢?要不,我们就大大方方地走出去,看警察能把我们怎么样。"

土谷说:"我不去。"高强说:"我也不去。"汤姆斯当然也不能去了。他们只能紧紧顶着门,说好就是有人敲门也不开,让外面的人以为屋内没有人。每当走道上有人走过,他们都以为是警察来了,躲在门后,大气不出。这样等了半个多小时,土谷又掀起窗帘一角,朝外一瞧,马路对面没有警车了,也许早就开走了。

他们三人一商量,认为这里不是久留之地,很可能是警察先来调查再采取行动。于是他们整理了一下行李,说走就走。他们三个走到楼下,旅馆老板见他们背着行李,就问他们是不是要走了,今天的房钱还没有结算。高强说:"我们出去办事,晚上还要回来住。"

到了旅馆的后院里,他们也不管三七二十一,骑上自行车从后门慌忙出逃。

这三辆自行车是他们在奥加斯景点租来的，后来骑车一百多公里到了"伤心之地"，找宝藏时又骑到山谷里。那次他们开着斯蒂姆的吉普车带着宝木回来，车里放了一辆自行车，还有两辆自行车是斯蒂姆和尼可两人狼狈不堪地骑回来的，换回了他们的那辆吉普车。照高强的意思，就把那辆吉普车开走算了，土谷和汤姆斯都不同意，认为这样做等于是抢劫，尽管这辆吉普车是斯蒂姆的不义之财，但也不能抢斯蒂姆的东西，抢了斯蒂姆的东西，就是和斯蒂姆同一类人了。土谷还认为斯蒂姆身上也有点哥儿们的义气，也算是一个有本事的人，再说待他们也不算太坏，这次他什么东西也没有得到，就让他把这辆车开回去算了，以后大家井水不犯河水，各走各的路。是走阳关道还是走独木桥，都由自己选择了。

来勃加城的时候，"伤心之地"的土著村民租了好几辆大客车，许多村民陪伴着那块宝贵的木头一起上了车，三个少年把三辆自行车也搁在大客车里带来了。村民回去的时候，他们没有跟着一起回去，他们认为寻找土著宝藏的事情已经结束了，再回去穿大沙漠走回头路也没有什么意思，反正那三辆自行车也付了押金。他们准备再朝前走，走到海边去找一条船。

这会儿，三辆自行车一溜烟地出了勃加城，朝北面海边的方向驶去。出走前，他们看过地图，从这里到海边还有两百多公里路，中间要经过天神峡谷等地，这一路上都是公路，但也要穿过一大片湿地。

2

天神峡谷也是北领地的一个奇妙的风景区。

在路经天神峡谷的途中，三位骑车少年看见了一座光秃秃的山，山的模样有点像沙漠中见过的艾尔斯岩，大小也差不多。

不过这座山不是在沙漠中间，而是在山岭之间。周围的山都是浓黛苍绿，树木丛丛，唯有这座山像一个光着头的秃子挤在中间，一眼望去，山上几乎就没有树木，只有几处稀稀啦啦的灌木丛，就像秃子脑袋上还有几根稀毛。

这座山看上去不高，大概只有几百米，但山势很陡峭，也看不到上山的路。山下，也有一位骑车旅行者，他正抬头仰望着这座山。他的自行车架在边上，车上也载着不少东西。听见声响，他回过头来，瞧见三位少年骑车过来，他就热情地和他们打招呼："哈啰，朋友们，你们好！"

这个人看上去四十岁左右，欧裔人的脸相，浓眉大眼，高鼻子，下巴倔起，一脸络腮胡子。但他的皮肤不像白人，比土著人的肤色浅一点，黝黑中带点棕黄色，但和那种太阳晒出来的古铜色又有一点不同。他一见人就露出笑容，神态和蔼可亲，让人马上产生一种信任感。他和少年们握手，自我介绍道："我叫奥列佛，在路途中见到你们真高兴。"

三位少年也要自我介绍。

奥列佛马上说："你们先别说自己的名字，让我来猜猜。"他指着他们三人，一一说道："你叫土谷，你叫汤姆斯，你叫高强。"

三位少年以为又碰到奇人了，陌路生人怎么一下子就能喊出自己的名字。土谷就问："你是怎么知道我们名字的，你是超人吗？"

那人从屁股口袋里摸出一张报纸说："我不是超人，我是从这张报纸上看到的，昨晚的电视里，我也看到过你们三个。报纸上说，你们三个是帮助'伤心之地'的土著人找到宝藏的少年英雄。现在澳大利亚已经有许多人知道你们三个人的名字了。"

土谷说："警察不知道就好了。"

三位少年听了奥列佛的话，沾沾自喜，抢着看这张报纸，这是一张当地的地区报纸，报纸上的记者把他们三个大大吹嘘了一通，还配上了三人在法院门口的一张照片。

奥列佛那对棕色的眼睛亲切地看着他们，说话时露出两排雪白的牙齿："我还知道土谷是土著人，汤姆斯是白种人，高强是中国人。当然这也是从报纸上看到的，不过，瞧瞧你们三个人的形象也能猜出一半。但是，还有一个重要原因，因为，在我的身上有着你们三个人的成分，我的祖父和我的父亲是从欧洲来的白人，我的外祖父是中国人，我的外祖母是当地的土著人，因此我的母亲是一半中国人一半土著人，而到了我的身上，一半是欧裔人种的血统，四分之一的中国人血统和四分之一的土著人血统。所以，我一下子就把你们三个人记住了。"

他的话一下子就让三位少年乐起来了，他们都围着奥列佛问这问那。

汤姆斯问："你看着这座山干什么？是不是这座山很特别？"

"是的，你们知道这座山吗？"奥列佛又抬起头来，用手遮住射来的阳光，说起了山的故事："这座山叫克耐尔山，当地的土著人说这座山在多少万年前是一座雪白雪白的冰山，在梦境时代，山上住着许多身材高大的冰人，他们全身上下一片雪白。那时候，他们经常会从山上走下来，走进附近的山谷里散心。附近的山岭原来也是一片寸草不生的荒山，终年被炎热的太阳照射，没有河流，没有水分，也没有生命。由于冰人每次来，他们都会抖落身上的一些冰霜，日积月累，这些冰霜化成了水分，水分渗入土地，使山上长出上万种草木，引来无数的生命。今天这些山岭上，到处林木葱葱，生机盎然，走兽在山里奔跑，鸟儿在树上欢叫。这都是冰人们的功劳。"

土谷又问："那为什么这座山上面不长树木呢？"

"据这儿的土著人说，是因为这座山冰得太久，山的中间到今天还冰着，就像一个大冰块，不是一天两天就能化掉的。冰上面怎么能长出东西来呢，所以山上长不出树木。"奥列佛说着又从身边的背包里摸出一个望远镜,左瞧右瞧。

"你这么一说,我就有感觉了,刚才我们骑车朝这儿过来,越靠近这座山,就越感到凉快。"高强指着道路上说,"瞧这边和那边,都是在太阳下面,那儿热烘烘的,这儿也没有风,却好像有一股寒气,是不是山里面的大冰坨子还在朝外面放冷气?"

经高强这么一说,众人好像都有了冷飕飕的感觉。奥列佛笑了起来:"照你的意思,冰块还真的藏在里面呢。"

土谷说:"这事还真说不准。就像我瞧见了沙漠里的乌奴奴,总是感觉到那块大岩石中间还藏着什么东西。以前听飞鸟之地的帕特老人说,是那条彩虹蛇躺在里面。"

"那我应该上山去瞧瞧了。"奥列佛放下望远镜说,"你们知道吗?更有趣的是,经过地质学家的考察和研究,克耐尔山在若干万年以前,也就是土著人说的梦境时代,确实是一座冰山,在山上的很多石头缝里都能找到冰川时期的痕迹。而附近的山上却找不到这样的痕迹,这又让人感到奇怪,而且科学家至今也找不出克耐尔山为什么长不出树木的原因。"

"那些冰人到哪儿去了?"汤姆斯对那些冰人更有兴趣。

"对了,这冰人的故事还可以讲下去。"奥列佛坐下来,几位少年也围着他坐下。奥列佛兴致勃勃地讲起来,"有一次,冰人下山的时候,每人都扛着一把巨大的冰斧,因为他们感到老是在这儿的山里转来转去,没有什么意思,想到山外面去看看,他们要在这些山中间劈出一条路来。这群冰人下了克耐尔山,就在山里面一斧一斧地劈过去,今天的天神峡谷就是他们劈出来的。瞧那儿就是进入天神峡谷的入口。"奥列佛指着克耐尔山的斜对面,那儿一座一座山连接在一起,两旁的山势挺拔陡峭,但在山的中间突然少了一块,出现一个缺口。

高强说:"瞧,还真像被斧头劈出来的。"

土谷说:"就是劈出来的,以前的时候,是有巨人的嘛。"

奥列佛继续讲下去："冰人们一路劈将过去,不但劈出了峡谷,还在峡谷里劈出一条河流。你们走进天神峡谷里就能看到这条美丽的小河,现在的人们叫它天斧河。这道峡谷有一百多公里,出了这道峡谷就到了山外。冰人们劈出这条路,走出山谷,看到了外面更加广阔的地方,他们很高兴,走路摇摇晃晃,就像喝醉酒似的哈哈大笑,然后一挥手把冰斧扔掉了,他们已经不需要冰斧了。因此在峡谷外面有几块蓝色的湖泊,据说就是那些冰斧化掉后变成的……"

"冰人们走出山谷去了,他们有没有回来,他们有没有后代?他们吃什么喝什么?"汤姆斯提出一连串的问题,他听得入迷了,他感到这些冰人的身上充满着英雄气概和艺术趣味。

"这我就不清楚了。这几天,我在这里转了几圈,这些故事都是听附近的土著老人们说的,他们也没有告诉我冰人最后去了哪儿,也没有说冰人是否又回到克耐尔山上。他们吃什么喝什么,我就更不清楚了。不过,说他们走出山谷,走路摇摇晃晃像喝醉酒似的,我猜测他们喝的是冰镇啤酒。我也想去找找他们喝一杯呢。"奥列佛说着又举起望远镜朝山上望去。

土谷又问:"你举着望远镜在看什么呢? 这山离我们又不远,才一百公尺距离。"

奥列佛说:"我在寻找冰人下山的路。这座山并不大也不高,但很陡峭,我已经绕着山走了一圈,也没有找到上山的路,不知道那些冰人是怎样走上走下的。我得一小片一小片地观察,才能知道如何爬上山去。"

听说奥列佛要爬上这座奇异的山,三位少年都来了劲,高强说:"我们和你一起爬上去,你怎么爬,我们跟在你后面也怎么爬。"

"这不行。我是个旅行家,登山航海,就差没有驾驶飞机上天了。"奥列佛从自行车上的挎包里拿出登山用的钢钩绳索等用具，"瞧，我是受过专业训练的。你们没有受过这方面的训练不会使用这些玩意儿，爬不了几公尺就会摔下来，这是在拿生命开玩笑。我不同意。"他的态度非常坚决。

三位少年你看我，我看你，也没有办法。高强唉声叹气地说："看来，我们是看不到山上的冰人了。"

奥列佛笑起来："我看见冰人，代你们三个向他们问好，说不定冰人们还会让我捎带几瓶冰镇啤酒给你们呢。"三位少年笑起来。奥列佛站起身来，说他要去爬山了，和三位少年一一握手，还说以后再碰见他们的时候，会告诉他们在克耐尔山顶上的事情。大家愉快地道别了。

3

在进入天神峡谷的时候，确切地说，就是在他们三辆自行车进入那个峡谷缺口的一刹那间，汤姆斯脑袋里灵光一闪，跳出了一个主意，他说："那个克耐尔山的冰人的故事很有戏剧性，太有艺术味道了。我们能不能编一个冰人下山的小戏，就像上次贼谷镇上的袋鼠小戏一样，在一路上进行表演。"

"酷，太好了！我们又有好戏了。"土谷在山谷里大叫。

"还有，我在想，我们穿过大沙漠，去'伤心之地'寻找宝藏的事情也可以编成一部戏，这是我们三个人的亲身经历，可以编成一部大戏。"这会儿，汤姆斯的脑袋里就像灵光洞穿，好主意一个接一个地涌上来。

高强听了也两眼发光："好戏连台，肯定轰动，肯定轰动，我看，我们三个早晚会变成天王巨星。"

土谷说："那是肯定的，百分之百的，我们会成为天上的星星，让人家抬起头来瞧我们，就像舞台下面看舞台上面一样。"

汤姆斯说："我们编的戏，真的能搬上舞台，就说明我们成功了,我们又是编剧,又是导演,又是演员……"

于是,他们三个一边骑车一边商量起来,商量下来,让为先编冰人下山的小戏,等以后有时间再编"伤心之地寻宝"的大戏,一步一步来,说不定将来还能编电视剧、拍电影得奥斯卡奖呢。

天神峡谷里空气清新芬芳,两旁的山上,林木郁郁葱葱,鸟语花香。一条碧绿色的小河就像是嵌在山间的一条翡翠玉带,弯弯曲曲,沿着山谷,蜿蜒向前。小河并不深,从高处流向低处时,流水在一个坡上像扇面一样撒开来,碰到河底的一片鹅卵石,水珠从河面上跳起来,就像千万点白色的珍珠在跳跃,发出沙沙的声音,下面又形成了一片绿色的小湖。美极了,就像是神仙住的地方。

这儿的游人也越来越多,还有游人在小湖里游泳。汤姆斯心里痒痒的,他好久没有游泳了。以前他每个星期都要进行游泳训练,锻炼出一副肌肉坚实又均匀的好身材,这半年来在外面颠沛漂流,没有下过一次水。他说:"哥们,想不想游泳?"

"我最想去海上滑浪,有时候,在梦里我瞧见自己踩在一块大滑板上,像鸟儿一样在海浪里穿行。可是醒来以后还是躺在床上,其实我一次也没有玩过滑浪。"土谷跟着汤姆斯跳下自行车,说:"好吧,不能去大海,我就在这小湖里拍拍水吧。"

高强吹嘘自己是游泳高手,还说自己在水里还能玩几套中国功夫,结果一下水就玩不转了,只能来几下狗爬式,速度又慢,动作又难看,被汤姆斯拉下一大段,跟在土谷后面也显得很勉强,土谷对他拍着水说:"你这几下就是中国水上功夫啊?"

高强说:"以前跟一个体育老师学的那几下,都是在岸上练的,一下水不知道怎么就给忘了。"

土谷说:"你吹牛。你瞧人家汤姆斯在水里那几下,那才叫酷呢。"

汤姆斯已经游到尽头,又游回来,他那标准的自由泳式样在水里拉出一条白线,四肢配合得极好,伸展自如,脑袋左右转动,速度快得像水里的一条穿梭的鱼。

他们游了一会,就躺在岸上晒太阳,一边又说起编小戏的事情。

天神峡谷里的游人越来越多,三五成群,有的是几十人一大群的旅行团,也有的像他们一样,骑着自行车在峡谷里的道路上悠然而行,但骑车的人对有的山无法攀登。

下午的时候,三位少年来到天神峡谷的旅游居住区冰斧镇,镇名就是根据冰人用冰斧开掘出峡谷的意思起的。其实这儿从来没有看见过冰雪,没有明显的季节变化,平时温暖,走到树下又很凉快,景色优美,一年之中都是旅游的好去处,所以来天神峡谷旅游的人非常多。冰斧镇上热闹非凡,有超级市场,有各种各样的商店,游客摩肩接踵,熙熙攘攘,还有不少当地的土著人在地摊上买卖自己制作的工艺品。街上的露天咖啡馆里,游客们坐在太阳伞下,喝着饮料,欣赏着峡谷前方的美景。

傍晚的时候,三人小乐队的演出就开场了,恰逢游客们一天旅游归来,围观的人把街道也堵住了,还好这是一条步行街,车辆不能通行。他们编排的冰人下山砍出天神峡谷的小戏,一下子就把游客吸引住了,这个戏的内容等于为天神峡谷做了一个非常浪漫的注解,为游客们的旅游平添了一层生动活泼的情趣。因为这次已是第二部戏,他们编排得更加成熟,演出也更加有经验。三位小伙子一起上场,用白纸把自己包装成又高又大的冰人,两个眼睛挖两个洞,鼻子粘一个尖尖的红鼻套。汤姆斯的小提琴和高强的吉他外面都贴上一层白纸,当作冰斧的道具。他们又说又唱又跳,一会儿又来上一段小提琴和吉他的演奏,不拘形式。表演生动,配合密切。当晚,放在地下的小提琴盒里,装了一大堆硬币,还有小面额的纸票。

第二天,他们又表演了一天,也挣了不少钱。不过,他们在傍晚的时候碰到了两个警察，一男一女。警察也挤在看演出的人群里，当时三位少年也有点心虚，但演到一半，走又不能走开，好在他们表演时扮成冰人，身上都套着白纸套，一跳一晃脸也不是看得很清楚。他们一场表演结束，给观众鞠躬敬礼，土谷一不小心就把头上的纸套掉在地下，露出脸来。观众哈哈大笑，拍手鼓掌。那警察也跟着大家一起鼓掌。人们散开时，两位警察走上来，三位少年心里咚咚跳起来，土谷紧张到极点。没有想到两位警察上来和他们握握手，其中那个男警察还从口袋里摸出两个硬币扔进提琴盒里，由于提琴盒里的硬币太满，一个硬币又跳出来，警察又弯下腰去，把硬币捡进去。汤姆斯还比较镇定："谢谢你，先生。"

警察走开后，土谷又急着要走人，汤姆斯拉住他说："你怕什么呀。"

高强也说："瞧警察的样子，不像知道我们的事儿。"

这时候，第二拨人又围上来了，他们又演出了一会儿，一直到天黑。

在旅馆里，他们商量下来，还是不宜在一个地方久留，再说，这儿的游客，许多人都已看过他们的演出。

第三天，他们骑车到了天神峡谷的另一个旅游区，在那儿表演了几场，过了一夜。

4

第四天，他们踩着自行车，驶出了天神峡谷。

出了峡谷，山丘少了，大地相对平坦起来，但四周有大片的森林沼泽河流，属于湿地区域。

他们在公路上骑车到了下午，从地图上看，好像又接近了下一个小镇。公路边出现了一条弯道，弯道边也没有路牌，他们猜测是进小镇的路。在这条道上，他们三辆自行车拐了一个弯又一个弯，弯道两边都是树木，也不知道拐了多少个弯，还没有看见小镇的影子。高强说："我们的路肯定错了。"在前面领头的汤姆斯停住车，从背包里拿出地图，打开地图。高强和土谷也围在他边上看地图，左瞧右瞧，他们在地图上也找不到这条路。汤姆斯说："也许，路错了。"土谷说："那我们就回头走吧，按照原路再一个一个弯地绕出去。"

汤姆斯抬起头来往前看，发现前面远处好像有一个牌子，"那是不是路牌？"

大家一起看，太远看不清楚，于是骑车上前，看见不是路牌，而是一块简陋的木牌。他们停车在木牌前，只见木牌上粗糙地写着两个字："危险"。那块木牌指着边上一条更小的路。他们三个又感到奇怪起来，他们从南面走到北面，一路上跋山涉水过沙漠，也没有碰上过什么真正的危险，最危险的时候，大概算是在"伤心之地"的亚眠山下，斯蒂姆和尼可拿枪吓唬他们的时候。汤姆斯说："澳大利亚大地上没有什么凶狠的野兽，我想不出这儿有什么危险的。"

土谷说："我们进去看看，不会有鬼吧？"

"说不定有鬼呢？一路上各种鬼怪事，我们也没有少碰到？"高强是既不想进去，有点害怕；又想进去瞧瞧，找点刺激。

汤姆斯说："那都是斯蒂姆捣的鬼。"

土谷说："我们又不是胆小鬼。再说斯蒂姆也不可能藏在这儿。"

他们沿着小路驶进去，没有几分钟就瞧见树林里面的一个美丽的长圆形的小湖泊。宁静的湖水纹丝不动，倒映着蓝天。湖水碧清翠绿，清得能见到湖底，能看见水里鱼在游动，有几个野鸭子从芦苇里摇摇晃晃地走出来，它们瞧见人也不害怕，自顾自地寻食。树林里不时传出几声清脆的鸟叫。那边草丛里还生长着星星点点的野花，朝这儿飘来阵阵花香，这里嗅不出一点儿危险的味道，找不出一点危险的迹象，整个儿是一片宁静安详，一片世外桃源。

土谷认为外面路口的木牌一定是哪个家伙开玩笑设在那儿的。

"那些冰人走出峡谷，把冰斧扔掉，我看这个小湖一定是其中的一把冰斧化成的。"汤姆斯看见这碧清的水，心里又有一点发痒了，想到水里去畅游一下。再说在太阳下面骑了一个上午的自行车，出了一身汗，土谷和高强也认为可以去水里泡一泡。

小湖大概有四五十公尺宽，二百多公尺长，一眼瞧过去，在湖的尽头还连着一条细小的河流。他们三个把自行车和行李都扔在湖边，脱了衣服，扑通扑通地跳下水，水有点凉，也有点咸。他们挥臂抬腿朝对岸游去，连高强的狗爬式也爬得特别快。几分钟后就游到对岸，高强和土谷都已爬上岸去，坐在湖滩上晒太阳。汤姆斯还要打几个来回，他在水里像一名游泳健将似的，扬臂拨动着水浪，双腿拍打着水面，溅起一片水花，就像一条高速的舰艇，一会儿，他就游了两个来回。

在他游第三个来回时，游到中间，瞧见水中出现一个黑影子，起初，他还以为是一条鱼，但感觉不对，这么小的湖里哪来这么大的鱼？那黑影子正在从水中朝这儿游来，汤姆斯仔细一看，吓坏了，那是一条大鳄鱼。这条鳄鱼大概是从连接着湖的那条小河那边闻声游过来的，此刻它像一条开足马力的潜水艇从水下向他接近，已经要游到他的脚后。汤姆斯用他受过训练的最快速度，朝河岸游去。

正在岸上晒太阳的土谷和高强看见水中的汤姆斯突然像发疯似的游起来，速度快得惊人。他游到岸边冲上岸来，嘴里大叫着："鳄鱼，鳄鱼！"紧接着，那条大鳄鱼也从水里钻出水面，爬上岸来。它那泥土色的身材约有两公尺，比一个人的身材还长，四肢粗短,难看的脑袋上一对绿色的眼睛发出一股凶狠的光,张开的血盆大嘴里喷射出一股难闻的腥臭味,爬行的速度还非常快。

汤姆斯踏上岸还叫着:"鳄鱼,快跑!"土谷已爬起身来,高强起先还没有听明白汤姆斯的叫声,对于"鳄鱼"这个字眼,他还没有闹清楚,直到瞧见水里钻出一个龇牙咧嘴的大怪物,才害怕起来,站起身的时候,心一慌在湖滩上滑了一跤。本来追在汤姆斯身后的鳄鱼突然又调转它那个三角形的大脑袋,朝着摔倒在地的高强扑来,张开大嘴,眼看就要咬到高强身上,高强还算机灵,在湖滩上打了一个滚,那边土谷一把把他从地上拉起来。鳄鱼伸嘴咬了一个空,又扑近他俩。他们在岸上跑,鳄鱼在后面追,四条短腿还追得很快。

前面是一片灌木丛,生长着芦苇和杂草,汤姆斯瞧见两棵树,喊叫道:"快来这边。"

他们分别爬上左右两棵树。鳄鱼也已追到树下,它因为无法爬树,大光其火,用它那钢鞭似的粗大尾巴,敲打着树木,弄的树枝哗哗地响,掉下一些叶子。但是在这棵树上,土谷和高强已经爬到了中间的树桠处。鳄鱼又爬到汤姆斯的那棵较小的树下,也发怒地用尾巴对着树敲打了一阵,瞧那树木也不像能被敲断的样子,只能作罢。

那条大鳄鱼为自己不能爬上树吃这几个家伙而感到遗憾万分,但它很聪明,懂得什么叫"守株待兔",它不紧不慢地在这两棵树下绕着圈子,在杂草丛里转悠,不时地弄出一点让人毛骨悚然的声音,以展示自己的存在。它转一会,停下来瞧瞧树上的活生生的还没有到口的食物,发出一口粗气,把嘴里那股臭味送到空气中。三位少年在树上对它大叫:"滚开,你这畜生。"但鳄鱼丝毫不理会他们那一套,一点也没有离去的意思,继续在树下转悠。

僵持了将近一个小时,那条鳄鱼似乎没有耐心了,它又很不情愿地爬入水里,消失在水面下。三位少年以为没有事了,爬下树来,准备绕着湖边朝外逃。就在这一刻,一对绿眼睛又从水里冒出来,它很快地爬上岸来,朝刚爬下树的三位少年快速爬来。他们大叫一声,又爬上树。他们在树上对着地下这条不愿甘休的鳄鱼破口大骂。高强骂这条鳄鱼是一个疯子,老缠着他们干什么,还不快点滚蛋。土谷骂它怎么像狗警察一样守在下面,不肯离开。汤姆斯说它比斯蒂姆还坏,斯蒂姆挥着手枪是装装样子的,它张着血盆大口可是动真格的。

就在这时候,他们瞧见那条鳄鱼趴在地上不动了,不要搞错噢,难道他们几句话就能把它骂趴下了吗？一只野鸭子大摇大摆朝这边走来,走过鳄鱼的嘴边,鳄鱼满是利牙的长嘴朝前面突然一伸,那只野鸭子就不见了,已经进入了它的嘴里,在它的尖牙齿边上渗出血水,当它张开嘴巴时,那只野鸭子的影子也没有了。树上的少年把这一幕看得清清楚楚,看得胆战心惊,更是感到恐怖。

那条鳄鱼大概是吃了一点东西,又回到水里,在近岸的地方游弋,时不时地在水里溅起一些水花。有时候它不游了,一对绿眼睛浮在水面一动不动。瞧它那三不罢四不休的样子,三位少年骂也骂累了,又不敢下树和它搏斗一场。说实话,他们手上没有武器,要搏斗也不是它的对手,虽然他们是三个年轻力壮的小伙子,可是对手还是比他们三个强,几分钟就能把他们几个咬死。真是拿这凶狠丑陋的家伙一点办法也没有。令人不安的是,在这个荒无人烟的地方,很难会有人出现,他们喊破嗓子也不会有人听到,没有人来救他们,又无法和外面取得联系,土谷的那个手机塞在衣服口袋里,扔在河的对面了。

更为可怕的是,汤姆斯瞧见水面上的一对绿眼睛怎么会变成四个,他对另一棵树上的高强和土谷叫道:"你们瞧,是不是又多了一条鳄鱼？怎么会有四个绿眼睛？"果然,一会儿那四个眼睛都动起来，两条大鳄鱼浮上水面，后面一条比前面一条的身躯更长更大，它从水下猛地一跃，大半个身子跃出水面，在水面上张牙舞爪地站立起来。这明明是在向爬在树上的几个少年示威，气焰嚣张，那意思是：你们三个家伙真是吃了豹子胆，闯进我的领地，今天逃不出我的大口。它的大嘴朝天张开，一副气如吞牛的样子，好像能把天上的太阳也咬下去。三位少年瞧见这个景象，倒抽了一口冷气，今天真是撞上了这两个大头鬼了。

两条鳄鱼一起爬上岸来，直接跑到汤姆斯占据的那棵较小的树边，用两条粗硬的尾巴轮流地朝树上抽，抽得树木摇摇晃晃，树枝哗啦哗啦地响，落下片片树叶。树上的汤姆斯真是吓坏了，怕它们把树给搞断了。对面树上的高强和土谷也看得发急，但又没有办法去帮汤姆斯，他们自己也自身难保，如果此刻他俩下树去帮汤姆斯，那两条鳄鱼一定会转过头来，不把他俩撕成碎片才怪呢。看来，只能听天由命了。两个家伙用尾巴抽打了一阵，那树虽然摇晃了几下，但不像要倒下来的样子。两条鳄鱼也抽累了，又爬到高强和土谷的那棵树下，瞧着这棵树更粗，它俩也没有信心了，又爬回河里。

可它俩在河里并不甘休，大有不达到目的决不收兵的气势。它俩轮流在水里时隐时现，不时地弄出点儿警告的声音，让树上的三个家伙不要轻举妄动，不要异想天开，不要产生一点儿逃出去的想法。

时间在慢慢流逝，夜幕悄悄地降临了，天色越来越黑，空气也在变冷，冷风嗖嗖地吹来。他们的身上只有一条短裤，光着身子，难避寒冷，蜷缩在树桠上瑟瑟发抖，又不得不抓紧树干，以防一不小心掉下去。饥饿也和寒冷一起来了，他们肚子咕咕直叫，他们从中午以后就没有吃过东西。在他们的行李里，有面包饮料和罐头肉食和袋装蔬菜，甚至还有几罐啤酒，这些食品隔着他们几个不到一百公尺，就在湖的那边，可是他们三个只能饥肠辘辘,望湖兴叹。使人伤心的是,他们三个吃不到那些食品,今夜,很可能自己却变成湖里那两个魔鬼的夜宵。于是,恐惧又向他们三个袭来。

高强懊丧地说:"早知道这样,我们该听从那块破木牌的警告,不要进这里来,我说这里有鬼吧。"

土谷说:"走进这儿也看不出危险的迹象,我们跳进湖里还游了一些时间呢,不知道这些鳄鱼是从哪里来的,大概是从那边小河里游来的。唉,谁知道这些家伙会躲在什么地方呢。我以前听人说,鳄鱼一般不会主动攻击人,你不去惹它,它也不会来惹你。今天我们又没有惹它,它们见了我们像疯子一样地进行攻击,一定吃错什么药了。"

"我肚子饿,我们会不会饿死在这儿?"高强声音有点儿凄惨,"啪"他在拍打咬在身上的蚊子。夜晚蚊子从草丛中成群结队地飞来,在空中发威。

"我冷,我们会死在这儿的。"那边树上也传来汤姆斯悲观的声音。

夜色中的丛林笼罩着一股儿惊恐不安的气氛,从湖里,从灌木丛中,从远处的树林里,不时传来几声怪叫,周围好像真有鬼怪存在着。蚊子则围在他们赤裸的身边"嗡嗡"叫着,逼得他们手忙脚乱地驱赶蚊子。这时候,不知是什么动物发出一连串似哭非哭似笑非笑的叫声,这种叫声有时候像男人有时候像女人,非男非女,不阴不阳,足足持续了七八分钟,使人毛骨悚然,不寒而栗。

汤姆斯在那边树上说:"我害怕极了,听了这个声音,我快哭出来了。"这边树上的高强说:"我也快哭出来了。"只有土谷说:"男人怎么能哭?"

天空中月亮高挂,星星闪烁,湖的中间也泛出一片白光,湖的周围则是黑黝黝的,好像到处都躲藏着鬼怪。高强朝湖里望去,已经见不到鳄鱼的影子了。他对土谷说:"我们能不能溜下树去,悄悄地逃到湖对面去,也许鳄鱼也去什么地方睡觉了。"土谷指了指湖的一角,"你瞧,那不是鳄鱼的眼睛吗?"高强再仔细望去,果然瞧见湖里四个绿色的小亮点,一动不动地呆在水里。为了证实一下是不是鳄鱼,土谷从树上扳断一根树枝,奋力扔下河去。那四个小灯泡似的眼睛马上活动了,朝声响的地方游去。看来一点儿动静也躲不过那两个恶魔,别说跳下树绕着湖边逃出去,湖边路都没有,泥泞难走。湖里那两个畜生今夜是和他们三个人坚决地耗下去了,不把他们当做"夜宵"誓不罢休。

这时候,土谷和高强好像很长时间没有听到那边树上汤姆斯的声音,抬头望去,汤姆斯斜在树杈上,好像睡着了。土谷认为此事不妙,人睡着了摔下树去怎么得了? 摔伤还是小事,那鳄鱼一定会马上冲上岸来,把你撕成肉条。于是,土谷对着那棵树大叫起来:"汤姆斯,汤姆斯。"高强也有点眼皮惺忪,睁开眼睛就和土谷一起叫道:"汤姆斯,汤姆斯。"

那边树上终于有了汤姆斯的回应:"我刚才打了个盹,梦见我正在抽烟,一支接着一支抽,吐着烟圈儿,人精神极了,我抽完了又问高强要,高强不肯给我,还对着我乱叫,原来是你们两个人在叫。"

这边高强说:"我哪里有烟,你还向我要呢,我问谁去要? 这会谁能给我一支烟,我以后一定请他吃一顿饭。"

"他妈的,现在能有一支烟抽真是太好了。"土谷虽然是他们三人中精神最好的一个,但也有点倦了,他打起精神说:"我们现在千万不能睡熟了,掉下树去太危险了,被鳄鱼吃了,还不知道怎么回事呢?"

"除了香烟,如果现在再来一杯酒就更好了,再搞两份煎牛排、几个熟鸡蛋……"高强说到这儿把口水朝喉咙里咽。

那边汤姆斯说:"我只想抽烟,我已感觉不出肚子饿了。"

于是他们三个就从抽烟喝酒吃东西说起,七拉八扯谈了许多事情,说着说着,每个人都谈起了自己和自己的家庭里发生的事情,以前他们还从来没有这样深入地谈过,彼此之间又加深了了解,三个人都感到关系更加亲近了,友谊也更进了一步。高强和汤姆斯一边说话,还一边拍打着叮在身上的蚊子。只有土谷对蚊子无所谓,好像蚊子不咬他。

真是长夜漫漫,他们都说完了自己的故事,那夜还没有过去,他们相互提醒,不能睡着,于是几个人又是哼歌曲又是讲怪话,还学着周围的各种怪叫声,好像他们也变成了这个蛮荒之地的一部分。月亮从天空中走掉了,星星也越来越黯淡,四周好像越来越黑暗,就像掉进了深井里一般。那个夜怎么像没有尽头一样。

黎明前的黑暗终于过去了。东边的天空开始发亮,天空中抹上了几丝红霞,第一道晨曦照出了湖滨和周围的世界。不一会,朝霞映红了天空、湖水和芦苇,草丛和灌木也越来越清晰,美丽的色彩又展现在这片天地之中。可是他们无心去欣赏这一切,他们瞧见那两条大鳄鱼仍然在湖边,它们以无比的耐心等待着他们,在河里游来游去,时隐时现。

太阳出来了,这儿又暖和起来,蚊子也飞散了。高强身上到处是一块块红肿的蚊子块,奇痒无比,他已经不知道抓什么地方好,愤怒地骂道:"他妈的,我们一天没有吃的,还要喂饱这些小虫。如果再给这些蚊子叮一夜,我身上的血一定会被它们吸干。我看,我们不死在鳄鱼嘴里,也要死在这些蚊子的嘴里。"

汤姆斯悲观地说:"我们是不是真的要在这个小湖边等死啊?"说着偷偷地在抹脸上的眼泪。

土谷说:"别泄气,只要我们还活着,总会有希望的。说不定白天会有人走进来,我们一瞧见他,就可以大声喊叫了。"

可是一直等到太阳升到顶空,大概已是中午了,还没有见到一个人影。只有水里那两道鬼影还在晃来晃去,应该说它们也没有吃过什么东西,也饿着肚子,可是它俩就是不肯离开,连一点离开的意思也没有,好像非要把他们三人吃掉才甘心,就是饿死也要咬到他们的肉,撕掉他们的皮。双方就这样僵持着,看谁先失去意志力,谁先屈服于饥饿和疲劳。

汤姆斯已经感到绝望了,呜呜地哭出声来。高强也好不了多少,两眼发呆,不说一句话。土谷最坚强,不时地叮咛他俩要控制住身体,他就是怕他俩坚持不住,掉下树去。由于疲惫不堪,他们已全身发软,控制不住自己的身体,两手紧紧地抓住树干,手都在颤抖。饥饿和恐惧已经深入进他们的体肤和内心,他们没法保证自己不会掉下树去。暖和的阳光又使他们昏昏入睡,他们情不自禁地闭住眼睛。

那两条鳄鱼已经很少游动了,也没有那样张牙舞爪了,就趴在岸边,它们同样地饥饿、同样地疲惫,但它们毕竟是生活在这个丛林和湖泊世界中的,比人更能适应自然的考验和困惑,它俩饿着肚子,积蓄着力量,等待着猎物最后落到它们的口中。

土谷硬撑着睁开眼睛,湖的对面是什么在晃动,离湖越来越近,好像是一个人,一个骑自行车的人,"我不会搞错吧?"土谷拧了拧自己的眼皮,瞧清楚了,真是一个人,而且是一个认识的人。土谷在树桠上站立起来,对着湖那边大喊大叫。一听见喊叫声,高强和汤姆斯也睁开了眼睛,瞧见湖对面有人,立刻兴奋起来,也跟着大喊大叫。

那个人是谁呢? 就是在克耐尔山下给他们讲冰人和天神峡谷故事的奥列佛,他爬完了克耐尔山,游完了天神峡谷,走出峡谷,也来寻找传说中冰斧化成的湖泊,结果也找到了这里。一到这里,还没有停下车,就听见了喊叫声。他立刻跳下自行车,朝这边望来,也瞧见了这边树上有人,但还不知道这边究竟发生了什么事,那三个少年为什么赤身裸体地爬在树上喊,一定是发生了什么不寻常的事。

奥列佛在进入这儿前,也看到了木牌上写着"危险"两个字,心想肯定发生了什么危险的事情。他一眼又瞧见了地下的三辆自行车和衣服行李,立刻知道了湖那边树上的三个人影是谁了。他扔下背上的包袱,继续观察。听到少年们在叫喊他的名字"奥列佛,奥列佛"。显然,他们已经认出了他。奥列佛还听到少年们在喊叫什么,好像是"鳄鱼,鳄鱼!"顿时,他明白过来。他从背包里拿出两样东西,一样是一根长长的高压电击棍,另一样是一罐辣椒粉喷雾器。

湖边是芦苇水草,没有一条完整的路,奥列佛时而走在岸边,时而踏入水里,时而钻进芦苇丛,脚下一步一滑地绕着圈子朝湖这边走来。

那两条大鳄鱼听见叫声也在水里动起来,瞪亮了脑袋上的绿眼睛,它们也瞧见了湖对面的人,瞧见了那人正在绕着湖边朝这里过来。它们好像并不着急,也可能是想积蓄体力,认为再来一个家伙也没有什么了不起,正合它俩的胃口,它们现在也已饿得慌,一个吃两人,正好填饱肚子。待在这儿,等那个家伙过来,一起收拾了,还可以省点力气。

十几分钟后,奥列佛已经绕近到这儿,离这儿只有几十公尺了。两条鳄鱼出击了,从水里扬起脑袋,游过去,爬上岸,用两路夹攻的方式,朝奥列佛围上来。奥列佛一瞧见是这么大的两条鳄鱼,也感到心头一紧,他虽然见多识广,在野外旅行时碰到过各种各样的事情,但是一下子遇到两条大鳄鱼的攻击还是第一次,他沉着应对,先跳到一条大鳄鱼的边上,这条大鳄鱼抬头就咬,但它那张大嘴巴还没有碰到任何东西,鼻子就碰到了奥列佛手上的电击棍,一股儿电流袭入鳄鱼的身上,它的脑袋朝后面猛缩了一下,身子抖动了一下,再也不敢轻易向前。另一条鳄鱼还没有吃到苦头,继续爬上前来。奥列佛跳到它的一侧,它还没有来得及转身,奥列佛另一只手上的辣椒粉罐就朝鳄鱼的那一对绿眼睛上喷去,鳄鱼的眼睛和鼻子都受到辛辣的刺激,闭住眼,晕头转向地在湖滩上乱爬,然后就掉进水里。

这边,土谷和高强,还有汤姆斯都已经从树上爬下来。被电击棍刺过一下的那头鳄鱼,见在奥列佛这边讨不到便宜,又游过去,攻击三位少年。三位少年见一头鳄鱼又爬上岸来,惊慌失措,又要爬上树去。这时候奥列佛从那边芦苇里钻出来,大喝一声,电击棍又冲到鳄鱼前面,鳄鱼尝过这根电棍的味道,不敢朝前攻击了。奥列佛高叫道:"快,快,跟着我走。"

三位少年跟着奥列佛后面,钻芦苇丛,爬斜坡,走湖滩。那两条鳄鱼还是不死心,沿着河游过来,不时地对他们造成危险。在一片较为平坦的滩地上,这两条畜生又爬上岸来,拦在他们的前面。那条眼睛里尝过辣椒粉的鳄鱼,已经在水里洗了眼睛,绿眼睛里竟然露出了红色的凶光,龇牙咧嘴,吐着满嘴臭气,它是报仇来了,另一条鳄鱼跟在它的身后。这会儿轮到这头鳄鱼吃电击棍了,奥列佛伸手敏捷,在它的鼻子上连刺了两下,这头鳄鱼被击倒在地,身体也翻过来。后面的那条鳄鱼,这回请它闻辣椒粉,它在辣椒粉的刺激下,也翻入河里。

他们终于绕到了河那边,那两条鳄鱼又从水里钻出来,准备和他们再搏一次。奥列佛说:"快离开这儿,不和它们纠缠了。"

三位少年连衣服也来不及穿,拿起包跳上自行车就走,奥列佛在他们身后做掩护,在爬上来的两条鳄鱼的脑袋前面挥舞着电击棍,见他们都走了,他也一把抓起背包,又扶起自行车,踩着自行车从进来的那条道上骑出去。两条鳄鱼看着他们逃走,知道也追不上了,发出了呜咽的声音,它们也挺伤心的,饿了整整一天,想吃这几个家伙,最后还是让他们逃跑了。

他们骑车跑出了一段路,才停下来,穿上衣服,从背包里掏出食品,送进嘴里,大咬大嚼,咕咚咕咚地喝着饮料,他们实在饿坏了。奥列佛瞧着他们的吃相和他们手上脚上被蚊子咬出的红块,就问:"你们是不是在湖边的树上呆了一夜?"

"再呆一夜,我们就死定了。"高强把一段肉肠整个儿塞进嘴里。

土谷说:"奥列佛,幸好是你来,你不来,我们斗不过那两条鳄鱼,真的是在等死。你怎么知道我们会在这里?"

奥列佛说:"我并不知道你们会在这里。我是来找冰斧化成的湖泊的,我已经找到了好几个湖,没有想到在这个小湖泊边上遇到了你们。我们真是有缘分。"

高强一边嚼动食品一边说:"我有一把斧子,一定把那两条鳄鱼给劈了。"

"这可不行,鳄鱼是受保护的野生动物,杀死这些动物是犯法的。"奥列佛把电击棍和辣椒粉喷雾器都藏进了背包说,"我也是在没有办法的情况下,才动用这些玩意。"

高强愤愤不平地说:"可谁来保护我们呢,瞧,我们三个就差点被鳄鱼吃掉。"

土谷开玩笑地说:"吃掉也只能吃掉了。我们吃掉的动物还少吗,瞧你嘴里咬的肉肠。"

奥列佛说:"也许是这儿的鳄鱼受到了人的侵犯,它们的兄弟姐妹或亲人被偷猎者捕杀了,所以这几条鳄鱼才会对人非常仇视,非要报仇雪恨。"

"人和人之间有仇恨,人和动物之间也结下仇恨,这太可怕了。"汤姆斯如此说。

奥列佛说:"应该消除仇恨,这个世界才会更美好。"

他们终于又走出了那条弯弯曲曲的小道,骑车上了公路。

十二、"勇士"号风帆船

1

三位少年跟随着奥列佛来到了北澳大利亚的海边。

奥列佛说:"我喜欢在澳洲大陆上旅行,但我更喜欢澳大利亚周围的蓝色的大海。我的家就在大海的边上。我在二十岁的时候,就和几位年轻人合伙开了一家冲浪用品商店。我们并不是天生的生意人,主要的原因是,我和我的那几位伙伴从小就在海边冲浪,我们长大了总要做点事。我们耳濡目染的都是海边的冲浪者。那时候的冲浪和现在的冲浪也有所不同,我们称为灵魂冲浪,这和现代人咄咄逼人的冲浪方式是有所不同的。我们注重的是冲浪的精神,而不像现在的人,只注重冲浪时的花哨的形式……"

没有想到过冲浪中还有那么多的说法。说起了冲浪,土谷睁大了眼睛,竖起了耳朵,他想自己为什么不能成为冲浪团伙中的一个,自己老是想老是做梦,就是没有机会去做。而把许多精力都花费在博克街的乱七八糟的事情上去了。说句实话,有时候想想,博克街确实很糟糕,太多的吸毒、打架和抢劫,自己也经常参加一些不法的勾当。自己虽然不吸毒,却有一个吸毒的母亲和一个贩毒的弟弟,想想这也使人感到懊丧。这几个月在外流浪,在土谷的梦里也经常出现红坊区的街道,出现他住的那所旧公寓房子,他们家就在二楼走廊尽头的一套破房子里,走廊对面就是阿凯爷爷的家。在梦中他看见了小时候的自己,兄弟土包和母亲玛吉,那时候母亲还经常在家。现在,土包已经从这个地球上消失了,只能出现在他的梦中,而玛吉成了红坊区的幽灵,很难瞧见她的影子。土谷的梦中还出现了黑奇等一批伙伴,他们都认为土谷想去冲浪的想法怪怪的,冲浪这玩意儿是白人玩的,是有钱和有闲人玩的,他们土著人虽然有闲,却没有钱。有钱就什么都可以玩。可是现在听奥列佛说,问题其实没有那么复杂,冲浪只要有一块合适的冲浪板就行了,其他滑浪的服装等可以慢慢来,关键的是要经常训练。土谷为自己浪费了许多光阴而感到可惜。

"那时候,我们的冲浪用品商店很单纯,买卖的全是和冲浪有关的东西,不像现在的体育用品商店什么都卖。不过我们的商店就靠近冲浪者海滩,所以生意一直都不错。那时候,只要有冲浪者的海岸上,都会出现这种独立的小本经营的冲浪用品小商店。后来大公司也加入了这一行,他们在海岸上开起一家家连锁店,经营规模大,品种花样越来越多。我的合作伙伴也一个个离开了这家小店,最后只留下了我一个人。我的这家冲浪用品商店是北面海岸线上最后一家被大公司吞并的独立的小商店,就像是一只走投无路的小动物被大动物吞进了嘴里。一年前,我的二十年的冲浪商店换掉了招牌。

我不可能再去冲浪了,我的年纪已经不适应再去海浪里折腾,冲浪是小伙子玩的运动。但是我还是向往大海,想去各地走走,我的年龄正适合做这些活动。于是我就去参加各种训练班,登山航海我都学过了。"

高强问:"你说你还学过航海?"

奥列佛说:"是的,我从中部内陆归来,就打算去航海。我用卖掉冲浪商店的钱,订购了一条机动风帆船,我估计那家公司已经把我的风帆船造好了,想不想一起去看看?"

三位少年听了都很有兴趣，就跟着奥列佛去一个海湾的造船厂看船。

　　那是一条上白下蓝的机动帆船，两种颜色和天上白云海中波浪的颜色相呼应。这条船在顺风顺水的时候，可以利用船上的几面三角风帆，逆风和没有风的时候，就可以打开下面的柴油发动机，利用动力行驶。船头上已经用鲜红的油漆喷上了"勇士"号船名，主桅杆上面飘着一面澳大利亚的深蓝色的国旗。

　　船厂的工人当着他们的面，将这条船从船坞里的一条轨道上放下水里。

　　奥列佛说："我起'勇士'号这个名字，就是希望这条船像一个海上勇士一样，在蓝色的大海上破浪前进。船已经造好了，我准备招几名船员和我一起进行处女航。"

　　汤姆斯问："你的处女航目的地是什么地方？"

　　奥列佛说："目的地还是这儿，我打算绕着澳大利亚的三万七千公里的海岸线，做一个环澳游，时间在一年左右。一路上，还可以到达大大小小的港口。"

　　"酷，太棒了！"土谷叫道，又问，"你的船员需要什么条件？"

　　奥列佛说："当然，'勇士'号上的船员第一个条件就是要勇敢，最好是年轻力壮，但还要懂点航行知识，受过海上训练。"

　　高强早就想说话了："那你也不用找别人了，就找我们几个就行了。正好，我们也闲着没事，再说我们几个人在沙漠里寻宝的事情，你都在报纸上看到过了。"

　　奥列佛说："你们几个青年人是很勇敢，但你们不懂得航海，没有航海知识，也没有受过专业训练。"

　　"谁说我们不懂航海知识？"高强急了，放下背包就从包里掏出"卡特"号沉船的资料，说："我早就在研究航海了，什么叫季风，什么叫海流，我全懂，这回驾驶你的风帆船，全都能用上。我们早就想找一条船出海了。"

奥列佛问:"你们想出海干什么?"

高强拍拍手里那叠资料说:"我们有一宗大生意要找人合作,这件大生意和'伤心之地'寻找宝藏差不多,不同的是,找到金子都是自己的,要找一个可靠的有船的人进行合作。"

奥列佛来了兴趣:"你看我可靠不可靠?"

"你当然可靠,你救了我们三个人的命。不过,我认为高强的生意好像不大可靠。"汤姆斯对高强要去海里找金子的事情还是表示怀疑,但是沙漠寻宝的事他也怀疑过,可是后来真有这么一回事,所以这海底沉船的事他也不便多说了。

奥列佛说:"我想先听听怎么回事。"

高强一边翻着资料,一边一本正经地把这件事的前前后后说了一遍,还说是自己最先想出这个海底寻宝的计划,要是把这些宝藏捞出来,大家都能发财,人人都成了百万富翁。

奥列佛把高强手上的资料拿去,粗粗地看了一遍,就笑了起来,说:"好,我们进行合作。"他笑着和高强握手。

高强说:"这些金子打捞上来,我们四个人平分。"

奥列佛说:"我也不缺钱花,金子就你们三个人分了吧。不过,我有一个条件。"

高强问:"什么条件?"

奥列佛说:"你们在出海之前,要跟着我去海洋航行班,好好地学一些航海知识。一到了海上,说大话是不行的,我已经跟着别人出海七八次了,还感到有许多事情要学。海上什么事情都会发生,这要比在澳洲大陆上翻山越岭更惊险。"

高强说:"越惊险就越有刺激。"

土谷也认为是这样的,他说:"刚玩完了中部沙漠,这会儿又要玩大海了,实在是太来劲了。"

"去海上航行是应该准备准备,多学一些航海知识。"汤姆斯对此事也非常有兴趣,他又说,"晚上,望着大海上的月亮,拉起小提琴,对着大海抒情,真是太浪漫了。就像莎士比亚戏剧里说的,噢,大海啊,我的……莎士比亚是怎么说的?噢,我记不清楚了。"

接下来一个月,他们参加了一个航海学习班,奥列佛又买来许多航海书籍,给大家阅读研究。他们晚上就住在海湾里的那条"勇士"号上,枕着波浪入睡,习惯海水的节奏。睡觉前,高强还会唱上几句,唱的是中国歌曲《军港之夜》。汤姆斯问他:"你在唱什么啊?"高强就把这首歌的歌词用英文翻译出来。土谷说:"我们都成中国的水兵了。"汤姆斯说:"中国人的歌也有点意思。"于是,高强唱着,他们两个就跟着瞎哼起曲调,一起进入梦乡。

2

"勇士"号终于出发了。

那一天,天空晴朗,万里无云。奥列佛站在驾驶台上,启动马达,握着圆形的船舵,一副船长的模样。高强和土谷解开靠在码头上的缆绳,汤姆斯举着小旗在给双方传递信号,这些都是他们在航海学习班里学来的。码头上还来了不少奥列佛的朋友,他们知道了奥列佛要带着几个小伙子做环澳航行,认为很有意思,就一起来为他们送行。一名记者不知道从哪儿弄到这个消息,也赶到这个小码头上,不停地按照相机快门。

游艇划开蓝色的海水,徐徐朝海水中间驶去,几只海鸟在桅杆上绕着圈子,喳喳叫着,好像是在为这条风帆船出航唱欢送歌曲。风帆船驶出海湾,进入了海洋。

奥列佛船长说:"我已经了解过了,这个月的季风,正好适合我们的航行。"三个小伙子纷纷拉起了桅杆上的三角白帆。

第二天,"勇士"号风帆船就来到了北澳大利亚地区的首府达尔文。

　　达尔文是一个美丽的港湾城市。1839年，一艘名叫"比格尔"号的船首先发现了这个地方，而"达尔文"的名字则来自大名鼎鼎的生物学家查尔斯·达尔文，他提出生物进化的学说，深刻地影响了人类社会。达尔文曾随"比格尔"号船在早期的航行中访问过东南部澳大利亚。所以"比格尔"号船把这块地区的发现赠送给这位伟大的生物学家。于是，达尔文港成为了澳大利亚南部一座最大的城市。

　　他们在达尔文港没有逗留几天，主要是采购了一批生活用品，又准备扬帆出航。没有想到在出航前，又赶来了好几位记者，要采访他们。原来"勇士"号环游澳洲的消息被那个记者捅出去后，已经引起了公众社会的广泛注意。三位少年接受了上次在"伤心之地"的教训，害怕又引来什么警察之类的麻烦事，就躲在船舱里不出来。奥列佛见他们几个不喜欢和记者见面，也不便探问是什么原因，就自己和记者聊了几句，把他们打发了。"勇士"号又出发了。

　　这几天，他们都是沿着澳大利亚南部的海岸线行驶，海上风浪很小，航速也较慢。这正好让三位少年逐步适应海上的生活，熟悉船上的各种设备，学习各种活计。奥列佛还教他们操纵轮舵，观察船上的各种导航仪器，识别海图，记航海日记等等，又教他们如何根据风向来利用三角风帆。一艘小船上好像有许多学不完的东西。他们的航海生活过得很充实。

　　此外，几位少年还学着做船上的各种杂活，洗衣服、冲洗甲板、清理卧室。奥列佛对他们说，这里的一切事情都要自己动手，没有别人给你代劳，只有每个人多做一些事情，才能维持风帆船上的正常生活。其实，一个团体是这样，一个社会也是这样，每一个人必须有所付出，才能有所获得。于是，在这种生活气氛中，少年也变得勤快起来，现在他们实行轮流做饭，虽然，开始时,做得不怎么地道,特别是高强,做饭前还要吹嘘一番他做的中国菜会如何的鲜美,但有几次搞出来的食品,不是焦就是烂,简直是难以下咽。土谷说:"你们中国人,不是食为先吗,就你做的这种食品,我看是该排在最后一位的。"不过,高强的进步也最快,几天后,他做的食品就超过了所有的人。奥列佛和汤姆斯做的西餐,高强没看几眼就学会了,土谷做的不伦不类的食品,高强也摸索着学会了。高强在书架上还发现了几本食谱,其中一本是叫《学做中国餐》,毕竟他是吃中国餐长大的,他看了以后就有所感悟,他做的中国餐,渐渐掌握了火候和配料,越做越好,特别是他做的鸡蛋炒饭和西红柿鸡蛋汤,堪称"勇士"号船上的最佳食品。大家吃了以后,都伸出大拇指说:"中国人吃是第一位的。"

这艘风帆船上的设备也不错,比克雷默夫妇那辆旅行车上的设备还要好了许多,厨房浴室厕所一应俱全,一间可以睡觉的小屋子,一个较为宽畅的客厅,客厅里有一套音响和一架电视机,还有一个书架,上面放着不少书籍。那天晚上,三位少年又从电视上看到了"勇士"号风帆船的画面,还好记者没有抓拍到他们的脸部镜头,只是远远地拍出他们在船上的几个模糊的身影。

晚上,风平浪静时,就像汤姆斯说的,他们对着大海抒情。

银色的月亮高挂在海的上空,星星像夜空中的眼睛,眨动着,瞧着海上这条风帆船。船周围的海水泛着一片银光。他们坐在甲板上,喝着啤酒。高强弹起吉他唱起歌,汤姆斯胳膊上架着小提琴,拉起《月光奏鸣曲》。大海里飘动着这条小船,小船躺在大海柔软的怀抱里,大海和小船都沉浸在浪漫的色彩之中……

经过布塞尔群岛,绕过阿纳姆角,进入澳大利亚北部最大的海湾——卡奔塔利亚海湾,这个海湾虽然不如澳洲南面的大澳大利亚海湾宽阔,但更深入,像一片巨大的树叶嵌在大陆的南端,又好像澳大利亚的南面大陆被大海挖去了一大块。

"勇士"号船在卡奔塔利亚海湾内驶过格鲁特群岛、莫宁顿岛,在鲁滨逊河河口靠岸,加满了淡水,购置了一些东西,沿着海湾的另一面继续航行。

3

然而,在一天中午,高强坐在船边咬着汤姆斯做的鸡肉三明治的时候,发现一条巨大的海豚从船舷边上游过去,接着又来了一条,那海豚没有平时温文尔雅的样子,一改在海中慢悠悠的绅士风度,像喝醉酒似的在海水中发抖抽风,没头没脑地朝前面游。他不知道发生了什么事,叫来了土谷,土谷瞧见海豚一条一条接连不断地游来,在海中乱撞,也感到不大正常,又把船舱里在做午饭的汤姆斯也叫了上来。汤姆斯做的食品除了三明治,还是三明治。

平时,他们也瞧见过海里的游动的各种鱼类,有空的时候,还从船上放下几根钓线,钓起鱼来改善伙食。可是今天的场面,他们从没有瞧见过,那一大群海豚随着浪潮发疯似的朝海岸边游去。他们又把这个情况告诉了正在驾驶船的奥列佛,奥列佛说他也看到了,这个情况很反常。于是他们的船就跟着海豚的后边,一起朝海岸驶去。

离海岸已经很近了,"勇士"号不能前进了,再朝前驶会搁浅在沙滩上。可是,那海豚还在朝前游,好像它们一点也不知道前面是沙滩。奥列佛说:"那些海豚一定是神志不清了。"

他把游艇抛锚在离海岸不远的地方,拿起望远镜朝前瞧。望远镜里的景象使人惊诧,那些海豚一条接着一条扑上了海边的沙滩,躺在沙滩上拍打着尾巴,后面还有海豚不知死活地朝海岸沙滩上冲。奥列佛把望远镜递给少年们,他们也都看到了这片令人不安的景象。

汤姆斯着急地说:"这怎么办,它们躺在沙滩上能活下去吗?"

土谷说:"肯定活不下去,它们又不是那种能爬上岸的鳄鱼,瞧这太阳晒的,我看它们活不了多久,都会在太阳下死去的。"

高强说:"这些海豚脑子有病,吃错药了,不在海里好好呆着,朝岸上爬干什么? 我们要在这里开追悼会了。"

奥列佛说:"我们不能这样等着,我们要想想办法救它们。我去用无线电电话和海岸救援中心联系,报告他们这里发生的事情。"

"有了。"汤姆斯说,"这里离海岸已经不远了,我们下海游过去,我估计最多不会超过半个小时,游上岸后,我们去通知海边的人,一起来救这些海豚。"

大家都说这个主意好,他们四个人一商量,奥列佛守在船上用无线电和海洋救援中心联系,三位少年一起下海,游上岸去通知岸上的人。奥列佛让他们下海的时候小心一些,都穿上救生衣。

在海里游半个小时,对受过训练的汤姆斯来说是区区小事,对狗爬式的高强可是一件累事。由于正在涨潮,汤姆斯游了十几分钟,脚下就踩到沙地了,高强是足足游了半个小时,土谷游在他们两个人中间。

汤姆斯上岸后,也管不了许多,爬到一堆礁石的高处,四处打量,只见海岸上一片荒凉,瞧不见一个人影,这怎么办呢? 他朝四处大喊了几声也没有一点回应。身后的海滩上,土谷已经爬上岸来,朝这边走来,高强还在水里游着。海潮呼啸着,涛声由远至近地传来,几十条海豚像集体自杀一般,在海岸的沙滩上排开,那气势还颇为壮观,有的海豚还在甩尾巴,有的尾巴已甩不动了。

土谷也爬上礁石,汤姆斯说:"真是急死人,你瞧这海岸上连一个鬼影子也找不到,我们上哪儿去找人?"

"瞧,那是什么?"还是土谷的眼睛尖,他看到远处的一个小山坡上在冒着青烟,小山坡上好像还有一幢房子。他俩回过身,对正在游向岸边的高强大喊了几声,指了指方向,然后就爬下礁石,朝那个小山坡跑去。

他俩手上抓着救生衣,跑到了那道小山坡下,瞧清楚坡上果然有一幢房子。两位少年爬上山坡,叫喊着:"有人吗,有人吗?"一直跑进后面的院里,瞧见几位老哥们正围着一堆柴火在烧烤,火堆上烤着一大块鹿肉,迎面飘来一股儿使人陶醉的香味。土谷先抽了两下鼻子,嘴里念叨着:"好久没有吃烤肉了。"

那些老哥们,人人手上握着啤酒罐,也不明白怎么会突然跑出来两位光着身子的小伙子,其中的一位显然喝多了,高叫道:"喂,伙计,你们是不是从天上飞来的,要不要来一罐啤酒?"还不等他俩说话,就把两罐啤酒扔过来了,就像是扔两颗手榴弹。

土谷和汤姆斯慌忙接住啤酒罐,两个人你一句我一句地就把海豚冲上海滩的事说了。其中的一位老哥放下啤酒罐站起来说:"我是海滩管理员,这事归我管。"说着,他就进屋去打电话。

院子里还有三四位老哥们,他们七嘴八舌地也说起海豚的事情,还问这问那,汤姆斯回答着他们的问题。土谷感觉到肚子很饿,嘴里的口水也涌了上来,他就说:"能不能给我来一块烤肉,我午饭还没有吃,饿坏了。"

"那当然,你们两位小伙子送来的消息太重要了。"那位说着,割下两大片烤鹿肉,递给土谷和高强。

土谷咕咚咕咚地喝下那罐啤酒,然后就一口咬住烤肉。因为刚才在船上的时候,汤姆斯做的三明治,根据"中国人食为先"

的原则,第一份是给高强的,在做第二份的时候,就出了海豚事件,搞得他没有吃上午饭,又从大海里游过来,从沙滩上跑过来,确实是饿坏了。当烤肉从嘴巴进入喉咙,从喉咙进入食道,从食道进入胃里,他感觉到不知道有多舒服。

就在这片刻间,那位海滩管理员已经在屋里打了好几个电话,他走出屋来时说:"太好了,他们全都答应,马上就来这儿。我们现在就跟着你们到海滩上去看看。"

汤姆斯和土谷也不知道管理员说的他们是谁,反正总是来救海豚的人。几位老哥热情地跟着两位少年朝外走去。

这时候,高强也恰好赶到这儿,一边朝里走一边嘴里说:"他妈的好香,是什么好吃的?"他瞧见从里面走出来的土谷正在朝嘴里继续塞烤肉,就说:"有没有我的份?"

土谷嚼着烤肉说:"你不是吃过三明治了吗?"

"折腾了一场,肚子又饿了,再说汤姆斯做的三明治太差劲了,怎么能和这烤肉相比。"高强说着,眼光又朝汤姆斯手上瞧去。

汤姆斯没办法,只能从手上的烤肉上撕下一半给高强。他们一边吃一边走,一边听海滩管理员说事情。管理员说,几年前也发生过海豚游上岸集体自杀的事情,到现在科学家也没有找出一个确切的原因。有人说,它们是在海里遭到一大群其他凶恶鱼类的追杀,比如鲨鱼等,被逼急了,无可奈何地游上沙滩。

汤姆斯说:"我们在它们后面,也没有看到什么鲨鱼的追击。"

"也有人说,它们是接受到了什么特别的讯号,让它们朝这边的海滩上扑,海豚的器官中,有一套接受声波讯号的系统。不然的话,它们为什么莫名其妙地老是躺在这个海滩上,而不去其他海滩呢?"这位管理员看来对海豚的事情也琢磨得不少。

高强说:"看来,这里面的学问多着呢,说不定有天外来客操纵着这事情,给这些海豚吃了什么怪药。"

土谷说:"我看不像,天外来客没有必要心肠这么坏,这海豚也没犯着他们什么。"

管理员说："五年前,那些海豚搁在沙滩上,直到第二天才有人发现这个情况,五十几条海豚全死了,就像在海滩上发生了一场大屠杀,真是一场悲剧。从此以后,这里的人们就把这片海滩叫做伤心海滩。"

土谷说:"全让我们碰上了,走出了伤心之地,又来到了伤心海滩,真是让人伤心。"

汤姆斯说:"连动物也会感到伤心。"

不一会儿,他们来到海滩上,管理员说:"不得了,这场面比五年前还大。"他们一起点数,大大小小有八十几条海豚在沙滩上喘着气。这时候,天上轰隆隆地来了一架直升飞机,大概是奥列佛和海洋救援中心联络上了。直升飞机转了几圈又飞走了,大概是先来观察一下情况。

半个多小时后,海边小路上被几十辆车挤满了,车上下来一两百人,大人孩子都有,他们有的拿着绳索,有的提着水桶朝海滩上涌来。这些人都是海岸附近的居民,刚才管理员的电话一打出去,他们就闻讯赶来救援海豚。

大伙一起先把靠海水近的几条海豚先推入海水里,并阻止着不让它们再游上沙滩。上百号人又排起长队,从海里传递过来一桶桶海水,浇在那些沙滩上的海豚身上,因为人们一时半会无法把它们弄到海里去。没过多少时间,海上救援船也来了,还带来了七八条底下有轮子的橡皮艇,橡皮艇靠岸,大伙又一起把橡皮艇拉上了沙滩,把一条条海豚推上橡皮艇,众人一起用力,连推带拉地把橡皮艇弄到海水中,再把海豚推入了海里。四五个小时以后,大伙把沙滩上的海豚全弄到了海里,这些海豚起先还要朝沙滩上冲,人们拦在它们前面,不让它们上岸,几个回合后,它们好像脑子清醒过来,也好像刚才是吃了什么蒙汗药,这会儿药性已经过去了,恢复了正常,一条跟着一条向大海里游去,游的时候如同出操一般,整齐地排着队伍,秩序井然,不紧不慢,稳稳笃笃,又变成了海中绅士的模样。海豚队伍经过"勇士"号船边的时候,奥列佛提着摄像机把这些珍贵的镜头都摄下了。

在这边的伤心海滩上,大伙欢呼着,就像打了一场大胜仗,因为海豚全救活了,一条也没有死亡,伤心海滩变成了欢乐海滩。又来了一架直升飞机,这架直升飞机降落在海边的沙滩上。这架飞机不是救援中心的,而是澳大利亚九号电视台闻讯派来做现场采访的。三位少年刚才也和大伙一起奔跑忙碌着,参加救援海豚的活动,现在该干的事都干完了,他们瞧见电视台来了人,就想溜走,但溜也没有什么地方好溜,除非再游回大海去。但他们三人光着身子太醒目了,刚要朝海里走,就被大伙拉了回来,大伙都已经知道是这三位少年首先发现了海豚遇难的事件,从海里那条船上游过来救援这些海豚的。管理员说:"如果没有这三位小伙子的发现,海豚躺在沙滩上不久就会在太阳下死去,伤心海滩上又要发生第二场悲剧。"大家一致认为,三位小伙子是这次营救海豚的英雄。于是,他们三位光着膀子的形象不得不出现在电视节目中,他们三位赤裸上身的照片也肯定会被登上第二天的报纸。有一个记者还认出了他们,问他们是不是在"伤心之地"寻找宝藏的那三位少年,他们想赖也赖不掉,只能点头承认。

傍晚,管理员驾驶着一条小船把三位少年送上"勇士"号,大伙都在海滩上和他们三个挥手告别,几位老哥把一大块烤好的鹿肉都送给了三位少年,还送给他们一箱啤酒。

海上生明月。他们三个快乐地回到了"勇士"号风帆船上。

4

"勇士"号绕过了澳洲大陆的最南端约克角,进入由北朝南的航线上。奥列佛指着海图告诉少年们,在他们这艘船的左面,是澳大利亚大陆,右面的海洋被称为珊瑚海,是太平洋的一个部分,海中有不少珊瑚岛。几天以后他们就能看到澳洲海岸边的大堡礁。

第二天,风帆船到达了库克镇。库克的名字家喻户晓,他是澳大利亚人的骄傲,特别是在占总人数大部分的欧洲裔的移民中间。因为正是这位库克船长,他在两百年前,发现了澳洲大陆,踏上这块土地,在这块土地上第一个升起英国国旗,并宣布东海岸为英皇乔治三世陛下的殖民地。以后,随着英国一艘艘船只的光顾,经过考察和开拓扩展,使整个澳洲大陆都成为了英国殖民地。两百年后,这里建设成一个繁荣富裕、先进开放的国家。有人说,没有两百年前库克船长的伟大发现,就没有今天现代的澳大利亚国家。他被人们尊称为澳大利亚之父。在库克镇上,有库克先生的铜像,还有他住过的屋子,今天都成为了澳大利亚珍贵的文物。

离开库克镇以后,"勇士"号又驶入大海。

这个夜晚,风帆船漂浮在大海上。奥列佛远眺着月光下银色的大海,遥望着夜空中无数颗星星,给少年们讲起当年库克船长发现这块新大陆的前前后后。他的讲述非常生动,就像在少年们眼前描绘出一幅幅历史的镜头……

也许一切都可以从天上的星星开始说起。在天文学上,有一个叫做"金星临日"的专用名词,是指太阳系的那颗金星从太阳和地球之间掠过。这种现象每隔一百二十年前后出现两次,两次中间相隔的时间为八年。在那一天,人们会看到有一个黑色的小圆点儿,在太阳面前划过,这颗小圆点不是太阳上的黑斑,就是那颗金星。

库克船长是一位英国探险家,他这次出航南太平洋,是受命于英国皇家天文学会,去南太平洋上的大溪地岛上建立观察点。

库克船长,领着一批"乔治三世"的子民,于 1768 年 8 月出发。驾驶着"努力"号多桅帆船,越过广阔的大西洋,绕道好望角,又进入波涛滚滚的印度洋,最后驶入地球上最大的海域太平洋。那种多桅帆船前后有三道桅杆和近二十片巨大的风帆布,在那个时候,大概可以算是航海的最新工具,但是和今天的航海巨轮相比,简直就像孩子们的玩具船,它的主要动力还是靠一年四季的季风,操纵移动每一块风帆,让船体在海洋中运行。

　　在 1769 年 6 月之前,也就是"金星临日"之前,"努力"号到达了大溪地岛。库克和他的船员在岛上建立了天文观察装置,观察金星穿过太阳表面的过程,并利用观察的数据推算太阳的大小。根据天文学家埃得蒙德·哈雷 1716 年的推测,通过在地球上不同位置测量金星穿过太阳表面的时间,可以计算出地球到金星的距离,进而再推出太阳系其他行星的位置。1769 年"金星临日"的观察,在全世界共有七十六个观察点,库克和他的船员在南太平洋大溪地岛上的就是一个观察点,这当然是一件神圣的工作。当他们完成这一工作之后,并不知道还有一件神圣伟大的使命等待着他们。那时候,他们还不知道有澳大利亚这块土地。不过许多航海者都耳闻过这样一个传说:早在公元二世纪,那位伟大的希腊数学家和地理学家托勒密绘制了一张世界地图,在亚洲南部勾勒出一块巨大的未知大陆,这块大陆被称为"TERRA AUSTRALIS INCOGNITA(未知的南方陆地)",人们不知道他当时根据的是什么资料,还是凭借着他天才的脑袋瓜和广博的天文地理知识推理出来的。

　　两百多年前,那时候蓝色的天空中还没有波音飞机,但在天空下面的蓝色海洋上,一艘艘多桅帆船乘风破浪,在这个地球上划分着新的世界版图——而探险家、航海家和海盗,同样都是新大陆的开拓者。其实发现澳洲这块土地的第一位欧洲人,并不是库克。在十五、十六、十七世纪,先后有葡萄牙人、荷兰人、法国人，还有库克的同胞英国人都到过这儿。这些航海家们，或者说是海盗（那时候航海家和海盗并没有严格的区分），有的从这块大陆边擦肩而过。有的虽然也踏上这块土地，但已被长年累月的航海生活弄得苦不堪言，见这儿没有多少油水可捞，便很快返航了。例如有一位库克的前辈，英国人威廉·皮尔丹，他是一个海盗兼航海家，在1688年，他的"塞格耐特"号桅帆船被台风吹向南方，最终到达了澳大利亚的西部海岸，他并不清楚这儿是一块新大陆还是一片岛屿，他把这儿的海岸描绘得一片荒芜，使许多人闻而却步。也许，这些航海家们更多的是缺乏库克先生的远见卓识和深谋远虑。于是不得不把发现"澳大利亚"的这顶桂冠和荣誉让给了"努力"号船长詹姆斯·库克。

1770年4月20日，指挥英国皇家海军"努力"号船的库克船长在茫茫的大海中，他的单孔长杆望远镜里出现了一线黑色，有经验的船长一看就知道这是一块陆地，那是现在维多利亚州东端的大陆。库克船长并没有就近停靠到那儿，这也许是他远大的眼光和刹那间的灵感。那时，他正在从新西兰向西航行，他试图对这块陆地有更多的了解，于是沿着海岸继续航行。4月29日，"努力"号沿海岸朝北航行后的第九天，遇到了大风，桅帆船进入避风航道，在一个海湾登陆。登陆后，他们在海湾内发现了丰富的植物种类，于是就将这儿命名为"植物学湾"。他们继续朝北航行，又进入一个避风港，当时他们起名为"杰克逊港"。他们仍旧沿岸航行，直至8月22日，库克船长率领全体船员在附近一个岛屿上升起英国国旗，并以乔治三世的名义宣布对澳洲大陆的整个东海岸享有占领权，称之为"新南威尔士"，也就是今天的包括悉尼地区在内的周围一大片地区……

前辈们的探险经历，让少年们产生起更多的幻想和憧憬，他们好像也要去发现新大陆一般。特别是高强，随着"勇士"号船向前航行，那沉船底下的黄金三天两头地在他的梦里出现，要是真能从海底下捞到金子，他认为和发现新大陆也没有什么两样。酷，这种事情真是太刺激了。

5

第二天，他们的风帆船乘风破浪，在海上驶得飞快。很快他们就接近了凯恩斯大堡礁。这里的大堡礁面积宽达二十三万平方公里，有五百多座小岛，被称为世界八大奇景之一。

在经过一片奇异的珊瑚礁时，奥列佛拿来了蛙鞋、呼吸管和面具，说要教几位少年潜泳。

高强高兴得跳起来，他说："学会了潜泳，我们去水下找金子就没有问题了。"

奥列佛听后大笑起来。土谷说："我瞧你那狗爬式在水面上游泳就够累了。"

高强说："这你就不懂，狗爬式朝下面爬得快，潜水最管用了。不信，你可以问汤姆斯。"

汤姆斯说："我自由泳比较好，你的那种游泳方式我也不会，你说那种方式适合潜水，我也不大清楚。"

他们停下船，船抛锚在珊瑚礁边上，一个人在船上看着，奥列佛带着少年分批下水，潜入水中。

水中之美和陆地上的美是完全不一样的，阳光穿透海水，把水下的珊瑚礁染成五颜六色，这五颜六色又随着水波摆动着，就像活的一般，更有一条条各具形态的鱼从他们眼前游过，在他们身边穿梭回绕，大概把他们也当做同类。这时候，他们的感觉自己也是鱼，是在这美丽的水晶宫里自由自在地摆动着身体的鱼。土谷在想，童话故事里说海底下有一个美丽的世界，又说人最早是从鱼变过来的，不是有什么美人鱼的传说吗？看来，这都是真的。高强在想，以前听乡下的爷爷说，海底有龙宫，有龙王爷和虾兵蟹将,还有漂亮的小龙女,是不是真能看到呢? 高强的眼睛朝四处乱瞅,看得眼花缭乱。据说龙王爷还有许多宝贝,那些宝贝一定比金子还值钱。还有,那条沉船里的金子,是不是会像这里一样发出耀眼夺目的光彩? 估计,龙王爷的宝贝都是从沉船里弄来的,全世界的海底有多大,古往今来有多少沉船,沉船里有多少宝贝就数不清了,这龙王爷一定是这个地球上最富裕的爷们。

汤姆斯没有下水,他守在船上,照顾着那些浮在水面上的呼吸管,瞧着他们几个在水里晃动的影子,心里直痒痒。瞧,这几个家伙怎么还不上来,一定是水下的景象把他们迷住了。于是,汤姆斯就坐在船上,对着大海拉起了小提琴,琴声在海面上飘扬。

他们在几处美丽的珊瑚礁边潜水玩了一天,直到天黑。今晚又轮到高强做晚饭,他做了他的拿手菜西红柿鸡蛋汤,还照着那本英文版的《学做中国餐》,做了一个不中不西的糖醋咕咾肉,反正那三位也不知道正宗的咕咾肉是什么味道,他们喜欢吃那种又酸又甜的味道,这种做得颜色红红的糖醋咕咾肉蒙蒙洋人的嘴巴正好。

那三位吃着糖醋咕咾肉,直夸高强的中国菜做得地道,还说高强将来一定能去唐人街饭店里做一个大厨。高强说:“将来,我才不做什么大厨呢,整天和油锅打交道,没劲。我在海底里捞到金子后,就开一家贸易公司,做大生意,把澳大利亚和中国的商品倒来倒去。发了大财,我是不会忘记各位兄弟的,到时候我请你们去中国玩,从飞机票到住宾馆到吃喝玩乐的钱,我的公司全包了,你们看行不行?”

汤姆斯说:“你的这个想法全是建立在假设上面的,假如你在海底捞到金子,你才能开贸易公司,假如你开了公司你才能做大生意,假如你做了生意才能挣大钱。”

“那当然,发财是肯定的。瞧,我们跟着奥列佛学潜水,这一天就学得差不多了，你以为我们还会捞不到金子吗？"高强对这发财的大事一直充满信心。

奥列佛已经把一盘糖醋咕咾肉都吞下肚里，用餐巾纸擦了嘴巴，也参加了少年们的讨论，他问高强："假如，我们在海底捞不到金子呢？"

"为什么？"高强以为奥列佛对海底沉船的秘密还是不了解，又把那事儿前前后后说了一遍。

"我并不是否定这条'卡特山'号上还有许多金子存在的可能性。但是这些金子的存在和不存在，和我们能不能到水底下捞到金子是两码事。"奥列佛讲出了一大堆理由，"今天我让你们潜下海里，看水下的珊瑚石，你们潜水的深度只有几米，潜得最深的时候也不过十多米。再朝下面潜的时候，就会感到很困难了。而六十米深的海底和几米十几米是完全两回事，虽然可以把潜水管换成氧气瓶，但水压的问题是我们无法解决的，在水中每朝下深潜一米，都会增加一定的水压，到了六十米的深度，海水会把人压扁的。"

高强说："那鱼为什么能在水下游呢？它们的身体也不一定比人结实。"

"这就是鱼和人的不同，鱼的身体和人的身体构造是不同的。而且每一层海水中的游鱼身体的构造也有所不同，有浅海中游的鱼，也有深水中游的鱼。人如果再想朝下潜，必须穿上特殊的防水压的潜水服，还需要受过特殊的训练，这些训练是很严格的，可不是一天两天能完成的，所以真正的潜水员都是从人们中间挑选出来的最棒的家伙，就是这些最棒的家伙在海水中的深度也是有限的。超过一定的深度，就需要潜水艇和潜水机器人了。所以说，我们根本不具备这些条件，也没有能力去六十米的海底深处。"

"你是说我们不去寻找那条沉船了？"高强听了奥列佛的这

番话一下子就像掉到水里去了,而不是去水里找金子。

奥列佛又说道:"根据澳大利亚法律,如果打捞沉船还得向政府有关部门提出申请,得到批准。我们还要有执照,证明我们具有打捞沉船的能力。"

"完了,完了,我的梦全完了。你们知道吗,我有多少次在梦里看见金子吗?谁知道寻找海底宝藏的事这样难啊,早知道,我就不做这个梦了。"高强失望得晚饭也吃不下了,就差一点掉眼泪了,他痛苦地说:"我们还能到哪儿去寻找宝藏呢?"

奥列佛说:"其实,你们都已经看见宝藏了,在海里,你们见到的每一块珊瑚石,都要经过几千年上万年才能形成,全都是大自然的宝贝。今天,你们一天所见的宝贝,何止亿万金钱。这些宝贝和宝藏就像博物馆里的名画,只要能站在前面观赏就行了,不一定要占为自己所有,你们说是不是啊?"

汤姆斯认为奥列佛说得很有道理,他非常赞成。土谷认为,人能够有金钱有宝贝当然好,没有金钱和宝贝也没关系,反正一样活着。高强还是认为,没有得到海底沉船里的金子,有点遗憾。

就在这时候他们听到了一阵"喳喳"的鸟叫声,鸟叫声从珊瑚岛上一阵阵地传来,越来越响,响彻云天。然后他们看见海鸟从岛上飞起来,成千上万只鸟,一片片、一阵阵地飞上天空,像风一样地吹来,像云一样地飘来,遮住了半个天空,顿时,蓝色的大海失去了光泽。天空变成了鸟的天空,世界变成了鸟的世界。不知道是有几万只还是几十万只鸟,海鸟遮天蔽日地整整飞了五分钟,海上才重见天日。他们一辈子也没有看见过这么多的鸟,心灵为之悸动。

6

过了凯恩斯大堡礁,"勇士"号风帆船继续朝南航行。穿过了岛屿众多的圣灵群岛,又经过芬瑟岛,几天后,他们来到了黄金海岸。

"黄金海岸有没有金子啊?"高强一听到黄金海岸的名字,两眼发光,身上又来了劲。

汤姆斯说:"你还没有忘记金子啊,我看你都成了金子迷了。"

奥列佛说:"因为这里有一片世界上最长最美丽的海岸沙滩,沙滩上一年四季都洒满了金色的阳光,所以叫黄金海岸。瞧,那儿就是了。"

在他们的眼前,展现出一片望不到尽头的金色沙滩,沙滩上到处是游客。海岸上还有许多漂亮的建筑物,有高楼大厦,也有一二层高的海岸别墅。于是,蓝色的大海,金色的沙滩,还有岸上点缀的建筑物,在天底下构成了一幅壮观美丽的图画,而在这幅图画上移动的,是沙滩上的人和海中的船。

"勇士"号风帆船沿着海岸沙滩绕进了一道港湾。港湾里有许多河流岔道,其中的一条河流到一个大湖里,大湖和布里斯本河相通,他们沿河而上,几个小时后就到了布里斯本。在黄昏中,他们这艘游艇穿过布里斯本河上的一座座古色古香、风格别致的桥梁,在夜色中观赏这座美丽的城市。

他们在布里斯本休息了几天,采购食品和其他生活用品。就在他们准备离开这座城市的那天,三位少年在热闹的皇后大街上被一个脸颊和下巴上长满大胡子的人叫住了。大胡子像是见到老朋友一样和他们几个热情握手,他自我介绍:"我是城市青年研究会的成员,要去一个学校参加一个讨论会,你们几个有没有兴趣和我一起去参加?"

高强对讨论会之类不感兴趣。汤姆斯说有兴趣,他以前在学校里也经常参加这种讨论会,他想起他的那个"金领带"小团体。土谷认为去听听也好,反正东西都采购好了,在街上逛来逛去也是浪费时间。二比一,他们就跟着那位大胡子先生一起去了布里斯本一所有名的中学。

他们走进这个学校的一个教室。教室里有许多成年人,哇,还来了一大群红男绿女,十六七岁、十八九岁的样子,和三位少年的年龄差不多。人家个个穿戴得山青水绿,男的是西装领带,衣冠整洁,女的是裙衫套装,靓丽多彩,是参加正式场合的打扮,一派风光。相比之下,他们三个穿着 T 恤衫,脚下是拖鞋,土谷喜欢光着脚走路,今天出来连鞋也没有穿。

那位大胡子先生先对那些来参加讨论会的人介绍道:"这三位是我对你们说起过的在沙漠里寻找宝藏、在海岸上救起海豚的青年人。今天我在街上恰好碰到他们,我就把他们请来了。我想他们一定对人生有自己独特的看法。"

三位小伙子一听先是愣住了,高强想:"这人我们从来没有碰见过,他怎么知道我们的底细,不会是便衣警察吧?"他们还没有回过神来,只见那些年轻的酷哥靓女热情地拍起手来,都说在电视上见过他们三个。

土谷问那位大胡子:"你是怎么知道我们的?"

大胡子说:"我也是在电视上认识你们的,还在报纸上见过,我把登载你们事迹的报纸都剪下来,报纸上有你们的照片,所以我当然知道你们,在街上一眼就把你们三个认出来了。你们三人的情况很特别,对于我的研究一定很有用处。"

高强在肚子里又说:"看来情况不妙,他能在街上把我们认出来,警察说不定也能把我们认出来。"

大胡子原来是一名专门从事研究青少年问题的专家和教师,最近他正在研究青少年的心理健康和社会的关系等问题。他先向大家讲了自己的研究情况,又说:"青少年阶段是一个充满变化的阶段,一般地说来,这个年龄的孩子难以感到满足和快乐,而一遇到人生的压力,或者碰到什么意外的不幸事情,他们就无法把握住自己,会做出许多越轨的事情。"

那三位少年听了,这话不是在说我们吗？这家伙真厉害,怪不得是什么心理专家。

大胡子专家又说道:"经常有家长向我抱怨,他们的孩子突然不听教导了,或是晚上偷偷溜出去和朋友聚会,在外面和伙伴们抽烟喝酒。这些失望的家长都希望孩子能恢复到往日的纯真和欢乐。"

三位少年这时都情不自禁地把手伸进口袋,他们每人的口袋里都有一盒烟,现在他们是三天一盒烟,抽得不算太多,但都已上了瘾。土谷想:"现在能抽上一支就好了。"高强想:"讨论这种抽烟喝酒小儿科的话题有什么意思。"汤姆斯想:"我现在是真正地堕落了,什么都学会了,不知道要超过他们所说的多少倍。"

这时候座位上有一位少年要求发言,他说:"我叫尼克。我学得自己现在既不是孩子,也不是成年人。一方面我正在逐渐长大,可以去参加一些社交聚会;但是另一方面,很多事情我又不能去做,所以心里经常有矛盾。在我们这个年龄里,朋友之间的影响特别大。举个例子,在同伴的压力下,为了表现出所谓的男子汉气概,我们不得不和其他人一起接触烟酒,否则就会被讥笑为娘娘腔和无用的人。"

土谷也站起来要求发言,他说:"我认为这抽烟喝酒都是个人的事。如果你已经干活挣钱了,你口袋里有钱,这钱不是偷来抢来的,自己如何花钱是自己的事。政府说什么不到十八岁,不能抽烟喝酒,完全是狗抓耗子,多管闲事。"大家听了他的发言,一阵哈哈大笑。

一位叫曼德琳的女孩子也要求发言,她说:"这年头,做人真不容易,你明明知道应该努力向上,认真读书,在学习上取得好成绩,可是又缺乏恒心毅力,这种矛盾心态弄得自己苦恼不堪,于是,在我们的精神上产生了许多压力。"

大胡子专家又说道:"我认为,家长发现成长中的孩子有不正当的行为时,不要执意去指责他们,强迫孩子们立即改过自新,因为这种强制性教育青少年的方式往往产生相反的效果。"

一个学校的辅导员接着说:"对于压在我们青少年身上的压力我也想了许多,现在我认为有压力也不见得是一件坏事,因为压力和期望是分不开的,有压力就有期望,有期望就会激励自己奋发向上,就会努力去争取实行理想。我还认为,作为一个现代的年轻人,最大的好处就是享有自由和为所欲为。人们总是说年轻人一定会犯错误,这话固然不错,但是我们即使犯了错误,也能从中得到乐趣。"

土谷悄声对汤姆斯说:"这小子有头脑,是不是可以考虑拉他进我们一伙中。"

最后,大胡子专家请汤姆斯、土谷和高强谈谈他们对于人生的想法。

他们三个也没有准备,不知道谈什么好,再说他们的事情也不是件件都能放上桌面来谈的,总不能谈什么跟着斯蒂姆逃出监狱,参加绑架的事情吧。

土谷想来想去,就说了"伤心之地"寻找宝藏的前前后后。高强说到哪儿是哪儿,讲了那场荒唐的海底沉船的黄金梦。汤姆斯则一本正经地从冰人的传说讲到了跟随奥列佛先生的环澳海上航行。

没有想到他们的叙说效果奇佳,那些学生给予了一阵一阵的掌声。讲完后,学生们说也要参加他们的环澳航行。汤姆斯连忙说:"奥列佛船长的船太小了,装不下大家,还是等待下次的机会吧。"于是,同学们就围上来,要他们三个签名,有的签在笔记本上,有的签在书包上,有的找不到地方签,就让签在西服领带上,有一个女孩子又怕漂亮的裙套弄脏了,走到高强面前,把衣服一掀,露出肚子,肚脐眼上还夹着一个银环,她让高强把名字签在她的肚子上。高强乐了,就说:"签在你的肚子上,你回去一洗澡,不就没了。"

最后,大家一起合影留念。

走出那个学校后,他们的感觉好得不得了,抬头挺胸,一副志得意满的样子。土谷说:"我们这回都成了大明星了,瞧那些小子和丫头拉着我们签名的劲儿,怪不得这年头人人都想当明星。"

汤姆斯说:"我们不是明星,是探险家。"

高强说:"我们既是探险家又是明星。过不了多久,我们三个就成澳大利亚的三大天王了。"

汤姆斯说:"我们的年龄和他们差不多,可是我老感觉我们比他们大,就像他们的哥哥一样,你们说是不是?"

高强和土谷也认为有这样的感觉,高强说:"大概我们已经成了他们的偶像。"

汤姆斯又想起什么说:"我想起来了,他们和我们一起照相,我们也没有留下地址,他们把照片寄到哪儿去呢?"

高强说:"不管它了,大明星总是要给人签名拍照的。"

土谷说:"只要不寄到警察局就行了,随便他们寄到世界哪个角落去。反正他们又不是记者,不会给我们添麻烦。"说到这儿,土谷口袋里的手机嘟嘟叫了起来,一瞧,是船上的奥列佛打来的,他打开手机,奥列佛说:"我打了好几次,都找不到你们,你们没有失踪吧?"

十三、荒礁历险

1

"勇士"号迎着布里斯本河里升腾起的晨雾出发了。

在驶入一片湖中的时候,他们迷路了,找不到那条去黄金海岸的河流,因为湖上也是大雾迷漫,没有什么行船,问不到路,要么就是找一个码头,靠上码头,等湖上的雾散去,问清航行路线然后再继续航行。这样要耽搁不少时间。

这时候,土谷看见湖里有一样东西在活动,就在他们的船前面,他看清楚了,是一条海豚。因为这里的湖是通向大海的咸水湖,所以会有海豚从海湾里通过河流游进来。土谷说:"这海豚总是要游向大海的,不如我们跟在它的后面,它游哪儿我们跟哪儿,不管从哪条河道走,只要走到海上就行了、再说这里离大海也不远。"奥列佛船长认为土谷说得有道理,就让土谷坐在船头上,看着水里的海豚,跟在它后面航行。

那条海豚还真像一位称职的领航员,不紧不慢地游在"勇士"号的前面。一个多小时后,水上的雾气消散了,阳光照耀,他们望见黄金海岸边的高楼大厦,这时候他们的船也进入了海湾,那条海豚好像完成了领航任务,迅速地离去,不见踪影了。

高强看见海岸上的一幢高大的建筑就问:"这幢大楼很漂亮,不知道是什么地方?"

奥列佛说:"那就是黄金海岸上的木星赌场。"

高强一听又来劲了,他说:"我听说过,木星赌场是澳大利亚的第一家赌场。我们要不要上去观光一下,顺便去试试手气。"

"我看不管是木星赌场还是土星赌场,是天王星还是海王星,统统和我们没关系,那赌场里有魔鬼。"土谷大声说道。

大家听了哈哈大笑起来。

汤姆斯说:"我们就知道看着天上的南极星航行。"

"可惜了,可惜了,我们的损失太大了,肯定有百万巨款从手里溜走了。"高强摊开双手,他好像一进赌场准能撞上大运似的。

土谷说:"瞧你现在说话的样子怎么像斯蒂姆,还没有进赌场就中邪了。一进赌场准能碰上斯蒂姆。他在'伤心之地'没有弄到宝藏,说不定就来黄金海岸动这个木星赌场的脑筋了,他还在找合作者呢。我这边有他的手机号码,要不我替你打个电话,就说你要和他合作,搞个一二百万。"

高强说:"我才不和他合作呢,和他合作,吃枪子的一定是我,拿到钱他溜得快,我玩不过他。"

大家又哈哈笑了起来。

晚上,他们在船上的电视机上,看到了青少年讨论生活压力和人生观的报道,其中的一个镜头就是布里斯本那所学校里的讨论会,三位少年也在镜头中出现了。

汤姆斯说:"我们怎么又上镜头了?开讨论会时也没有瞧见什么记者,他们是躲在哪里拍摄的。"

土谷说:"现在的记者和间谍差不多,鬼头鬼脑的。"

2

"勇士"号从海上过了黄金海岸,就等于过了昆士兰省的海岸线,很快进入了新南威尔士省的海岸线。新南威尔士省就是当年库克船长首先发现澳大利亚的地方。这一天,是汤姆斯十七岁的生日，大家在船上为汤姆斯操办了生日。高强看着食谱做了一个不方不圆的大蛋糕，虽然糖放多了一点，还算没有做砸。土谷在海里钓到了一条十几磅的大鱼，大家高兴得不得了，这条鱼就成了生日晚餐的主菜。奥列佛船长贡献出一瓶他珍藏多年的葡萄酒。

插在蛋糕上的蜡烛被点燃了，汤姆斯端着酒杯说："谢谢大家为我过生日。"说着眼泪就流出来，他想起自己已经离开家将近一年，这一年糊里糊涂地混了过来，再想起死去的父亲，想起在等待他的母亲和妹妹，太使人伤心了。汤姆斯情不自禁地讲起自己离家出走的原因，讲起家里发生的一切，把窝在肚子里的伤心事毫无保留地全说了出来。

这一说，高强的眼泪也流了出来，他也讲了自己来澳大利亚留学和家里发生的不幸，以及自己现在在澳洲走投无路、无依无靠的处境。最后他还用中文来了几句："月有阴晴圆缺，人有悲欢离合，此事古难全，但愿人长久，千里共婵娟。"这几句古词是高强以前在中国的贵族学校里，那位退休老教师逼着他背了八十遍，他才背出来的，现在他总算还没有完全还给那个老头子。

土谷也不知道他在说些什么，反正是挺伤感的样子，土谷也把自己的兄弟土包的伤心事说了一遍。

接着，三位少年喝着酒，把从阿姆斯监狱里逃出来，跟着斯蒂姆一起去绑架老波特的事情，还有后来贼谷镇的事情等等一股脑儿从肚子里掏出来，告诉了奥列佛。

奥列佛听了很感动，他说："你们把你们自己的心里的事情都告诉了我，我很同情你们所遭遇的不幸。你们虽然做过一些不该做的事情，但你们做了更多该做的事情。将近一年来，你们在澳洲大地上流浪，用你们的双手、你们的脑子和你们的才华养活了自己，你们做出了许多正确的选择，做了许多好事，证明了你们存在的意义。你们还非常年轻，将来一定会很有出息的。

当时我认识你们的时候,就感到你们三个人很不平常。我让你们一起参加环澳航行,就是想让你们开阔眼界,在大海航行中得到锻炼。为你们未来的生活,从精神上开拓出一条道路来。因为我也是从你们这样的年龄过来的,我理解你们。"

奥列佛这一番话说得少年们心里亮堂起来,他们感到对未来的生活充满了信心,悲情一扫而光。大海上一轮滚圆的月亮显得更亮了。这一夜,三位少年整夜地坐在甲板上看着月亮,看着星星。

第二天早上,他们又看到了海上升起的太阳,一轮红日从海里喷薄而出,照亮了整个大海,他们面对着这片壮丽灿烂的海洋,深深地感动了,感到了上苍的伟大,自己的渺小,他们的灵魂好像在这波澜壮阔的大海中得到了升华……

3

在进入悉尼海湾前,奥列佛驾驶着"勇士"号特意去"卡特山"号沉船的海域走了一圈,他们驶过了海豹礁,礁石上的石头灯塔依然耸立在那儿,那艘沉船在礁石的几公里外,他们当然无法看见六十米以下的沉船,只能凭着想象,想到沉船的样子。高强把他收集的那些沉船的资料,折成一个纸花圈,扔进海中,瞧着纸花圈在海水中荡来荡去,渐漂渐远,带走他的黄金梦。

"勇士"号离开了海豹礁。天阴沉沉的。当晚"勇士"号遇到一场暴风雨。奥列佛已经从天气预报里了解到有这场暴风雨,他们的船及时地驶向附近的一道小海湾,但这时候风浪已经追上来,小艇颠簸得厉害,三位少年在船舱里,又吐又呕,虽然他们几个在刚上船的时候也出现过晕船的情况,可是不久,他们就锻炼出来了,晕船的情况很快就过去了。现在,这场突如其来的风浪,还是他们出海以来,第一次遇到的风暴,把他们的肠胃折腾得够呛。暴雨从黑色的天空倾盆而下,在海面上打起一片模糊的水汽,海水急涌着,浪头越来越高,越来越猛,大有把小船掀翻的气势。但奥列佛船长镇定自若地把船驶进了港湾。港湾里的海水相对地平静,他们在港湾里度过了浪潮晃动的一夜。

第二天早晨,海上仍然是一片阴沉沉的,直到上午九点的光景,天空中才出现了一些光亮,几道阳光穿透灰色的云,使几处海水变得灿烂起来,但片刻间又被乌云遮住了,大海显得一片混沌。天气预报里说,今天是阴天,但没有说海上有暴风雨。

他们的船驶出港湾,就感到不大对劲,一会儿是乌云密布,到处是暗暗的。一会儿太阳不知从什么地方钻出来,露一下脸,天空中的云退到周围,云的形象却像一张张狰狞的面目,对着太阳露出不满的神态。一会儿天空变成了一半是晴、一半是阴云,就像一张半阴半阳的脸。在阴云的下面,下起了小雨。"勇士"号在海浪里穿行着,他们看到,在那儿的阳光下面,前方的一部分海水好像旋转起来,海水怎么会旋转呢? 如果说是海上的漩涡,好像又不像,海上漩涡一般都靠近礁石和岛屿,但这是在海的中央,而且旋转的海水还会移动,漩涡可不会移动。高强说:"真带劲,就像赌场里玩的俄罗斯小转盘。"

但这是一个大转盘,躺在海上转动着,越转越快,越转来越劲,好像发疯似的转过来,向着他们这边靠近。大家都看不懂,不知道发生了怎么回事。还是奥列佛航海经验多一点,他说:"会不会是龙卷风啊?"

果然是海上形成的龙卷风,旋转着朝"勇士"号的方向移动,他们这艘小船想逃脱已经来不及了,而且不幸的是,那个旋转的大轮盘和上面那股旋转着的龙卷风,转到这儿的时候恰好形成了最高潮,"嚯"地把"勇士"号风帆船和海水一起从海面上旋了起来,小船就像一架直升飞机一样地升上了几十米的高空,那小船上的风帆经不住旋风的疯转,也变成了天空中急转的螺旋桨,玩得呼呼转。船舱里的他们四个直感到天旋地转,天昏地黑,两手抓住一切能够抓住的东西,拉紧边上的固定物,嘴里拼命地叫喊着,如同世界末日来临一般……

那龙卷风就像海上的魔兽,玩弄着这艘小船,在海上移动了几公里,似乎玩够了,把小船从空中扔了下来。"勇士"号撞击到海面上,骨架破裂,分崩离析,顿时被海水扯成碎片。船舱里的那四位还好没有被震昏脑子,他们平时也都穿着救生衣,从被拆散了的船体碎片中间游出来。他们在海中相互呼叫着,因为都是从同一艘小船里爬出来的,所以在海上相距得并不远,一会儿聚到了一块儿,高强碰伤了脚腕,汤姆斯自由泳时一条胳膊已经挥不起来,是在船舱从空中摔下海时摔伤的,奥列佛则是小船在旋风中转动时,船舱里的东西也飞转在空中,碰伤了他的脑袋,到现在还往外渗血,只有土谷命大,一点儿也没有碰到什么,四肢完好,毛发无损。

龙卷风消失了,海上的魔兽不知道躲藏到什么地方去了。那海上除了飘着几块"勇士"号船的碎片残骸,好像什么也没有发生过一样。海上的云散了,阳光洒在海面上,显得非常温柔。可是在海水中的他们,四顾茫然,不知道东南西北,没有了方向。

土谷指着远处的一个小黑点,说:"那里是什么?"

奥列佛瞧了一会儿,说:"不像船,一动不动,可能是海里的礁石堆,离这儿约有十几公里。我们应该尽快游过去,在上面等待海上来往的船只。现在只有这个办法了。"土谷从身上脱下衣服,绑在奥列佛头上,止住血。大家一起朝那个黑点游去。

就在他们游了三分之一的路程的时候,高强朝后看了一眼,突然他大叫起来,汤姆斯因为手臂受伤了,也游得不快,他听见高强的叫声,也朝后看去,他也看见了,那是一条虎头虎脑的黑头鲨正朝这边游来,张着大口,口里还露出上下两排雪白尖利的牙齿。他们意识到:这下可要在大海里玩完了。

那边的奥列佛也看见了鲨鱼，他抱着一根木头在海里昏昏沉沉地游着，这根木头是"勇士"号船上的一根不大的桅杆，是从海里漂过来的，大家把这根桅杆让给了奥列佛，因为他受的伤最重，抱着这根木头游可以减轻体力消耗。这时候奥列佛睁大了眼睛，对着手足无措的少年大喊道："你们快游，我来对付它。"他抱着木杆，迎着鲨鱼冲过去。

　　那条鲨鱼原来是游在高强和汤姆斯后面，突然从横里冲出一个人来，那根木杆也朝它戳来，戳中了它的嘴巴，又戳痛了它的一颗牙齿。它火了，一口就咬断了木杆前面的一截，又把那咬断的一截在嘴里嚼着，咬成碎片。接下来，它就转过头来对付这个敢于冒犯它的家伙。奥列佛临危不惧，仍然抱紧那根已被咬断一截的木杆和鲨鱼过招，他虽然脑袋上负伤流了血，但他神志仍然清醒，他要和这条鲨鱼拼死一搏，那根"勇士"号船上断下的桅杆，正在发挥它最后的用途……

　　高强和汤姆斯虽然游出不远，但时时刻刻担心着奥列佛，不知道奥列佛和鲨鱼搏斗的结局如何。可是结局已经摆在那儿，一个人在大海中抱着一根木杆想要战胜武装到牙齿的鲨鱼是不可能的。那根木杆被鲨鱼一截截地咬掉，最后咬到了奥列佛的身上……

　　那边的高强和汤姆斯瞧见奥列佛和鲨鱼搏斗的地方，海水里泛起了一片血红色，他们马上意识到奥列佛完了，痛彻心肺，但又无可奈何，他们的一位良师益友在大海上消失了。高强和汤姆斯在海面上也见不到土谷的身影，他们感到，接下来就要轮到他们两人了，虽然由于奥列佛和鲨鱼的搏斗，使他俩游出一段距离，但在海水中不是在陆地上，也不是像上次汤姆斯在小湖中几十公尺，能够赶在鳄鱼前面游上岸，这儿离前面那块礁石还有七八公里，他俩是不可能游过那条黑头鲨鱼的，除非鲨鱼自己游开。

鲨鱼并没有游走,它一点离开的意思也没有,它又出现了,高昂着脑袋,以一个胜利者的姿态出现了,它龇牙咧嘴,还伸吐着血红的舌头,刚才它撕裂了一个人,吞下了一个人的肢体,感觉到很有点味道,它每天咬嚼吞噬的都是海上的其他鱼类,这会儿把一个陆地上的人当作食品,很有点新鲜的感觉,而且这个从陆地上来的家伙还不知高低,拿着一根破木头来和它这个海上的霸王较量,也是太不自量力了。不过,这事玩得有点刺激性,它的两颗虎牙被死人的那根木杆撞击了几下,到现在还有点疼,但它已经把这个家伙收拾了,该收拾另外几个称为"人"的家伙了。瞧,他们就在前面,他们跑不了了。鲨鱼得意洋洋地朝他们游去。

高强和汤姆斯瞧见鲨鱼又来势汹汹地游来了,而海面上再也没有可以救助他俩的任何物体了,他俩对天长叹,一副听天由命的样子。眼看那鲨鱼游得越来越近,他俩绝望了,不知道鲨鱼对谁先下口。就在这个时候,鲨鱼好像被水底下的什么东西撞击了一下,它抖动了一下,停止了前进。但撞击并没有停止,它的前后左右都被撞击着,它发现它的前后左右都出现了像它一样巨大的身躯,虽然在海洋中,它比它们凶恶,但它们是一群,平时在海中很温和,但这会儿却不知什么原因,和它这条海中霸王干上了。寡不敌众。它不敢恋战,急忙退出了战场,溜之大吉。

高强和汤姆斯发现那条鲨鱼突然不见了,但身边的海水里又出现了许多巨大的身躯,他俩以为来了更多的鲨鱼,可是这些巨大的身躯并没有攻击他俩,汤姆斯和高强都看清楚了,那是海豚,海上的君子。他俩明白过来,是海豚赶走了那条凶恶的鲨鱼。海豚围绕在他俩身边游着,有时候几乎是贴着他俩的身边游来游去,表示出很友好的样子。

高强从海豚身上突然领悟到什么事情,他对身边的汤姆斯说:"那些海豚的意思是让我们骑在它们的背上,它们驮着我们走。”

“会有这种事吗?”汤姆斯还不大相信,但表示可以试试。

他俩游过去,果然那海豚呆着不动,他俩各爬上一条海豚的背脊,抓住背脊上竖起的翅角。那海豚等他俩坐稳了,就向前游起来,其他的海豚则游在周围,就像保护他俩的样子。海豚游得又快又稳,不一会儿,就游到前面那堆礁石旁,待他俩爬上礁石,海豚摆动着尾巴,好像和他俩再见一般,离开礁石游走了。他俩对远去的海豚挥着手,就在这时候,礁石上面出现了土谷的脑袋,土谷感动地说:“这些海豚真是救命恩人。”原来,他也是骑在一条海豚的背上游过来的。

但他们另一位救命恩人奥列佛却在大海中被鲨鱼吞噬了,三位少年瞧着那片海面,流出了伤心的泪水。汤姆斯呜呜地哭出声来,他悲痛地说:“我们的‘勇士’号船和奥列佛船长都没有了。”高强说:“奥列佛是一个救了我们两次生命的好人,我们要永远记住他。”土谷说:“他是一位真正的勇士。”

4

这是一片在海水中间的荒礁,露出海面的部分,高高低低的大概有上百平方公尺。海浪袭来,不时地拍打在黑色的礁石上,溅起一朵朵白色的水花。

他们爬到一块较高的石头上面,三个人商量起来,如何在这几块石头上等待营救。他们不知道这里的海面上会不会有船驶过,也不知道要在这几块礁石上等待多长的时间。他们从破碎的船上逃出来的时候,什么东西也来不及拿,只有身上穿的衣服和那件救生衣,脚上的鞋也在游泳中踢进了大海。于是他们就从湿漉漉的衣服口袋里往外掏,看看还能找出一点什么有用的东西。土谷没有上衣,从裤子口袋里掏出一盒烟和一只打火机,还有一盒口香糖。高强口袋里有一大盒长海滩牌的香烟（他为了省钱，就买大盒和价钱便宜的品牌烟。现在他已经知道钱省着花了），还有一把折叠刀和一些零钱，但钱在这儿是一点用处都没有。汤姆斯已经打算戒烟了，他的口袋里只有一块巧克力，但这正是他们现在最需要的。这些东西因为泡在水里全是湿漉漉的，他们就把这些东西放在太阳下面晒，脱下的衣服也放在太阳下面晒，脱衣服的时候，土谷乐了，他瞧见搁在自己腰里的手机还在，没有在游泳时掉进大海里，大叫道："我们有救了。"但很快又失望了，手机里已经进了水，无法工作了。

那块还没有晒干的巧克力，被他们一人一口就吞进肚里，巧克力太小了，根本就不顶用，他们都感到肚子很饿，还有几片口香糖也被塞进嘴里咀嚼着，越嚼肚子越饿。一根根小白棍似的烟也晒干了，于是只能抽烟。汤姆斯已经戒烟了，这会儿又抽上了，他吐着烟说："以前，我看过一本书，叫《鲁滨逊漂流记》，说鲁滨逊流落到一个荒岛上，是依靠钓鱼打猎活下去的。"

土谷说："我们这里连荒岛也不是，只有一块块又大又黑的石头，没有树没有草，什么东西也没有。只能张着嘴巴喝海水了。"

高强说："我们会饿死在这儿的，没有给鲨鱼吃掉，可也逃不出大海的手掌啊。"这话说得大家又伤心起来。高强又说，"早知道这样，我们该告诉那些海豚，让它们多游点路，直接把我们送到陆地上去，不知道这儿离陆地还有多少路。"

汤姆斯说："海豚又听不懂我们的话，能把我们送到这儿就不错了。"

"你们知道吗，海豚为什么会救我们?"土谷提出了一个问题。高强和汤姆斯都答不上来。土谷又说："刚才我一直在想这个事情，现在我想出来了，是我们救了它们，它们现在也来救我们了，还记得在伤心海滩上救海豚的那回事吗?"

高强说:"有道理,有道理,它们是来报恩了。"

汤姆斯说:"那些海豚和这些海豚是一回事吗?还有,从那儿到这儿,我们已经航行了几千公里。"

"那些海豚是不是这些海豚,我也不清楚,但我认为几千公里对我们也许是一段很长的路,对于海洋中的它们,可能就是另一回事了。再说,海豚一定也会在海洋中互通信息。我听说过,海豚是一种特别聪明的动物,许多动物都很聪明,只是我们人不了解它们。上次,在布里斯本那儿的湖中迷失了方向,一条海豚在水里给我们的船引航,我就感到奇怪,现在想想,这都是有道理的,我全想通了。"土谷说得有板有眼。

高强说:"我也想通了。如果它们再聪明一点,这会儿给我们送点吃的来就好了。"

汤姆斯说:"它们在大海里,到哪儿去给我们搞吃的?"

土谷说:"找吃的,还得靠我们自己。"

于是他们三个人就在礁石周围找起来,看看能否摸到一条小鱼之类的。鱼倒是看见了几条,但在水里的鱼要比他们这些人活络得多,还没有等他们靠近,扑闪一下,就游得无踪无影了。他们三个折腾了两个多小时,一条鱼也没有捉到,反而是人饿得眼冒金星。这时候,土谷看到一块礁石边上浮着一样白白的东西,他涉水到那边把白色的东西捞起来,原来是一件T恤衫,而且就是他穿的那件,是他在海里脱下来包在奥列佛头上止血用的。大概是奥列佛在和鲨鱼搏斗时掉下来的,被海水冲到这边来了。那T恤上面除了一个袋鼠图纹,还有一堆红色,一定是奥列佛脑袋上渗出的血染红的。

大家看到这件衣服又伤心起来,想起了奥列佛和"勇士"号风帆船。

汤姆斯擦着眼泪说:"如果现在奥列佛在就好了,他肯定能想出办法来。"

高强也流出眼泪："奥列佛不在了，我们怎么办啊？我们会不会死在这里啊？"

土谷把那件衣服绞干，穿在自己身上，他没有流泪，他说："奥列佛救我们，是要我们活下去，我们一定要想出办法活下去。你们想想，海这么大，这件衣服为什么不飘到其他地方去，而重新飘回到我们的手中，我认为是老天的旨意。强，你的三大天王，五大天王去了哪儿？你说说是不是这么一回事？"

"是的，是的。"高强连连点头，擦干了眼泪。

汤姆斯在胸前划着十字，嘴里念道："上帝保佑。"

他们三个又商量了一番，认为瞎折腾是没有用的，在水里他们不如鱼。捉不到鱼，难道就不能搞点其他东西吗？这条思路打开了他们的脑门，礁石边上一定会有贝壳之类的东西。于是他们就在礁石下摸索着，很快就在靠近海水的礁石处发现了一个个抓在礁石上的贝壳，有大有小。这些玩意逃不走，他们连敲带挖，高强那把折叠刀也派上用处，不到半个小时，就搞了一大堆。

他们把这些贝壳拿到了礁石的高处，围在一起享用起来，他们把贝壳里面的肉挑出来，塞进嘴里，又鲜又腥。高强说："如果能把这些海鲜煮熟就更好吃了。"土谷说："海鲜就是应该吃生的，只是差一点作料。"汤姆斯也来了精神，他认为这时候能来一瓶威士忌就好了，高强说啤酒也行。

他们吃了点东西，人精神了许多。地下留下一大堆空贝壳，高强拾起贝壳朝大海里扔。土谷说，不要扔掉，随便什么东西，现在都可能派上用处。

5

这时候，天色已近黄昏，他们抽着烟卷儿，瞧着海上，海上没有一艘船经过,只有几只海鸟从天上飞过。天色灰蒙蒙的,越来越暗,他们心情又烦躁起来,而且还有一件事使他们感到非常难熬,他们已经一天没有喝水了,喝了几口海水,嘴越喝越干,他们再也不敢喝一口了。土谷老是说,想喝一杯咖啡。高强说,想喝雪山牌矿泉水。汤姆斯说,那我们就向上帝祈祷吧。他闭上眼睛,真的默默地祈祷起来。

汤姆斯的祈祷还真管用,天完全黑下来的时候,天上飘下绵绵雨丝,他们三个高兴得叫唤起来:"感谢上帝! 感谢上帝!"高强说:"汤姆斯,你再祈祷一下,让上帝从天空中扔几块烤肉什么的给我们,不扔烤肉,扔几包薯条或者扔几盒米饭也行。"

他们喝了雨水,还把雨水从岩石的坑坑洼洼里收集起来,土谷说留着的贝壳真的派上了用处,他们把雨水放在大大小小的贝壳里面,集中在一个地方,以备明天之用。

可是天黑了以后,海上起风了,风一阵一阵地吹来。风吹在身上特冷,他们躲在一块避风的大礁石后面,把救生衣穿在身上也没有多大用处,夜间海上的温度越来越低,寒冷像一把阴森森的剑刺向他们。他们三个抱在一起借暖御寒,听着那海风在岩石间呼呼地叫着。高强说:"我们没有被鲨鱼咬死,没有在海里淹死,没有饿死,会不会今天夜里冻死啊?"

"叽呀——"海风在石缝里发出了一阵怪叫。"有鬼!"土谷惊叫一声打了个寒战,又说,"你们听这怪叫声,我一定在那里听到过,和鬼叫声没有两样,让我想想……"

"好,好像,"汤姆斯也冻得嘴唇发抖,"好像我们是爬在那个小湖边上的树……树上,树林里传出的怪叫声,不,不过,那回没有这么冷。"

"那回,我们被蚊子咬得够呛,这儿蚊子倒是没有。我们怎么这么倒霉,那回碰到鳄鱼,这回碰到鲨鱼,那回爬在树上,这回躲在大石头后面。上帝啊,来救救我们。呦,我冷得肚子都疼起来了……"高强的话还没完,又被两声风的怪叫打断了。

"妖魔鬼怪都来了。"土谷说道,"鬼怪怕火,我们点上两支烟,驱驱妖怪。强,你有没有烟,借给我一支。"

土谷和高强都点起烟。汤姆斯说:"你们这两颗小火星太小了,妖怪看也看不见。让我也点上一支吧。"

他们就这样在寒冷中熬了一夜。

在他们快冻成冰棍的时候,东方升起太阳,唤醒大海,温暖又渐渐地来到空气之中,风也停止了啸叫,妖魔鬼怪也都逃走了。可是高强却拉起了肚子,弄得礁石上一片臭气。

今天是一个晴天,他们的视线能看到很远,在他们的视线里出现了一条船,他们叫喊着,挥动着衣服,但那条船离得太远了,根本就不可能瞧见这边礁石上的几个人。他们只能望着船远远地消失。

但他们今天也取得了一些成绩。他们在礁石边上捡到了几块木头,也是"勇士"号的残骸,其中的一块大木头上还夹着一块铁皮。他们用小刀把木头一点点地搞成碎木,还有一些水草也拉上来,放在太阳下晒着。他们还把那片铁皮弄成一个凹型,像个铁锅似的。他们又从礁石下挖来不少贝壳,在退潮的时候,还发现一条鱼没有从一个礁石沟里游出去,水流完了,它在水沟里跳着,他们三个人一起冲上去,按住这条鱼。这条鱼还真不小,足有几公斤重。在捉鱼的时候,高强忘了脚踝肿,汤姆斯忘了手臂疼。

今天阳光热烈,礁石上的木头和水草已经被晒干了,他们找了一个较平坦的地方,捡了一些小石头,围成一个炉灶似的形状,土谷抽完烟的那个空纸烟盒也用上了,作为引火,又点燃了木头和干水草,把那块铁片架在石头炉灶上,把那条鱼削成几段扔上去,不一会,鱼肉就在铁板上发出了香味,飞到礁石上的海鸟也闻到了香味,"吱吱"叫着赶来凑热闹,土谷站起身把它们赶走，嘴里嚷着："你们去其他地方找吃的吧，你们会飞，我们不会飞。"

他们三个人饱餐了一顿铁板烤鱼肉，吃得又香又舒服，一致认为世界上没有东西比这再好吃了。吃不完的鱼肉，放在几个大的空贝壳里，藏在阴凉处保存起来。又把一个最大的空贝壳当做锅，把一些贝壳肉放在这个贝壳里，又加点水，然后在火上煮成了一锅海鲜汤。吃了这些热的东西，他们身上的感觉好了许多。

高强的肚子也不拉了，人又活跃起来，在地上走了几步，"哎哟"叫了一声，原来受伤的脚踝这几天已经麻木了，这会儿吃了喝了热的东西，血脉活了，红肿的脚踝又疼起来。被他这么一叫唤，汤姆斯也感到受伤的臂膀疼了起来，一瞧，受伤处已是一片紫黑色。

第二天的晚上虽然没有昨天晚上冷，但他们的心感到很孤独，因为这是荒礁上的第二个夜，他们瞧着月光下的茫茫大海，不知道还要在这些礁石上呆几个夜晚……

6

奥列佛在"勇士"号风帆船上的时候，每天夜晚都要用无线电和海洋服务中心的有关部门通一次话，报告船所在的方位和其他情况。第一个夜晚，海洋服务中心没有接到奥列佛的无线电通报，他们还以为奥列佛把这事忘了，第二个夜晚，他们仍然没有接到奥列佛的无线电通报，他们就拨到"勇士"号的电讯频道，呼叫了好几遍，没有收到一丝一毫的回音。他们预计"勇士"号风帆船出事了。第三天，他们就调动了一架直升飞机去海上观察调查，因为他们并不知道"勇士"号的确切位置，所以只能根据三天前接到过的报告，对"勇士"号的航向和位置进行推测，这样在海上观察的范围就大了许多,虽然他们也知道"勇士"号是沿着澳洲海岸线航行的。

直升飞机在海面上飞行一段时间后,还要回岸上加油。这样,这架直升飞机在海上飞了一个白天也没有发现任何目标,直到傍晚,他们在飞经一片海上礁石的时候,飞行员瞧见下面有一亮一亮的闪光。

原来荒礁上的三位少年又熬过了难受的一天,傍晚来临时,他们见到了空中飞来的这架直升飞机,在下面拼命叫唤,挥动衣服,也没用,因为天已经开始黑下来,飞机上瞧不清下面的情况。还是土谷反应快,他又扒下身上的那件 T 恤衫,用打火机点着,在手上挥动,火光一闪一闪,终于被飞行员发现了。

这三位少年在爬到这堆礁石上的五十个小时以后,终于被直升飞机的绳索一个一个地拉上了机舱,向海岸上的一个医院飞去。

十四、尾　声

1

三位少年在海滨医院住了几天，接受身体检查和治疗。海洋服务中心也派人来对他们进行了问候，同时了解了"勇士"号遇难的情况，还有记者也得到消息，赶到医院里来采访他们。

因为，他们身体上都没有什么大的伤，高强脚踝上的红肿已经消掉了，汤姆斯的手臂也能活动自如了，虽然还有点乌青的印子，土谷身上压根儿就没有什么伤。他们每天吃吃喝喝，没事就走到大海边。听医院的工作人员说，他们出事的地点就在这儿海岸的前方，大概隔着几十公里的大海。几十公里也不是很远的路，如果他们是鱼早就该游回来了，如果是海鸟早就可以飞回来了。于是，他们看着朝那儿飞去的海鸟，感慨万千，也许他们这一辈子再也不会看到那些海上荒礁。

在医院的电视机上，他们又看到了有关报道和"勇士"号船遇难的消息，报纸上也登载了他们环澳航行的故事，虽然他们环澳航行一圈并没有完成，大概只走完了三分之一的路程，但报纸上赞誉他们是现代悲壮的航海英雄，称赞奥列佛船长敢于和鲨鱼搏斗的超人勇气，是视死如归的英雄，称赞三位少年能在荒礁上度过三天两夜，是活着的英雄。

几天后，海洋服务中心派了一条汽艇，把他们三个送回悉尼。

汽艇从海上绕进杰克逊湾，进入悉尼湾，停泊在情人港码头。他们踏上码头,没有想到来了许多欢迎的人们,电视台和报社的记者又挤了进来。那些青少年们已经从电视上几次见到过他们三人,把他们三人当作英雄和偶像,一捧一捧的鲜花献到他们的手上,女孩子还争着吻他们的脸颊,弄得他们都不好意思起来。汤姆斯在欢迎的人们中看到了他的母亲和妹妹,还有博士山中学的许多同学。高强看到了他的女朋友王甜甜。土谷看到了黑奇和一大批博克街上的伙伴。他们紧紧拥抱,流出了高兴的眼泪……

三位少年还看到了他们在阿姆斯监狱碰见过的一位律师,这位律师带着一个年轻漂亮的女警察走过来。土谷不安地说:"这是怎么回事啊?"

律师走到他们面前和他们握手拥抱。女警察告诉他们:"你们的事,我们警察都已调查清楚了,早已撤销了对你们的起诉。"

三位少年又紧紧抱在一起……

2

高强要回中国去了,汤姆斯和土谷都到机场来送他,汤姆斯又穿上了名牌中学的校服,土谷还是那副浪荡的样子。当他们的三双手紧紧握在一起的时候,把自己心里的感觉都传给了对方,他们感到:"我们是经过大风大浪的朋友,我们已经长大成人了。"

土谷问高强:"你回中国去干什么呢?"

汤姆斯问他:"强,你还来不来澳大利亚?"

高强说:"你们忘记了,我不是说过以后我要开一家贸易公司,到澳大利亚来做生意,挣了钱,发了财,请你们去中国玩。"

土谷说:"你还没有忘记发财啊?"

一架澳洲康塔斯航空公司的飞机飞上了天空,飞机的尾巴上画着一个鲜红的袋鼠……

《动感宝藏》跋

乔 鲁

　　长期定居澳洲的作家沈志敏最近由上海人民出版社推出了他的长篇小说新作《动感宝藏》,这是一部有个性、有着充沛的对于生活的热情和勇敢探索精神的小说。作家笔墨集中地描写了自费赴澳大利亚读书的中国学生高强、澳大利亚国会议员的儿子汤姆斯和澳大利亚土著后裔土谷,三位少年是这部旅行历险小说的主要人物,小说描写了他们在"红坊区骚乱"中不期而遇后的一系列故事,重点写了他们在澳洲大地上的流浪、探宝和历险。这部小说的人文背景是人们对于生存的土地的意识,而这种土地的意识正是当今社会人们面对迷失民族性以至于迷失自己时的一种追问、一种向往和一种坚守。正如小说中所写到的澳洲土著班爷爷对于土地的依恋,对于一去不返的美丽家园的怀想,使他们族人的心中永远有一个伤心之泉。当代社会物欲横流,小说以一些富有张力的故事情节说明了这点,比如写赌场内的黑面人的抢钱,那是斯蒂姆及其情人作的案;小说中采纳的鳄鱼食鸭的细节也就是当代城市中弱肉强食的生动写照。大都市里的赌场建筑总选在海水边,是为了让那些在赌场上输得一败涂地,其实也就是象征着在人生的舞台上扮演失败者角色因想不通而自杀后,以最便捷的方式送他们的尸体去海里喂鱼。与那些围绕着都市的抢劫者、诈骗者和赌徒形成对照的是本部小说的明朗的主线,也就是三个走到一起的少年凭借自己的才华,面对纷繁的世界,努力作出正确判断与抉择,努力以智慧和勤劳探求和获取宝藏也就是财富的方式来增强自己和这个世界进行对话和沟通的机会,同时,也就证明了个人生活的本来意义。在共同的寻宝历险的过程中,人物彼此之间的语言与性格的不同碰撞,使得各自的性格特点得以充分地展示。在探宝的主线下,小说还富有动感地写到其他一些方面,比如,三个少年自己靠在大街上卖艺,拉琴与唱歌,他们用自己挣的钱去豪华的旋转大厅去消费;在激烈的海上风暴中抗争与前行,并且与海上的鲨鱼作殊死搏斗;而他们在海滩上千方百计救助海豚的行为,则不仅是为了环保,还体现了他们的一片赤诚的童心。这些描写延展了澳洲生活的广阔画面,洋溢着鲜明活泼的气息。

小说《动感宝藏》承传了欧美文学中的笛福的《鲁滨逊漂流记》、马克·吐温的《汤姆·索亚历险记》等名家名著的文学精神,这样的描写不仅仅是行走,更是一种不畏艰难困苦的心路历程;所写的不仅仅是探险,更是一种精神的自由释放与创新。在沈志敏从上海去澳洲以后的前期,他在上海的青年文学刊物《萌芽》上发表过短篇小说《干杯,为这个世界》和《龙虎斗》,反映了他和一批出国后从社会底层做起的普通青年们的执拗奋斗与精神上的困惑,他用小说梳理和记录了自己的异域生活与思考。后来,沈志敏又参加中国文联组织的海外华文作家文学创作征文竞赛,他的短篇小说《变色湖》获小说创作奖。他在澳大利亚的悉尼生活多年,他业余积极参加了澳大利亚的华文作家协会的活动,并担任了监事等职务,他与多位从上海赴澳的新老作家、诗人有着比较密切的联系,其中有陆扬烈、冰夫、黄惟群等。在异国他乡,他们的文学聚会不仅是一种兴趣爱好方面的交流,更是一种思乡怀乡的精神凝聚力的表现,是保持人生的不断进取心的互相勉励与促进。根据笔者与沈志敏的交往,发现他是一个很能适应环境的人,但是在和许多不同种类的人相处的同时,他又不失个人的特性。屈指算来，笔者与沈志敏相识已有三十三年了，那是在上海五四农场最东端的一个有着六百多个人的农业连队里，我们一起干过各种农活，有头顶烈日，身背药水器，手拿喷雾头，在一片碧绿的秧田灭除稻螟虫；有弯腰挥动镰刀，在金波拂动的大田里收割稻麦；在用"小太阳"照明的深夜的打谷场紧张的脱粒……我们也有那个年代年轻人集体生活的欢愉，比如干完农活后跳入沿塘河里游泳；夏夜坐在宿舍外的场院上边吃西瓜边聊天；走好几里路去其他农业连队看一场电影…… 在沈志敏这部新推出的小说中，从作者所写的那些少年的不安分中，也依稀看得出当年在十八九岁时农场知青的那些青春的日子。而沈志敏在异国的努力和观察，则又是他从前在农场生活中的新的更大背景下的延续和升华，广阔的天地和驿动的心灵如今有了更为丰富的内涵。

　　一切过去的事物自有它内在因素所决定。正如这部小说中所描写的，不停地前进，不断地去了解和适应新鲜的事物，从中较好地调整好自己的心态，找到自己继续努力的位置，这才是健康的更多的属于青年人的心态。过多的怀旧是一种心灵的老态，如果过度沉溺于留恋过去而不能自拔的话，那则可以称之为一种精神的病态了。从这个意义上说，阅读沈志敏的这本小说《动感宝藏》，就不仅仅是青少年才会感兴趣的事了，在职场上艰辛打拼的人们，无论他们是成功显达还是庸碌平凡，都可以从这部小说中感受到远在澳洲的大洋气息和不同人种居住的移民国家的健朗向上的活泼世态，从中所得到的有益启迪，不亚于做一次精神上的有氧操。当我们在若干年以后，在回首往事的时候，能够做到如小说中的奥列佛对那三个在澳洲闯荡的少年说的那样，我们就问心无愧了，奥列佛的话是这样说的："你们虽然做过一些不该做的事情，但你们做了更多该做的事情。"

写于 2006 年 3 月

图书在版编目（CIP）数据

动感宝藏/沈志敏著.
—上海：上海人民出版社，2006
ISBN 7－208－06241－2

Ⅰ.动… Ⅱ.沈… Ⅲ.长篇小说-中国-当代
Ⅳ.I247.5

中国版本图书馆 CIP 数据核字(2006)第 039362 号

责任编辑　林　青

封面装帧　王　俭

美术编辑　甘晓培

动 感 宝 藏

沈志敏　著

世 纪 出 版 集 团

上海人民出版社出版

(200001　上海福建中路 193 号　www.ewen.cc)

世纪出版集团发行中心发行　常熟新骅印刷厂印刷

开本 850×1168　1/32　印张 10.25　插页 2　字数 243,000
2006 年 6 月第 1 版　2006 年 6 月第 1 次印刷
印数 1－5,100
ISBN 7－208－06241－2/I·297

定价 23.00 元